二 見 文 庫

戯れの夜に惑わされ

リズ・カーライル／川副智子＝訳

The Devil To Pay
by
Liz Carlyle

我が最高の相棒にして
精神的土台であるサンディに
あなたとはかれこれ……四十年になるのかしら？
お互い歳を取ったわね！

戯れの夜に惑わされ

登　場　人　物　紹　介

シドニー・セント・ゴダール	若き未亡人。家庭教師
アレリック・ヒリアード	デヴェリン侯爵。 “デューク・ストリートの悪魔”
ジュリア・クロスビー	シドニーのコンパニオン。元女優
アラスター・マクラクラン	アレリックの友人
ジョージ・ケンブル(ケム)	シドニーの兄。骨董商
ジャン・クロード	ケンブルの助手。フランス人
モーティマー・シスク	巡査部長
グレーヴネル公爵	アレリックの父
グレーヴネル公爵夫人	アレリックの母
レディ・カートン	〈ナザレの娘たち協会〉のパトロン
モーリス・ジロー	仕立て屋。ケンブルの友人
ミス・ハンナデイ	裕福な商人の娘。シドニーの教え子
メグ	シドニーの女中
ヘンリー・ポーク	アレリックの従僕
トーマス	シドニーの飼い猫
クレア・ボーシェ	シドニーの亡母

1　ベッドフォード・プレイスでの奇妙な事件

　その男は彼女がふだん選ぶようなタイプではなかった。女はルーレット台の向かいに座る男を観察した。歳《とし》が若い。つまり、彼女の好みよりもっと若い。まだひげ剃《そ》りすらしていない年齢なのではないかと訝《いぶか》るほどに。ハンサムなそのイングランド人の頬はまだあどけなさを残してピンク色に染まり、皮膚の下に透けて見える骨格も彼女と変わらぬぐらい繊細だった。

　だが、うぶな男ではない。万が一、心も繊細だったら、お気の毒さま《トン・ピ》。

　ルーレット盤をまわすディーラー《クルーピエ》が身を乗り出し、ひどい発音のフランス語で告げた。

「紳士淑女のみなさん《メダーム・エン・エッシュー》、では、賭けてください《フェット・ヴォー・ジェー・シルヴプレ》！」

　女は隣りから漂う葉巻煙草《たばこ》の煙を手で払うと、コーナーベット（ルーレットの賭け方の一方法。四つの数字の交わるところにチップを置く）で賭けることにして、チップを三枚、爪の手入れも完璧な指先で緑のフェルト張りの台に押し出した。と、彼女と若い男のあいだに座っていた葉巻煙草の紳士が腰を上げ、配当のチップをかき集めて台を離れた。プレイヤーの健闘を称《たた》えて背中が叩《たた》かれた。ありがたい《ビエン》。

　これでルーレット台についているのは若い男ひとりになった。彼女は薄暗い明かりのなかでいっそう視界を阻んでいる黒いヴェールを少しだけめくり、さも興味ありげな視線を男に送った。男は重ねたチップを押して黒の22に置きながら、片眉を軽くつり上げて視線を返した。

「ノー・モア・ベット。賭けの受付は終了しました《リ・ジュ・ソン・フィ》！」クルーピエは流れるように優雅な仕種《しぐさ》で盤をまわしながら玉をはじいた。飛び跳ねる玉がたてる愉《たの》しげな音が、部屋に流れる会話にピリオドを打った。カラン！　カラカラッ！　カラッ！　玉は黒の22のポケットにはいった。

　クルーピエは盤が止まるのを待たずに配当のチップを差し出した。若いイングランド人はチップを集めると彼女の側へまわりこんだ。

「ごきげんよう《ボンソワール》」女はハスキーな声で言った。「今夜は黒があなたに幸運をもたらしているようね、ムッシュー」

　男の薄いブルーの目が黒いドレスの上から下へおりた。「それはなにかの始まりを示していると期待してもいいのかな？」

　女はヴェールを通して男を見つめてから、まつげを伏せた。「期待するのは自由よ」

　イングランド人は声をあげて笑い、小さな白い歯を見せた。「これまでお目にかかったことはないと思うけれど、マドモワゼル。〈ルフトンズ〉は今夜がはじめてかい？」

　彼女は片方の肩をすくめてみせた。「賭博場なんてどこも似たり寄ったりじゃないこと《ネスパ》？」

　若い男の視線が熱を帯びた。馬鹿な男、わたしを身持ちの悪い女だと思っている。無理もない。こんないかがわしい場所に女ひとりで付き添いもなく来ているのだから。

「フランシス・テンビー卿《きょう》です」彼は片手を差し出した。「あなたは……？」

「マダム・ノワール」上体をぐっと乗り出し、手袋をはめたままの指を男の手のなかに収めた。「これはきっと運命の出会いにちがいないわ、でしょ？」

「あはは！」視線がドレスの深い襟ぐりにそそがれた。「マダム・ブラック、まさしく！ では、きみの洗礼名も教えてもらえるかな？」

「親しい人たちにはスリーズと呼ばれているわ」ハスキーな声で思わせぶりにつぶやく。

「スリーズ」イングランド人は鸚鵡《おうむ》返しに言った。「すばらしくエキゾチックな響きだ。それで、ロンドンへはどんな用向きで？」

女はもう一度、肩をすくめ、媚《こ》びるような流し目を送った。「さっきから質問ばかりね！ わたしたち、場所をふさいでいるんじゃないかしら。それに喉もからから」

男は即座に勢いよく立ち上がった。「飲み物をお持ちしましょう、マダム。なんにします？ 隅の静かなところへご案内してもよろしいですか？」

「シャンパンを」彼女も立ち上がり、小首をかしげて、男が示したところへ向かった。隅のテーブルへ。ふたりだけになれる、申し分のない場所へ。

男はグラスがふたつ載った盆を手にした給仕を従えて、すぐに戻ってきた。

「あらいやだ《マ・フォア》」給仕が退くと、彼女はまわりを見まわした。「ルーレット台に巾着袋《レティキュール》を置いてきてしまったみたい。取ってきていただけるかしら、閣下？」

男が背中を向けて歩きだすとすぐに女は薬瓶の蓋を開け、中身を男のグラスに手際よくあけた。小さな水晶のような粒がグラスの液体に沈み、ぶくぶくと泡立った。

男が戻ってくるのと、女がショールの裏地に留めた時計にちらりと目をやるのは同時だった。このあとは時間との勝負だ。男が思わせぶりに微笑《ほほえ》むと、女はグラスを持ち上げて男のグラスに合わせ、またもつぶやいた。「新たな友情に」男が体を寄せなければ聞こえないほど小さな声で。

「まさしく! 新たな友情に」シャンパンを豪快に飲み干した男は、ふと顔をしかめた。が、注意をそらすのはわけなかった。それからの十分間は、鈴を転がすような声で笑っては、おつむの空っぽな美男子、フランシス・テンビー卿向けの話をするだけでよかった。お定まりの質問が繰り出され、彼女は慣れた調子で嘘《うそ》の答えを返した。未亡人だということ。心細いということ。今夜ここへ連れてきてくれた裕福な庇護者《ひごしゃ》と口喧嘩《くちげんか》になり、べつの女にその男を奪われたあげく置き去りにされるという残酷な仕打ちを受けたこと。でも、人生《セ・ラ・ヴィ》ってそんなものでしょ。そこでまた肩をすくめた。素敵な人はほかにもたくさんいるもの。

もちろん、女のほうから持ちかけたわけではない。持ちかけたのは男のほうだった。それが男というものだ。彼女は男の申し出を受け入れ、もう一度ちらりと時計を見た。二十分経過。ふたりは立ち上がった。男の顔からかすかに血の気がひいている。彼は気を取りなおして腕を差し出した。女が男の外套《がいとう》の袖に手を掛けると、ふたりは放蕩者《ほうとうもの》の溜《た》まり場をあとに、薄暗いガス灯が照らすセント・ジェームズの濡《ぬ》れた路面に足を踏み出した。折よく貸し馬車が通りかかり、ゆっくりと停《と》まった。まるで、あらかじめ計画されていたかのように。実際、計画されていたのだった。

フランシス卿は自分の住まいの所番地を御者に告げた。女のあとから馬車に乗りこむ足はもつれていた。馬車のランプの弱い光のなかでも、彼の顔が早くも汗で光っているのがわかった。女はまえかがみになって胸の谷間を惜しげもなく見せた。「あなた《モン・クール》」と小さく声をかけ、ピンク色の頰に片手を添えた。「ずいぶん具合が悪そうだけど」

「なんでもない」フランシス卿は今や体を起こしているのさえつらそうだった。「大丈夫だよ。ただ……見たいんだ……どうしても」もはや完全に頭が働かなくなっている。

女はシルクのショールをするりと肩から落としながら、さらに身を乗り出した。「なんですって、あなた《モン・シェア》。なにがそんなに見たいの?」

フランシス卿は霧を払おうとするように頭を振り、やっとこう言った。「きみの……きみの目。目をめたい。きみの顔も。ぼ……ぼ……ぼうし、ヴェール、取って――」

「あら、それはできないわ」と囁《ささや》き声で言いながら、左の袖を肩からおろしはじめる。「でも、べつのものなら見せてあげてよ、フランシス卿。ねえ、わたしの胸をごらんになりたくない?」

「みゅね?」とろんとした目をして言う。

袖の布地をもう一インチおろす。「ええ、ちょっとだけなら見せてあげる。こっちを見て、フランシス卿。そう、それでいいわ。じっと見るのよ、じっと。ほら見えるでしょ?」

顔を近づけすぎたのが運の尽き。「タト……タト……タトゥー?」彼は首をかしげた。「バック、じゃなくブラック……エンジェル?」突如、フランシス卿は白目を剝《む》いて口を半開きにしたかと思うと、馬車の扉にごつんと頭をぶつけた。そのあとは、魚市場に並ぶ死んだ鯉《こい》のように口を開けたまま彼女を見上げるだけだった。

この体勢では危険なので、彼の下顎を持ち上げて背中を座席の背に押し戻した。フランシス卿が革張りの背もたれに力なくもたれかかると、ポケットをまさぐった。札入れ。鍵。嗅ぎ煙草入れ——悔しいことに金ではなくて銀だ。鎖つきの懐中時計。外套のポケットに手紙が一通はいっていた。愛人からの手紙? それとも仇からの? だめだめ、強請《ゆすり》の手紙など読んでいる暇はない! 女は手紙を外套のポケットに押しこみ、そのかわりに真っ白なクラヴァットからサファイアのピンを引き抜いた。

任務完了。満足して獲物を眺める。「あなたのためにもこれでよかったのだと思いたいわ、フランシス卿。もちろんわたしはこれでよかったのだけれど」

フランシス卿は相変わらず口を半開きにして、喉の奥でいびきのような音をたてていた。

「そう言っていただけるとうれしいわ。ついでにお知らせしておくと、最近あなたが身ごもらせて馘《くび》にした可愛らしい客間女中《パーラー・メイド》も近々うれしがるはずよ」

それだけ言うと、女は戦利品を巾着袋に落とし、馬車の屋根を二度強く叩いてから扉を押し開けた。貸し馬車はブルック・ストリートの曲がり角にさしかかったところで速度をゆるめた。ブラック・エンジェルは座席からひょいと飛び降り、メイフェアの薄闇のなかに姿をくらました。ふたたび音をたてて夜の街を進みはじめた貸し馬車のなかでは、フランシス卿が頭を揺らして眠りこけていた。

＊

デヴェリン侯爵はいつになく気分がよかった。どれだけいいかといえば、馬車がリージェント・ストリートを進むあいだ、ろくに歌詞を知らない讃美歌《さんびか》『父なる神　慈愛』を延々と口ずさんでいるほどだった。それだけでは足りず、ゴールデン・スクエアの角あたりで馬車から降り、心地よい夜風にあたりながらのんびり歩くのもよかろうと不意に思い立った。御者に合図を送ると、黒光りした馬車は速度をゆるめて停まった。侯爵は勢いよく飛び降り、よろけることもなかった。

「雨が降りだしておりますよ、閣下」御者は道に立った主人を御者台からじっと見おろした。

侯爵は足もとに目を落とした。舗道が濡れて光っている。なるほど、じいさんの言うとおりだ。「〈クロックフォーズ〉（ロンドンで最も古い紳士社交クラブ）を出たときから降っていたのか、ウィトル？」呂律《ろれつ》はまったく怪しくないのだが、デイヴィーの豚（酒場の主人デイヴィッドの女房が酔っぱらって豚小屋で寝たという伝承から）にも負けず劣らず酔っていて、自分でもそれがわかっていた。

「いえいえ、出発したときは濃い霧が出ているだけでした」とウィトル。

「ふうん！」デヴェリンは帽子の縁をこころもち深くおろした。「どのみち散歩するにはいい夜さ。さわやかな夜風を浴びれば酔いも醒《さ》めるだろう」

ウィトルは御者台からもう少し身を乗り出した。「し、しかし、もう朝です。もうじき六時になります」

侯爵は目をしばたたいてウィトルを見上げた。「なんだと？　今夜はミス・レダリーと食事の約束をしていただろう？」

ウィトルはいくらか同情をこめてデヴェリンを見つめた。「昨夜のお約束のことですね。お食事のあとは、たしか芝居見物だったのでは？　でも、そうはなさらず……いえ、あのクラブがそうはさせてくれず……」

デヴェリンは片手で顔をこすった。その手触りで一日ぶんの顎ひげが伸びているとわかった。「そうか、なるほど。約束の時間になっても、おれは外に出てこなかったというわけだな」

ウィトルはやれやれというようにうなずいた。「はい、閣下」

デヴェリンは片方の眉をつり上げた。「呑《の》んだくれていたわけだ、さいころ賭博《ハザード》をやりながら」

御者は憮然《ぶぜん》とした表情を変えなかった。「ご婦人《レディ》も同席されていたと思いますが」

レディ？　ああ、そうだ。やっと思い出した。じつにそそられる豊満な胸のブロンドがいたっけ。あきらかにレディではないけれども。ベッドでの彼女はどうだった？　いや、自分こそどうだったんだ？　たぶんぶざまだったろう。どっちでもいいさ。関係ない。問題は芝居見物だ。くそ、今度こそカメリアに殺されてしまう。

侯爵は外套に包まれたたくましい肩を落ち着きなくまわしながらウィトルを見上げた。「とにかく、ベッドフォード・プレイスまで歩くことにするよ。向こうに着いてからの不面目な場面までおまえに見られたくないからな。このままデューク・ストリートへ帰ってくれ」

ウィトルは帽子の縁に手を添えた。「ステッキをお持ちください、閣下。ソーホーには追い剝《は》ぎが出ますから」

デヴェリンはにやりと笑った。「たかが追い剝ぎだろう？　歳のいった〝デューク・ストリートの悪魔〟を襲う追い剝ぎか？　そんな勇気のある輩《やから》がいるのかい？」

ウィトルは苦笑いで応じた。「あなたさまのお顔を一度でも見れば、そんな大それたことは考えますまいが、あいにくと追い剝ぎというやつは背後から襲ってきますからね」

これにはデヴェリンも大笑いし、帽子をほんのわずか持ち上げた。「ならば、邪魔くさいステッキを持っていこう。まったく口うるさいじいさんだ」馬車のなかに手を伸ばし、ステッキをつかんだ。

ウィトルはもう一度帽子の縁に手を添えて挨拶し、馬に合図を送った。馬車が進みはじめた。デヴェリンはステッキをくるりと一回まわしながら空に投げ、ステッキが地面に落ちる寸前に優雅な身のこなしで受け止めた。それほど酔ってはいないようだ。自分にそう言い聞かせるだけで不思議と元気が出た。道を闊歩《かっぽ》する侯爵の口からふたたび讃美歌が飛び出した。

過ぎにしむかしも　きたる代々《よよ》も
主はわが助けぞ　わが望みぞ
あめつちわかれぬ　ダンダダン
かわらぬ神こそ　デンデデン

ソーホーを抜けてブルームズベリーにはいるまでの短い夜の散歩を邪魔する追い剝ぎはいなかった。もしかしたら、ひどい讃美歌に恐れをなしたのかもしれない。あるいは、上背があり胸幅も広く、おまけに鼻の骨が折れている侯爵を襲う気にはなれなかったのかもしれない。馬鹿でかい男と言われたこともあったが、他人《ひと》にどう呼ばれようと関係ない。なんにせよ、この散歩にステッキは必要なかったということだ。ところが、なおも鼻歌まじりの讃美歌を大きな声で歌いながら、その家の表玄関からなかにはいったとたん、事態は一変した。

わが主のまえには　いくちとせも
みじかきひと夜の　ゆめにひとし
あさ日になんとか　かんとかごとし
ひとみなダンダン　デンデンデン

「ろくでなし！」どこからともなく大皿が飛んできた。「なにが〝みじかきひと夜〟よ、それはこっちの言う台詞《せりふ》！」

侯爵はとっさに首をすくめた。玄関扉の上の横木にあたって割れた大皿が頭に降ってくる。

「カミ――？」デヴェリンは応接間をこわごわ覗《のぞ》いた。

侯爵の愛人が物陰から現われ、鉄の火掻《ひか》き棒を振りかざした。「カミーなんてなれなれしく呼ばないでよ、この豚野郎！」カメリアはうなり、マイセンの置物のひとつをつかむとデヴェリンの頭めがけて投げた。

デヴェリンは首をすくめてかわした。「その火掻き棒を下に置くんだ、カメリア」ステッキを体のまえで横向きに握って歩きながら、つぎなる攻撃に備えた。「とにかく、それを下に置くんだ」

「さっさと消えて！」カメリアは市場の売り子のような金切り声でわめいた。実際、侯爵に内緒で売り子をやっているのかもしれない。「あんたなんか地獄で朽ち果てればいいんだわ。馬鹿でかい図体《ずうたい》のほかにはなんの取り柄もない世間知らずのろくでなし！」

侯爵は舌打ちした。「カメリア、きみは語彙をもう少し増やさないといけないな。ろくでなしを早くも二度聞いたぞ。さあ、ブランデーをふたりぶんついでおくれ。一緒に問題を解決しようじゃないか」

「いいえ、デヴェリン、ひとりで解決しなさい」カメリアは火掻き棒をぶんぶん振りまわした。「あたしはこれをあんたのお尻に突っこんでやるつもりだから」

侯爵はたじろいだ。「カミー、なにをしたにせよおれが悪かった。明日、〈ガラード〉（王室御用達の宝石商）へ行ってネックレスを買おう。約束だ」彼はほんのいっとき背中を向けてステッキと帽子をおろした。それがいけなかった。カメリアは待ってましたとばかりに火掻き棒を彼の頭めがけて投げた。さらに、鼠捕《ねずみと》りが得意なテリアもかくやという体重八ストーン（約五十キロ）のキックとひっかき爪の攻撃を仕掛けてきた。

「ろくでなし！」とわめきながら彼の背中に跳びかかり、拳骨《げんこつ》で頭に殴りかかる。「豚野郎！　豚野郎！　最低の豚野郎！」

　こうした芝居がかったところがカメリアのカメリアたる所以《ゆえん》だった。今や騒ぎを聞きつけた召使いたちが廊下から様子をうかがっていた。デヴェリンは体の向きを変えて彼女をつかまえようとするのだが、反対に首に腕をまわされ、喉を締めつけられた。彼女のもう一方の手は依然として彼にパンチを浴びせている。

「身勝手な、薄情者、くそったれ」カメリアは言葉に合わせてパンチを浴びせた。「あたしのことなんか考えたこともないんでしょ。いつでも自分！　自分のことばっかり！」

　そこでデヴェリンは思い出した。どうやら、続けざまにパンチを食らったおかげで頭のなかが整理されたようだ。「そうか、しまった！　クレオパトラ！」

　デヴェリンはやっとのことでスカートをつかみ、彼女の体を引きずりおろした。床にぺたんと座らされたカメリアは敵意をこめて彼を見上げた。「そうよ、あたしのクレオパトラ！　今夜はあたしの主役デビューの初日！　ようやく主役の座を射止めて……満場の喝采《かっさい》を浴びたわ。あんたは自分のことしか考えてない！　約束したわよね、デヴェリン！　来てくれるって言ったわよね」

侯爵が外套を脱ぐと、執事がおそるおそる近づいて受け取った。「すまない、カミー、ほんとうに。次回はきっと観にいく、かならず行く——そうだ、今からいくというのはどうだい！　それじゃだめか？」

カメリアはスカートの乱れを整え、精いっぱいの気品をまとって立ち上がった。「だめね、それは無理」まわれ右をしてから肩越しに振り返り、芝居がかった口調で言う。

「だってデヴェリン、あんたとは別れることにしたんだもの」

「別れる？」

カメリアは炉棚のほうへ移動した。「ええ、あんたはもうお役御免ってこと。手を切りたいってこと。あんたをあたしの人生から消し去りたいってこと。もっと続けてほしい？」

「だけど、カミー、なぜなんだ？」

「なぜって、それは、今夜エドマンド・サターズ卿からまたとない申し出があったからよ」

カメリアはデヴェリンをちらりと見やった。「芝居の幕がおりてから舞台裏にみんな集まってシャンパンで乾杯したときにね」

「舞台裏？」

「ほんとうはあんたがそこにいるはずだった」

カメリアは先ほどのマイセンと揃《そろ》いの置物を撫《な》ではじめた。ほっそりした長い指が磁器の表面を滑る。以前ならこうした仕種《しぐさ》をエロティックに感じただろうが、今は危険の兆候のように見えた。「もちろん、あんたがいればサターズ卿はそんな思いきった申し出をなさらなかったはずよ。でしょ？　でも、いなかった。だからそういうことになったの」彼女はくるっと振り向いた。「お受けしたわ、デヴェリン。聞こえた？　申し出をお受けしたのよ」

カメリアは今回は本気らしい。最悪の事態を招いてしまった。いいだろう、女などほかにいくらもいる。それぐらいわかっているはずだ。実際、わかっている。ただ、ほかの女を探そうという気力がないだけなのだ。いずれにせよ、愛想尽かしをされたらもう、荷物をまとめて出ていこうとする女を引き留めても無駄だということは過去の経験から学んでいる。

デヴェリンはため息をつき、両腕を広げてみせた。「まいったよ、カミー。きついな、こんな結果になるとは」

カメリアは軽蔑をこめて顎をつんと上げた。「朝になったらここを出ていくわ」

侯爵は肩をすくめた。「まあ、急ぐことはない。つまり、急いで家を空けてくれなくてもいいということさ。おれのほうも、つぎの相手を見つけるのに最低二週間はかかるだろうから、ゆっくり時間をかけて――」

そこでまたマイセンが額を直撃した。磁器のかけらが飛び散り、デヴェリンはよろよろとあとずさりしたが、床に倒れるまえにもう一度カメリアに手を伸ばした。

「ろくでなし！　豚野郎！」小さな拳《こぶし》がまたも飛んできた。「豚野郎！　ろくでなし！　あんたのその首を日曜日のお昼に食べる痩せこけた鶏みたいにひねってやるべきね！」

「いい加減にしろ！」デヴェリンはさすがにうんざりした。カメリアが舞台の台詞を自分で書いていなくてよかったと思いながら。

「ろくでなし！　豚野郎！」

とうとう床に崩れ落ちたデヴェリンの首をカメリアはまだ放さなかった。

＊

シドニー・セント・ゴダールは自立した女だった。単に自立心旺盛というだけでなく、現実的な生活手段をもっていた。最初のうち、そうした自立は踵《かかと》の高いおろしたての靴のように危なっかしく、なにかの拍子につまずいて上流社会の絨毯《じゆうたん》で転ばぬようひそかに祈りながら、ぎこちない足取りで歩いていた。やがて生まれ故郷のロンドンへ戻ってくると、その靴に窮屈さを感じるようになった。イングランドでの女の自立には、なにかを〝するべき〟〝するべきでない〟という新たな枠組みがあったからだ。

まる一年の喪が明けてから、シドニーは靴を脱ぎ捨て裸足《はだし》で人生を走ることが解決の道だと気がついた。二十九歳になった今は全力疾走している。わたしが死んだら墓碑銘は〝全力で生き抜いた人生〟にしてほしいと兄のジョージに頼んである。彼女が計画しているのはそれだけだった。人生なんて先の読めない不確かなものだし、善人だろうが悪人だろうが若死にする人間はたくさんいるということを思い知らされているから。ただ、自分がどちらに当てはまるのかよくわからない。善人？　それとも悪人？　どちらにもちょっとずつ当てはまるのだろうか。

フランスの良家の子女の多くがそうであるように、シドニーも母親という屋根に守られて少女時代を過ごしたあとは、高くそびえる頑丈な壁に囲まれた修道院付属の女学校へ進んだ。しかしながら、彼女はそこでとんでもない経験をすることになった。屋根も壁も持ち合わせていないハンサムな男と駆け落ちしたのだ。ピエール・セント・ゴダールが所有していたのは新しい立派な商船だった。その船にはふた部屋続きの船長専用スイートルームが設《しつら》えられ、可愛い小さな丸窓から世界を眺めることができた。

けれど、そこから世界を見ていたのはそう長い期間ではない。夫の死後、シドニーは船を売り、衣類をまとめ、猫を連れてロンドンへ移住した。現在はベッドフォード・プレイスのこぎれいな町屋敷に住んでいる。まわりに建つ家々も同じようにこぎれいな町屋敷で、商人や銀行家といった、厳密には郷紳《ジェントリー》に括《くく》られないまでも、ほぼそれに近い階級の人々が暮らしていた。シドニーは今、その自宅の上階の窓からの眺めを愉しんでいた。ベッドフォード・プレイスの斜向《はす》かいの家に引っ越し用の荷馬車が停められて、男ふたりが大きなトランクやら木箱やらを緊張気味にてきぱきと積んでいるところだった。

「これで何人めの愛人になるの、ジュリア?」シドニーは住みこみの話し相手《コンパニオン》の頭の上に身を乗り出して、厚地のカーテンの隙間から外を覗いた。

ジュリアは指折り数えながら答えた。「十二月の淡いブロンドが七人めだったから、八人めじゃないかしら」

「まだ三月よ!」シドニーは長い黒髪をタオルで拭きながら言った。「女を粗末に扱うのがどんな男なのか知っておいたほうがいいわね。まるで女を古い外套とでも思っているみたいじゃないの。肘のところが擦りきれたら捨てるっていうの？」

ジュリアは窓から身を引くと、シドニーを暖炉のほうへ押しやった。「今はそんな時間はないでしょう。急がないと遅れるわよ。ほら、そこに座って、髪を梳《と》かしてあげるから。そんな濡れた髪のままでストランド街へ行ったら風邪をひいてしまうわ」

シドニーは素直にスツールを引き寄せて座った。飼い猫のトーマスがすかさずひざに跳び乗ると、つややかな毛並みを片手で撫でた。「だけど、ほんとうに卑劣なふるまいだもの。だれが見てもそうよ。交差路の掃除人に訊《き》けば、あの家の男の名前を教えてくれるんじゃない？　訊いてみるわ」

「そうね」ジュリアは気のない相槌《あいづち》を打ち、シドニーの髪にブラシをあてた。「それにしても、あなたの髪は見れば見るほど、お母さん譲りねえ」

「そう思う？」シドニーの胸にちょっぴり希望が湧いた。「母はとってもきれいな髪をしていたっけ」

「ええ、とっても羨《うらや》ましかったわよ」とジュリア。「なのに、こんな鼠みたいなすすけた茶色い髪のわたしのほうが舞台に立っていたなんて！　ふたりが並ぶと――そういう場面もたびたびあったのだけれど――こちらはすっかり陰に隠れてしまったものよ」

「でも、あなたにはすばらしい芸歴があるじゃないの、ジュリア！　有名になったし、ドルリー・レーンの人気者だったんでしょう？」

「ほんの一時期だけよ。それも、大昔の話」

シドニーはなにも言わなかった。ジュリアがウエストエンドの劇場の花形だったころから長い年月が経《た》っている。彼女を贔屓《ひいき》にしていた金持ちの男たちはやがて若い女優に乗り換えた。ジュリアはシドニーの母より歳はいくつか下だが、ふたりは親友で、ともにあまり品行のよろしくない人々、たとえば、囲い者や高級娼婦《しょうふ》とつきあいがあった。取り巻きの顔ぶれも同じだった。そのなかには裕福な上流階級の放蕩者が大勢いて、そうした男たちは貴族の家柄ではない女とつきあうことを厭《いと》わなかった。

もっとも、シドニーの母、クレア・ボーシェは貴族の血を引いていた。しかも目を瞠《みは》るほどの美女だった。そのふたつの武器の最初のひとつを残酷にむしり取られたクレアは、残るひとつを温室のランのように大切に育て、その美貌で生計を立てた。その点はジュリアも同じだった。ただ、ジュリアは才能ある女優で、金持ちのファンの愛人として囲われるという幸運にも恵まれたが、クレアは所詮、高級娼婦でしかなかった。持って生まれた気品と男を惑わす魅力こそがクレアの才能のすべてだったのだ。とはいえ、不公平な話だとシドニーは思う。母は人生のほとんどを事実上ひとりの男に囲われていたのだから。

シドニーがロンドンへ帰ってきたとき、この町屋敷の玄関の呼び鈴を真っ先に鳴らして帰国を歓迎してくれたのはジュリアだった。シドニーは母の友人の孤独をひしひしと感じた。ちょうどそのとき小間使いがいなくて切羽詰まった状況にあった。コンパニオン、料理人、なんでも打ち明けられる友人ももちろん必要だったが、あいにく、すべての要求を満たす余裕はなく、まずは料理人を雇った。すると、有能な女優ジュリアは残りの役を完璧にこなしてくれた。本人に直接訊いたわけではないが、ジュリアはそのころ困窮の淵《ふち》に立たされていたらしい。みずからの才覚と美貌を頼りに生きてきた女はそうした事態に陥りやすいのだ。

「お母さんが恋しい？」ジュリアが唐突に訊いた。

シドニーはジュリアのほうにこころもち頭を向けながら考えた。わたしは母が恋しいのだろうか。「ええ、少し。母はいつも生きる力にあふれていたから」

そのとき、なにかが炸裂《さくれつ》するすさまじい音がした。トーマスは慌ててシドニーの膝からおりてベッドの下にもぐりこんだ。ジュリアとシドニーは窓辺へ走り、カーテンを全開にした。引っ越しの荷馬車はもう出発したあとだった。斜向かいの家を見ると、玄関の真上の窓が押し上げられ、可愛らしい赤毛女が窓から身を乗り出していた。用足し壺《つぼ》を手に持っている。

「豚野郎！」と叫んで、彼女はそれを思いきり地面に投げつけた。「ろくでなし！」

「あらまあ！」とジュリア。

べつの窓が乱暴に押し上げられ、赤毛女がふたたび現われた。手には新たな用足し壺がある。「ろくでなし！　豚野郎！」白い陶器が投げられ、破片が舗道に飛び散った。

ジュリアは肩をすくめた。「謎の紳士がだれだか知らないけれど、彼女と縁が切れたときにはあの家の用足し壺はひとつもなくなっているでしょうね」

2　われらが英雄、またも災難に見舞われる

「閣下?」

その声は遠くから聞こえた。亡霊のように。しかも、悪霊のようにしつこい。

「うっ!」デヴェリン侯爵はどうにかして追い払おうとした。「ううっ、どけっ!」

「しかし、閣下! 目を覚ましていただきませんと!」

「ううう!」

「はい、さようでございましょう」声に動揺の色がまじった。「そろそろ起きていただかないと困るのです」

「ゆうべは外套もお脱がせすることができなかったんだ」苛立《いらだ》ったべつの声が霧のなかから聞こえる。「これはもう使い物にならんだろうな。血がついている。おおかた、また拳闘試合《ボクシング》でもなさっていたんだろう。そっちは血には見えないが、どうだ、ハニーウェル?そら、その折り襟のところ」

「フェントン、血だかなんだかわかったもんじゃない。知ったことか」最初に聞こえた声は今は不機嫌そうだ。「閣下? お願いです、ほんとうにもう起きていただかないと。ブラン

プトンは大工たちを引き連れて帰りました。悪い知らせがございます」

悪い知らせ――。

その言葉が霧を突いてデヴェリンの意識のなかに飛びこんできた。馴染《なじ》みがありすぎて聞き逃せない言葉だ。「なんだって?」とりあえず片目だけ開けた。

四つの目がじっとこちらを見据えている。いや、六つか?

「やっと目を覚まされたようだぞ、フェントン」ほっとした声。「どれどれ、体を起こせるだろうか」

気がつくと遠慮会釈もなく上体を持ち上げられていた。間髪を容《い》れず腰のうしろにクッションが押しこまれる。ブーツを履いたままの両足を左右に開き、床におろす。目を覚ますまいと懸命に努力したにもかかわらず、今やしっかり目覚めていた。

従者のフェントンが眉をひそめた。「旦那さま、お戻りになられたら、どうか呼び鈴を鳴らしてわたくしをお呼びくださいまし」従者は手を揉《も》み絞った。「長椅子では寝心地がお悪かったでしょう。それにわれわれの目下の難題は床をどうするかです」

「難題?」デヴェリンは目をしばたたいた。

執事のハニーウェルが部屋の奥から小さなテーブルを移動させてきた。亡霊のような手がその上にコーヒーの盆を載せる。「さあ、これを!」とハニーウェル。「さてと、閣下、申し上げましたとおり、大工たちはもう引きあげました。青の間の床は手のほどこしようがないとのことです」

床？　床がどうしたって？

フェントンはコーヒーになにかを入れてかきまわしてから、やけに愛想のいい笑みを浮かべて侯爵にカップを手渡した。

「遺憾ながら、最悪の状況が発生しております」ハニーウェルは刑の宣告をするように続けた。執事がこんな声を出すのは、手癖の悪い従僕や磨かれていない銀食器を見つけたときだけだ。

「それはどうかな」デヴェリンは怪しむような目でコーヒーを見つめた。「最悪の状況なんて言葉を気やすく遣うなよ。気がつくといつも、とんでもなく……最悪の状況に置かれているんだ」

ハニーウェルは敬虔《けいけん》な田舎の牧師のように両手の指を組み合わせた。「ですが、閣下、今こちらのお屋敷は」そこで劇的効果を狙うように一拍おいた。「死番虫《シバンムシ》に占拠されているのですよ！」

デヴェリンはコーヒーをがぶ飲みしようとしたが、量が多すぎてうまくいかなかった。

「死番——？」

「死番虫でございます、閣下。青の間からカチカチカチという妙な音が聞こえますでしょう？　どうやら床の半分が虫に食われてしまったようです。敵はさらに階段室にも勢力をのばしているとのこと。階段室の両方ともでございます。ブランプトンによれば、階段の子柱も親柱も手すりも全滅で、非常に危険な状態にあり、われわれがまだ生きながらえているのは運がいいとしかいいようがないと」

「その殺人虫に食われるというのか？」とデヴェリン。

「崩れ落ちた階段もろとも地下の酒類貯蔵室《セラー》に落ちて死ぬという事態にいたっていないのは幸運だということです」

この屋敷に酒類貯蔵室なんてあったか？　デヴェリンは大きく頭を振り、コーヒーをもうひと飲みした。苦い味が口のなかに広がり、こめかみがずきずきしはじめた。「で、どうしろと？　どうやってその害虫を退治するんだ？」

「床と階段を外に出さなければなりません、閣下」

デヴェリンは顔をしかめた。「なるほど、それからトンカチの饗宴《きょうえん》が始まるんだな。作業靴を履いた職人が屋敷のなかをどかどか歩きまわるわけだ。大量の埃《ほこり》に、大音量！　社交クラブで放蕩三昧をしている輩に活を入れてやろうということか、ハニーウェル」

「それよりもっと不都合なことになるかと思われます、閣下」ハニーウェルは組み合わせた指に力をこめた。「遺憾ながら、転居を余儀なくされそうなのです」

「転居だと？」デヴェリンは嚙《か》みつくように言ってコーヒーカップを押しのけた。「デュークストリートのこの屋敷を出て、どこへ行くというんだよ、ご老体？」

ハニーウェルはフェントンと目配せを交わした。「ベッドフォード・プレイスの家がございますよね。レダリーさまならもしかしたら……いえ、きっと……」

「ああ、レダリーさまなら〝もしかしたら〟も〝きっと〟もないね。だが、それはもう問題じゃない。彼女は昨日、荷物をまとめて出ていったから」

両使用人は申し合わせたように安堵《あんど》のため息をついた。「では、フェントンが閣下の身のまわりのものをお運びしして、食器などはわたくしが荷造りいたします」執事は言った。

侯爵はあっけにとられて、ふたりの顔を交互に見た。「この場合、ノーという選択肢は残されてはいないわけか。となると、〝デューク・ストリートの悪魔《デビル》〟と呼ばれているこのおれは……今度はなんて呼ばれるんだろう？〝ベッドフォード・プレイスのいたずら小鬼《ホブゴブリン》〟かい？　迫力に欠けるな、ええ？」

シドニーは兄との夕食の約束に遅れなかった。むしろ約束の時刻より早めに着いて、大通りに立ち並ぶ店を眺めながらのんびりと歩くことまでできた。オックスフォード・ストリートやサヴィル・ロウのような制約がないストランド街には、高尚な雰囲気と金のにおいをなによりも売り物とする優雅な店は一軒もなかった。ここは道幅が広く往来の激しい通りで、あらゆる階層の売り手と買い手が最後に出会う場所なのだ。たとえ生きているうちにその機会がなくても、死んでから巡り逢《あ》うだろう。ストランド街には葬儀屋も二軒、棺桶屋《かんおけや》も一軒あるのだから。

鉄器商人、書籍商、絹専門の反物商、毛皮商人、骨相学者、易者——さまざまな商人がこのストランド街で看板を掲げていた。屋台のパイ売り、オレンジ売り、新聞売りもいれば、すりもいる。そして娼婦も。シドニーは、ときに社会のゴミと呼ばれる人たちと交流することにさほど抵抗がなかった。世界の港町のおよそ半分を見てきたので、社会の底辺にいる人たちがぎりぎりの暮らしをしていることは知っている。

だからこそ、シドニーは、道端の少女から欲しくもないオレンジを六個買った。少女がどうしてもそれを売らなければならないのは一目瞭然だった。お釣りはいらないと少女に伝えた。ストランド街をそぞろ歩いたあと、通りの終わりからちょっとはいったところに位置する高級感漂う店の張り出し窓を覗いた。店には看板も案内もなく、扉につけられた小さな真《しん》鍮《ちゅう》の飾り板があるだけ。そこにはこう記されている。

ミスター・ジョージ・ジェイコブ・ケンブル
優美な珍品、極上のがらくた

シドニーはショーウィンドウには目もくれず、その扉を押し開けた。小さな鈴が愉しげにチリンと鳴り、ハンサムな若いフランス人がすぐさまカウンターの背後から現われた。「ボンジュール、マダム・セント・ゴダール」男はシドニーの手を取ると、熱烈なキスをした。「相変わらず、とてもお元気そうで」

「とても元気よ、ジャン・クロード。おかげさまで」シドニーは笑顔を返し、身をかがめてガラスのショーケースにはいった優美な皿のコレクションに見入った。「あら！　ファイアンス焼きの砂糖菓子入れ《ボンボニア》じゃないの。新顔ね？」

「今週入荷したてのほやほやです、マダム」兄の営むこの店で助手をしているジャン・クロードは歯を見せて笑った。「さすが、お目が高い。明日にでもベッドフォード・プレイスにお届けしましょうか？　たとえばそう、愛する兄上からの贈り物として」

シドニーは首を横に振った。そんな余裕はない。もちろん、もらうわけにもいかない。

「そうだわ、ジャン・クロード、オレンジでもいかが？」ガラスのカウンターにオレンジを並べた。「オレンジは壊血病の予防になるわよ」

ジャン・クロードはにっこりした。「これはどうも《メルシー》、マダム。お目々ぱっちりのマリアンヌに会ったんですね」

「ええ、ぱっちりだったわ。それに、とってもお腹《なか》をすかしてるように見えた」

「どうすればいいのやら《ク・フェア》！　あの子たちはいつもお腹をすかしてるんです、気の毒に」

「ほんとうに、どうすればいいのかしらね」シドニーはつぶやくように言い、そこでふと話題を変えた。「ジャン・クロード、兄はどこにいるの？　今日のご機嫌はどう？」

若いフランス人は目を剝いて天井に向けた。「階上《うえ》で、料理人をこっぴどくしごいてます。おお、神よ、彼を救いたまえ。ご機嫌はすこぶる悪いです、狂犬なみに。スフレがぺしゃんこになったので」ジャン・クロードは声をひそめ、目も細めた。「マダム」さらに声をひそめて言う。「なにかぼくに見せたいものでも？」

シドニーはかぶりを振った。「今日はないわ。兄とムッシュー・ジローと会食の予定があるだけよ」

「おっと、お引き留めしてすみません！」ジャン・クロードは脇に寄り、店の奥に通じる暗緑色のベルベットの垂れ幕のほうを示した。「愉しいお食事を《ボナペティート》、マダム！」

二時間後、シドニーは骨董店《こっとうてん》の上階にある兄の食堂で極上のピノ・ノアールの一本を空けようとしていた。厨房《ちゅうぼう》でどんな危機的事態が発生していたにせよ、料理は申し分なかった。怒りのあまりジョージが料理人を始末したのだとしても、流された血はすっかり拭き取られている。シドニーは細心の注意を払って靴を脱ぐと、向かい合わせの椅子の座面に足を乗せ、椅子にゆったりともたれて満腹感にひたった。兄のジョージの特別な友人、モーリス・ジローがサイドボードでスポンジケーキを切り分けている。そこへ女中がカラフェに入れたポートワインとグラスをふたつ運んできた。

「きみはこちらをどうぞ、シド。われわれはポートワインだ」モーリスはシドニーのまえにスポンジケーキをひと切れ置いた。「スポンジはオレンジ入り。新鮮なオレンジを使っているから格別のうまさだぞ」

シドニーはテーブルの向かい側に座っている兄に目をやった。「当ててみましょうか。ぱっちりお目々のマリアンヌから買ったオレンジね？」

兄はフランス風の芝居がかった肩のすくめ方をした。「人は食わねばならぬ。ならばマリアンヌのオレンジを食おうではないか」

モーリスは声をあげて笑い、グラスふたつにポートワインをついだ。「ジョージ、シドニーにはすべてお見通しだな」

「やれやれだよ。クリスチャンの博愛精神を語るのはこれぐらいにして、ほかの話をしたいね」兄はグラスを手に取った。「事情通だと評判の兄としては」

モーリスはシドニーのほうを向いた。「聞かせてくれよ、この春も新しい生徒が増えたのかい？　どんなことを教えているんだ？」

シドニーはオレンジ入りのスポンジケーキをつつきながら、自分もポートワインのほうがいいのにと考えていた。「ミス・レズリーとミス・アーバックルには引き続きピアノを教えているわ。ミス・デヴナムとミス・ブルースターには行儀作法を。それから、ミス・ハンナデイ。彼女はダンスも歌も楽器もできないし、カナッペ・ナイフとフィッシュ・フォークの区別もつかないの。それなのに父親がボドリー侯爵との縁談を進めてしまったのよ」

「なんと！」とジョージ。「あの放蕩者と？　しかも、無一文だと聞いたけど」

シドニーはうなずいた。「可哀相にミス・ハンナデイは怯《おび》えているわ。結婚式が八月だから、わたしはそれまでに彼女になんとか教えこまないといけないの」

「そういえば」とモーリス。「そのハンナデイの父親というのは、紅茶でひと儲《もう》けした人物じゃないか？」

シドニーはこっくりとうなずいた。「そう、その人。わたしの家の少し先のサウサンプトン・ストリートに大邸宅を構えている」

「なるほど。で、ボドリーのほうは恐れをなすほど莫大《ばくだい》な借金を抱えている」兄が口を挟んだ。「この五年であの男の財産はみるみる目減りしている、レディの胴まわりよりも速く。

エセックスに所有する家屋敷を全部売り払っても借金は返済できない」

モーリスも心得顔でうなずいた。「しかもだ、シド。やつは先週〈ホワイツ〉(ロンドンの紳士社交クラブ)でミスター・シャルトルに一万ポンド負けたばかりだ。借金の底なし沼にはまりこんだあの男を救い出すには、紅茶商人の娘のふたりか三人は必要だろうね」

「ええ。でも、ミス・ハンナデイの尖《とが》ったシャベルが一本あれば、どこにはまっても救い出せる」とシドニー。「持参金三十万ポンドですもの」

「ボドリーはなまくらだがね」兄はぴしゃりと言って、ポートワインを上品に口に運んだ。

「どういう意味?」シドニーは兄に訊き返した。

「あの男はもったいぶった気取り屋であるうえに変態趣味の持ち主だってことさ」ジョージはグラスをテーブルに置いた。「最近のボドリー卿は若い海軍将校たちにご執心で一生懸命ベッドに誘いこもうとしているという噂《うわさ》が、ハンナデイの耳にはいらないよう祈ることにしよう。なかには相当高くつく相手もいるらしい。情熱の一夜のあとに口止め料を求められる場合もある」

「ひどい話!」シドニーは胸を手で押さえた。「そのためにもお金が必要なのね。いったいどうやって見つけるの、そんな……そんな……」

「そんなパートナーを?」モーリスが引き取った。

「ええ、そう」

モーリスは肩をすくめた。「そういうことを厭《いと》わない男もいれば、金が必要でしかたなくというケースもある。セント・ジェームズ（ロンドン最古の公園）をうろつけば相手が見つかるのさ、ほぼ確実に」

「セント・ジェームズ？」

モーリスと兄は意味ありげな目配せを交わした。「あのな、シドニー、特殊な趣味をもった紳士は――要するにそういう行為が好きな男は――仲間内でよく知られた場所で落ち合うんだよ」兄が解説した。「最近はまたセント・ジェームズの人気が高まっているから、ひとりであの公園をぶらつきながら合図を送ればいい。そっちのほうに興味があるってことを知らせるんだ、左の胸ポケットにハンカチーフを押しこんだりチョッキに親指を引っ掛けたりして」

「そういうことさ」とモーリス。「しかし、ボドリーの餌食になった男のなかにはさほど乗り気じゃなかったやつもいる。そんな経験から、ボドリーは斡旋人《あっせんにん》を雇っているんだ。餌食になるのはだいたい若い男で、賭博にはまったり、自分の不始末から妥協を強いられたりしている連中だ」

「貧しさが彼らの唯一の罪という場合もときにはあるけど」ジョージは優しく言い添えた。

モーリスはうなずいた。「ボドリーは気が向くと若い娘にも手を出す。リージェント・ストリートの東にある売春宿の女将《おかみ》や女衒《ぜげん》はひとり残らずあの男と顔馴染みだからな」

シドニーは身震いした。「ああ、いやだ。だんだん話が呑みこめてきたわ」胸にあてた手に力がこもる。「モーリス、はしたないかもしれないけれど、そのポートワイン、わたしも一杯いただいていいかしら。ああ、可哀相なミス・ハンナデイ！　いっそ彼女が船荷事務員と駆け落ちしてくれないかしら」

「船荷事務員？」サイドボードから新しいグラスを取ろうとしたモーリスは振り向いた。

「彼女は船荷事務員といい仲なのか？」とジョージ。

　シドニーはうなずき、ふたりの顔を交互に見た。「チャールズ・グリーア。ミス・ハンナデイのお父さまの雇い人よ。ふたりは熱烈に愛し合っているの。でも、ミスター・ハンナデイは家柄がちがいすぎると言って彼女との結婚をけっして許そうとしない」

　兄は片手を椀《わん》のように丸めて耳に添えた。「おお、グレトナ・グリーン（イングランドとの境界付近にあるスコットランドの村。駆け落ち結婚の名所）が呼んでいる！　急ぐようにミスター・グリーアに言ってやるといい。式の日取りを繰り上げられたら大変だから」

「駆け落ちを勧めるの？　本気で言っているの、ジョージ？」

　モーリスはシドニーにポートワインのグラスを手渡した。「そのようだぞ、シド。貧しい生活よりもっとひどいことが世のなかにはあるからな」

「ボドリー卿との結婚がそのひとつだ」ジョージが続けた。「おまけに、あいつの歳はミス・ハンナデイの倍以上だろう」

　シドニーは兄からモーリスへと視線を移し、もう一度兄を見た。「でも、もし駆け落ちを実行したら、彼女は勘当されて、チャールズは推薦状なしで解雇されてしまうわ」

　ジョージは肩をすくめた。「初孫でも生まれれば、父親も態度を変えるかもしれない」

「そうなるに越したことはないが、態度を変えなかったらどうするんだ？」とモーリス。

「その船荷事務員とやらはちゃんとした男なのかい？」

「ええ……そうよ」

「まちがいなく？」

「一度彼に会ったの。真面目で少し不器用だけれど、狡猾《こうかつ》なところは微塵《みじん》もなかったわ。それは自信をもって言える」

兄は肩をすくめた。「シドの人を見る目はたしかだぞ」

モーリスはワインを飲み干した。「それなら、その男の職はわたしが面倒見よう」

シドニーは仰天した。「ほんとうに、モーリス？　でも、どうして？」

モーリスはそっけない笑みを返した。「そりゃ、愛し合っているのに引き裂かれようとしている人間がいれば同情するさ。それに、ホーリングズのじいさんからこの十月には引退させてくれと言われているんだ。その若者が布の目録の作成や帳簿つけができるなら、何カ月か見習いで雇ってやってもいい。たいした給料はやれないけれども、飢え死にすることはないだろうよ」

「よかった！」シドニーはめまぐるしい展開に驚いていた。「ふたりともやっぱり頼りになるのね――噂話と醜聞が泉のように尽きないのはさておくとしても」

モーリスはシドニーの手を軽く叩いた。「われわれは上流社会《オー・モンド》を相手に仕事をしているからだよ、お嬢ちゃん。彼らは隠し事ができない。われわれの仕事が成功するもしないもそこにかかっている」

シドニーは声をあげて笑った。「そんなあなたたちでも知らないことがあるのかしら。あるいは嗅ぎつけられないことが」

「まずないな」と兄が言った。

「いや、噂話、醜聞、嗅ぎつける、ということならひとつある！」モーリスは目を輝かせてテーブルに身を乗り出した。「とっておきのやつが――相当に強力だぞ」

「続けろ」とジョージ。

「ブラック・エンジェルの最新の犠牲者はだれだと思う？」

「さあ」とシドニー。「だれなの？　教えて、モーリス」

モーリスはにやりとした。「あの無分別な青二才のフランシス・テンビー卿だ」

兄は目をぐるりとまわした。「ふむ、あの男なら犠牲になって当然だ」

モーリスは鼻に皺《しわ》を寄せた。「わたしに言わせれば、チョッキの趣味からしてひどすぎるが、聞くところによると、甘やかされて育った堪《こら》え性のない若造でもあるようだ。本人はブラック・エンジェルとのちょっとした顛末《てんまつ》を口止めしようと必死になっている。とはいえ、召使いのおしゃべりを止められるわけがない」

「で、どんな噂が流れているんだ？」

モーリスはさらに身を乗り出した。「百ポンドはくだらない高価なサファイアの飾りピンをブラック・エンジェルに盗まれたとさ」そこで声をひそめた。「そのうえ縄で縛られ、猿ぐつわをかまされ、しかも素っ裸で、走っている貸し馬車に置き去りにされたらしい」

「縄に、猿ぐつわに、素っ裸？」シドニーはつぶやいた。「すごく興味をそそられる。ねえ、モーリス、もっと詳しく教えて。エンジェルのことはどう言われているの？　どんな人物だと思われているの、彼女は？　それとも彼？」

「不当な扱いを受けた愛人だという話だ」モーリスは即答した。「ひょっとしたら女優かもしれん。なぜ姿形が毎回ちがうのか、なぜ富と権力をもつ男ばかりが標的とされるのかはそれで説明がつく。エンジェルは怒っている。復讐《ふくしゅう》しているんだ。腹を抱えるほど笑わせてくれているのは言うにおよばず」

シドニーの顔がほころんだ。「運悪く彼女の犠牲になった男たちには、自分が狙われた理由がわかっているのかしら」

モーリスと兄は視線を交わした。「そういえば、こんな噂を聞いたな」とジョージ。「エンジェルは女ロビン・フッドを気取っているんだと」

シドニーは眉をつり上げた。「じゃあ、盗まれた金品はだれにあげているの？」

目ざとい兄の目がきらりと光った。「さあ、そこまではわからない」

「でも、兄さんなら突き止められるんじゃない？」シドニーはからかった。「なんでも知っているんじゃなかった？」

「嗅ぎつけることはできると言ったのさ。自分でそうしたければ。しかし、エンジェルの正体も、彼女が手助けをしてやっている相手のこともべつに知らなくてもいい。うまくやってくれというのが正直な気持ちだ」

シドニーは目を上げ、挑戦的に兄を見つめた。「あらそう。だったら、べつのことを嗅ぎつけてもらえたらうれしいんだけど。とくにわたしの興味を惹《ひ》くことを。兄さんの手腕をもってすれば難しくもなんともないはずだから」

「いいとも。で、なにをご所望で？」

「うちの斜向かいの家の持ち主がだれだか知りたいの」

兄は一瞬たじろいで彼女を見つめた。「わたしが詳しいのは醜聞と悪事だよ、シド。ブルームズベリーの不動産記録は専門外だ」

「でも、これはその範疇《はんちゅう》にはいるわ。その家はある紳士が——貴族だそうだけど——愛人を囲うための家なのよ」

「なあるほど！」モーリスと兄は声を揃えて言った。

「女の人がしょっちゅう入れ替わっているの、季節が変わるよりも速く。だから、その貴族の名前を知りたいのよ」

「番地は？」ジョージが尋ねた。

「十七番地」

モーリスは顔をしかめた。「今回の女というのはブロンドかい？　それともブルネット？」

シドニーは首を横に振った。「赤毛よ。交差路の掃除人によると女優ですって。じつは今日の午後、出ていったばかりなの。見るからに取り乱して。でも、冬に住んでいたのはブロンドだった。淡いブロンドで、ちょっと気取った歩き方をする、顎の尖った女《ひと》。そのまえは、イタリア人の踊り子で、たしかマリアという名前だったわ。泣きながら出ていったっけ。だから、男は冷血漢にちがいないと思うの」

兄はにわかにそわそわしだした。「問題の紳士はデヴェリン卿だな」と静かに言った。

兄とモーリスはまたも奇妙な視線を交わした。「ふむ」モーリスが唸《うな》った。「シドニー、その男はめっぽう体の大きい男じゃないか？」

シドニーは肩をすくめた。「それが本人をまだ一度も見たことがないのよ。自分の馬車か貸し馬車でやってきて、帰るときも馬車だから」

兄はグラスをまわしながら天井を仰いだ。「馬車には紋章がはいっているだろ？」

「ええ、もちろん」

「どんな紋章だか覚えているか？」

「もちろん、覚えてるけど」シドニーは目を閉じて説明した。

「やっぱりそうだ。まちがいない」

「ああ、まちがいない」とモーリス。「先週、新しいチョッキをうちでひと揃い仕立てたところだ。四頭立て馬車が寄せられるのを見た」

シドニーはテーブルにナプキンを置いた。「すばらしい！　デヴェリン卿ね。その貴族の行きつけの社交クラブは知っている？」

兄は怪訝《けげん》そうに片方の眉を上げ、すらすらと答えた。「〈ビーフステーキ・クラブ〉に〈ヨット・クラブ〉に〈メリルボーン・クリケット・クラブ〉。それと、〈ホワイツ〉も。締め出しを食っていなければ。なぜそんなことを訊くんだ？」

「食事にヨットにクリケット！」シドニーは兄の質問を無視した。「どうやら、なんでもなさる紳士なのね。賭博もなさるんでしょうね、たぶん？」

「命知らずの賭けをなさっているよ」モーリスが答えた。「〈クロックフォーズ〉の常連だ」

シドニーは目を瞠った。「あそこは危険な店なんじゃ……」

「安酒場だろうとむさ苦しい宿屋だろうと、迎え入れてくれるところがあればどこへでも足を向けるさ」兄は投げやりに言った。「デヴェリンは喉が渇いた豚も顔負けの飲み方をする。あの男には限度ってもんがない」

「かならずしもそうとは言えんぞ、ジョージ」モーリスは両手の指先を胸にあてた。「うちでチョッキを仕立てたってことを忘れてくれるなよ」

「だが、あの豚を世間がどう言っているかはきみも知っているだろ」兄は鼻をひくつかせてみせた。「目の見えない豚でもたまさかトリュフを探しあてるってことはあるからね。それに、チョッキの生地を選んだのは従者だと言ったじゃないか」

「ところで、そのご立派な殿方はどちらにお住まいなのかしら？」シドニーは尋ねた。

「もういいだろ、シドニー！」兄は苛立ちはじめた。「そいつは人呼んでデューク・ストリートの悪魔。あとは自分で考えること。さてと、このへんでデヴェリンの話題は終わりにしてよろしいかな？　退屈でかなわない」

3　ビーフステーキなる高尚な社会

〈ビーフステーキ・クラブ〉を簡潔に定義すると、どんちゃん騒ぎが大好きな常軌を逸した男たちの集まりだ。卑猥《ひわい》な歌を歌い、血のしたたる肉にかぶりつき、ポートワインを浴びるほどがぶ飲みし、最後はルールもへったくれもない賭博地獄へ雪崩《なだ》れこむ場所だ。〝持病の痛風〟などという言葉は彼らの辞書にはない。〈ビーフステーキ・クラブ〉のメンバーは、その厄介な病に冒されるまえに、それよりはるかに潔くこの世とおさらばすることになっているから。

メンバーが集まるのは毎週土曜日。といっても、テーブルを囲む席には限りがあるため、メンバーの数は極端に少ない。死、心の病、破産。彼らの未来に待ち受けているのはその三つだけ。残念なことに、そうしたケースが現実にそれぞれ何件かあった。百年以上の歴史のなかで、〈ビーフステーキ・クラブ〉は何度も場を移すことを余儀なくされ、現在はコヴェント・ガーデンにほど近いライシーアム劇場の一室が集合場所となっている。

ブラック・エンジェルはその入り口を難なく見つけ、道の反対側の物陰に身をひそませて待った。コヴェント・ガーデンに夜のにぎわいが広がりはじめていた。市場の野菜売りや行商人はとうに家路につき、舗道は娯楽を求めてコーヒーハウスや劇場へ向かう人々でごった返していた。彼女が隠れているすぐ脇を、擦りきれた茶色のコート姿の男女が笑いながら、足取りも軽く通り過ぎた。

そこへ、ビール樽《だる》を積んだ荷馬車がけたたましい音とともにストランド街のほうから近づいてきて、視界がつかのま遮られた。荷馬車が行ってしまうと、ライシーアム劇場からあふれ出す愉しげな群衆のなかにその男を見つけた。まちがいない。背丈も身幅も見まがいようがなかった。髪はたぶん暗めの栗色《くりいろ》。衣装は黒ずくめのようだ。

愉しげな会話をしばらく交わしてから、その男とふたりの連れは人混みからガス灯の下へ歩を進めた。一瞬、心臓が止まった。思考が完全に停止したかと不安になった。デヴェリン侯爵は友人ふたりを見おろすほどの長身で、裾の広がった外套をまとった肩は広く、ビールの樽を思わせる厚みがあった。

だが、心臓が飛び出しそうになったのはそのせいではない。彼の目のせいだ。灰色の石板のように冷たい目。しかも、世をすねたような表情をたたえている。自分が知りたくないことまで世間を知りすぎたという目だ。彼女は不思議な連帯感をいっとき覚えたが、容赦なくその思いを押しやった。なおも通りに響く彼の笑い声は今は偽りと思われたけれど。

ライシーアム劇場の外には紋章入りの馬車は待機しておらず、男三人は徒歩で、なぜかフリート・ストリートのほうへ向かっていく。今夜の仕事はどこですることになるのだろう。心配が芽生えたが、散歩はわずか数分で終わり、三人は知識階級の溜まり場、〈チェシャー・チーズ〉へはいった。彼女は路地の陰にそっと身を寄せ、三十分待ってから、自分もその酒場へはいった。入り組んだ迷路のような店にはテーブルやベンチが所狭しと置かれていて、相手に気づかれずに監視するのは不可能だ。ここはだめだと判断し、混んだ酒場をひと巡りしてから、ふたたび通りに出た。酔客の好色な目つきと無遠慮に尻を撫でられるだけですんだのは幸いだった。

一時間後、三人が店のなかから現われた。足取りは鈍くなっているが、それでもまだしっかりと歩いている。テムズ川の濃い夜霧が男たちを包み、道を通る馬車の蹄《ひづめ》の音や車輪のきしみをやわらげていた。そうした音もやがて遠のき、ついには聞こえなくなった。今は霧とともに川からのぼるにおいも感じられた。東側から流れてきた得体の知れないもののにおいも混じっている（当時のテムズ川は工場からの排水や屎尿で悪臭がひどかった）。薄闇のなか、侯爵の黒の外套の裾が不気味に揺らめいてブーツにまとわりついた。足取りはゆったりとして優雅だった。三人はセント・ポール大聖堂の外苑《がいえん》からチープサイドへ向かった。

男たちは一階に煙草店がある建物の急な階段を降りた。表札を掲げていないが、そこは一見の客お断わりの賭博場、〈ギャラーズ〉だ。またも予想外の選択だった。二時間が経過し、そろそろ温かいベッドが恋しくなりだしたとき、標的がまた外に出てきた。千鳥足でつぎに向かった先はイースト・エンドのさらなる危険地帯。デヴェリンはとんでもなく勇敢か、とんでもなく間抜けかのどちらからしい。彼女はマントをきつく体に巻きつけ、ナイフを手にしたまま尾行を続けた。

クイーン・ストリートまで来ると男たちは立ち止まり、葉巻煙草に火をつけてからテムズ川へ向かった。酔いどれ同士、あたりかまわず大声でくだを巻きながらサザーク橋を渡っていく。彼女は姿を見られないよう橋の手前でとどまった。もっとも、ここで足を止めても大勢に影響はない。三人の行き先の予想はもうついていた。

〈錨《アンカー》〉は海賊や密輸業者や盗賊がしばしば利用する川沿いの古い宿屋で、いたずら心から出入りする貴族もいる。阿片《あへん》、酒税のかからぬブランデー、種類を問わぬ色事。〈錨〉ではそのすべてが手にはいる。そうした知識は彼女にもあったが、詳しく知っているわけではなかった。三人がなかにはいるのを見届けてから十分待ち、階段を降りて扉を開けた。ひげもあたらず疲労の色がありありと見える宿の主人は、彼女がギニー金貨を一枚、帳場の台にぱちりと音をたてて置き、階上の部屋を取りたい——できれば川から離れた奥の部屋がいい——と言っても瞬《まばた》きひとつしなかった。

階上の部屋にはいると、開き窓を押して大きく開け、建物の外装をすばやく確かめた。通りに明かりはなく、人っ子ひとりいない。頑丈そうな排水管と、庭を囲う低い塀。文句なしの舞台だ。マントを掛け釘《くぎ》に引っ掛けて小さな旅行鞄《かばん》を開けると、唇に紅をさし、階下《した》へ戻った。宿屋の酒場のなかは薄暗かったが、デヴェリンと連れが、入り口のそばでカードゲームに興じている荒くれ男三人に加わったのが見えた。入念に衣擦《きぬず》れの音をたててその脇を通りしな、デヴェリンの左隣りに座った男の肩を指先でかすめた。

侯爵が振り向き、隣りの男の肩から彼女の指がすっと離れるさまを、瞼《まぶた》を薄く開けて見つめた。

「なんにします？」彼女がバーカウンターに近づくと給仕が声をかけた。

煙草の灰と、饐《す》えたエールのにおいが鼻をついた。「ジンを一杯ちょうだい、おにいさん」

部屋の様子を目に収めようとカウンターに片肘をついて体をひねった。テーブルはほとんど埋まり、紫煙が低く垂れこめている。

給仕は飲み物を置くと身を乗り出し、小さな声で言った。「言っとくがね、お客さん、ここで面倒を起こされるのはごめんだぜ」

彼女はさも困惑したという笑みを肩越しに送った。「ああら、あたし、おたくに面倒をかけるように見える？」

＊

デヴェリンは赤いベルベットのドレスに身を包んだ派手な女が酒場へ降りてきたときから気づいていた。アラスター・マクラクラン卿の肩をかすめたその手――長い指をした意外なほどきれいな手を見逃せるはずがない。アラスター自身はむろん気づいていなかった。彼はギニー金貨を五十枚テーブルに山積みにして、手札を握った片手を興奮のあまりぶるぶる震わせていた。素性の知れない娼婦と床を温めるなどという考えはちらとも頭に浮かばないらしい。

デヴェリンもそんなことを想像してはいけなかったのだ。でも、負けがこんできたし、ちょっとした気晴らしが欲しかった。酔っぱらってもいた。娼婦がバーカウンターにしなだれかかるようにしてジンを注文するのを見ていた。ジンだと？　まいったね、おれの好みじゃなさそうだ。

背が高く豊満な体つき。乳房がドレスから飛び出しそうだ。そもそもドレスの襟ぐりが乳首の手前まで深くくれている。赤味《あかみ》の強い髪とベルベットのドレスの組み合わせはなんとも刺激的で、郵便馬車をも停めるのではないかと思われた。今はカウンターに片肘をついて騒がしい店内を大胆に眺めている。早い話、あの女は見たままの女、豊かな胸と下品な服で男の目を惹こうとする波止場の娼婦なのだろう。

とはいえ、あの目が気になる。どことなく奇妙な気がした。利発さと知性を感じさせるまなざしが体のほかの部分にそぐわない。彼女の目の色を知りたくてデヴェリンは気取《けど》られないように何度も視線をやった。頬骨が妙に高くて、そのせいかちょっと兎《うさぎ》に似ているように見えるが、口の形は悪くない。唇の脇にあるほくろがなんとも悩ましげだ。しかし、女はさっきから睫毛《まつげ》を伏せてはアラスターばかりを見ている。そのことにデヴェリンは苛立ちはじめていた。

一度、女が思わせぶりに唇の端を舐《な》め、ほくろに舌が触れそうになった。デヴェリンはブランデーをもう一本注文し、勝負に本腰を入れた。こんなにしこたま飲んだ夜にはカードで遊ぶべきではないとわかっていたが、アラスターがどうしてもと言って聞かなかったのだ。それもむべなるかな、今夜の彼はつきまくっている。自分はどうかといえば運に見放されている。デヴェリンは自分の手を諦め、今夜の負けを認めた。

女はカウンターを離れて、ふたたび店内をうろつきはじめ、またも物欲しげな流し目をアラスターに送った。彼女の腰が椅子に触れても、アラスターのほうは片手いっぱいにスペードの札を持ったままだ。このまま抜け目なく続ければひとり勝ちできるだけのスペードが集まっている。実際、彼のひとり勝ちになるのだろう。アラスターは練達のギャンブラーだ。デヴェリンはこの勝負からおりることにし、さてこれからどうすべきかと自問した。

赤いドレスの女を落としたい。なぜだかわからないが、とにかくそれが今したいことだ。女が見せた意固地な態度に刺激されたのかもしれない。彼女はまだ一度もデヴェリンを見ていなかった。おかしいではないか。女はいつだっておれを見るのだ。体格のよさに目を奪われただけだとしても。からかっているつもりなのか？　それとも、あの女の好みじゃない？いや、むしろ好みだからか？　デヴェリンは仲間にそっけない挨拶をすると椅子をうしろへ押しやって残金を受け取り、ふらりとテーブルを離れて確かめにいった。

どうやら、デヴェリンは女の好みだったらしい。

「あんたみたいにいい体をした男、見たことないわ」女はにやりと笑い、彼の股間に目を落とした。「特別料金を要求させてもらうかもしんないけど、場合によっては」

デヴェリンは女の腕をつかんで階段を昇らせようとした。「金を返したくなるほどいい思いができるかもしれないぞ」と唸り声で言い、階段の途中で足を止めた。肝腎なことを忘れていた。明かりの落とされた階段で、彼は女の体を引き寄せ、顔を自分のほうに向けさせた。

「名前は？」

女は意味ありげに目を伏せた。「ルビー」ひどい下町訛り《コックニー》と耳障りなかすれ声。にもかかわらず、その言葉はシルクのようになめらかでデヴェリンの背筋をぞくりとさせた。「ルビー・ブラック」

デヴェリンはけばけばしい赤のドレスをもう一度見おろした。ルビー・ブラックからは経験を積んだ余裕のようなものが感じられた。そのことにふと感謝の念を覚えた。処女に手ほどきをする気分では毛頭ないし、それに近いことをさせられるのもごめんだ。といって早急に事を運びたいわけでもない。カメリアに出ていかれたあとの喪失感は大きく、欲求不満にも陥っていた。今求めているのはそうした心身の状態を鷹揚《おうよう》に受けとめ、長々と相手をしてくれる女なのだ。彼はふたたび足を止めると、女を抱き寄せて真正面から見据えた。

「朝までだといくらだい、ルビー？」

「ああら、すごい！」とルビー。けれど、しっかりと料金を告げた。デヴェリンはいそいそと金を渡した。

ルビーは受け取った金をしまうと、たっぷりした黒い睫毛の下から上目遣いに彼を見た。

「デヴェリンだ」彼は低い喉声で自己紹介をした。

狭くてみすぼらしい部屋の明かりは蠟燭《ろうそく》一本だけだった。においのきつい獣脂の蠟燭がじいじいと音をたてて燃えている。使い古しの粗末な家具に、厚板を雑に張っただけの床。幅の狭い四柱式のオークのベッドはどうにかこうにかデヴェリンの体重にもちこたえられそうに見えたが。いずれにせよ雰囲気などどうでもいい。ただ行為におよびたいだけなのだから。ルビーはデヴェリンの胸に片手を這《は》わせてから、からかうように片手で下腹部をまさぐった。「やっぱり、たいしたもんだわ、ミスター・デヴェリン」鼻孔をかすかに広げながら体をもたせかけた。早くもいきり立った股間を彼女の腿がかすめる。女の目が見開かれるのが蠟燭の薄暗い光のなかで見えた。「ああん、完全な素面《しらふ》のときのこれを見るのが怖い」デヴェリンはいい気分だった。娼婦のお世辞に浮かれてどうすると思いながらも。酔いどれ男に金で買われた女。客をおだてるのも手管のひとつにすぎない。ただ、この女の顔にはなにかがある。それは飢えか。渇望か。見極めたいという思いが湧き起こった。「この部屋はどうしてこんなに暗いんだ？」

ルビーは不意に傷ついた表情を見せた。「こっちはかつかつの暮らしをしてんのよ、お客さん。それに〈錨〉は蠟燭代も請求するの、一本につき一ペニー」

デヴェリンは体を引こうとしたが、彼女は股間に両手をもぐりこませた。温かく小さな掌《てのひら》が睾丸《こうがん》を包む。「なによ。今さら逃げないで」そう囁く声にはわずかながら必死な響きがあった。必死なのはいい。自分の女に必死に求められるのは悪くない。

デヴェリンはそこで強く体を引いた。いや、彼女はおれの女じゃない。川沿いの宿屋を根城とする一介の娼婦にすぎない。ところが、なぜか今はその事実をつい忘れそうになる。用心しなければ。彼はルビーの片手の手首をつかんで自分のほうへ引き寄せた。「なあ、おい」と濁声《だみごえ》で言う。「悪いものはもっていないだろうな」

ルビーの目が無礼なまでにひたとデヴェリンを見据えた。「病気なんか移しゃしないわよ、お客さん。それを心配してるなら」

「よし」デヴェリンの口調が少し険しくなった。「ここで重い淋病《りんびょう》をもらうのだけは勘弁願いたいからな」

ルビーはつかまれた手首をぐいと引き離し、あとずさりした。「よくお聞き、ミスター・デヴェリン。あたしが売ってるもんに喜んでお金を出そうって人はいっぱいいるんだ。気乗りしないなら結構。とっとと出てってくんない?」

まさか、出ていく気などあるものか。この女――ルビーにはやはりなにか特別なものがある。が、それがなんだかわからなかった。なにしろ、彼女の姿をまだよく見てもいないのだから。とにかく彼女が欲しい。なぜだかわからないが欲しいのだ。飢えた女の欲情が体からにじみ出ているように感じられる。肌の発する欲望のにおいが嗅ぎ取れる気がする。おまけに、その肌が惜しげもなくさらけ出されている。

デヴェリンはもっと見たいという衝動に襲われた。手を伸ばして胸に触れると温かくて柔らかかった。乳房を口で味わおうと、安っぽいベルベットのドレスを引き下げにかかった。が、彼女はその手を引き剝《は》がし、押し戻した。

「なに急いでんのよ、お客さん?」

「金は渡したはずだ。なにが気に入らない?」

ルビーはこころもち体を引き、声をひそめた。「あんた、大男でしょ、ミスター・デヴェリン。だから、ちょっと怖いのかもね」

デヴェリンは笑顔をつくろうとした。「どうだかな」

ルビーは睫毛をはためかせた。「だって、あたしは小柄だから」だんだんとかすれ声になる。「あんたみたいにでっかい男は注意してくんないと困るわ」

「注意?」

「できるだけゆっくりやるってこと。ゆっくり、時間をかけてやってほしいの」

デヴェリンはふくみ笑いをした。「で、どんなのがお好みなんだい?」

「いいやり方がいくつかあるんだ。あたしの得意技っていってもいいけど」

そんなことを聞けば興味をそそられずにはいられない。「ほう、どんな得意技?」

ルビーは少し間を置いてから答えた。「あんたがせがむようにさせることだってできるわよ、デヴェリン」

「それは遠慮しておく。できれば正攻法でいきたいね、ルビー。変態趣味は持ち合わせていない。ひたすら強く激しくするのが好みだ」

薄明かりのなか、彼女の口がはっとするほど可愛らしくすぼめられるのが見えた。彼女はおれを怖がってなどいない――実際に怖がった女もひとりかふたりいたけれども。ただ戯れにそう言って愉しんでいるだけなのだろう。それのどこが悪い? カードゲームには飽き飽きしている。まだ見たことも食べたことも味わったことのないものを求めて、仲間とともに娯楽場を渡り歩くのにも飽きた。ほんとうは人生に疲れているのだ。

倦怠感《けんたいかん》に押しつぶされてカメリアのかわりの愛人を探そうなどという気にはとてもなれず、そんなときにこの赤毛の女を見かけた。それで、据え膳食わぬはなんとやらだと思った。しかし、今、彼女はふっくらした唇を震わせて、さも失望したという顔を見せている。それはこっちの得意技だ。女を失望させるのは。ひどく馬鹿らしいとは思いつつも、デヴェリンは唐突に決心した。この女を失望させるまいと。

片手をまわして女の尻にあてがう。「わかったよ、ルビー」尻を持ち上げるようにして、ズボンを突っぱらせている一物を押しつけた。「きみのやり方をためしてごらん。好きなようにしていいぞ。おれの欲しいものを手に入れる時間はひと晩たっぷりあるんだからな」

ルビーは微笑み、外套の下にある厚い胸を撫で上げながら、肩からするりと外套を脱がせた。デヴェリンはふくよかな尻から手を放し、外套が腕から落ちるにまかせた。

ルビーは満足そうに喉を鳴らした。「一オンスの肩パッドもはいってないのね？」と、かすれ声で言う。彼は硬くなったペニスをなすりつけた。「で、この立派なステッキはいつもズボンに押しこまれてるわけね」

デヴェリンは皮肉めかした笑みを送り、ほっそりした指がウールの服地を通して体をなぞるのを眺めた。淫らな感じがたまらない。悦《よろこ》びの声が小さく漏れた。「ねえ、白状しなさいよ」彼女の両手がチョッキに伸びる。「ゆっくりやってもいいって言ったわよねえ。ほんとは自分もそう思ってるんでしょ？」

ボタンがはずされるのを眺めた。「きみ次第さ。どうしたいんだい、ルビー？」

彼女は睫毛を伏せて目を合わせようとしなかった。「あたしはゆっくりが好みよ、ミスター・デヴェリン。うーんとゆっくりなのが。それと、ちょっとせがまれるのも好き。絶倫の男が熱い体を汗まみれにしてこらえてる姿に女は最高に燃えるもんなのよ」

その言葉にデヴェリンはとてつもなくそそられた。彼女の手がチョッキを脱がした。シャツだけになった背中にひんやりした空気が刺激を与える。「では、きみの愉しみ方を伝授してもらうとしようか、ルビー」

ルビーの唇がまたすぼめられた。「演技なんかしなくていいわよ、ミスター・デヴェリン。ほんとは興味がないなら」

デヴェリンは両手を彼女の肩に置いた。「質問に答えてくれ。ズボンのなかの立派なステッキは、充分に興味を示しているだろう?」

ルビーは彼の目をじっと見つめた。「あんたは本物の紳士みたいに見えるから言ってんのよ、ミスター・デヴェリン。このサザークあたりに本物の紳士が何人いると思う?」

彼は鼻を鳴らした。「めったにいないだろうな」

「そうよ、当たり。でも、あたしには野望があんの」

「野望?」デヴェリンは笑うまいとした。

ルビーはおもむろにうなずいた。「あたし、上手なの。この道じゃ相当な腕前なのよ。サウスバンクで商売するのはもううんざり。アップタウンに場所替えしたいんだ。ちょっとはいい暮らしがしたいし、もっとましなとこで商売したいのよ。落ち着いたあったかいとこでね。上等な服だって欲しいし」

デヴェリンはルビーの両手をつかみ、しばらくそのままでいた。「きみの望みをしぼませるようで悪いが、おれがここへ来たのはこのパイプの錆《さび》を少しばかりこすり落としてもらいたいからだ。きみと長期的な取り決めをしたいわけじゃない」

ルビーはじっと彼を見ながら睫毛をはためかせた。「わかってるわよ、そんなこと。でも旦那にはちゃんとした紳士の知り合いもいるでしょ？　階下でカードをやってる友達ふたりとか。もし、今夜満足したら、あたしの名前を教えといてくんない？　とくにあの黄色い髪のハンサムな殿方に——ああいう顔がいいなあってずっと思ってたの」

アラスターか？　この期《ご》におよんでまだアラスターのことを考えているのか？　なんたる侮辱だ！

彼のなかでなにかが切れた。「どういうつもりだ。そんな無駄口を聞かされるために金を支払ったわけじゃないぞ」デヴェリンはルビーの体を乱暴に引き寄せると、無理やり唇を合わせた。荒っぽいキスで彼女をのけぞらせ、強引に口を開かせて舌を押し入れる。ああ、なんていい味わいなんだ。それは熟した果実のようでもあり、安いジンと熱く燃える罪《シン》のようでもあった。彼が求める、だが言い表しようのない味だった。

ルビーは離れようとしたが、そうはさせなかった。なおもキスを続け、彼女の口の奥まで舌を突き入れた。囚われの身となったルビーが両手で彼の肩を押して抗《あらが》いはじめても、デヴェリンの動きはほとんど止まらなかった。欲望と落胆が体のなかで新たにうねる。彼女のなかにはいりたい。このままキスを続けていたい。聞きたくないことを彼女が口にできないように。

ルビーは今は手の付け根の部分でデヴェリンを叩いていた。

自制の糸が切れないようにしなければ。デヴェリンはあえぎながら自分の口を引き剝がし、食い入るように彼女を見つめた。部屋の暗さにもかかわらず、その顔に真の恐怖が浮かぶのを見た気がした。

「しまった」と、声を絞り出した。「すまない」

ルビーはまだ震えていた。すっかり怯えさせてしまったようだ。彼は乱暴に自分の髪をかき上げた。ひょっとするとルビーは思ったほど経験豊富な女ではないのかもしれない。それに、彼女がどんな商売をしていようと、ひとりの人間であることに変わりない。デヴェリンは目をつぶった。羞恥心に襲われて。「すまない。このところしばらく……しばらく……ああ、ほんとうにすまなかった」

ルビーは顔をそむけただけでなにも言わなかったが、恐怖を抑えようとしているのが感じられた。

デヴェリンは目を開けて紳士的に言った。「さあ、さっさとすませてしまおう、ルビー。服を脱いでベッドに横になってくれ、いいね？　手早く終わらせてもらえたら、おれは帰る。きみを怖がらせるつもりはなかったんだ」

「怖がってなどいないわ」ルビーの口調からは下町訛《なま》りがほとんど消えていた。「怖くなんかありません、デヴェリン」

デヴェリンは彼女の顎を片手でつかみ、顔を自分のほうへ向けさせた。暗くて表情が読み取れないのがもどかしい。だが、たしかに怖がってはいないようだ。さっきまではそうだったとしても、今の彼女は完全に恐怖を抑えこんでいる。

「きみを怖がらせたくない。デヴェリンは手をおろした。もはや彼女には体のどこも触れていない。「おれはそんな男じゃないよ、ルビー。そういう愉しみ方はおれの流儀に反する」

「わかったわ」ルビーは穏やかに応じてデヴェリンに体をあずけると、彼の胸に両手をあてがった。「値段の高そうなクラヴァットねえ、お客さん」話しぶりに明るさが戻り、きつい訛りも復活した。「はずしちゃいなよ、そんなもん。もっといい使い途《みち》があるかもしれないし」

悪びれた様子もなく口もとに笑みを浮かべるルビーをデヴェリンは見おろした。いったいどうなっているんだ？「ああ、そうだな」

ルビーはクラヴァットの凝った結び目をいともたやすくほどくと、クラヴァットをデヴェリンの首のまわりに残したまま自分の首にもまわし、顔と顔が近づくようにした。彼の唇の端に口づけてから、下唇を舌でなぞる。

「うふん」と声をあげながら、下唇の膨らみを自分の小さな歯のあいだに引きこみ、やや強く嚙んだ。デヴェリンの体に欲望のうずきが走った。胃袋が腹の底に落ちたような感覚に陥る。

「ああ、まいった」ルビーの口が喉をおりていく。火照った襟首を舌がたどり、気がつくとズボンのボタンがはずされていた。デヴェリンは自分がなにをすればいいのかわからなかった。また雰囲気をぶち壊しにしたくはなかったので、冷静を装って立ち尽くし、彼女の愛撫《あいぶ》を受け入れた。

どうやらそれがルビーの望みだったらしい。彼女はクラヴァットをはずしてベッドの上の枕にほうった。それからもう一度、小さな声を漏らしてひざまずき、彼のブーツを脱がせた。それがすむと長靴下《ストッキング》をじれたように引きおろしにかかった。デヴェリンはベッドの支柱につかまって体のバランスを取らなければならなかった。

おかしな話だが、デヴェリンには女に服を脱がされた記憶が一度もない。せいぜいがボタンのいくつかをはずされるか、クラヴァットをほどかれるぐらいだ。自分が身につけているものをすべてルビーが脱がすのを見るのは悪くなかった。

ルビーという女もかなり気に入っていた。艶《なま》めかしい雰囲気と細い肩がいい。かすれ気味の声も。ひざまずいたさまはとりわけ見応えがある。一方で、ルビーにはがさつなところもあり、まちがっても、ふだん彼が好むタイプの女ではない。ところが不思議なことに、彼女の好みに合わせたらどうなるかと考えて愉しんでいる自分がいた。もっと彼女のやり方を試させてやろうか。こっちがせがむようにさせたいならやらせてみようか。で、結局は安全で暖かな場所に彼女を囲う羽目になり、上等な服を買ってやることになるのか？

おいおい、それでは仲間のいい笑い物だ。他人《ひと》にどう思われようが知ったことではないとはいえ。デヴェリンは立ち上がろうとするルビーの肩を反射的に片手で押さえ、もう一度ひざまずかせた。「待ってくれ」もう一方の手でズボンをまさぐって最後のボタンをはずすと、待ちきれぬようにズボンを自分で下げた。飛び出したペニスはすでに硬く張りつめていて、彼女の口にふくまれるまえに発射してしまいそうだ。ルビーの目が見開かれるのをデヴェリンは満足げに見つめた。

「これを」と、自分でさわりながら、しわがれた声で言った。「さあルビー、頼む、お願いだ」

デヴェリンは支配者は自分だということをすっかり忘れていた。金を支払って彼女を買ったことも、この取り引きにおいて彼女に頼んだり願ったりする必要はないのだということも。ルビーはどっちつかずの表情を見せたが、そろそろとペニスをしごきはじめた。デヴェリンは震えが全身に走るのを感じた。まるで少年のころに戻ったかのようだ。ベッドの柱をつかもうと片手が泳いだ。

ルビーはそこで突然ペニスを解放し、彼に体をこすりつけるようにして立ち上がった。「我慢できないの、デヴェリン?」唇が彼の耳の下にかすかに触れるまで顔を近づけた。「そうなの?」

デヴェリンはうなずこうとした。「ああ、我慢でき――」

彼はうっと息を吸いこんだ。ルビーのひんやりとした手が下腹を撫で上げたのだ。彼女の手の下で筋肉が収縮し、ぶるぶる震えるのがわかった。ルビーがシャツをめくり上げる。デヴェリンはベッドの柱から手を離し、片手でシャツをつかんで頭から脱いだ。

「まあ」あらわになったデヴェリンの胸を見て、ルビーは感嘆の声を漏らした。「脂身のない牛の脇腹みたいな筋肉」

「どうしたいんだ、ルビー？」食いしばった歯の隙間から声を出して訊く。「なんだっていいさ。さあ、早くやってくれ、爆発するまえに」

ルビーが身を乗り出して乳首の片方を舌でもてあそぶと、デヴェリンは息を詰まらせた。

「そんなに急いじゃだめよ、おにいさん」舌を這わせながら両手を彼の腰にまわし、ズボンと下穿《したば》きを一気に押し下げる。それらが踝《くるぶし》に溜まるとデヴェリンは、自分は下半身をむき出しにしているのに、ルビーのほうはまだなにも脱いでいないということにぼんやりと気づいた。

彼の手がルビーの胴着《ボディス》の紐に伸びた。「それを脱げよ、ルビー」と囁く。「ほら早く、いいだろう？」

ルビーは甘えるように喉を鳴らしてデヴェリンをベッドへ押しやった。「横になって、デヴェリン」と命じながら、自分は靴を脱いだ。「ベッドに寝てちょうだい。そしたらきっと、あんたにふさわしいことをしてあげるから」

完全に欲望の虜《とりこ》となったデヴェリンは、命じられるままベッドに身を横たえた。欲望がいよいよ高まりつつあることを認めざるをえない。これから起こることが終わるまえに、彼女の思惑どおり、せがむことになるのだろう。

ルビーはデヴェリンを観察していた。燃える目が彼の裸体をさまよっている。彼女はそれから、マットレスに片足を乗せ、スカートをまくり上げて靴下留め《ガーター》を見せた。さらに、その奥も少し。ふくらはぎは長くて文句なしに美しく、ゆったりした綿の下穿きに包まれた太腿はほっそりと引き締まっている。

「これが欲しいの、デヴェリン?」とハスキーな声で訊きながら、靴下留めをくるくると踝まで巻きおろす。「この脚を、あんたの腰に巻きつけてあげようか?」艶めかしい仕種でゆっくりとストッキングを脱ぐ。「それとも、足をその首に引っ掛けたほうがいい?」

デヴェリンはごくりと唾を飲みこんだ。「どちらも、頼む」喉を詰まらせてやっと答えた。

「頼む」ルビーは鸚鵡返しに優しく言った。「その言葉、たまんない。じゃあ、そこでじっとしててよ、デヴェリン。ちょっとした遊びをさせてね。あたしのやることが終わるまえに叫び声をあげること請け合いよ」

「うう、くそ」

ルビーはストッキングの片方を彼の頭のそばに投げると、もう一方も同じように脱いで同じように投げた。デヴェリンは言いつけどおりベッドの上でじっとして、ただ彼女を見つめ、彼女を欲していた。

「つぎはドレスを、ルビー」デヴェリンは手を伸ばして懇願した。「それを脱いで全部見せてくれ。きみの胸も腹もすべて。もう勘弁だ。頼むから急いでくれ」

ルビーはいたずらっぽく微笑み、スカートをたくし上げると脚を大きく広げて彼にまたがった。

「せがんでほしいのか、ルビー？　そうなのか？　わかった。頼むよ、お願いだ……一生のお願いだからいかせてくれ」

もはやルビーの服を脱がせるのはどうでもよくなった。そんなことはもうたいしたことではない。女のにおいのなかで溺れそうだ。彼女は驚くほど清潔で甘いにおいがした。デヴェリンは空気を求めて胸の奥からうめき声を発した。

それに応えるようにルビーは身をかがめて彼にキスをした。口を開いた情熱的なキス。しかも荒々しい。デヴェリンは重なった体と体のあいだに片手を差し入れ、彼女の下穿きの切りこみを必死で探した。いっそ、一気に引きおろしてしまおうか。

しかし、ルビーにはべつの考えがあるようだった。ほっそりした指が彼の手首に巻きついたかと思うと、そのまま手を頭の上に押し上げた。「ゆっくりよ、ゆっくり」と、キスで口をふさぎながら囁く。「もっとゆっくりやるの、わかった？　ちょっぴりあんたをいじめたいんだ。お馬さんのままでうんと興奮させてよ、ねえ」

ストッキングが手首にまわされるのを感じると、その言葉の意味を理解した。ルビーは彼にまたがったまま、もう一度キスをした。今度は舌を入れて、ねだるような甘美な音をたてる。布のこすれる音が聞こえ、ストッキングで手首をきつく縛られるのを感じると、奇妙な興奮が体をつらぬいた。

こうした行為やもっと嗜虐《しぎやく》的な行為に快感を覚える男がいるのは知っている。どうやら自分もそのひとりらしい。今夜はしこたま酒を飲んだのに、彼のペニスはドアノッカーほどにも硬く張りつめ、鼓動に合わせて脈打っていた。ルビーがほんのわずか重心を移しただけで、どうにかなってしまいそうだ。

「早くしてくれ」なめらかに動くルビーの唇の下から小声で言った。

ルビーは歯を彼の喉に滑らせた。痛みが走る。それがまた絶妙な痛みときていた。「急いでくれ」

「なんでそんなに急ぐのさ？」ルビーは反対の手首にデヴェリンのクラヴァットを巻きつけた。

デヴェリンが頭の向きを変えてキスから逃れるのと同時に、ふたつめの固い結び目がこしらえられた。「なかへ入れてくれ、ルビー。今すぐに」

「あーら、ミスター・デヴェリン。すごくいいことをこれからしてあげようとしてるのに」

「ルビー、わからないのか！」彼は目をぎゅっとつぶり、祈りにも似た気持ちでこらえた。

「おれはもう……もう……これ以上待てな――」

結び目が勢いよく引かれ、手首も引っぱられてベッドの木の柱に固定された。

「あいにくだけど、待ってもらわなくちゃならないのよ、旦那」ルビーの口調が突如冷ややかになった。

ルビーがまた重心を移したのでデヴェリンは目を開けた。「ルビー？　いったいなに……？」

余っているストッキングがすばやく口に押しこまれ、息ができなくなった。デヴェリンは一瞬、呆然《ぼうぜん》として、なにがなんだかわからなくなった。つぎの瞬間、この状況が呑みこめた。

くそっ、この女！

ルビーは立ち上がり、彼のポケットを栗鼠《りす》のように引っかきまわした。札入れ。時計。鍵。小銭。持ち物はすべて取り出された。

「うっ、ぐぐ」

「それはそのままお口に入れといてね、デヴェリン」

開かれた旅行鞄がナイトテーブルの上に置かれていた。ルビーはポケットから取り出したものをつぎつぎとそのなかに落としてから、縄を一本を引き出し、大きな音をたてて閉めた。デヴェリンは上体をひねり、片脚をベッドの向こうへ蹴り出した。その脚がルビーの腰をとらえるかと思いきや、鞄を手にした小柄な女は間一髪で巧みによけた。

「デヴェリン、あんたってどうしようもない間抜けね」ルビーは旅行鞄を縄で自分の体に括りつけた。「今のその姿を見せてあげられないのが残念だわ」

ドアの鍵穴から鍵を抜いて窓の外へ投げると、灰色のマントを壁の掛け釘からひっつかみ、ひらりと肩にまとった。どの動きも軽快で無駄がない。相当な経験を積んでいるにちがいない。そう思うとルビーの首を絞めてやりたくなった。一回では足りない。二回絞めてやる。

デヴェリンはそのことを本人に伝えようとした。

「ぶっころ……！」と、ストッキングを死ぬほど噛みしめて言った。

ルビーはにっこり笑って、窓を押し開けた。「じゃあね」

「ぐぐっ！」

「おっと、忘れるところだった！」ルビーはベッドに数歩近づいた。「さっき約束したんだっけ、あたしのいいものを見せてあげるって」

この雌豚！　怒りのあまり血がのぼって脳天を突き抜けた。デヴェリンはストッキングの塊を懸命に舌で押した。ベッドが動くほど体を激しく揺らしながら。

「ほらほら、じたばたしないの、デヴェリン」ルビーは自分の胴着の片側をずらして声高らかに笑った。「見物人を呼びたいならべつだけど」クリーム色の乳房が胴着からこぼれたが、その頂は見えない。そのとき、それがデヴェリンの目にはいった。部屋の乏しい明かりでは見分けるのは難しいし、彼女がそれ以上近寄る危険を冒すとは思えなかった。が、見当はついた。

ブラック・エンジェルだ。左の乳房の脇に黒い天使のタトゥーがある。

デヴェリンは舌を丸め、ありったけの力をこめてストッキングの塊を吐き出した。口から飛び出したストッキングが胸を転がり落ちる。今や勢いを失ったペニスと同様だらりと。

「雌豚め！　薄汚い、卑しい、ずるがしこい、売女《ばいた》め！　自分がなにをしたか、おまえにはわかっちゃいまいな？」

ルビーは繊細な眉の片方をつり上げた。「あーら！　そう？　だったら、なにをしたのか教えてよ？」

「狙うポケットをまちがったようだな、エンジェル！」デヴェリンは吠《ほ》えた。「今度会ったら、ただではすまさんぞ。おい、聞いてるのか？」

ルビー・ブラックはすでに片足を窓台に乗せ、両手を広げて鉄の窓枠をつかんでいた。

「おやすみなさい、閣下」と甘い声で言う。「せっかくのステッキがしぼんじゃってご愁傷さま」

「この借りはかならず返してもらうぞ、雌豚！　なんとしてでもおまえを見つけてやる」

ブラック・エンジェルはまたも高らかに笑い、文字どおり闇に消えた。

4　エンジェルの舞台裏をジュリアとともに覗く

「ああ、こういうのはやっぱりいやよ」ジュリアはシドニーを椅子の背に押さえ、数時間まえに塗るのを手伝った黒っぽい粉を懸命にこすり落としていた。「ほんとうにいや。窓から飛び降りたですって？　しかも縄を使って！　あなたにもしものことがあったらわたしの責任だわ。手を貸したんですもの」

シドニーは起き上がろうとした。「わたしなら大丈夫よ、ジュリア。いたっ！　そんなに強くこすらないで。こうして無事に帰ってきたでしょ？　あなたにしたって、あなたにはなんの責任もないわ」

ジュリアは海綿をふたたび洗面器の湯に浸した。「それにしたって、デヴェリン侯爵を襲うだなんて！」シドニーと視線を合わせまいとするように湯気の立つ湯に目を凝らした。

「神の報いがあるわよ、お嬢さん。いったいなにを考えていたの！」

シドニーは笑った。「ジュリア、〝お嬢さん〟は無理があるんじゃないかしら。三十路《みそじ》へ向かう坂道にいる女に」

「そうだけど。それにしても、想像するのも恐ろしいわ、サザーク界隈《かいわい》でデヴェリンなんていう悪魔《サタン》の親戚みたいな名前をもつ男に荒っぽい真似《まね》をしたなんて」

「だけど、ジュリア」シドニーは小声でからかった。「あの人の裸を拝ませていただいたわよ。とっくりと、と言ってもいいでしょうね」

ジュリアはシドニーの手をぴしゃりとぶった。「お黙りなさい、シドニー」

シドニーはけらけらと笑った。「あなただって噂は耳にしているでしょ！」ズボンを脱いだデューク・ストリートの悪魔はどんなだったか知りたくない？」

ジュリアが上品ぶったのはほんの一瞬だった。「ええ、知りたいわね。どんなだったの？」

シドニーは目をつぶった。「美しかったの、信じられないくらい。大きくて、美しくて、今まで一度も見たことがないような体だった。あんな体はきっともう二度と見られないでしょうね。まるで大理石のようになめらかで固くて。どこもかしこも頑丈なのよ、ジュリア」

「それそれは、さぞいい眺めだったでしょうねえ」ジュリアはシドニーの変装に使ったゴムを頬骨から剝がした。

「いたた！」

「痛がってもだめよ」ジュリアはねばついたゴムを指で屑籠《くずかご》にはじき飛ばした。「さて、いい眺めはさておき、シドニー、デヴェリンにはもう近づかないでちょうだいね。あの男は危険よ。ありとあらゆる揉め事の種を蒔《ま》いているんだから」

デヴェリンを尾《つ》けていたときのスリルは今なおシドニーの血管を駆けめぐっていた。この興奮を鎮めたくない。デヴェリンは稀《まれ》に見る好敵手でもあった。「どんな揉め事の？」

ジュリアは思わせぶりな視線をよこした。「そりゃあ、いろいろあるわよ。深刻なものも。

この噂がお兄さんの耳にはいったら、きっとお尻をぶたれるわよ」

「ジョージは知らないもの」

「そう。だったら知られるまえにやめるべきね」ゴムの最後のひとつが先ほどよりは多少優しく剝がされた。すると、トーマスがシドニーのベッドにぴょんと乗り、ベッドカバーの真んなかに転がっている赤毛の鬘《かつら》に飛びかかった。

「それで最後？　もうおしまい？」シドニーは耳の下の突っぱった皮膚をさすりながら、唸り声をたてて鬘と格闘するトーマスを眺めた。

「ええ、おしまいよ」ジュリアは海綿を洗面器に落とし、濡れた手をエプロンで拭いてから、シッシッと猫を追い払った。

シドニーは首のまわりのタオルをはずすと、寝室の窓辺に置かれた半月形のテーブルに近づいた。今夜は斜向かいの家の明かりがすべて落とされている。その家の主《あるじ》がだれだかわかり、その人物からわずかながらも奪えるものをむしり取ったあとでは、よく眠れるかどうか自信がなかった。今夜にかぎったことではないけれど、興奮の余韻にしばらくは目が冴《さ》えて、落ち着かぬ気分のまま過ごすことになるのだろう。罠《わな》にはめられてしまったのかしら。もう一度、夜の街の危険な闇のなかを夢中で追いかけたい。でも、デヴェリンほどの好敵手にまた巡り逢うのはずっと先にちがいないと思った。

シェリー酒をグラスに二杯つぎ、ひとつをジュリアに渡した。「どうぞ。お互いにお酒が必要なようだから」

「あら、そうなの？」ジュリアが詮索するような目を向けた。

シドニーは唇をきつく結んだ。「あなたの言うとおりよ、ジュリア。今夜はたしかに危険を冒しすぎた。デヴェリンは今までの間抜けな男のようにはいかなかったわ」

ジュリアはいくらか気をよくしたようだ。ふたりは無言の合意のもとに暖炉のまえの椅子に腰掛けた。シドニーは両膝を椅子の上に引き上げ、部屋着の裾でつま先まで包みこんだ。エメラルドグリーンのベルベットがふんだんに使われたその高価な部屋着は母の形見だった。襟と袖には繊細な金の縁取りがほどこされている。母はこれを自分で買ったのだろうか。それとも取り巻きから贈られたのだろうか。

母が亡くなったあと、なぜわたしはロンドンへ戻ってきたのだろう？　そんな問いも頭に浮かぶ。兄のジョージがロンドンにいるから、ほかに身寄りはいないからだと自分に言い聞かせてきたが、この街で一年近く暮らした今は、ほんとうにそうだろうかと思いはじめていた。自分はなにかを探し求めているような気がしてならない。もどかしいほど漠然としたなにかを。もしかしたら、そろそろ終わりにするべきなの？

「それを着るとクレアがそこにいるみたいね」ジュリアがしみじみと言った。

トーマスが今度はシドニーの膝に飛び乗って喉を鳴らした。「母に似ている？」シドニーは猫を見おろした。「ほら、ジュリア、そうじゃないらしいわよ。わたしと母は全然ちがうって」

ジュリアはシェリー酒に口をつけた。「そうかしら？　あなたのお母さんも優しくて寛容な人だったわ。あなたもそうでしょ？」

シドニーは少しのあいだ黙りこんだ。「母はむしろ寛容すぎたと言う人もいるかもしれないけど」と、ようやく答えた。

ジュリアは不意に怒った顔になった。「クレアは自堕落《じだらく》な女じゃなかったわよ、シドニー。そんなふうに思っているの？ そうなの？ なら、わたしのまえでは言わないでちょうだい。たしかに彼女は完璧ではなかったかもしれないけれど、けっして身持ちの悪い女じゃなかったのだから」

「ちがうのよ、ジュリア」シドニーは首を横に振った。そういうことを言いたいのではない。だったら、なにを言いたいのだろう。母がどんな人間だったのか、何者だったのか、なにも知らない。ここまで生きてきたのに母のことは知らないままなのだ。訊きたくても、母は秘密を墓まで持っていってしまった。

「母はただのお人好《ひとよ》しだったのかもしれないわね、人に利用されてもよしとするような」

「たしかに」ジュリアは座ったままシドニーのほうに身を乗り出し、人差し指を振ってみせた。「でも一回きりよ、シドニー。一回きり。その後は自分のやるべきことをやっていた。賢くなったのよ。だって、クレアにはあなたのお兄さんが、守らなければならない我が子ができたんだもの。そうでしょう？」

「わからない」シドニーの声はうつろだった。「わたしは母のことをなにも知らなかったんだと思うことがあるの」

「でも、わたしは知っている」ジュリアはきっぱりと言った。「クレアは身ごもったものの、その子を食べさせる術《すべ》がなかった。雇い主にもてあそばれて馘にされたフランス人の家庭教師を雇う人がいると思って？　いるわけがないわ。彼女が育った立派な家柄の家族が連れ戻しにきてもよかったんじゃないかなんて考えが一瞬でもよぎったなら大まちがいよ。戻ってくるのは六月《むつき》の身重で夫のいない娘なのよ。わかるでしょ！」

シドニーは肩をすくめた。「そのとおりね。わたしも母の実家には望まれなかった。実の孫なのに。あの人たちは連絡船から降りるわたしをそのまま女子修道院付属の学校へ送りこんだ。たぶん、わたしの存在が……証拠だったからでしょうね。不道徳な娘の生きた証拠がこのわたしだったから」

ジュリアはゆっくりとシェリー酒を口に運んだ。「ああ、シドニー、割に合わない人生もあるものなのよ。知っているでしょうけど、クレアとわたしとはまるきり性格がちがっていた。わたしは生まれつき抜け目がないけれど、彼女は……だれかの犠牲になるタイプだったんだと思うわ。その人がグレーヴネルだった。彼は彼女を見て、欲しくなった。そして、手をつけて自分のものにする決心をした」

シドニーはしばらく物思わしげにシェリー酒をちびちびと飲みつづけた。その話は昔どこかで聞いたことがある……そう、ジョージから聞いたのだ。「ジュリア、彼になにが起こったの？　知っている？」

「なにって、あなたの父親に？」ジュリアは驚いたようだった。「グレーヴネルはお母さんがあなたをフランスへやったあと時をおかずして亡くなったわよ」

「それは知っているの。でも、原因は？　なにが彼を死なせたのかはだれも教えてくれなかったから」

ジュリアは肩をすくめた。「脳卒中を起こしたと聞いているけど。でも、悔恨の情が息の根を止めたのかもしれないわ。ひっそりとしたあの大きな田舎屋敷《カントリーハウス》でひとりぼっちで亡くなったのだから。〝石の館《やかた》〟と呼ばれていたっけ。〝石の墓〟のほうがふさわしいわ、わたしに言わせれば」

「彼には……だれもいなかったの？」

その問いにも、ジュリアは肩をすくめた。「クレアも、そのころは愛想をつかしていたのよ。彼の言い訳や嘘に。グレーヴネルが新しく迎えた花嫁はイタリアの銀行家と駆け落ちしてしまった。クレアはすでにあなたをフランスへ送ったあとだった。そしてジョージは……忽然《こつぜん》と姿を消してしまった」

「それで彼の……もうひとりの娘は？」嫡出の娘、という意味だ。でも、シドニーはその言葉を口に出せなかった。

ジュリアはワイングラスをじっと見つめた。「結婚してインドへ行って、向こうで亡くなったそうよ。だけど、娘の死をグレーヴネルが悲しんだとは思えない。あの男が欲しかったのは息子ですもの」

「息子はいたわ」シドニーは囁き声で言った。「ジョージが」

ジュリアは視線を上げ、表情をやわらげた。「ごめんなさいね。つまり……公爵位を継ぐことができる人間と言いたかったの」

「嫡子ということね」

「そう、嫡子。だから彼は後妻を迎えたわけだし」

シドニーはかぶりを振った。「母は言っていたわ、あの人は結婚してくれると約束したって」少女じみた意気地のない言い方をしたことが、ふと気恥ずかしくなった。「そのことでふたりが言い争っているのをわたしは何十回となく聞いているはずなの。母は泣きわめいて父に物を投げ、奥さんが亡くなったら結婚すると誓ったくせにって言いつづけていた」

「わたしもクレアのその話を信じていたわ。ところがどっこい、公爵夫人は人生にしがみついて、クレアをなかなか楽にはしてくれなかった」

「でも、父は約束したのよ。ジョージのこともきちんとするって。現実には兄の人生を台無しにしたけど」

ジュリアはグラスをテーブルに置き、同情するように言った。「きちんとなどしようがないのよ、この国では。グレーヴネルがクレアにどんな嘘をついたか知らないけれど、イングランドでは庶子は公爵位を相続できないのだから。できないと決まっているの。それに、あの男がなぜ自分と結婚しようとしないか、クレアにはわかっていた」

「愛人だからね。あの人は母を恥じていた。わたしたちを恥じていた」

ジュリアは向かい合わせの椅子から身を乗り出してシドニーの手を取ると、優しく言った。

「ひとつの理由はそうかもしれない。イングランドの貴族が愛人にしていた女を妻にするのは稀なことなのよ」

シドニーはジュリアを見つめた。「ほかにもなにか理由があるの？」

ジュリアは冷ややかな笑みを返した。「いいこと、公爵夫人が肺結核で亡くなったときには、あなたのお母さんはもう三十を過ぎていた。クレアは女の一番いい時間《とき》――足掛け十年かしら――をグレーヴネルに捧《ささ》げた。でも、そのときには、彼の子を産んだとしても、ひとりがやっとだった」

「ジュリア、どういう意味？」

ジュリアは言いよどみ、つらそうな表情を見せた。「クレアのお腹では子どもが産み月まで育たなかったの。あなたとお兄さんのあいだに三回身ごもったけれど、早い時期に流れてしまった。そういう不運な女もいるのよ。ジョージが生まれたのは奇跡だった。もちろん、あなたが生まれたのもね」

失望が顔に出るのがわかった。「それで、わたしが生まれたころには母と父の心は完全に離れていた」

ジュリアは大きく肩をすくめた。「クレアは、あの男が社交界にデビューしたての若い女を妻にしたという事実を乗り越えることができなかった。クレアに憧れて役に立ちたがっている金持ちの男はほかにもたくさんいたし、彼のほうもほかの女とよろしくやっていた。もっとも、そのへんの事情はあなたも知っているわね」

「ええ。ふたりの口喧嘩をいつも聞いていたから」

「それで結局、すべてが壊れてしまったのよ。クレアは若い愛人をつくりはじめた。そのことが元気を取り戻すきっかけにはなったと思うわ。グレーヴネルの新しい妻はそれからまもなくイタリアへ駆け落ちして、公爵にはだれもいなくなった。妻、跡継ぎ、そして愛人も。ジョージも出奔《しゅっぽん》した。あなたはまだ幼い少女だった。だけど、わたしは一度だってあの男に同情したことはないわ。自業自得よ」

シドニーはトーマスを撫でながら深いため息をついた。デヴェリン卿から金品を巻き上げたときの爽快感は急速に薄れ、自分の過去がふたたび脳裏に割りこもうとしている。街に戻り、現実離れした復讐にわれと我が身を忘れたい。でも、だれのための復讐なの？　なんのためにこんなことをしているの？

「ああ、ジュリア。悲しすぎるわ。ときどき、なぜ戻ってきたんだろうって思うことがあるの。あのままフランスにいたほうがよかったのかもしれないって」

「人はいつかは故郷に戻りたくなるものよ」ジュリアは微笑み、ゆっくりと椅子から立ち上がった。近ごろ、ジュリアの目にかすかな老いを感じるようになっている。それを思うと、母が老齢にさしかかるまえに逝ったのはよかったのだろう。どれほど美しく歳を重ねようと、プライドの高い母は老いの屈辱に耐えられなかっただろうから。

ジュリアはシドニーの肩に手を置いた。「その部屋着、ほんとうによく似合う」と、もう一度褒めた。「クレアがそれと揃いの色の室内履きを履いていたのを思い出すわ。水曜日に屋根裏部屋を整理するときに、クレアの荷物がはいった古いトランクを覗いてみましょうよ。いい時代の思い出がよみがえるかもしれないから」

「そうね、ジュリア」シドニーは興味を惹かれたふりをした。「愉しそうだわ」

だが、本心はちがった。母のことは思い出したくない。父のことも。自分のことさえ。気がつくとデヴェリン侯爵のことを思い出していた。あの冷たい無表情なまなざしを。角張った顎を。広い肩を。そして彼自身の……大きさを。あの笑みを。半分ゆがんだ、一生懸命笑うまいとしているような笑みがほんの一瞬、彼の顔に浮かんだ。あの笑みはデヴェリンを不安げな少年のように見せていた。シドニーは垣間見《かいまみ》ただけだが、まるで彼に似つかわしくないのに偽りの笑みではないと思えた。だからどうだというわけではないけれど。

「そうそう」とジュリア。「明日のピアノのお稽古をお休みしたいとミス・レズリーからことづてがあったわよ。流行《はや》り風邪にやられて喉が痛いんですって」

「あら、大変。ほかにはなにも？」

「それがあるの」ジュリアはポケットをまさぐって手紙を渡した。「交差路の掃除人が持ってきたのよ」

シドニーはすぐにぴんときた。毎度のことながら封筒には宛名も番地も書かれておらず、封もおざなりだ。黒い封蠟の絵柄はうずくまったグリフォン（ギリシア神話の怪獣）。「ジャン・クロードね」

「お察しのとおり。では、おやすみなさい、お嬢さん」ドアが静かに閉められた。

それが合図とばかりにトーマスが床に飛び降りた。ひとりになったシドニーはその手紙に目を通してから、暖炉に投げこんだ。証拠を消すために。それから、蠟燭の火を消して窓辺に椅子を引き寄せた。そこに座り、ガス灯の薄明かりを通して斜向かいの家に目を凝らしていると、なぜか母のことが思い出された。やがて空が白みはじめ、夜明けが近づいていることを告げた。

デヴェリン侯爵は三十六年にわたる放蕩三昧の日々のなかで数々のひどい非難を浴びてきたが、少なくともその半分は当然と思えるものだった。呑んだくれ、愚か者、ごろつき、すまし屋、遊び人、ろくでなし、ならず者。以上が代表的な十の悪口のうちの七つだが、死ぬほどつらい二日酔いの頭痛のおかげか、残り三つは思い出せない。しかし、どんなに呑んだくれようと賭博で大負けしようと、忘れられない言葉がふたつある。〝いかさま野郎〟と〝臆病者〟だ。

この日デヴェリンの心に引っ掛かっているのはそのふたつの言葉の後者だった。それで、とびきり目立つビーバー・ハットをかぶり、金の持ち手のステッキをつかむと、自分を叱咤《しった》して屋敷の玄関扉の外に足を踏み出し、デューク・ストリートをピカデリー方面へ向かって歩きはじめた。折しも正午を打つ時計の音が遠くのほうから聞こえた。今のところ逃げなければならないような事態には直面していないから、できるだけ早いうちに手を打つのが得策と考えたのだ。

メイフェアの朝の空気は冷たいが空は晴れていた。実際、少し明るすぎるくらいだ。この陽射《ひざ》しのせいでますます頭がずきずきする。長い距離を歩かなくていいのが不幸中の幸いだろう。不幸中の不幸のほうは、クラブの玄関ステップにたどり着くまえから拍手が起こり、すがすがしい春の空気を台無しにしたことだった。目を上げると、〈ホワイツ〉の張り出し窓から若者の三人組が文字どおりぶら下がり、手を打ち合わせて野次を飛ばしていた。まるで牢獄《ろうごく》に詰めこまれた頭のいかれた連中のように。

そのうちのひとりを名指しして戯れに撃ち殺してやるべきかとも思ったが、これまで数多《あまた》の男どもを怯えさせたひとにらみで警告し、ドスの利いた悪魔の怒声で一喝するにとどめた。野次はぴたりとやみ、三人の顔から血の気がひいた。彼らは目をそらし、声を落として、窓の向こうへ引っこんだ。

デヴェリンは辛抱強く短い階段を昇って扉を押し開けると、慌てて外套を受け取ろうとするポーターにどうにか愛想よく微笑んでみせた。モーニングルームからは相変わらずひそひそ声が漏れてきたが、ポーターは真面目くさった表情を崩さず、うやうやしく一礼して、デヴェリンを応接間へ案内した。

ブラック・エンジェルの武勇伝はもう何カ月もまえから噂話の格好の種を提供していたのだから、アラスター・マクラクラン卿という人並みはずれた話し上手が、ゆうべのことを黙っていてくれると期待するのは所詮無理だったのだ。それでもデヴェリンは、アラスターの話に大勢の聴き手が集まっていないことを内心では願っていた。が、部屋に一歩足を踏み入れたとたん、その願いは無残に打ち砕かれた。アラスターはすでに暖炉のまえに立ち、片足を炉格子に乗せ、片肘を炉棚について、〈ホワイツ〉のメンバーの半分はいるであろう聴衆を沸かせていた。

「で、そのころには階下の酒場にいる全員にデヴのわめく声が聞こえていた!」アラスターは片手を大仰に振った。「デヴは宿屋の主人に向かって、いまいましいドアを叩き壊せと怒鳴ったかと思うと、胸にタトゥーがある赤毛の淫売がどうのこうのとわけのわからんことも叫んでいたっけ」

悔しさがまたも胸にこみ上げた。ちくしょう、アラスターに他言無用の誓いを立てさせるんだった。侯爵はその場で、ブラック・エンジェルをかならず見つけ出して生き地獄を味わわせてやると誓いを新たにした。この生き地獄をかならずあの女にも味わわせてやる。

アラスターは今や涙さえ流して、デヴェリンがゆうべ見舞われた災難の顚末を、身振り手振りをまじえて語っていた。「ついにクイン・ヒューイットとおれがドアを蹴り破って蝶番《ちょうつがい》をはずした。そこでだ、紳士諸君、身命を賭《と》して断言しよう。おれたちが部屋に飛びこんだときにはなんと、かの御仁はケツまる出しで、片方の手首をベッドにつながれたままの姿だった」聴衆がどっと沸いた。「しかも、垣根に角を吊《つ》るされた雄牛みたいにうめいていた。いやはや、世にも恐ろしい光景だったよ」

「窓の話をしてくれ、マクラクラン!」まえのほうに陣取った若い伊達男《だておとこ》が叫んだ。

柱の陰に半身を隠しながら、デヴェリンはアラスターが腹を抱えて笑うのを見ていた。

「そう、そのときだ。手首の片方はすでに自分で縄を引きちぎっていて、ク、クインが、よ、ようやっと、もう片方の手首の縄をほどいてやったら、彼はすっ——すっ——すっ飛んでいった、くそいまいましい窓台まで！」アラスターはこみ上げる笑いの発作と格闘していた。「一糸まとわぬ姿で窓台によじ登り、体を半分、窓の外に乗り出した。おれたちはふたりがかりでその体を引っぱって部屋に戻したんだ！ するとデヴのやつ、おれたちに蹴りを入れ、殴りかかり、わめき散らした。あの女を追いかけて首を絞めてやるんだと。だから、こう諭した。〝デヴ、デヴ、落ち着け！ ここから下まで十五フィートあるぜ！〟と」

「すると、やつはこう言い返した——」デヴェリンは大股で部屋にはいりながら大声であとを続けた。「〝引っこんでろ、アラスター。さもないとおまえの首も絞めてやる〟。おい、アラスター、今すぐに腰をおろして口を閉じないと、ほんとうに絞めてやるぞ」

アラスターはあんぐりと口を開けた。聴衆は振り返って息を呑んだ。紳士たちはそれから、驚いたカラスの群れが飛び立つように一気にばらけた。ほとんどの者は小走りに部屋から出ていった。何人かは咳払《せきばら》いをし、ばさばさと新聞をめくり、視線をそらした。アラスターと勇気ある男ふたりがデヴェリンに近づき、強く背中を叩いて、それぞれに同情を示した。

フランシス・テンビー卿の腕が肩にまわされると、デヴェリンは顔をしかめずにいるのが精いっぱいだった。だが、テンビーはデヴェリンより優に一フィートは背が低かったし、デヴェリンも、甘やかされて育ったにやけ野郎からは、同情であれ仲間意識であれ頂戴したくなかった。

その気持ちはテンビーには伝わらなかったようだ。「いやあ、気の毒だったな、デヴ。あのあばずれにまんまとやられるとは。これでもう、あの女に屈辱を味わわされた仲間は十人を超える。ぼくとしてはきっちり借りを返させるつもりだ」

部屋に残っている人間は今や数えるほどだった。デヴェリンは頭ひとつぶん小柄なテンビーをじろりと見おろした。「ほう。どうやって?」

テンビーの唇がめくれ上がり、さも意地悪そうな笑みが浮かぶ。「カモにされた何人かが共同戦線を張って、われらがブラック・エンジェルの追っ手を雇うのさ。そいつにエンジェルをつかまえさせ、われわれのまえに引きずり出させる」

デヴェリンは馬鹿にしたように唸った。「そいつはまずおれを出し抜かなければならんだろうな」

テンビーの笑みが引きつった。「それはそれとして、きみはなにを盗まれたのか詳しい話をまず聞かせてもらわないとね。その追っ手には特殊な人脈があるんだ。質屋だの故買屋だの。そいつがなにを暴き出すかは神のみぞ知る」

デヴェリンはテンビーの言葉を吟味した。「まあ、考えておこう」

アラスターがテンビーを肘で突いて追い払った。「おまえの勇気には敬服するよ、デヴ。昨日の今日で姿を現わすとは」彼はデヴェリンの肩に手を掛けた。「こんなに早い時間にベッドから出てこられるとは知らなかった」

デヴェリンはアラスターをねめつけ、きっぱりと言った。「これで金輪際、臆病者呼ばわりされることはなかろう。じつはまだベッドまでたどり着いていない。腸《はらわた》が煮えくり返って眠るどころじゃなかった」

アラスターはデヴェリンを引っぱってコーヒールームへ向かった。「来いよ、デヴ。今のおまえに必要なのは、一杯のコーヒーだ。それを飲んでもまだおれを撃ち殺したかったら、そう言ってくれ」

「信じるかどうかはともかく、アラスター、今のところ、おまえはおれの身に降りかかった災難のなかではましなほうだよ」

ふたりはだれもいないコーヒールームに腰を落ち着けた。アラスターはウェイターを引き取らせ、友に向きなおった。「さてと、デヴ、どうかしたか?」

デヴェリンは面食らってすぐには言葉が出ず、アラスターを見返した。「どうかしたかだと? わざわざ訊くか?」

アラスターは目を細めた。「いや、ゆうべ縄をほどいてやったときの怒りようはすさまじかったのに、なんだか今は……どう言えばいいのか……」

「機嫌が悪い?」デヴェリンがかわりに言った。「ああ、実際そうだからな。いずれにせよ酒は抜けた、すっかり」

「それで?」

デヴェリンは苛立たしげに人差し指でテーブルを叩いた。「なにを失ったのか、今になって気づいたのさ。言っておくが、これは断じて公衆の面前で披露する話ではないからな、アラスター。万が一この禁を犯したら神に誓って、錆《さ》びたレター・オープナーでおまえの首から金玉まで一気に切り裂いてやる」

アラスターは深々とうなずいた。「そこまで露骨に言わなくても」

デヴェリンは相変わらず指でテーブルを叩きつづけ、その速度も上がっていた。「ブラック・エンジェルはおれのポケットから時計と嗅ぎ煙草入れと有り金を残らず盗んだ。しかし、あの女はそんなものよりはるかに大事なものも奪ったんだ、替えの利かないものを」

アラスターの目が大きく見開かれた。「おいおい、なにを盗まれた？」

デヴェリンは自分の愚かさを感じていた。「グレゴリーの細密画だ。それと……彼の髪をひと房。持ち歩いていたんだよ、ときおりポケットに入れて」

ときおり！　いつもだろうが。肌身離さず持っていたくせに。それと一緒に罪悪感も持ち歩いていたのだ。

アラスターは不思議そうにデヴェリンを見た。「なぜそんなことを？」

まるで責められたとでもいうように、デヴェリンは突如、守勢にまわった。「理由などわかるもんか。ただ、ときおりそうしていたというだけさ」

アラスターは肩をすくめた。「まあ、やさぐれ男がなにかをするのに理由なんかないか。べつに不自然でもなんでもないしな。亡き兄上のものなんだから」

「おれのもとにある兄の肖像はあの細密画だけなんだ」デヴェリンは目を伏せて唸った。「それを、あの雌豚、ブラック・エンジェルが持っている。なんのためだ、ええ？　なんの

ために あの女が持っているんだ? あんなものまでどうして盗《と》ろうとしたんだ? あの女にどんな使い途《みち》がある?」

アラスターは肩をすくめるしかなかった。「災難だったなとしか言えないよ、デヴ」コーヒーが運ばれてくると、カップのひとつをデヴェリンのほうへ押しやった。「しかし、ブラック・エンジェルが現われてもう何カ月も経つのに、いまだに正体不明だ。捕らえるのは不可能だろう」

侯爵はコーヒーの湯気を透かして友人を見据えた。「なるほど、おまえはそう思うんだな?」

デヴェリン侯爵との対決の二日後、シドニーはジャン・クロードと会った。彼との会合には入念な計画が必要となる。場所も時間も毎回変えた。シドニーは変装していくことが多かったが、この日はちがった。待ち合わせ場所は自宅から数ブロックの大英博物館。ふたりのどちらが目撃されても不審に思われる心配はないし、ブラック・エンジェルが標的とするような紳士が足繁《あししげ》く通う場所でもない。

ふたりは、閲覧室のあまり人が通らない窓際に置かれたテーブルを選び、開く気もない本を左右に積み上げた。シドニーが書棚と書棚のあいだの通路に監視の目を光らせ、だれも近づいてこないことを確認する一方、兄の助手は鑑定用のルーペを右目にあてて、フランシス・テンビー卿のサファイアの飾りピンをためつすがめつ調べはじめた。

「おお、マダム・セント・ゴダール！」ジャン・クロードが声をひそめて言った。「これは相当な値打ち物ですよ。いや実際、先月のダイヤモンドの飾りピンよりもっとすごい！　これなら相当高く売れますよ、パリの……ええと……なんていいましたっけ？　オ・マルシュ・ノアを」

「闇市場《ブラック・マーケット》」

ジャン・クロードはにっこりした。「ウィ、ブラック・マーケットに出せば。時計も引き取りましょう。嗅ぎ煙草入れも！　これもまた見事じゃありませんか」

シドニーはテーブルの上のフランシス・テンビー卿の嗅ぎ煙草入れを見た。「銀なのが残念だったわ、ジャン・クロード」

彼はフランス風に肩をすくめた。「ウィ。でも、内側に金の浮き彫りがほどこされてます。この浮き彫り模様がまたすごい！　なんて優美《トレ・エレガント》なんだろう」

「ええ。だから、なるべく高い値で売ってね。フランシス卿の屋敷の客間女中にはどうしてもお金が必要なのよ」

「できるだけのことをしますよ、マダムのためなら。二日後にカレー（イングランドに一番近いフランス北部の港）を経由する船が出るんです」

シドニーは不安の高まりを覚えた。「ジャン・クロード、くれぐれもジョージを巻きこまないでね」こう念を押すのははじめてではなかった。「この件でつかまることがあったとしても、兄の名前はけっして出さないで」

ジャン・クロードはかすかに顔色を失い、ルーペを目からずらした。「わかってますって、マダム！　このことがばれたら、ぼくはムッシュー・ケンブルにちょん切られますから――睾丸を。でしょ？　そのうえ喉に詰めこまれます」

シドニーはこの言葉から想像されるグロテスクな光景に顔をしかめた。

「さあ、あとはなにがあるんです？」彼はテーブルを挟んで物欲しげな視線をよこした。

シドニーは巾着袋のなかの純金の嗅ぎ煙草入れを思い出したが、見せるのはよそうと思った。ジャン・クロードを見返し、かぶりを振る。「これで終わり。残りのものはあなたに渡す気はないの。危険すぎるから」

若い男は傷ついた表情を見せた。「なにがあるんです？　マダムはこのジャン・クロードを信用していないんですか？　まる一年も一緒にビジネスをしてきたのに、ぼくのことが――」

シドニーは片手で彼の口をふさいだ。「あなたのことは信じているわ、ジャン・クロード。ただ、同時にあなたという人が好きになったのよ。このなかにあるものは、たとえパリでも売るのは危険すぎる。すばらしく高価なものなんだけど、持ち主が簡単にわかってしまうから。しかも、その持ち主は危険な男で、万一つかまったら、あなたは吊るし首まちがいなし。その原因をつくったわたしは生涯、自分を許すことができないと思うの」

ジャン・クロードはしばし葛藤していた。「わかりました《トレ・ビアン》。でも、このジャン・クロードにもちらっと見せてもらえませんか？　手にできないとなったら、そのすばらしく高価なものがますます見てみたくなった」

シドニーは人気《ひとけ》のない部屋に用心深く目を走らせてから、ひとつめを巾着袋から取り出した。無地の白いハンカチにくるんである。ジャン・クロードはハンカチを開くと、嗅ぎ煙草入れの蓋を見るなり青くなった。「ウィ、マダム。これはあなたが持ってたほうがよさそうです」とつぶやき、手早くハンカチでくるみなおした。「小さいアルファベートがはっきりわかりますからね……もちろん紋章も」

彼の言う〝アルファベート〟とはA、E、C、H。古めかしい筆記体の小さな文字が金の蓋に深く刻みこまれている。これはなにを表わしているのだろう。ジャン・クロードに尋ねようと口を開きかけたが、そんなことを気にかけた自分をすぐさま叱り、袋のなかに戻した。知る必要があるのはデヴェリンという名前だけだ。彼の洗礼名まで知る必要はない。

「ほかにはなにがはいっているんです？」

シドニーは肩をすくめた。「金時計がもうひとつ」ちょっと躊躇《ちゅうちょ》したが、好奇心には勝てず、ふたたび巾着袋に手を入れると、金時計のかわりに布に包まれた小さなものを取り出し、テーブルの上に滑らせた。「それと、こんなのも」

ジャン・クロードは片眉をつり上げた。「なんです？」

「わからない。見たところ極端に薄い薬入れ《ケース》か四角いロケットかと思うけれど。小さな蝶番《ちょうつがい》が見えるでしょ。でも、開けられないのよ」

「興味深いですねえ」ジャン・クロードは布の包みを解《と》いた。「うわあ！ これはとびきり稀少《きしょう》価値がありそうですよ、マダム」

「そうなの?」

「よく見ててください、いいですか」ジャン・クロードは上着のポケットから豆粒のような道具を取り出し、謎の小物入れの口にそっと挟みこんだ。と、それがぱんと開いた。金でできた小さな本が開くように。「掛け金が掛かってたんです」彼は向きを変えてその部分がシドニーに見えるようにした。「ちっちゃな宝物だ。ね、いいでしょう《ネスパ》?」

シドニーは呆気《あっけ》に取られてうなずいた。やはり大きめのロケットのようだ。片面にはめこまれているのは金縁の細密画で、ハイカラーのシャツに意匠を凝らしてクラヴァットを結んだ摂政時代(一八一一〜一八二〇年)らしい装いの若い男が描かれている。もう一方の面を見ると、極小のガラス板の下に黒っぽい巻き毛がひと房収まっていた。

「なんと《マ・フォア》!」ジャン・クロードは好奇心をそそられたらしい。「優美このうえない! これがデューク・ストリートの悪魔の持ち物?」

シドニーはなおもそのロケットにどんな意味があるのかと考えていた。「ええ、デヴェリンの持ち物なの」細密画のハンサムな若い男の顔をじっと覗きこむ。「この人物はだれだと思う?」

ジャン・クロードはフランス人特有のしかめっ面をして、空いているほうの手を意味ありげに広げてみせた。「そりゃあ、彼の愛人でしょう。それ以外に考えられますか?」

デヴェリンとの先日の体験からはとても信じられない。「父親かもしれないでしょ?」

だが、言ったそばからそうではないと気づいた。父親の肖像画にしては時代が新しすぎる。ジャン・クロードは話にならないとばかりに手で払う仕種をして、陽気な口調でこう言った。「あの悪魔は家族と疎遠なんです。みんながそう言ってるんだからまちがいありません。だから、その美しい青年は愛人に決まってます。でしょ？」

「そうかしら」シドニーは眉をひそめた。「わたしはちがうと思うけど」

ジャン・クロードは肩をすくめ、音をたてて細密画のロケットを閉めると、慎重に布で包みなおした。「溶かして地金に戻すことはできるけれど、最終的に価値があるのはその金の部分だけかな。細密画のほうは容易に持ち主が突き止められるので、売りに出すときには壊さないといけませんから」

シドニーは包みを取り返した。「だめよ。そんなことできないわ」

ジャン・クロードは警告するように目を細めた。「危険すぎますよ、マダム。そんなものを手もとに置くなんて」

シドニーは無理して微笑んだ。「わかっているわよ。これについては少し考えさせて。充分に注意するから」

ビジネスが終了すると、シドニーは立ち上がった。「もう行ってちょうだい。あなたがどこへ行ったのかとジョージが不審に思うまえに。二週間後を目処《めど》に、また細々したものを持ってくるわ」

ジャン・クロードの目が見開かれた。「おっといけない、忘れるところでした」先月の船積みぶんです」彼はポケットを探り、丸めた紙幣をシドニーの手のなかに押しこんだ。

「ああ、ありがとう、ジャン・クロード」シドニーは受け取った金をありがたく握りしめた。

「ジャン・クロードはおもしろがるようにシドニーを観察した。「あなたのお友達の天使さん《ラーンジ》は、その金でどんな人助けをするつもりなんですか？」

シドニーはにっこり笑うと、デヴェリンから奪った品々とともに紙幣を巾着袋に押しこんだ。「彼女は、フランシス・テンビー卿の屋敷で働いている客間女中の給金を前払いでたっぷり支払うつもりなのよ。残りはおそらく〈ナザレの娘たち協会〉のレディ・カートンのところへ行くんでしょうね」

ジャン・クロードは片手を差し出した。「では、彼女の幸運を祈ることにしましょう」彼は義賊の正体には見当がつかないというふりをした。

シドニーは握手に応じた。「彼女もあなたによろしくと言っていたわ」

ジャン・クロードはシドニーの指を握る手に力をこめ、顔を寄せて不意に深刻な口ぶりで耳打ちした。「メルシー、マダム。でも、ぼくからのささやかな忠告も伝えてもらえますか。彼女のお手並みはあっぱれです。ただし、デヴェリン侯爵を見くびってはいけません。そう伝えてください。もっと注意深く標的を選ぶようにと」

シドニーは唾を飲み、ジャン・クロードの目をまっすぐに見つめた。「彼女は相手をまちがえたのかもしれないわね。あなたの忠告を伝えるわ」

「ウィ、マダム。そうしてください」

シドニーは苦笑いを浮かべた。「信じて、ジャン・クロード。彼女は二度とデヴェリン卿に会わないように気をつけるから」

若いフランス男はほんのわずかに微笑んで優雅にお辞儀をし、最後にシドニーの手指の節に口づけをして立ち去った。

ジャン・クロードを見送りながら、不安のかすかな震えが背筋に走るのを覚えた。シドニーは十分間その場にとどまることを自分に強いてから、足早に大英博物館を出た。ありがたいことに自宅まではわずか一ブロックだ。あと十分もすればミス・ハンナデイがベッドフォード・プレイスへやってくる。

今日、ミス・ハンナデイに対しておこなう予定の授業は、貴族の序列のおさらいと晩餐会《ばんさんかい》での座席の決め方だ。こうしたレッスンはどちらにとっても都合がよかった。シドニーには収入源が必要だし、可哀相なミス・ハンナデイは、ボドリー卿と結婚するのなら、社交界のルールを理解しておく必要がある。

シドニーにすれば社交術は第二の天性のようなものだった。シドニーの母、クレアはたぐいまれな女だった。申し分のない血筋と天性の気品を兼ね備えた、美しく育ちのいい高級娼婦だったのだから。母方の祖父母はフランス革命後に落ちぶれた下級貴族で、貧しいながらも貴族の誇りをもってひとり娘を育て、女子修道院付属の学校で教育を受けさせたのち、美貌に恵まれた愛娘が裕福なイングランドの紳士の目に留まるのを願って、ドーバー海峡を渡る船に乗せた。

そこまでは計画どおりに着々と運んだ。クレア・ボーシェは太鼓腹の中年、グレーヴネル公爵に見初められ、住みこみの家庭教師として公爵の娘にフランス語を教えることになった。けれど、グレーヴネルは理想の王子さまではなく、ふたりの関係もおとぎ話とはかけ離れていた。公爵は若いフランス人の家庭教師を孕《はら》ませながら、妻が家庭教師を屋敷から追い出すのを止めなかった。そこにいたってようやく、クレアに対してある提案をした。自分の愛人にしてやってもいい、飢え死にしたければそうしろ。選ぶのはクレア自身だと。

クレアはみすみす飢え死にを選ぶような女ではなかった。

富裕なグレーヴネル公爵に囲われる愛人となったクレア・ボーシェは、たびたび晩餐会を催し、贅《ぜい》を尽くした饗応《きょうおう》で頭角を現わした。彼女は自分が手にした力を生かし、庇護者であるグレーヴネルより若くて権力のある男たちを振り向かせるまでになった。イングランドの有力貴族の多くがマダム・ボーシェの供する正餐の席についた。そうした男たちのなかには摂政皇太子、のちのジョージ四世もいた。だが、イングランドの貴婦人となると話はちがった。上流社会のレディたちはクレアのような女の〝知り合い〟になろうとはしなかった。たとえ、彼女とふたりの子どもがメイフェアの高級住宅街、クラージズ・ストリートに住み、クラレンス公（摂政皇太子の弟。のちのウィリアム四世）の愛人とたくさんのその子どもたちが暮らす邸宅が目と鼻の先にあろうとも。

シドニーとジョージはグレーヴネル一族と見なされてはいないのに、絶えず社交界の注目を浴び、噂の種をふんだんに提供する存在となった。ジョージはあるとき、ついに妹をそばに呼び、社会がどういう仕組みになっているのか、父はなぜ自分たちと一緒に暮らしていないのかを話して聞かせた。シドニーはまだ幼い少女で、真の意味での純真さを失ったのはそのときだった。

可哀相なミス・ハンナデイには純真さを失ってほしくないと心から願うけれど、ボドリーのような品行の悪い男と結婚すれば純真さを失わずにいられるとは思えない。なにか策を講じなければならないのではないだろうか。ミス・ハンナデイと恋仲の船荷事務員にべつの職を世話するだけでなく、もっと過激な手を打つべきなのでは？　あれこれ考えを巡らせながら、シドニーは交差路を急ぎ足で曲がり、ベッドフォード・プレイスにはいった。周囲にはほとんど視線を配っておらず、通りにはいつものように馬車が何台か停まっていたが、愚かにも目がいかなかった。一番近くの、自宅のほぼ真向かいに停まった馬車にさえ。それどころか、もう少しでその馬車のそばを駆け足で通り過ぎるところだった。

そのときだ、黒くて硬いものが額に激突したのは。シドニーは舗道に体ごと叩きつけられた。星が、文字どおり飛ぶのを見た。つぎに気づいたときには、だれかがかたわらにひざまずき、手を貸して立ち上がらせようとしていた。「なんということを！　あなたの姿が見えなくて！」男は叫び、片手を肩の下に滑りこませた。「怪我《けが》はありませんか？　立てますか？」

瞬きを繰り返すうちに星は消えた。おそるおそる上体を起こし、ぶつかった額に手を触れると、うめき声が漏れた。徐々に尻の下の舗道に意識が向かいはじめた。冷たくて少し濡れた路面の感触が伝わってくる。頭の上のほうから漂う温かなコロンの香りが鼻をくすぐった。

「なにが……起こったの？」やっとのことでそう尋ねると、男は苦もなくシドニーを立ち上がらせた。

「まことに申し訳ない。馬車の扉を開けようとして、あなたの頭にぶつけてしまいました」

シドニーは男の顔に目の焦点を合わせようとした。「あなたがぶつけたの？」

「あなたの姿が見えていなかったのです。いきなり現われたので。馬車が縁石に寄って停まったのが目にはいりませんでしたか？」

「いいえ、気が……つかなかったわ……」

御者が馬車から降りる音がうしろから聞こえた。「ご婦人はご無事でしたか、閣下？」

「額を強く打ったようだ、ウィトル。氷を用意するようにフェントンに言え。この方はおれが抱いて運ぶ」

まだ頭がくらくらしているうちに男の腕が膝の裏に差し入れられたが、抱き上げられる寸前でその腕を押しのけた。「大丈夫ですわ」ずきずきする瘤《こぶ》を片手で押さえながら言う。「ほんとうに」

「ほんとうに？」男は疑うように訊き返した。「じゃあ、ひとつ質問を。立っている指は何本ありますか？」

どうにか少し動けるようになったシドニーは相手の手に目を凝らそうとした。そのためには視線を上げなければならなかった――上へ、さらに上へ。だが、そこで目が捕らえたのは、あきらかに彼の指ではなかった。と、膝の裏を思いがけず突かれたような感じがして、へなへなとまた舗道にくずおれかける。男――デヴェリン侯爵がその体をつかまえた。「思ったとおりだ」

今度はシドニーをさっと抱き上げると、自分の町屋敷の玄関へ向かった。「ハニーウェル、ドアを閉めて窓のカーテンを引いてくれ」スカートの優雅な衣擦れの音を残して、デヴェリンは玄関を通り抜けた。「軽い脳震盪《のうしんとう》を起こしているようだ」

明かりの落とされた鮮やかな色使いの応接間に運ばれ、ベルベットの長椅子に寝かされたシドニーは、もう一度起き上がろうとした。デヴェリンにはどうしても体をさわられたくなかったから。しかし、彼は温かい手を力強く肩に置いた。「だめですよ、起き上がっては」

診察が必要だとでもいうように、彼はひざまずき、肩越しに振り向いた。「フェントン！　このあたりに医者はいるか？」

家のなかがどことなく混乱していることにシドニーは気づいた。使用人が右往左往して木枠やら蓋付きの箱やらを運んでいる。彼らは一様に足を止め、シドニーを見つめた。シドニーは肩に乗せられた温かな重たい手を押しやった。「ありがとうございました。もうお暇《いとま》しますわ、通りの……向こうへ」

「通りの向こう？」

「自宅へ。約束があるんです」

だんだんと必死な口調になってきた。こんな頭も体もふらふらな状態では、侯爵のコロンの温かな香りに溺れてしまいそうだ。あまりに長くデヴェリンのそばにいすぎている。なおまずいのは、彼の持ち物をぎゅうぎゅうに詰めこんだ巾着袋を持ったままで、この長椅子に横たわっているということだ。ああ、完全に気を失わなかったのは天の助け。もしそんなことにでもなっていたら、身元のわかるものがないかと袋のなかを探られるところだった。

デヴェリンは探るような視線をシドニーの顔に投げた。不安が襲いかかる。まさか気がついたんじゃないでしょうね？「どなたかをお呼びしましょうか？　あなたの……ご主人を？　あるいはお父上を？」

お父上ですって？　思わず吹き出しそうになった。

「未亡人ですのよ、わたくし」なるべく堅苦しく言ったつもりだ。「さしつかえなければ、もう起きたいのですけれど」

黒い袖に包まれた腕がぬっと頭の上に突き出された。「氷でございます、閣下。薬は鹿角《ろっかく》精（雄鹿の角から採った気付け薬）でよろしいですか？　それとも、こちらのご婦人がその袋のなかに気付け薬入れをお持ちでしょうか？」

「いいえ！」シドニーは巾着袋を胸に抱きしめると、デヴェリンを押しのけてさっと立ち上がった。「あの、気分はすっかりよくなりましたから。どうもご親切に。お暇させてくださいな」

さすがに侯爵も引き下がり、冷静に応じた。「いいですとも。では、通り向こうのお宅までお送りしましょう」

「通りはひとりでも渡れます。どうぞお気遣いなく」

侯爵の声が脅しのような冷たさを帯びた。「では、そのように。しかし、そのまえに名乗らせてください――」

「あなたがどなたさまかは存じ上げています。ごめんあそばせ」

デヴェリンは体重をかける足を替えて、それとなくシドニーの通り道をふさいだ。ああ、やっぱり大きい。記憶のなかの彼よりもっと。それに、なんなのだろう、この悪魔じみた――いいえむしろ、淫らなまでに――ハンサムな顔は。石から彫り出したような顎、罪深いほど官能的な口。いかにも危険な男だといわんばかりのほんの少し曲がった鼻。神さまのなさりようは不公平だわ！

罪深いほど官能的な唇が今は引きつっていた。「では、あなたのお名前をお伺いできますか、マダム？」わざとらしい丁寧な口調。「お詫《わ》びの手紙をどなた宛にしたためればよいのかをお教えいただけるとうれしいのですが」

「お詫びの言葉は充分に頂戴しましたわ、閣下。わたくしはマダム・セント・ゴダール。十四番地に住んでおりますけれど、お手紙はご遠慮申し上げます」

「フランス人でいらっしゃる」それは質問ではなかった。「でも、彼《か》の国の訛りはほとんどありませんね」

「はい」シドニーはきつい声で答えた。「では、ごきげんよう」

背筋をしゃんとさせてなんとかその場を逃れた。外に出ると、陽射しがまぶしかった。陽光を避けて目を細めた瞬間、だれかに肘をつかまれた。慌てて振り返り、しつこいデヴェリンの顔をひっぱたいてやろうとしたところで手が止まった。

「マダム・セント・ゴダール」ミス・ハンナデイがシドニーの顔を覗きこんでいた。「どうかしました？　だってその、通りの反対側にいらっしゃるから」

シドニーは奇妙な失望を覚えながら、若い娘の腕につかまった。「あら、ほんとうね。道を渡るのに手を貸してくださる、ミス・ハンナデイ？　ちょっとした事故に遭ったものだから」

ミス・ハンナデイの女中がふたりのあとから道路を渡った。玄関で出迎えたジュリアはふたりを見るなり青ざめた。「まあ、どうしたの、いったい？　ふたりとも、通りの喧嘩にでも巻きこまれたような顔をして」

シドニーはそこではじめてミス・ハンナデイの顔をまともに見た。横顔だけでは気づかなかったが、左のこめかみの下にうっすらと青痣《あおあざ》ができている。思わず手を伸ばすと、ミス・ハンナデイは身をすくめた。「ドアに……ドアにぶつかってしまって」

シドニーはすぐさま嘘だと見抜いた。「不思議な偶然があるものね。じつはわたしもドアにぶつかったのよ」

デヴェリンは、美しい新たな隣人が通りをこわごわ横断する様子を応接間のカーテンの隙間から見ていた。彼女は自分から進んで——いや、強く希望して——若い友人の腕にもたれた。デヴェリンの腕を突っぱねたときに勝るとも劣らぬ熱意をもって。

彼女はおれのことを知っている。

しかし、知りたくもないと思っていることは、そぶりのひとつひとつがはっきりと伝えていた。彼女が濃いアメジスト色のドレスの裾をひるがえして玄関の上がり段を昇るのを、デヴェリンは見届けた。彼女のことをどう考えればいいのか皆目わからなかった。美女であるのはまちがいない。明るいオリーヴ色の肌と、あの印象的な目。ぬくもりのある大きな目は極上のコニャックの色をしていた。長くて豊かな髪は漆黒の一歩手前とでもいう色合いで、まるで彼の心を映し出したかのようだった。

大陸の人間らしい垢抜《あかぬ》けた雰囲気を漂わせたマダム・セント・ゴダールは、怪我をしているのに、身のこなしが優美で堂々としていた。また、実際よりも背が高く見えるタイプの女でもあった。彼女の背丈がふつうなのは、玄関扉の高さと比べれば——扉を開けてマダムとその友人をいそいそと迎えたコンパニオンとおぼしき小太りのレディと比べても——一目瞭然だ。が、扉は不意に閉ざされ、女たちの姿はデヴェリンの視界から消えた。

この件はここまで。そういうことなのだろう。彼女とふたたび会うことはまずあるまい。ここが仮住まいだということはべつにしても、この界隈で暮らす人々と自分とでは生きている世界が一八〇度ちがう。おまけに、おれの悪評は本人の転居に先んじて広まっているらしい。なにしろ、この家を買ってから囲った愛人は十人以上、そのほとんどが涙に暮れるか、陶磁器を雨あられと降らせるか、酔って大立ちまわりを演じるかして出ていったのだから。カメリアの場合はほぼ三つともあてはまるけれども。中産階級的《ブルジョア》感覚をもったベッドフォード・プレイスの住民たちが、悪名高きデューク・ストリートの悪魔に挨拶がわりの名刺を大量に置いていくとも思えない。

いずれにせよ、マダム・セント・ゴダールが地獄のこちら側に住むおれのシーツを温めてくれることはありえない。その点には疑いを差し挟む余地がなく、かえすがえすも残念だが、できることならぜひ彼女と同衾《どうきん》したいと思う。それが偽らざる本心だ。あのきらめく瞳のなかにあるなにかが血を騒がせる。とはいえ、ああした女をベッドに誘うにはとてつもない努力を要するだろう。人前で感じよく、見苦しくなくふるまうことが求められ、場合によっては彼女の機嫌さえ取らなければならないかもしれない。女の機嫌などついぞ取らないこのおれが。ただ金を支払うだけの男が。

「閣下？」執事のハニーウェルの声でデヴェリンはわれに返り、まだマダム・セント・ゴダールの家の玄関を見つめていることに気づいた。「閣下、今夜はお出かけになりますか？ウィトルが馬車の用意はいかがいたしましょうと気にしております」

デヴェリンは妙なばつの悪さを感じた。部屋女中《チェンバー・メイド》の体をまさぐっている現場を見られた十代の少年のような気分だった。「馬屋へ入れておけと言え」と、ぶっきらぼうに答えた。「出かけるとしても歩いていく」

ベッドフォード・プレイス十四番地では、ジュリアがミス・ハンナデイの女中ににこやかな笑顔を見せていたが、シドニーの額のたん瘤はどうしてできたのかと心配しているのはあきらかだった。「ミセス・タトルのパイがそろそろ焼き上がるころだわ。あなたも階下へ行けばお相伴にあずかれるわよ」

女中が期待に満ちた目で女主人を見る。そしてミス・ハンナデイがうなずくと急いで立ち去った。ジュリアはふたりをせき立てるようにして客間へ向かわせた。「氷がいるわね、シドニー」と事務的に言う。「ミス・ハンナデイにはお茶をお持ちするわ」

「そうね、ありがとう」シドニーは素直に応じた。

ジュリアは物問いたげな視線をシドニーに投げると、部屋を出てドアを閉めた。シドニーはミス・ハンナデイの腕を取り、通りに面した窓のそばのテーブルへ導いた。「ねえ、エイミー」椅子に腰をおろすなり切り出した。「単刀直入に言うけれど、ドアにぶつかったなんて話、わたしはこれっぽっちも信じていないわよ」

ミス・ハンナデイがうっと声を詰まらせ、短いすすり泣きを始めた。シドニーは窓の外に目をやった。デヴェリンの馬車が裏にまわされようとしている。「お父さまにぶたれたの、エイミー？　また言い争いになったの？」

「いいえ！」ミス・ハンナデイは首を横に振った。ブロンドの巻き毛がはずむ。「嘘じゃありません、マダム！　そんなふうに考えないで！」

シドニーはミス・ハンナデイに視線を移した。「女に暴力を振るうなんて許されないことよ、絶対に」

ミス・ハンナデイは目をそらした。

シドニーは若い娘の肩に手を掛けた。「じゃあ、ボドリー卿なの、エイミー？　そうなの？　教えてちょうだい」

ミス・ハンナデイは唇を嚙み、ようやくシドニーの問いに答えた。「口喧嘩をしたの。近ごろ、あの方、わたしといるといつもいらいらしてて。わたしもいやになってしまって、彼に言ったんです。パパと話してくださいって。そうしたら喜んで婚約を解消します、義務から解放してあげますって」

シドニーは開いた口がふさがらなかった。「それであなたを殴ったの？」

ミス・ハンナデイがすすり泣きはじめた。「きっと、あたしがあら探しを始めたと思ったんだわ」か細い声で言う。「だから打ち明けたの……じつは、あたしにはべつに想《おも》ってる人がいるんですって。あたしがほんとうに結婚したいのはあなたではないんですって。そしたら……そしたら……」涙がひと粒、ミス・ハンナデイの目尻からこぼれた。「あの方はパパのお金が欲しいだけなのよ、ご存じでしょ」ふたたび話しはじめた彼女の口調は冷ややかで抑揚がなかった。「今はもう、あたしに対して好意を抱いてるというふりもしないわ」

シドニーはミス・ハンナデイの頰を手の甲でぬぐってやった。「お父さまはなんて？　あなたたちの喧嘩のことはまだ聞いていらっしゃらないの？」

「ボドリーはあたしが生意気だからとパパに言ったわ」今や止めどもなく涙が流れていた。「最初のうちは、痣もそんなに目立たなかったの。だ、だけど、パパは一族の称号が欲しくてたまらないんだもの。こんな痣ぐらい見たって気にもしないでしょうよ。だって、あたしがチャールズを愛してると知ってるのに、自分から娘に失恋の苦しみを味わわせようとしてるんだもの。それに比べたら、こんな痣ぐらいなによ。そうでしょう、マダム・セント・ゴダール？」

「ええ、取るに足りないことなんでしょうね」とシドニー。頭痛がした。筋道立てて考えなければ。シドニーはミス・ハンナデイの手を握った。「エイミー、あなたは今でもチャールズ・グリーアと結婚したいと思っているの？　貧しい暮らしをすることになっても？」

若い娘は握られた手をじっと見つめ、悲しげに答えた。「あたしだって、ずうっと貧しかったもの。たしかに、パパが紅茶の事業で成功したからお金持ちにはなったわ。家族のだれも今のほうが幸せとは思えないけど。でも、チャールズは言うの、パパは推薦状なしで彼を馘にするだろうって。そうなったら、あたしを養いたくても養えなくなるって」

シドニーは衝動的に巾着袋をつかみ、ジャン・クロードから受け取った札束を取り出した。そこから五十ポンドを抜き取り、ミス・ハンナデイの手のなかに押しこむ。「これをあなたに貸すわ」紙幣を指に握らせた。「受け取って、エイミー。見つからないようにするのよ。さあ、今から言うことをチャールズに伝えてくれる？」

ミス・ハンナデイはうなずいた。大きく見開かれた目に涙を溜めて。

「いいこと、今夜、ラッセル・スクエアでわたしが待っていると彼に伝えて。チャールズに話したいことがあるの。あの公園にあるベッドフォード公爵（第七代ベッドフォード公フランシス・ラッセル）の像を彼は知っているかしら？」

「ええ、知ってるはずです」

「では、午前零時から零時半のあいだにそこで待っていてと伝えて。今夜はミス・アーバックルに付き添って音楽会へ行かなくてはならないのだけど、そのあとできるだけ早く向かうからと。そう伝えてちょうだい、いいわね?」

ミス・ハンナデイは即座にうなずいた。「はい、伝えます」

シドニーは彼女の目を覗きこんだ。「それとエイミー、現金に替えたい宝飾品があったら持ってらっしゃい。なるたけ高く売ってあげるわ。あなたとチャールズには一ペニーでも必要でしょうから」

ミス・ハンナデイの顔が希望に輝いた。ちょうどジュリアが部屋に戻ってきた。この家でただひとりの家女中《ハウス・メイド》、メグが紅茶を載せた盆を手にして続いた。

「ジュリア、残念だけど頭がひどく痛むのよ」シドニーは立ち上がり、窓辺のテーブルから離れた。「今日のお稽古はお休みにして、また明日ミス・ハンナデイに来てもらうように今お願いしたところなの」

ミス・ハンナデイはすでに帰り支度を始めていた。ジュリアは布いっぱいに包んだ氷をシドニーに手渡すと、来客を玄関まで見送った。急いで戻ってきた彼女の顔には、依然として疑念が浮かんでいる。「さあ、白状なさい。そのまえに氷をおでこに置いてね」

シドニーはソファーに仰向《あおむ》けになり、氷を額にあてがった。「ああ、ジュリア、とことん運に見放されたようよ」弱音が口を衝いて出た。「道を歩いていてデヴェリン卿の馬車の扉とぶつかってしまったの」

「おやまあ、なんてこと」ジュリアはどさっと腰掛けた。「まさか気づかれたんじゃ?」

シドニーは振り向いた。「馬鹿なこと言わないで。〈錨〉の部屋は暗闇も同然だったのよ。肌も暗い色に塗って、体のあちこちにパッドを詰めていたんだし」

それでもジュリアの動揺は治まらなかった。「あの人を避けるのはもう無理よ、シドニー」

「真っ昼間からあの家を訪ねてくるなんてたしかに珍しいけど、それが毎日のことになるはずないわ、でしょう?」

ジュリアはかぶりを振った。「ちがうちがう、訪ねてきたんじゃなくて引っ越してきたのよ。なんだかやけに騒々しいからメグをお向かいへやって、従僕のひとりに探りを入れさせたの。どうやらデューク・ストリートのお屋敷が改修中で、しばらくこのベッドフォード・プレイスに住む予定なんですって。ひと月以上も」

「ひと月以上?」

突然、奇妙な感情がこみ上げた。本来なら狼狽《ろうばい》し、恐怖を覚えるべきなのだろう。せめて多少の恐ろしさは感じてしかるべきだ。ところが、どうしたことか、そうした感情のかわりに、彼を尾行したときの興奮がよみがえってきた。一歩誤れば大惨事となる綱渡りのように強烈で刺激的なあの感覚が。それだけではない。期待感だろうか? でも、デヴェリン侯爵になにを期待できるというの?

「シドニー!」ジュリアは警告するように言った。「シドニー、なにを考えているのか知らないけれど、お嬢さん、今すぐおやめなさいよ!」

5 マダム・セント・ゴダールの密会

結局、デヴェリン卿はその夜は外出しなかった。そのかわり鈍い倦怠感に身をまかせ、前代未聞のことながら、家のなかをうろうろして、夕食も家ですますと使用人たちにそれとなく伝えた。過剰な装飾がほどこされた薄暗い応接間を所在なく歩きまわっていても意味がないと思いつつ。この部屋にはいるたび高級娼館を思い出す。この住まいに特別な思い入れはないし、ここにいればとりわけ心がなごむというわけでもない。所詮ここは情事と酒盛りとらんちき騒ぎを思い出させる場所でしかなかった。自由気ままな愉しさがあったのはたしかだが、男がやすらぎを求められる場所ではないのだ。

休みなく歩きまわったり物思いにふけったりして心身を消耗する時間が近ごろ増えている。この妙な気分は、いつもの憂鬱とはべつのものだとうすうす気がついていた。いつもの憂鬱は治まっているのかといえばそうではなく、そちらもひんぱんに襲いかかってくる。この家へ移ってきたこと、カメリアに逃げられたことともあまり関係ない。〈錨〉であの女と会ってからこの現象が始まったのだ。ブラック・エンジェルのあの目を見たときから。

ブラック・エンジェルは女ロビン・フッドを気取って復讐していると噂されているが、おれがだれを不当に傷つけたというのか？　つまり、自分とグレッグ以外に。ほかの男を侮辱したり、若造を冗談半分に文無しにさせたりした覚えはない。むろん、当人が端《はな》からそれを願っているような場合はべつだ。怖いもの知らずの若い連中にはその傾向がある。世間の悪評どおり、うぶな女を自分のものにしようとしたのは一度きりで、あとから考えると、その女がどこまでうぶだったのかも怪しい。場数を踏んだ女を相手に醜聞の種を蒔いてきたことは認めよう。だが、決闘をしてでも手に入れる価値がある女はひとりもいなかった。これは若いうちに学んだ教訓だ。

にもかかわらず、ブラック・エンジェルはこのデヴェリンを標的に選んだ。あの女に笑い物にされたという事実は今となってはたいしたことではない。むしろ怒りがつのるのは、自分がルビー・ブラックのようなずる賢い安手の娼婦の魅力にころりとまいってしまったことだった。しかし、それをいうなら彼女は娼婦ではなかった。そうだろう？　賭けてもいい、彼女はルビー・ブラックでもない。

いまいましい女め。あんな女に憎悪と欲情を同時に抱くなどということがあっていいのか？　ああでもないこうでもないと考えながら、デヴェリンは瞼を閉じてブランデーの香りを深々と吸いこんだ。ああ、なんだか……騙《だま》された気分だ。

そう、それだ。そういうことじゃないのか？　騙された悔しさがいまだに心の奥にわだかまっている。といっても、自分の持ち物を騙し取られたという意味ではない。グレッグの細密画以外はどうでもいいものなのだから。彼女の唇と目が約束したことが果たされなかったということだ。あの体を、重ねた唇の味わいを、組み伏せた体のぬくもりを、彼女のなかに深く身を沈める快感を約束されたはずだった。想像すると今でもじっとしていられず、体がうずく。そして、そんな自分にますます腹が立つ。

デヴェリンはブランデーのおかわりをついだ。それからふと、グラスを持って窓辺に近づくと、重々しいカーテンを引き開け、夜の通りを見つめた。視線の先にあるのは、通り向こうの十四番地だった。ちょうど、グレイト・ラッセル・ストリートの角を曲がってベッドフォード・プレイスにはいってきた当世風のしゃれた馬車が、マダム・セント・ゴダール邸の表玄関まえに停まろうとしているところだった。ガス灯のともる舗道に当のレディが現われた。羽根飾りのついた帽子を小粋にかぶり、黒い長マントを羽織っている。マントの下はすこぶるエレガントなドレスのようだ。レディは優劣つけがたい優雅な服装をした男ふたりの助けを借りて馬車に乗りこんだ。

なるほど、マダムは夜の外出か。馬車の持ち主はだれだろう。ひょっとして彼女の馬車か？　いや、それはない。ベッドフォード・プレイスの住人であまし立派な馬車を持てる者はほとんどいないだろう。親戚か？　だが、マダム・セント・ゴダールはフランス人だ。愛人？　まあ、そう考えるのが妥当かもしれない。未亡人とはいえ、マダム・セント・ゴダールは侘《わび》しい独り身を通すようには見えない。そこからまた新たな疑問が芽生えた。そもそも彼女のなにがこの窓辺へおれを向かわせたのか？　なにかが頭に引っ掛かっているのだが、それがなんだかわからない。いったいなんなのだ？

そこではっと思いあたった。彼女はルビー・ブラックを彷彿《ほうふつ》させるのだ。カーテンが手から落ちるにまかせ、デヴェリンはもうしばらく考えにふけった。いや、あのふたりは少しも似ていない。髪もちがうし、声もちがう、顔形も。似ているところはひとつもない。ルビーはもっと背が高かったし、体が柔らかく肉感的だった。一方のマダム・セント・ゴダールは華奢《きゃしゃ》で身のこなしが洗練されている。ただ、どちらも天から授かったような色香——油断すると夢中になりそうな色香を発散させている。

デヴェリンはしかし、肉体の欲求に負けて理性を失ってはならないということを遠い昔に学んでいた。後先を考えず女を求めて愚かな過ちを犯してはならないと。が、ルビー・ブラックにそそのかされてその禁を犯してしまったのではなかろうか。彼女は苦もなくそれをやってのけた。今夜、ふだんのように外に足を向ける気にならないのは当然かもしれない。

急に思い立ち、デヴェリンは鈴を鳴らして執事を呼んだ。

「ハニーウェル、この家に新しく雇った従僕の名前はなんといった?」執事がやってくるなり尋ねた。「今朝、引っ越しの荷物を降ろすときに指示を出していた男さ」

「ポークです、閣下。ヘンリー・ポーク」

「そうか、ヘンリー・ポークか。レディを見る目が肥えていそうな男だったな。そのポークをここへ呼んでくれ、夕食の皿を下げたあとで」

ハニーウェルは軽く一礼した。「承知いたしました、閣下。お食事はやはりこちらでとられるのですね?」

デヴェリンは上着の下の肩をひっきりなしにまわした。「ああ、そのつもりだ」

しかし、その選択をほどなく後悔することになった。一時間後、食堂で最上級のビーフステーキの半分を腹に収め、極上のボルドーを味わっているところへ、ハニーウェルが緊張の面持ちで現われた。主人としてはこういう表情の執事はできれば見たくない。

「なんだ?」デヴェリンは音をたててワイングラスをテーブルに置いた。

「閣下、不測の事態が……」

「なんだ?」デヴェリンは繰り返し、ナプキンをたたんで皿の脇に置いた。

執事は苦虫を嚙みつぶしたような顔になった。「それがその……その、公爵夫人がお出ましになりまして」声が小さい。「そのようなお約束をなさっていらしたのでしょうか?」

難しい質問だ。どのような密会の約束をし、すみやかに忘れ去ったかは神のみぞ知る。〝公爵夫人〟の短いリストが早くも頭のなかを流れている。知り合いの〝公爵夫人〟はそう多くはない。まずエステリッジ公爵夫人。もっとも、彼女にはすでに二回ベッドからほっぽり出されている。それからキーリングの艶めかしい奥方もそうだが、最後に誘ったときに顔にびんたを食らった。となると、アラスターの従姉妹《いとこ》にあたる黒髪の女《ひと》だろうか? 名前は思い出せないが、見事というよりほかない乳房は記憶に焼きついている。

相手はともかく、こんなにやすやすと事が運ぶとは。女のほうから夜にひとりで訪ねてくるとなれば、目的はひとつしかない。その期待からデヴェリンのペニスは早くも張りつめ、うずきだした。彼はナプキンを膝に戻して股間を隠した。「あいにく失念したが、ハニーウエル、それはどの——」

が、時すでに遅し。公爵夫人は待っていてくれなかった。

「こんばんは、アレリック！」彼の母はわざと大股で食堂へはいってきた。「追い払おうなど考えても無駄ですよ。さあ、説明してちょうだい。害虫が屋敷の階段を食い尽くしたなんて、いったいどういうことなの？」

そそり立っていたものがたちまち萎えた。作法どおりに立ち上がって迎える必要があったから、ありがたいといわねばなるまい。「ごきげんよう、母上」デヴェリンは訝しげな視線を向けながら、母の手にキスをした。「突然のご訪問、うれしい驚きです」

母の目はすでに食堂の値踏みを始めていた。「うれしいは嘘なんでしょ、どうせ」と気楽な調子で言う。

「正直なところ、母上がここへ見えるとはびっくりしました」

母は見かけによらず華奢な肩をすくめた。「ほかに選択肢があって？　デューク・ストリートの屋敷から直接ここへ来たのよ。あっちが閉め切られているのを見て何事かと思いましたよ。どうぞ食事はそのまま続けてちょうだい」そう言って、テーブルに目を落とす。「あらいやだ、料理をいっぺんに運んでくるの？　ここの従僕たちは麦の殻をつまみ取っている農民にでも食べさせているつもりらしいわね」

「おれは形式にこだわってはいませんからね、母上」ハニーウェルが公爵夫人のために椅子を引いた。「ロンドンにいらしているとは知らなかったな。夕食はもうおすみですか？」

母は手を振って執事を下がらせた。「ええ、アドミータ叔母さまのところでね。昨日、ストーンリー（イングランド南東部ケント州の村）からこっちへ来たばかりなの。従兄弟《いとこ》のリチャードが亡くなったの」

デヴェリンはステーキを切る作業に戻った。「リチャードなんて親類がいるとは知らなかった。また若いんでしょう。急逝ですか？」

母は信じられないという目を向けた。「あらいやだ、アレリック。リチャードは九十二歳だったのよ！　あなたが一族の務めを果たしていれば知らないはずはないでしょうに」口をすぼめる。「明日の葬儀に列席しようなどとは、もちろん考えないわよねえ」

デヴェリンはゆっくりと肉を咀嚼《そしゃく》して時間を稼いだ。母は策略家なのだ。「葬儀へはおひとりで？」

母は両手を組み合わせてテーブルの中央に置かれた燭台《しょくだい》を見つめ、少ししてから答えた。

「そうではないけれど」

デヴェリンはふたたび料理に向かい、今度はやや乱暴にナイフを使った。「おれは行けませんよ。おわかりでしょうけど」

母は苛立ちをあらわにした。「わからないわ、なぜなの！　リチャードはあなたの母方の親戚なのよ、アレリック。父方ではなくて」

「そんなのは些末《さまつ》なことだ。母上もそれをよくわかっている」

長い沈黙が流れた。沈黙を破るのはデヴェリンの動かすナイフの音だけだった。「アレリック」ようやく母が口を開いた。「あの人があなたに会いたがっているの」

デヴェリンはナイフを皿に置いた。「まさか。そのことは最初の十年が過ぎた時点で母上も理解してくださったと受け止めているんですが」

母の目が大きく見開かれた。その目がきらきらしているのは蠟燭の光を映しているからだと思いたい。母は突然立ち上がると、食堂をそわそわと行ったり来たりしはじめた。ときどき足を止めては価値の低い骨董やら燭台やらを手に取る。やれやれ、手強《てごわ》いばあさんだ。

「刻印の確認ですか？」無理して場をなごませようとした。

母は怒ったような目で彼をにらんでから、そっと壁紙を指でなぞり、ふだんの調子に戻った。「なんなの、アレリック！　紫のフロックペーパー（ウール屑などを貼って絹やビロードの風合いを出した模様紙）を食堂に使うなんて悪趣味にもほどがあるわ。そんなことにも気づいていないの？」

　気づいていなかった。たぶんカメリアか、そのまえの愛人がその壁紙を選んだのだろうが。

「今の今まで気づきませんでした、母上」彼はしっとりとした黒トリュフをフォークに刺した。「でも、それを悪趣味だとおっしゃるなら、階上へ行ってベッドの天蓋から垂らしたピンクと赤の幕も見てください」

　母はうめいた。「お黙りなさい、アレリック！　応接間はもう見せてもらったわ。まるで場末の売春宿ね」

　デヴェリンは皿越しに母ににやりと笑いかけた。「母上、おれの愛人はここでらんちき騒ぎをするんです。ここは文学サロンじゃない」

「アレリック！」フロックペーパーもベッドの垂れ幕もどうでもいいとばかりに、母は長いテーブル伝いにつかつかと歩いてきた。「あなたって人は、人の肝をつぶすために生きているのね」

「人間は天から授かった素質を生かすしかありませんからね」デヴェリンは今はミックスサラダに取りかかっていた。このなかにラディッシュがないかと思いながら。きらびやかで刺激的な野菜が好きなのだ。女でいえばルビー・ブラックのように。

母は腰に両手をあてがった。「その緑の山をつつくのをちょっとだけやめて、知的な会話を進める努力はできないものかしら？」

デヴェリンはサラダから目を上げ、フォークを置いた。「できますとも。でも、母上が食事を続けるようにとおっしゃってから、まだ二分も経っていませんよ」

「ええ、そうね。でもそれは、あなたが葬儀に列席しないと言うまえのことよ」

「息子を餓死させようという魂胆ですか？」デヴェリンは目配せした。「その手には乗りませんよ、母上」

母は両の掌をテーブルにつき、彼に覆いかぶさるように身を乗り出した。「いい加減になさい、アレリック。茶化すのはやめて。食べるのも飲むのも娼婦の話もやめて、真面目に聞いてちょうだい！　お父さまと和解するなら今なのよ。あなたもわかっているでしょうけど、お父さまは後悔しているわ。あなたにすまないとずっと思ってらした。今までいろいろ言ったことだって……けっして本気だったわけじゃないの。そのためにわたしは今夜ここに来たんです。あなたたちに和解してほしいから。お願いよ」

デヴェリンは横目で母を見た。「そうやって父上のことでガミガミ言ったあとはまた、妻を見つけろ、務めを果たせというお説教が始まるんですか？」

怒った母は両手を宙に投げ出した。「そんなことしませんよ！　あなたを愛しているわ、アレリック。でも、わたしが知っている女性とは関わってほしくないと思う気持ちもそれと同じくらい強いんですもの。オペラのダンサーや女優と手を切れなんて今さら言う気はないの。こうして話しているあいだも、階上でのんびりお風呂にはいっている女が……ひょっとしたらダンサーと女優がひとりずついるかもしれないんですからね」

「この家に女はいませんよ」

お見通しだというように母の目が細められた。「おや、また見かぎられたの？」

アレリックは渋い顔をした。「ええ、そうです。喜びを顔に出さないよう少しは配慮してもらいたいな」

母は長い吐息をついた。「つぎの相手を見つけることね。ふたりでも三人でも。わたしはもうかまわないから。でも、あなただって嘆いて怒って苦しんできたはずよ、充分すぎるくらい長いこと。わたしたちはこのままでいてはいけないのよ。あなたとお父さまにはせめて仲良くする努力をしてくれないかしら。お願いよ。これはわたしからの心からのお願い」

アレリック・デヴェリンはしばし押し黙った。不幸せそうな母の顔を見たくはない。母を苦しめようと思っているわけでもない。「なぜ今さら蒸し返さなければならないのですか、母上？」

やっと椅子に腰をおろした母の手が小さく震えていることに、デヴェリンは気づいた。母は両の掌の付け根に額をあずけてテーブルクロスを見つめ、静かに言った。「アレリック、お父さまは心臓を患っているのよ」

椅子の下の床がぐらりと傾いた気がした。「心臓……？」

彼を見る母の目に浮かんでいるのは悲しみだけだった。「ああ、アレリック、お父さまはもう長くないの」

「長くない？」

母は弱々しく肩をすくめた。「あと数カ月。あるいは一年。静養すれば二年生きられるかもしれない。もし、悩みがなくなれば。もし——」

「もし、おれが誇りを捨てて許しを請えば？」デヴェリンは言葉を挟んだ。「そういうことですか？　いや、そんなことをしても効果はないな、母上。あのとき、半年もそれをやったじゃありませんか。でも、だめだった。父上のひとり息子は死んでしまったのだから。よもやお忘れじゃないでしょう？　今さらなにをしても溝は埋まらない」

母の顔が苦痛にゆがんだ。「あなたは公爵位を継ぐ人なのよ。世間の目にどう映るか考えてちょうだい」

今度はデヴェリンが椅子をうしろへ押して立ち上がった。「これはこれは、母上！」両手を投げ出した。「世間の目になにがどう映るかなんて、おれがこれっぽっちでも気にするとお思いですか？　世間体とは縁のない気ままな人生を送ってきたこの放蕩者が」

「ええ、そのとおりね。だから思うの……そのことによって、あなたが一番罰を与えたいのはだれなのかしらって。あなた自身、それともお父さま？」

デヴェリンは苦々しい顔で首を横に振った。「芝居がかった物言いはやめてください。おれは聖人じゃなかったということです。グレッグと同じく」

母ははじかれたように立ち上がり、テーブルをまわりこんでやってくると、彼の腕に手を掛けた。「お聞きなさい、アレリック、若者に放蕩はつきものだわ。そして、時機が来ると不思議なくらい、生活ががらっと変わるものなの！　あなたとグレゴリーはいたずらが過ぎただけ」

「小説の読みすぎのようですね、母上。それにおれはもう若者じゃありません。父上は母上がここへ来ているのをご存じなんですか？」

母の表情がやわらいだ。「いい結婚には秘密がないのよ、アレリック」

「で、父上はなんと？」

母は唾を飲みこんで首を振った。「なんにも。でも、行くなとも言わなかったわ」

デヴェリンは皮肉めかした笑みを口もとに浮かべた。「でしょうね、むろん。言うわけがない！」

家のどこかで時計が時を打った。公爵夫人はつま先立ちになって息子の頬にキスをした。

「そろそろ帰らなくては。水曜日まではアドミータ叔母さまのところにいますからね。いいこと？」

「期待はしないでください」デヴェリンは念を押した。「アドミータ大叔母さまは今でもあのノーリッチ・テリアと話をしているんですか？　あの犬が今は亡き夫だと思って」

「ええ、べつにかまわないでしょ？　ホレイショーはなかなか男前な犬だし」

「どう見てもホレイショー大叔父よりは毛深いですけどね」

公爵夫人はにわかに苛立ちはじめ、デヴェリンの腕に手を戻した。「ねえ、アレリック、あの呆け犬のことなんかどうでもいいわ。それより、あなたに伝えておかなくてはならない大事なことがあるの」

「そうくると思いましたよ」すでにいやな予感がしていた。

「来月、お父さまが七十歳の誕生日を迎えるでしょう。それで、グローヴナー・スクエアの屋敷を開放して舞踏会を開くつもりなの」腕に置いた手に力がこもる。「舞踏会を開くのは……グレッグが亡くなってからはじめてよ。なんとか考えておいて。お父さまにとってこれが最後の舞踏会になるかもしれないのだから」

母の指がまだ腕に食いこんでいる。デヴェリンはどうにかうなずいてみせた。「あまり期待しないでください、母上。いいですね？」そう答えるのがやっとだった。「期待を過大に膨らませないと約束してください」

もはや完全に食欲がなくなっていた。デヴェリンは玄関で母を見送るとまた応接間へ戻り、ふたたびワインを手に部屋のなかを歩きまわった。

ミス・ジェニファー・アーバックルは、父親の馬車がメイフェアからベッドフォード・プレイスへ戻ったころには半分夢のなかにいた。シドニーも疲れきっていた。レディ・カートン主催の音楽会で、社交界にデビューしたばかりの良家の子女がかわりばんこに舞台へ上がるたび笑顔で迎え、拍手を送るという長く退屈な夜を過ごしたあとだけに疲れもひとしおだ。ミス・アーバックルにとって、そのような上流階級の催しに招待されるのはこのうえもない名誉だった。アーバックル家は貿易商、一方のレディ・カートンは由緒正しき家柄の未亡人で、社交界では〈ナザレの娘たち協会〉での活動を始めとする慈善家として知られている。けれど、ミセス・アーバックルは神経質で病弱な女性で、新たに加わった自分の社会的役割に戸惑っていた。夫の築いた富によってさまざまな方面からの招待状が舞いこむようになったが、それは同時に、慢性的な偏頭痛の症状を彼女にもたらしていた。そんな事情から、シドニーはミス・アーバックルの人生に関わることになった。ミセス・アーバックルが娘に教えられないこと、自分ではできないことをかわりに引き受けるようになったのだ。

シドニーの仕事ぶりに満足している依頼人を通じてアーバックル家に紹介されたという経緯は、ハンナデイ家の場合と同様だった。最近フランスからやってきた上流階級の未亡人で、フランス貴族の血筋をひいている。この説明にも嘘偽りはない。フランス語訛りがないことを指摘されることはたまにあるが、両親について訊く人もイングランドへ来た理由を尋ねる人もいなかった。むろん、こちらから教えもしなかった。

身分が高く社会的信用もある人物がお膳立てしてくれれば、シドニー自身、たとえ庶子であっても公爵の娘としてイングランドの社交界の仲間入りをできたはずだった。だが、シドニーは社交界にはほとんど興味がなく、むしろそこで必要とされるたしなみを教えることに興味があった。その収入があれば蓄えに手をつけずにすむからだ。もっと重要なのは社交界の周辺で動けること。それはすなわち、上流階級の紳士についてのありとあらゆる情報を入手する助けになるということだった。

が、今夜は興味深いとはいいがたかった。あくびを嚙み殺しながら、退屈なだけですんだのは幸いだったとあらためて思った。ミス・アーバックルは自分のピアノの腕に自信をもっていた。シドニーは付き添い役の務めを無事に果たした。レディ・カートンはシドニーも舞台に上げようと説得を試みたが、自分が引き受けた仕事はここまでだと固辞して裏方に徹した。世話好きでチャーミングな中年女性という印象のレディ・カートンだが、その目には鋭い知性も感じられた。それは厚いヴェールとイタリア語訛りをもってしても隠せないものなのだろう。〈ナザレの娘たち協会〉へ寄付金を届ける方法をべつに見つけたほうがいいのかもしれない。

馬車の速度がゆるみはじめた。手を伸ばして巾着袋をつかむと、ミス・アーバックルもつられて目を覚ました。シドニーは若い娘の手にそっと手を重ね、優しく叩いた。「今夜はとても上手に弾けたわね。あそこで演奏したどのレディにもひけを取らなかったわよ」

ミス・アーバックルは夢見心地で微笑んだ。「すばらしく立派な催しでしたね！　それに、あの奥さま、ものすごく親切な人だと思いません？　あの人がやってる〈ナザレクラブ〉にいっぱい寄付するようにパパに言おうかしら」

「〈ナザレの娘たち協会〉という名前のはずよ」シドニーはさりげなく注意した。「寄付をすればきっと喜ばれると思うわ。あの協会は不幸な境遇にある女性に住む場所を提供していて、少しでもいい生活ができるように彼女たちを導いているのよ」

馬車のランプの揺れる光のなかでミス・アーバックルが赤面したのがわかった。「マダム・セント・ゴダール。今夜は付き添ってくださってありがとう。あなたに習うようになってからピアノがすごく上達したって母がいつも言ってます」

ミスター・アーバックルの従僕が馬車の足置きをおろして扉を開いた。先ほどまでの雨で路面が光っている。シドニーは舗道に降り立ち、馬車に手を振って見送るふりをしながら鍵を探した。蹄の音を響かせながら、馬車は丸石敷きの道を進んで角を曲がった。シドニーは巾着袋の口を閉め、マントを少し引っぱって体に強く巻きつけると、ベッドフォード・プレイスを反対方向に歩きだした。

ラッセル・スクエアはガス灯の照らすベッドフォード・プレイスの北端に位置し、シドニーの家から歩いてもたいした距離ではなかった。濡れた草で裾が汚れないようスカートをつまんで持ち上げ、ベッドフォード公爵像をひとまわりしてもチャールズ・グリーアの姿は見あたらなかったので、物陰に身をひそめて待つことにした。広場にはほとんど明かりがないが、その暗闇にむしろ勇気づけられた。使用人というのは、いくら有能であっても噂話が好きだ。万一、生徒の駆け落ちの手助けをしたなどという噂が将来の依頼人の耳にでもはいれば、仕事にいい影響を与えるとは思えない。

シドニーはマントをさらにきつく巻きつけて闇のなかにゆっくりと足を踏み出した。もう午前零時を過ぎているはずだ。ミスター・グリーアが来ない可能性も充分にありうる。ミス・ハンナデイへの想いがそれほど強くなかったとか、彼女の父親を心底恐れているとか。もし来たとしても、モーリスの提案する働き口を気に入るとはかぎらない。足を止め、しばらく耳を澄ます。ハイ・ホルボーンを走る馬車の音がかすかに聞こえるだけだ。ラッセル・スクエアには小さな生物のうごめく気配すらなく、完全な静寂に包まれている。

体の向きを変えて歩きだそうとした刹那、異様に大きな壁にぶちあたった。その壁に体をつかまれ、シドニーはきゃっと悲鳴をあげた。

「こんばんは、マダム・セント・ゴダール」デヴェリンの轟《とどろ》くような声が厚い胸の奥から聞こえた。「散歩にはまたとない夜ですね」

心臓が喉までせり上がった。力強いがっしりした手に両腕をつかまれている。「デヴェリン卿！　びっくりさせないで！　暗闇でうろうろして、こっそり人に近づくのがご趣味なの？」

侯爵はふくみ笑いをした。「いろいろなことで責められましたが、足の速さに文句を言われたのははじめてですよ」

「あなたの足のことなんか言っていないわ。その手よ。手を放していただけます？」

闇のなかで侯爵の目がこちらの表情を探るのがわかった。「あなたがどういう操を守っておいでかは存じませんが、マダム、おれは安全ですよ」シドニーは彼の睾丸に膝蹴りを加えてやろうかと思った。「どういう意味かしら？」

「どういう操……？」

デヴェリンが体をかがめるのが闇のなかでもわかった。大きな体の発する熱が近づくのを感じたから。「キスしていただけないかという意味で言ったんです。でも、顔をひっぱたかれるのがおちですよね」

「ええ、それも大きな音をたてて」

「やっぱり。恋にはいつも運がないんだ！」けろりとした調子で言う。「つい酒を飲みすぎるのも無理はない」

言われてみれば、デヴェリンは酔っているようだ。石けんの香りにまじって煙草とブランデーらしきにおいがする。シドニーはもう一度、彼の手から逃れようとした。今度は解放してくれたが、その重く温かい手がひどくゆっくりと前腕を滑りおり、最後にほんの一瞬、指先が彼女の指に触れた。互いの指先が完全に離れると、なぜか背筋がぞくりとした。

侯爵はあとずさりして空を見上げた。なにかを持っている。黒い傘だろうか。おざなりに手首にぶら下げているようだ。「深夜にひとりで散歩するのが大好きでしてね」デヴェリンはこれまでの奇妙な応酬などなかったように言った。「夜の空気を吸うとすっかり回復した気になれますから」

「回復なさりたいことがたくさんおありなんでしょうね、閣下」シドニーは辛辣に返した。「ずいぶん酔ってらっしゃるようですし」

デヴェリンは笑ったが、その笑い声からはユーモアも皮肉も感じられなかった。「夕食の料理を流しこむ大量のコニャックが必要だったとだけ言っておきましょう。流しきれないものもありますけど」

「ごめんなさい、今、なんて？」

「いや、おれの話はもういいですよ。あなたの話を聞かせてください」

「遠慮しますわ、せっかくですけど」

デヴェリンはシドニーの言葉を聞かなかったかのように続けた。「いくら気持ちのいい夜風だからといって、ここへひとりで来るのは感心しません。あなたが無事帰り着くのを見届けたほうがよさそうだ。そうしたら、ひょっとして、お礼にラム・トディ（ラム酒に砂糖とスパイスを加えた温かい飲み物）でもいかがと誘っていただけるかな？」

「わたくしのことよりご自分の心配をされたほうがよろしいんじゃないかしら、閣下」シドニーはすかさず言い返し、ベッドフォード公爵像の向こうに伸びるガス灯のともった通りを指差した。「飲み物もご自宅でどうぞ。ちなみに十七番地ですわよ。忘れてもすぐに見つかるでしょうけど。向かって左側です」

「でも、そこではない場所に行きたい気分なんだなあ。なにしろ、食堂の壁に悪趣味な紫のフロックペーパーを使っていると、応接間はさながら場末の売春宿のようだと、信頼すべき筋から指摘されたばかりでね。あなたのお宅はどんなふうなんです、マダム？ もっと人を招くにふさわしいおうちなんでしょうね」

「ごめんなさい、今、なんて？」

今度はふくみ笑いだ。「さっきからそればっかりですね、マダム・セント・ゴダール。いつも謝っているんですか？ 相当悪いことをしているにちがいない」

シドニーは手袋をはめた手を彼の外套の袖にあてがい、体をわずかに近づけた。「でしたら、こう言いなおしましょう、閣下」一語一語をはっきりと発音した。「あなたを我が家にお招きするということはまちがってもございません」

「それは残念」侯爵は冷静に応じた。「お宅はきっと、きれいな更紗《チンツ》や家庭のぬくもりを感じさせる刺繍《ししゅう》でいっぱいなんでしょう。たぶん、焼きたてのパンや蜜蠟のにおいが……」デヴェリンは体を寄せ、くんくんとにおいを嗅いだ。「この香りは――薔薇水ですか？」

「クチナシです。それがなにか？」

「うちの応接間、見たでしょう？」とはぐらかす。「ぞっとしたでしょ？」

「あのときは馬車の扉を頭にぶつけられて気絶していたので、率直に申し上げて、お部屋を拝見するどころではありませんでしたわ」

「なら、かえってよかった。じつにおぞましいんですよ」

「わたくしたちのような身分の低い人間が暮らすベッドフォード・プレイスなどに住居を移されて、さぞご不快でしょうね、閣下。あなたが慣れ親しんでらっしゃる高尚な方々とはまるきりちがいますもの」

　デヴェリンはげらげら笑った。「いや、マダム・セント・ゴダール、あなたはご存じないでしょうが、おれの場合、物事の基準をどこまでも下げられるんですよ。ただ、あの家にはあまり……魅力を感じないってことです。だれもいませんし」

「それは、ご自身の責任ではないかしら」

「そうです。さんざん言われています」

　これを聞いて、シドニーは吹き出したいのをこらえなければならなかった。いったいわたしはなにをしているの？　真夜中に真っ暗な広場に突っ立って、ろくでもない男と埒《らち》もない会話を続けるなんて！　「デヴェリン卿、ほんとうにもうお帰りなさいな」子どもに言い聞かせるような調子で言い、彼をちょっと押した。

「帰れないね。こんな暗がりにレディをひとり置いてけぼりにしたら紳士の名に恥じる」

「来るときはひとりだったわ。さあ、もう行って、お願いだから。ここで……約束をしているんです」

　デヴェリンの動きが止まった。「そうか。密会の邪魔をしてしまったわけだ」

「ごめんなさい、今、なんて？」

　侯爵は鈍い声で笑った。「約束といったらふつう昼間にするものです。夕刻の約束ってやつもありますが。しかし、時計が午前零時を打ったあととなれば、かならず密会です」

「あら、デューク・ストリートの悪魔が社交のルールについてそんな鋭い考察をなさるとは意外ですこと！〈オールマックス〉（ロンドンの社交場）の名だたるご婦人がたは若い女性の指導をあなたにおまかせしたほうがよさそうですわね！」

「辛辣ですね、マダム」

「あなたは喜々としてそれに耐えているように見えますけど」

暗いなかでも侯爵に目の奥を覗きこまれると心にざわつきを覚えた。「あなたの興味を惹くことはできないのでしょうか、マダム？　その、ほんのちょっとでも」そう尋ねる口調は酔っぱらっているとは思えなかった。「おれにはまったく魅力がありませんか？」

シドニーは目を細めた。「あなたははっとするほど男前でいらっしゃるし、そのことをご自分でも充分すぎるほどご存じのようね。でも、とにかく、わたしはここで人と会うことになっているんです。プライバシーを尊重していただきたいわ。お帰り願えませんか、ほんとうに！」

ためらいを見せる侯爵に、身の安全を本気で心配してくれているのだと一瞬信じそうになった。「いいでしょう。では、そうします。ただし条件がふたつ」

「取り引きはめったにしませんの」

「ええ、そうでしょうね。いやなに、いくつか些細なことだけですよ」

「些細なこと」シドニーはその言葉を繰り返した。「で、ひとつめはなんでしょう？」

デヴェリンは手首に引っ掛けている傘を取って手渡した。「これをお持ちください」

「それにはおよびません」

「だから、条件と言ったんです。雨はまだ完全には上がっていませんよ」

「じゃあ、ありがたく」傘のカーブした持ち手を指で包むと、彼の手のぬくもりがまだ残っていた。「ふたつめはなんでしょう？」

「あなたの……」言葉が途切れ、それから不意に声が優しくなった。「あなたの洗礼名を知りたいのです、マダム・セント・ゴダール」

シドニーはしばらく黙って彼を見つめていた。「シドニー」

「シドニー。素敵な……名前ですね。だけど、ふつうは男につけることが多いのでは？」

「シドニイー」シドニーは笑わないように発音を正した。「正しく発音してください、どうしてもこの名前で呼ばなくてはいけないときは」

「ええ、呼ぶつもりですよ。暗闇にひとりでいるときに自分に向かって囁くしかないとしても。しかし、ここに新たな友情が生まれたということにして、当分はシドと呼ばせてもらおう」

シドニーはぎょっとした。「申し訳ないけれど、そう呼ぶのは家族だけなの」

「家族？　あなたに家族はいないはずですが」

シドニーは信じがたい思いで彼を見た。「どうしてあなたがそんなことを知っているの？」

デヴェリンはまたも声をあげて笑った。「愛《いと》しのシド！　おれのように悪い噂がついてまわる男に雇われる者は、頭のねじがゆるんでいては務まらないんです。あなたがミス・メグを偵察によこし、うちの哀れな従僕に色目を使わせたなら、彼もミス・メグからそちらの情報を仕入れるのが当然では？」

シドニーはたじろいだ。「そんな……ひどい！　わたしはそんなことさせていません！」

でも、間接的にそうさせたようなものではないだろうか。侯爵について訊き出すためにメグをお向かいへやったとジュリアが言っていた。余計なことは話すなと家女中に釘を刺すのをジュリアは忘れたらしい。

シドニーの不安をデヴェリンは感じ取った。「すっかりお見通しなんです！　フランスから来た美しい未亡人、マダム・セント・ゴダールの出自は謎に包まれている。ロンドンへ移り住んだのは十一カ月まえ。八カ月まえからはここベッドフォード・プレイスで暮らしている。家族はいない――少なくとも使用人の知る家族はいない。船長だった夫君は西インド諸島で熱病にやられて命を落とした。その後まもなく母ぎみも亡くなり、ささやかな財産を残した」

「やめて、デヴェリン卿！」

だが、侯爵は息継ぎをしただけで、復唱するように早口に続けた。「好きな色はダークブルー。羽根飾りのついた帽子が好み。スポンジケーキに目がない。まだ三十歳には達していないが、かぎりなく近い。お茶はうんと甘くするのが好き。使用人はふたり。コンパニオンの名前はミセス・クロスビー。ジュリア・クロスビー。黒と茶のぶち猫を飼っている。名前はトーマス。鼠取りの腕前はブルームズベリー随一。こんなところでどうです？」

シドニーは唖然《あぜん》とした。デヴェリンは突然、彼女の手を取り、口づけをした。「おやおや、言葉が出ませんか！　立ち去れという合図かな」

侯爵はそのとおりに立ち去った。ベッドフォード公爵の大きな石像を足早にまわりこむと、大男にしては——それも、さっきまでは千鳥足の酔っぱらいだとばかり思っていた大男にしては——画期的なまでに軽やかな駆け足で通りを渡った。

6　アラスター卿、救出に駆けつける

屋根裏部屋の小窓から射す午後の陽が、宙に舞う塵《ちり》や埃をきらきらと輝かせている。その部屋はピエールの商船〈喜びの乙女《メリー・マイデン》〉号を思い出させた。急勾配の低い天井と、鼠を探して垂木《たるき》をごそごそ動きまわるトーマスのせいだろう。

トーマスにすれば、隅や角や割れ目や隙間がそこらじゅうにある屋根裏部屋にはいることを許されたのだから、通常の状況であれば大冒険のはずだった。だが、今日は仕事にそそぐ情熱がさほどではない。たぶん原因は昨夜のシドニーの寝返りだ。シドニーが激しい寝返りをするたびに、気の毒なトーマスは、七つの海の荒波をよけるようにベッドカバーにしがみついていなければならなかった。

とはいえ、午後を寝て過ごせばトーマスは回復するだろう。シドニーはというと自信喪失気味だった。デヴェリンをいかに誤解していたか、夜のあいだに気づいたのだ。よそよそしい高慢な態度を取っても侯爵はしらけるどころか、なんらかの理由で——退屈しのぎか、つむじ曲がりだからか——シドニーに惹きつけられたようだった。

どうにかしてこの状況を変えなければならない。いたずらに彼の好奇心を煽《あお》ってはならない。デヴェリンがよそであれこれ訊きまわりはじめたら、それこそ大変なことになる。すでに従僕を問いつめているのだし。男とはなんと愚かでわかりやすい生き物だろう。彼らは手の届かぬ女に心を奪われ、知的な女には好奇心をそそられる。そのどちらにもデヴェリンの心を向かわせてはならない。涙が出るほど退屈な女だと思わせなくては。

そうするのは難しくなさそうだ。これまで見てきたことから推測するに、彼はひとりの女に長々と関心を寄せる才能を持ち合わせていないようだから。今日の午後、傘を返しにいくときには野暮ったいドレスを着て、これ以上ないというくらい冴えない表情を顔に貼りつけるつもりだった。友好的で礼儀正しいが、退屈きわまりない態度で接しよう。侯爵がどこに興味を抱いたにせよ、すぐに興味を失うのは目に見えている。それどころか、こちらのおしゃべりが終わるころには早くお帰り願いたいと思うことだろう。

朝、寝室でそんな計画を練っていると、ジュリアがコーヒーを持ってきて、今日は屋根裏部屋を片づける予定だと念を押した。数カ月まえ、シドニーはクレアが暮らしたメイフェアの瀟洒《しょうしゃ》な屋敷を売り払い、母の持ち物をこのベッドフォード・プレイスに移していた。メイフェアよりも自分の生活拠点としてふさわしい場所に。以来、屋根裏に保管されたままのクレアのトランクは、過去の亡霊よろしく対面の瞬間《とき》を待ち受けているのだった。

ジュリアは今、シドニーの背後で古いトランクの中身を取り出している。垂木での鼠探しに飽きたトーマスがシドニーの脚にじゃれはじめた。雄猫を抱き上げると足が自然と小窓へ向かい、ガラスの向こうを見るともなく眺めた。トーマスが喉をごろごろいわせて頭を頬にすり寄せてくる。だが、トーマスがどんなに頑張ってくれても心はなごまなかった。

母のことをどう考えればいいのかわからないのだ。もちろんクレアは自分の産んだ子どもたちを愛していた。でも、それは美しい陶磁器を愛するような愛し方で、距離をおいて愛《め》でていたにすぎなかった。シドニーとジョージは召使いに育てられ、父親を愉しませるか、取り巻きの訪問が途絶えた母の心を慰めるときにだけ駆り出された。息子のジョージはやがて男として……対等なおとなとして扱われるようになった。母はジョージを溺愛し、ジョージを頼り、洋々たる未来を約束した。

一方、兄と年齢が離れていたシドニーは母にとっては人形だった。おめかしをさせて人に見せびらかす玩具《おもちゃ》だった。十二歳までにシドニーは、人前であがらずに楽器を弾いたり歌を歌ったりできるようになっていた。興趣に富んだ詩を何ページも暗誦《あんしょう》し、三カ国語を操って話した。それもこれも母の友人たちを喜ばせるためだった。母とお揃いのドレスを着せられたこともある。ハイドパークのサーペンタイン池のまわりを母と散歩した夏の日のことを思い出す。お揃いの黄色のドレスと黄色の帽子で、パラソルも黄色。そのパラソルを愉しげにくるくるとまわす母娘《おやこ》が人々の称賛の視線を集めないわけがなかった。それは母にとって最高に愉快なひとときだった。しばらくのあいだは。

そのひとときを愉快に感じられなくなると——つまり、自分の歳若い愛人たちが一瞥《いちべつ》ではすまない視線をシドニーに送りはじめると、クレアは娘を生まれ故郷のフランスへ追いやった。自分に非があるから罰を受けたのだとシドニーは思った。そのように異性の注目を浴びるのは悪い娘だけだと。それは母からの暗黙のメッセージだった。けれど、クレアの両親は庶子の孫娘の養育という厄介な役目を引き受けてはくれず、シドニーを修道院付属の寄宿学校へ入れた。そのときシドニーはまだ十五歳で、周囲が思うほどには世間を知らなかった。実家を追い出されて惨めな二年を過ごしたあと、ならばいっそほんとうに悪い娘になってやろうと考えた。そのことで受けるべき罰はすでに受けているのだからと。そして、その決意を大々的に実行した。十も歳の離れた血気盛んな冒険家、ピエール・セント・ゴダールと駆け落ちしたのである。当然ながら最初に誘惑したのはピエールのほうだ。その時点では結婚の意思など彼にはなかった。それでも彼はシドニーと結婚した――身も世もなく恋をしてしまったのだからしかたがないという珍妙な理屈をつけて。ピエールは愛してくれていたと今も思う。ならず者は危険と隣り合わせの冒険や酒場の娼婦だけでなく何物をも愛せる――そんな愛し方だったけれど。シドニー自身、自分のしたことを一概に後悔しているとも言いきれない。

重たいものが床をこするような音がうしろから聞こえた。振り返ると、ふたりで中身を空けたばかりのトランクをジュリアが部屋の隅に押しこんでいた。

「手伝うのに！」シドニーは急いでそばへ行った。

トランクの移動を終えるとジュリアは上体を起こした。「あなたの心はどこへ行っちゃったの、お嬢さん？　朝起きたときからずっとそんなふうね」

シドニーは屋根裏部屋に視線をさまよわせた。「母のことを考えていたの。不思議なんだけど、ピエールのことも」

ジュリアは今度は小ぶりのバンドボックス（筒型の帽子箱）に目を向け、せわしなく脇に移動させた。「うら若い未亡人が夫の死を悼んでなにが不思議なものですか」

シドニーはやや苛立たしげにスカートを手で撫でた。「でも、問題はそこなのよ、ジュリア。悼むというのとは少しちがうの。もちろん、彼に会いたいと思うことはたまにあるわよ。彼と結婚していたころのにぎやかな日々を懐かしむ気持ちもたぶんある。当時はあれこれ考える時間がなかったから」

ジュリアは怪訝そうにシドニーを見て、静かに尋ねた。「彼を愛していたの、シドニー？」

シドニーはうなずいた。「ええ、愛していたわ。だけど、わたしたちの結婚は結局……冒険でしかなかったんだと思うの。衝動的に結婚して一日一日を生きるだけで精いっぱいだった。なぜかしら、ふたり一緒に歳を取ることを想像できなかった。海辺の小さな家で暮らす自分たちなんて思い描けなかった」

「子どもをもうけることも？」

シドニーはうなずいた。「もし思ったとしても、無分別な空想でしかなかったでしょうね。ピエールは海を捨てられる人じゃないし、わたしはひとりで暮らしたいとは夢にも思わなかった。船は子どもを育てる場所じゃなかったし」

「それなら、あなたの選択は正しかったということよ、そうでしょ？　彼があんなに若くして亡くなったのは気の毒だったけれど。さあ、あとひとつだけ中身を空けてしまいましょ。

今日はそれでおしまい」

ふたりは新たなトランクを傾斜の急な天井の下から部屋の真んなかに押し出した。「これは一度も見たことがないわ」トランクに目を凝らしながらジュリアは言った。「クレアが亡くなるまえからどこかにしまわれていたのね。ということは、がらくたが詰まっているのかしら」

シドニーが革紐の先についた締め金をはずすと、ジュリアは蝶番をきしませて蓋を開けた。「また古い衣装みたい」「ひとりの人間がよくもこんなにたくさんの衣装を持てたものね」

ジュリアは肩をすくめた。「あなたのお母さんはあれほどの美女だったんだもの。みんなが美しい衣装を贈りたがったのよ」

シドニーはあらかじめ階下から運んであった三本脚の低い腰掛けに座り、重ねられた衣類を数着めくってみた。そのとき、それが目にはいった。まちがいない。あの黄色のドレスだ。ハイドパークで着たドレス。この偶然に動揺して不意に息が詰まり、トランクごと強く押しのけた。

「これはいいわ、ジュリア」やっとのことで言う。「片づけてしまって。わたしはいらないから」

ジュリアも腰をおろし、シドニーの膝をそっと叩いた。「じゃあ、この大量の衣装は寄付しましょう。仕分けが終わったあっちのと一緒に」そう言いつつ、トランクの底のほうまでまさぐった。「とにかく、まずは目を通してみない?」ジュリアは束になった衣類を両手で持ち上げた。クレアの黄色いドレスもむろんそのなかにある。衣類の束が脇に置かれると、空になったトランクの隅に彫刻入りの象牙の小箱が現われた。

「まあ珍しい！」ジュリアは小箱を取り出した。小さな蓋を開けると今度は鏡が現われ、鏡の下は細かい仕切りになっていた。

黄色のドレスが念頭から消え、シドニーは本来の調子を取り戻した。「なにかしら、ジュリア？」

ジュリアは声をたてて笑った。「あら、パッチボックス（つけぼくろ入れ）じゃないの！ わたしは劇場で幾度もお目にかかっているけれど、なぜクレアがこんなものを持っていたのかしら？」

象牙の小箱を手に取って見つめているうちに、記憶がよみがえってきた。「仮面舞踏会だわ。もっとよく探せばマリー・アントワネットの古い鬘も見つかるかもしれないわよ」

ジュリアはダイヤモンドの形をした黒いつけぼくろをひと舐めして頰に貼りつけ、睫毛をはためかせた。「ジョージ王朝時代の貴婦人に見えて？（ジョージ二世〜三世時代につけぼくろが流行した）」

シドニーはつい笑ってしまった。と、ほくろが落ちてジュリアのスカートの襞《ひだ》のなかに紛れこんだ。シドニーもひとつを口の横に貼ってみた。何日かまえ、ルビー・ブラックのほくろを器用に描《か》いたところに。

「タトゥーと似ているわね」ジュリアはシドニーの顔をまじまじと見た。「つけぼくろは一時的にせよ効果的だもの……特定の個所《かしょ》に人の目を引き寄せておくには」

シドニーはまた笑った。つけぼくろが落ちる。「わたしは胸に目を引き寄せようとしているって言いたいの？」

ジュリアはとたんに顔を赤らめ、口ごもった。「あら、いいえ、そういう意味じゃないのよ！　ただ、つねづね疑問を感じていることが……」

「どうぞ言って、ジュリア、さあ」

「そもそも、なぜ、あのタトゥーを入れたりしたの？　それも、あんなところに！」

シドニーはパッチボックスから視線を上げて考えこんだ。「ピエールが絶対にだめだと言ったから。そういう聞きわけのない花嫁だったのよ」

「聞きわけのない娘でもあったわ」ジュリアはつぶやいた。「クレアは気の毒に卒倒したのよ、あなたが船乗りと駆け落ちしたという手紙が修道女から届いたとき」

シドニーは顔をしかめた。「彼は船長だったわ、ただの船乗りじゃなく」

「そうね。で、あなたは？　十七歳？」

シドニーは目をそらした。「ええ、なったばかりだった。でもジュリア、あなたが訊いたのはタトゥーのことだったんじゃない？　わたしが結婚した理由じゃなくて」

「そうよ、続けて。タトゥーのいわれを聞かせてちょうだい」

シドニーはかつての人生を瞼に浮かべようとした。「あれははじめて彼の船で西インドのマルティニーク島へ行ったときよ。砂糖とラム酒を買い入れるための航海だった。フォール・ド・フランスに船が着いて波止場に降りると、風変わりなおばあさんがいたの。タトゥーを描いていた——針でね。タトゥーには針を使うのよ」

「知らなかったわ」

「まあ、そうなの！」ジュリアは身をすくめた。

「でも、痛くないの」シドニーはすぐさま言い足した。「たいして痛くはないっていう意味よ。タトゥーなんて、もちろん一度も見たことがなかった。そのおばあさんは船乗りの腕に大海蛇を描いていた。フランス語はほとんど話せなくて、船乗りが言うには……太平洋のなんとかいう島の生まれだとか。で、わたしもその不思議な魅力に満ちたエキゾティックなものを描いてほしくなって、おばあさんのまえに座り、おかしな身振り手振りでそう伝えたの。すると、おばあさんはまずわたしの黒髪にさわり、つぎに顔を撫でまわした。そうしてようやく鉛筆を手に取ると、紙切れに小さな天使を描いたの。なぜ天使だったのかしら。わたしが天使がいいって言ったわけじゃないのよ。そこでピエールが振り向いて、わたしがなにをしているかに気づき、かんかんに怒った。自分の妻がタトゥーを入れるなんて、それが世界じゅうの人間の目に触れるなんて、とんでもないことだと言って」

「まったくもってそのとおりね」

シドニーは床を見つめた。「その気持ちが当時のわたしには理解できなかったんだと思うわ」正直に答えた。「とにかく自分はやるということしか考えなかった。翌日、ピエールが船の食糧を確認しに行った隙に波止場へ行ったの。おばあさんに頼もうと思って。おばあさんはそこにはいなかったんだけど、波止場からほど近い路地に彼女の家を見つけると、おばあさんにはわたしが来るのがわかっていたようだった。わたしを引っぱって家のなかに入れ、波止場で描いた天使をもう一度見せたの。紙切れを取っていたのよ。それで、その天使を描いてもらうことになった……ただし、人の目に触れないところにね。ピエールしか見ないところに。それならピエールの言いつけに背いたことにはならないでしょ」

「シドニーったら！」

シドニーはずる賢そうな笑みを浮かべた。「ピエールを気の毒がる必要はないわよ。怒りが鎮まったあとは結構気に入っていたようだから」

ジュリアはつぎのトランクに取りかかった。「ピエールはいい夫だったの？」取り出した本の埃を払いながら訊く。

シドニーは椅子に腰掛けたまま向きを変えてジュリアを手伝った。「努力はしてくれたわ」本をさらに数冊取り出しながら答える。「でも、あの人は心をひとつのところに落ち着けられない人だった。そうするには魅力がありすぎたし。ただ、妻につらくあたるようなことは一度もなかった」

「だったら、幸運な結婚だったんでしょう」ジュリアはべつの一冊についた綿埃をふっと吹いた。「いったいなんなのかしら？　このトランクにはこれに似た本がずいぶんたくさんあるようだけど」

シドニーはそれらを機械的にトランクから取り出す作業を続けながらも、まだピエールのことから頭が離れず、うわの空で答えた。「母の日記でしょ」

ところが、ジュリアは今は小さな箱に気を取られていた。「あらまあ、こんなところにあったの！　この緑のベルベットの室内履き！」いかにも得意そうだ。

そのとき、だれかが玄関のノッカーを鳴らし、屋根裏部屋までその音が届いた。胴着に留めた時計に目をやったシドニーは、慌てて椅子から立ち上がった。「大変！　ミス・ハンナデイだわ！　こんな格好で出迎えても大丈夫かしら？」スカートを振って埃を落とす。

「大丈夫よ」ジュリアは手を伸ばしてシドニーの頰の埃を払った。「それにしても、ミス・ハンナデイはお気の毒ねえ。昨日あんな痣を見せられてしまったから居たたまれないわ」

「そうなのよ。でも、ボドリー卿のことで悩む必要はもうなさそう」

ジュリアはトランクの蓋を閉めて革紐を留めているところだった。「どうして？　なにかあったの？」

シドニーはジュリアの両手をつかんだ。「ゆうべラッセル・スクエアでチャールズ・グリーアと会ってきたの。モーリスが〈ジロー・ア・シュノー〉でチャールズを雇ってもいいと言ってくれて、彼も喜んでその申し出を受け入れたのよ！」

ジュリアはぽかんと口を開けた。「じゃあ、結局ミス・ハンナデイはチャールズと結婚できるということ？」

シドニーはにっこりした。「いい知らせでしょ？」

屋根裏部屋の階段の下から家女中のメグの声がした。シドニーが急いで階段を降りはじめると、ふたたびジュリアがこう言った。「この室内履きはあなたの部屋に置いておくけど、それでいいわね？」

「ええ、そうして、ジュリア」

「日記はどうする？　あなたが持っている？　それともジョージに送りましょうか？　処分したほうがよければそうするけれど？」

シドニーはちょっとのあいだ考えこんだ。ジョージに送れば、その場で暖炉行きだろう。自分も持っていたくなどないが、処分するのもためらわれる——それは自分のなかにある母の記憶も処分するということだから。

「わたしが持っているわ。それとジュリア……？」

ジュリアは手すり越しに顔を覗かせた。「なあに？」

シドニーは階段を引き返した。この話をメグの耳に入れたくなかったから。「海軍の士官候補生の制服を手に入れるのは難しいかしら？　あるいは少尉のとか」

ジュリアはさも疑わしそうな視線をよこした。「海軍の制服？　いったいなんのために？　どうぞ教えてくださいな」

シドニーは笑みを返した。「わたしはこう見えて、船乗り顔負けに航海の経験があるでしょう。だから、正直なところ、海軍士官の制服もさまになるんじゃないかと思うの」

「ああもう、やめてちょうだい！」ジュリアは目を閉じた。「それ以上言わないで。お願いよ！」

友好的に、丁重に、かつまた、はなはだしく退屈に。そう自分に言い聞かせながら、シドニーは同じ日の午後、ベットフォード・プレイス十七番地の大きな真鍮のドア・ノッカーを持ち上げた。ミス・ハンナデイの一件はひとまず片がついた。つぎなる案件はここに住む悪魔だ。つまらない、退屈、うんざり。彼にそう思わせなければならない。舞台中央にさっそうと登場するまえの女優のごとく、先ほどから繰り返している言葉をもう一度呪文のように唱えてから、短い祈りの言葉をつぶやき、ノッカーをおろした。

緊張が一気に高まる。いくら野暮ったい衣装と明確な意志で乗りこんだとはいえ、デヴェリンのような男の家を女ひとりで訪問するのはいささか大胆すぎたかもしれない。だからといって、通り向こうの家への用事にジュリアを付き添わせるのは愚かしく思えた。それに、つまるところ自分は未亡人だ。その事実によって自由の幅がある程度広がる。覚悟を決めて、もう一度ノッカーを打った。

ようやく扉を開けて現われた男には見覚えがあった。たしか執事だ。「おや、マダム・セント・ゴダール!」執事は知り合いでも出迎えるように言った。「すっかりよくなられたようですね」

「ええ、おかげさまで」シドニーは傘を手渡した。「こちらを閣下にお借りしたのでお礼に伺いましたの。お目にかかれますかしら?」

執事は扉が閉まらぬようした。「お取り次ぎいたします」

シドニーが名刺を差し出すと、執事は扉のそばの銀の盆にそれを載せ、うやうやしく捧げ持って立ち去った。少ししてシドニーが通されたのは昨日のけばけばしい応接間ではなく、板張りの壁の雑然とした書斎だった。屋敷の裏側にある庭に面しており、いかにも殿方の部屋という趣だ。

侯爵は暖炉のそばに置かれた革張りのどっしりとした椅子に手脚を伸ばして座っていた。だらしない着こなしの服の上にジャガード織りのガウンを羽織っている。片手にパイプ、もう一方の手にはシドニーの名刺。その名刺を、どこかのものぐさな賭博師のような指さばきではじいている。三日まえからあたっていないような黒々とした無精髭《ひげ》に、三晩とも逆立ちして眠っていたかというような髪。肘のそばに置かれた粗焼きのマグカップでコーヒーが手つかずのまま冷たくなっていた。灰皿には煙草の茶色い葉が山盛りになっている。足もとに目を転じると、読み終えるそばから床に投げたとおぼしき新聞のなかに室内履きが埋もれている。新聞と吸い殻が遭遇しないよう祈るしかない。そうなれば侯爵はまずまちがいなく炎に包まれるだろうから。

侯爵はけだるそうに腰を上げ、パイプを脇に置いた。「おはよう、シド」気後れしたふうもなくにやりと笑ってみせる。「こんな予期せぬ訪問を受けるとは。いったいどういう風の吹きまわしだい？」

ほとんどの人にとっては、おはようと挨拶する時間はとうに過ぎていると指摘したいのをどうにかこらえ、退屈そうな表情をつくるよう努めた。「傘をお返しにあがりましたのよ、閣下。その節はありがとうございます。ほんとうにまた雨が降りだしましたわね。あなたのお心遣いがなければ今ごろはきっと熱を出していましたわ」そこで手袋をはめた手のなかにコホンと小さな咳をひとつした。「胸のあたりの感じがふだんとちょっとちがいますの」

「ほう?」侯爵の目がシドニーを眺めまわした。「ここからだと健康そのものの胸とお見受けしますが」

侯爵がほのめかした性的な意味には気づかぬふりをした。「こちらへ伺ったのは、お詫びも申し上げたかったからですの」シドニーは両手の指を慎《つつ》ましく組み合わせた。「昨晩の無礼をどうかお許しくださいませ。ひとつだけ弁解させていただくと……じつは、まえの晩によく眠れなかったものですから」

侯爵はきょとんとした顔になった。「それはお気の毒だった。どうぞ、掛けてください」

「まあ、恐れ入ります、閣下」スカートをきちんと整えて腰をおろす。「言い訳にもなりませんけれど、あることに苦しんでおりまして。その……」長椅子でぐったりとしているミセス・アーバックルの姿がいきなり脳裏に浮かんだ。「神経を病んでおりました。夫を……亡くした身ですし。運命のいたずらによって残酷な失意を味わうことはままありますものね。そのような事情でしたの」

「いやはや!」侯爵は不意に椅子に深く掛けなおした。「あなたはもっとましな嘘がつける方だと思っていたのに」

シドニーは目をしばたたいた。「ごめんなさい、今、なんて?」

侯爵の目がいたずらっぽく光った。「あなたが神経を病んでいるというなら、シド、おれはスウェーデンの女王だと宣言しよう」侯爵はまたもパイプを手に取ると、赤く燃えている大量の葉を灰皿に落とした。「行儀をわきまえず、こいつに火をつけてもかまいませんか?」

どうぞと言うかわりにシドニーはこわばった笑顔で片手を振ってうながした。

「もし、こいつが神経を鎮める助けになるなら、シド」侯爵は気遣うそぶりでからかった。「あなた用のパイプをハニーウェルに持ってこさせることもできるけれど?」

「いいえ、結構。それなら毒でも飲みこんだほうがましです」

「そうこなくっちゃ! その鼻っ柱の強さがあってこそあなただ」デヴェリンは革の小袋を振り開けると、親指を器用に操って煙草の葉を器いっぱいに取り出した。「では、自由にやってください。サイドテーブルにブランデーがありますよ」

「ご親切に、閣下」シドニーは澄まして言った。「でも、蒸留酒は陽が落ちるまえにはいただかないことにしておりますの」

侯爵は肩をすくめた。「ならばお好きなように」椅子にもたれて伸びをした。「そろそろ認めたほうがいいよ、シド。おれを好きにならないように必死で頑張っているんだと。しかも、理由は定かではないけれども、自分を嫌いにさせようとしているらしい」

シドニーは遠慮がちに目を伏せた。「わかりましたわ、閣下、あなたはあなたなりの遠まわしな形で励まそうとしてくださっているのね。だけど、おっしゃる意味がわかりません」

デヴェリンはパイプをくわえたまま笑った。「おや、わからない? ほう?」シドニーを眺めまわす視線が熱っぽくなった。「わかると思うがなあ。それに、あなたを励ます気なら、会話なんてまどろっこしい手順は踏みません」

シドニーは体をこわばらせて立ち上がった。「いい加減になさって、デヴェリン卿!」

しかし、デヴェリンは非難されてめげるということがないようだった。「ところで、今日お召しになっている鼠色のだぶだぶの服より、体にぴったりしたあのアメジスト色のシルクのドレスのほうがずっと似合うのに。その服だとせっかくあなたに備わった……女らしさが隠れてしまう」

ひっぱたいてやりたくて掌がむずむずしたが、なんとか我慢した。はなはだしく退屈に、と自分に思い出させる。「痛み入りますわ、閣下。でも、あれはジュリアの古着を自分で仕立てなおしたドレスですの。ああいう派手な色はめったに身につけません」

侯爵は眉の片方をつり上げた。「ほう、お下がりとはね」信じがたいというように言う。「コンパニオンの？　それに、あの婦人はあなたよりかなり背が低いと思ったけど」

シドニーは思わず目を大きく見開いた。「裾なおしをしましたから」裾なおしの仕方についての知識が侯爵にありませんように。「これでも針仕事は得意ですのよ、閣下。いえ、余暇にお裁縫をするのがなによりの愉しみといったほうがいいかしら」

「裁縫――？」

「ええ、貧しい人々のために」

「貧しい人々！」侯爵は鸚鵡返しに言った。「で、彼らのためにどんなものを縫うんです？」

もっともらしい答えをひねり出さなくてはとシドニーは焦った。「ですから、貧しい人々のために、そうね、編み物をすることが多いかしら。手袋とか襟巻きとか、そういうようなものです。ジュリアとふたりで何日も続けて裁縫や編み物をして過ごすこともあるわ。とっても満たされた気持ちになるでしょう、自分より恵まれない人たちの力になれると」

「でしょうね」瞼が閉じかかっている。

「あら、こんな話、退屈でいらっしゃるわね。そんなつもりはありませんでしたの。じつはお詫びに伺ったついでに、といってはなんですけれど、ある集まりにお誘いしようかと。あつかましいとお思いにならないでいただき――」

「そんなことはちっとも思いませんよ！」侯爵の顔がぱっと輝いた。

「それを伺ってほっとしました。じつは明日、ミセス・クロスビーと教区牧師さまとお茶をいただく予定がありますの。ミセス・クロスビーとブルームズベリーのセント・ジョージ教会の礼拝に参列して、それから――」

「セント・ジョージ教会？　フランス人なのに、カトリックではない？」

　そのことに侯爵が気づいたのがシドニーには驚きだった。「母が改宗したので」それ以上の説明はしなかった。「牧師さまがおいでになりますから、もうひとり殿方にいらしていただけると数が揃います。ちょっとした愉しみがおいやでなければ、ホイスト（ブリッジの原型）につきあっていただけないかしら」

　侯爵はくすぶるパイプを顎の下に押しあて、にんまりとした。「今日は背中がやけにぞくぞくするのは気のせいでしょうかね？」

　シドニーは体を硬くした。「ごめんなさい、今、なんて？」そう言ってから、ゆうべからその問い返しばかりしているのを思い出した。「あら、いいえ、今のは取り消します。失礼な言葉を訂正させてくださいな。明日、我が家へお越しいただけませんか?」

侯爵は肘掛け椅子で座りなおした。「教区牧師とお茶を飲んでカード遊びをするだけ?」パイプはまだ顎に押しつけられている。「安いジンも、さいころ賭博も、裸の踊り子もなし?」

シドニーは非難の表情を浮かべてみせた。

侯爵は知ったことかというように唸り声を返した。「むろん阿片もなしだろうな! ご期待に添えなくて申し訳ないが、シド、参加させてもらうよ、どっちにしても。これを今回の教訓にするといい」

シドニーは思わず息を呑んだ。来るつもりなの?「まあ、なんと申し上げたらいいかしら。光栄ですわ」

「光栄なもんか。仰天しているんだろう。百戦錬磨の賭博師に鎌を掛けようなどと考えないほうがいいよ。どんなゲームをやろうとしているのか知らないけれども、シド、きみには無理だ」

そこへハニーウェルが飛びこんできた。「閣下! 閣下!」と、部屋のドアを開け放ったまま天地がひっくり返ったような調子で言う。「旦那さま! 大変です、ミス・レダ――」

しかし、時すでに遅し。燃えるような赤毛の女が興奮状態で部屋に飛びこんできた。ひと目見るなり、シドニーにはだれだかわかった。

「ふーん、こちらはなに!」きいきい声でそう言うと、女はシドニーを真正面から指差した。

まともに顔を見ていない。

執事は逃げるように引きあげた。侯爵は椅子から立たずにやや居ずまいを正した。「やあ、カメリア。きみがここへ来るとは意外だな」

「おおかたこんなことだろうと思ったわ」カメリアはつかつかと歩み寄った。「二週間かかるって言ったわよね、大嘘つきの豚野郎！　ああ、可愛いカミー、好きなだけいてくれてかまわない、とかなんとか！」

デヴェリンの目が一瞬シドニーに向けられた。「カメリア、どうしたんだ、いったい？」

シドニーはぱっと立ち上がった。「わたしはお暇させていただいたほうが」

カメリアはシドニーを無視して侯爵に迫り、人差し指で彼の顔を押した。「あんたがあたしをちゃんと扱ってるかどうかって話よ、デヴェリン！　急がなくてもいいと言ったくせに！　いざ帰ってきたらどうよ？　大嘘つき！」つぎはシドニーが恐ろしい目つきでにらまれる番だった。「で、このカスタードクリームをかけたプリンみたいな女はだれ？」

デヴェリンは賞賛に値するほど冷静だった。「マダム・セント・ゴダール、こちらはミス・カメリア・レダリー。知る人ぞ知る女優だ。カメリア、こちらはマダム・セント・ゴダール」

シドニーは挨拶のかわりにうなずいた。

「ところでカメリア、きみはこの状況をかなり誤解しているようだが」侯爵は釈明を始めた。「マダム・セント・ゴダールはキリスト教の慈悲の精神に富んだ隣人で、教区牧師とのお茶会に誘いに来てくださったのさ。この汚れた人間の心を救おうというのは無謀な試みにちがいないけれども」

「へえ、そうなの？」赤毛女は無遠慮にシドニーを眺めた。「あたしが何カ月かここに住んでるあいだに、あたしの心の心配をして訪ねてくださったことはなかったのにねえ」

「それはきっと」侯爵はパイプをくわえたまま答えた。「きみには心がないと噂に聞いたからだろう」

赤毛女は間髪を容れず侯爵に飛びかかった。悲鳴に近い声でわめき、爪を立て、腕をぶんぶん振りまわす。「自分勝手なろくでなしの豚野郎！」吸い殻が山盛りになった灰皿をひっつかむと、それで彼の頭を殴り、灰と吸い殻の雨を降らせた。

シドニーはこの光景に目を奪われて椅子に腰を戻した。肘掛け椅子に妙な具合に押しこまれてしまった侯爵は、カメリアの腰に両腕をまわして彼女の両手を背中で押さえようとしたが、赤毛女はするりと片手を抜き、派手な音をたてて彼の顔をはたいた。侯爵はなおも格闘を続けた。

「カメリア、もうよせ。落ち着くんだ。落ち着いてくれ。住むところがないのか？　そうなのか？」

「なによ、嘘なんかついて！」拳を振りまわしながらカメリアは哀れな声で泣きだした。

「それならこの――いてっ！」カメリアの肘が侯爵のこめかみを直撃した。「この家に住めばいい。おれはべつの――うっ！」

カメリアはクラヴァットで彼の首を絞めにかかった。「二週間って言ったのに！　ゆっくり時間をかけていいって言ったのに！」歯ぎしりをしながら言う。

ここまで驚異的な自制心を示してきた侯爵だったが、ついに両腕を彼女の腰にまわしたまま立ち上がった。錯乱状態のカメリアは自由なほうの手で彼の髪をひっぱったり体を叩いたりして抵抗した。侯爵はその体ごと抱えて歩きだした。

「カメリア、その長椅子まで運ぶからな」と冷静に言う。「そこに座って少し落ち着こう。それからこのことをふたりで解――」

「きれい事はよして、デヴェリン！」カメリアは通り道にあった燭台をつかんで、また彼を殴りはじめた。「解決！　解決！　その言葉を聞くと反吐《へど》が出る！」

蠟燭が床に落ちて、ふたつに割れた。侯爵はかまわず進み、ブロケード織りの布張りの長椅子にカメリアをどさりとおろした。カメリアの体が軽くはずみ、その拍子に形のいい足首が覗いた。彼女の手はなおも燭台を握りしめていた。

「カメリア」デヴェリンは少し息を切らしていた。「ちょっと虫がよすぎやしないか？」

「虫がよすぎる？　よくもそんな！」

デヴェリンはもう一度カメリアを落ち着かせようとした。「いいか、カメリア。きみがおれを見放したんだぞ」彼の声にとうとう冷たさがまじった。「きみはおれを捨てた。おれをお払い箱にした。きみの人生からおれを追い出したんだ」

「そうよ。だけど、また戻りたくなったんだよ！」詰りがだんだんひどくなってきた。「あたしは二週間くれって言ってんの！　だのに、あんたはさっさとマダム・カスタードとよろしくやって――」

ふとシドニーは焦げ臭いにおいに気づいた。だれも座っていない肘掛け椅子に目をやって、ぎょっとした。「火が！」じりじりと燃えている新聞に駆け寄る。「火事になるわ！」

「なりゃいいのよ！」カメリアはふたたびデヴェリンのクラヴァットにつかみかかった。

「火がまわったら、こいつをほうりこんでやる！」

デヴェリンが身動きを取れずにいるので、シドニーは恐慌をきたした。彼のマグカップをつかんでコーヒーを火に浴びせる。煙がおさまるとともに新聞はどろどろの塊と化した。侯爵はどうにか身を引き離し、大声で執事を呼んだ。だが、呼ばれるまでもなく顔面蒼白《そうはく》のハニーウェルは、開け放たれたドアの向こうから部屋にはいってきていた。火は消えてもまだ湯気を立てている新聞の残骸を見ると執事は甲高い声をあげ、百合《ゆり》が活《い》けられた花瓶をつかんだ。それを逆さにして水と花で火種を完全に消し止めた。

「なんともはや！」ドアのあたりで声がした。

体の震えがまだ止まらないシドニーが振り返ると、〈錨〉にいたハンサムな紳士が戸口に立っていた。金色の髪が陽射しを受けて輝いている。

カメリアはクラヴァットから手を放した。「あら、こんにちは、アル。今日もデヴの二日酔いを醒ましにきたの？」

デヴェリンはすでに火もとへ近づき、惨憺《さんたん》たるありさまの絨毯を見おろしていた。「ごきげんよう、アラスター。修羅場を目撃されてしまったな」

「なんともはや！」アラスターは騒ぎの現場に足を踏み入れながら、また言った。「カミー――？　てっきりきみはこの家にはもう……いや、きみは彼を――」

デヴェリンは目を上げ、そこではじめて傷心の色を目に浮かべて赤毛女を見た。「アラスター、きみはてっきりこう思ったんだろう、彼女はおれを見捨ててエドマンド・サターズ卿のもとへ行く決心をしたと？　実際そうなんだがね」

これを聞いてカメリアは戦意を喪失したようだった。彼女は長椅子に腰を落とした。「そうよ、ええ。そこまではよかったのよ」突如、顔をくしゃくしゃにして涙ぐんだ。「だけど、もうあの人と一緒にいられないんだもの。しょうがないじゃない」

デヴェリンはすぐには尋ねなかった。「なぜ？」

カメリアは今度は大泣きして、床に燭台を落とした。「エドマンドはスポンジング・ハウス（借金返済不能者が身柄を拘束される施設。廷吏の私邸などが使われた）にいるから！」しゃくり上げた。「ゆうべ、お巡り《ピーラー》が彼をしょっぴいてったの」

アラスターはうなずいた。「残念ながら事実なんだ。サターズは返済不能の債務者として今月末までには裁判にかけられるらしい。昨夜の〈ホワイツ〉はその話でもちきりだった」

「もうだめ！　あの人はもうおしまい！」カメリアは今や声を詰まらせて泣いていた。「エドのあのきれいなブルーの目まで借金に埋もれちゃってるの。あの人が人生で手に入れたかったものはみんな借金取りのものになっちゃう。きっと生まれ変わってもそうなんだわ」

「そうだったのか、カメリア」デヴェリンの声がにわかに優しくなった。「可哀相に」

カメリアの怒りがふたたび爆発した。「同情なんかしないで！」金切り声で叫びながら、またもデヴェリンめがけて突進し、抱き留められても拳で彼を叩きつづけた。

「ほらほら、カメリア！」アラスターは部屋を横切ってそばへ行くと、カメリアの体をそっとデヴェリンから引き剝がしながら、なだめた。「そんなことをしなくてもいいんだよ。きみほど魅力的な女がデヴのような思いやりに欠けるやつのために時間を無駄にすることはない。第一、こいつにはさんざんほったらかしにされたんだろう？　彼に言い訳なんかしちゃだめだ」

カメリアは洟《はな》をすすりながら、あとずさりし、乱れた髪を整えはじめた。「そうよ、さんざん無視されたわ。この人は自分があたしの上ではずみたくなったときだけ——」

「うん、わかる、わかる！」アラスターは不安そうにシドニーを一瞥した。「つまり、住むところが必要なわけだ。きみを求めて競い合う、二十人はくだらないだろう男たちのなかからひとりを選ぶときまで」

カメリアは希望をこめた目でアラスターを見つめた。「そのときまでずっとひとりぼっちで待つのは寂しいわ」

アラスターの顔が青ざめた。「ああ、でも、近いうちにきみにとびきり幸せにさせてもらう男が現われるにちがいない。きっと現われるさ」と、早口につけ加えた。「みんなで知恵を絞れば、きみにぴったりの住まいもきっと見つかるよ」

カメリアはがっかりした表情になった。「知恵を絞ったのよ。デヴェリンは二週間ってはっきり言った。だったら二週間ここにいようって思ったの。今までいろいろ我慢してきたんだから、我慢できるはずだって」

侯爵は小声で悪態をついた。カメリアは憎々しげに彼を見てから、シドニーに目を移した。ふたたび怪しい雲行きになってきた。

「我が家にはジュリアとわたしの寝室のほかにも使っていない寝室がありますわ」カメリアが気の毒になったシドニーは申し出た。「ミス・レダリー、ほかのお話が決まるまでのあいだ、よかったらその部屋を使ってくださいな」

「遠慮するわ」カメリアはシドニーの着ているものに視線を走らせた。「そんなことできない」

「そうだ、名案がある！」アラスターは机へ向かうと便箋《びんせん》を手に取った。「カメリア、ぼくの弟のメリックのフラットを使うといい。聖ミカエル祭（九月二十九日）まではミラノに行っていて留守だから」

「どうしよう……そこ、上流階級が住むところ？」

「ああ」アラスターは走り書きをしながら答えた。「〈オールバニー〉（ピカデリーの由緒ある独身男性向け集合住宅）だから」

「〈オールバニー〉！　金持ちの男がいっぱい住んでるところじゃない！」

「ああ、金持ちの男がうようよいるぞ」アラスターは便箋をたたんで、カメリアに差し出し言えばいい」
部屋まで運んでくれるかしら」
た。「これを守衛に渡して、ミスター・メリック・マクラクランの部屋の鍵を渡してくれと

カメリアは目を細め思案を巡らした。「あたしの荷物は？　たくさんあるけど、その人が部屋まで運んでくれるかしら」

アラスターは彼女の肩を叩き、部屋のドアへ向かわせた。「どんなにたくさんあっても、きみのためなら運んでくれるさ。ただし急ぎなさい。六時には夜勤の守衛と交代する。そっちの男は腰痛に悩まされているからね」

ふたりは並んで廊下を歩いていった。デヴェリンの視線を受け止めたシドニーは、吹き出すのをこらえるのがやっとだった。侯爵は小さくうめき、片手で顔を覆った。「まったく、現実に起こったこととは思えない」

少しすると玄関扉が音をたてて閉められ、アラスターが急いで書斎へ戻ってきた。彼は乱暴にドアを閉め、背中をもたせかけた。カメリアが戻ってきはしまいかと恐れるように。

デヴェリンはまたしても小声で毒づいた。「アラスター、頭がおかしくなったのか？」濡れた百合の花を蹴ってどけた。「カメリアを〈オールバニー〉へ行かせるとは！　あそこが女の入居を許可するわけがないだろう！」

「いや、そもそもメリックはミラノへなんか行っていないんだ。聖ミカエル祭までというのも口から出まかせだ。でも、彼女はそんなことを知るよしもない。カメリアがピカデリーまで行って、またここへ戻ってくるまでに、ドアや窓に鉄格子でも取りつけておけ。デヴ！

あの女は厄介だぞ！」

侯爵は身を投げ出すようにして椅子に座りなおし、水浸しの新聞の残骸に不機嫌な目を向けた。「おれは情熱の炎を胸に秘めた女が好みでね」と、かばうように言い返した。

「なるほど、たしかに彼女の炎はシェフィールド（刃物の生産地）の鍛冶場かと思うぐらいの勢いだったな。カメリアを見ただけでおれの銀貨もとろけそうだよ（シェフィールドで銀メッキ工法が開発された）。彼女を屋敷に入れるなんて、考えなしにもほどがある」

そうまで言われて侯爵の自制の糸が切れた。「今になってカメリアが戻ってくるとは思いもしなかったんだ！」デヴェリンは吐き捨てるように言い、がばっと立ち上がった。「おれを捨てたあとで戻ってきた女はひとりもいなかっただろう？　戻ってきてくれと何度も懇願してもだ！　要するに、アラスター、今回は完全な不意討ちだったのさ！　くどくどあてこすりを言うのはよしてくれ」

「そう怒鳴るな」アラスターもちょっとむっとしていた。彼はそれからシドニーのほうを向くと、片手を差し出した。「この場を借りてご挨拶させてください」なめらかな口調で話しかける。「アラスター・マクラクランと申します。お初にお目にかかりますが、すっかりあなたに心を奪われてしまいました」

なおも笑いをこらえながら、シドニーは差し出された手を取った。「マダム・セント・ゴダールです。こちらのお宅の向かいに住んでおりますの。閣下を教区牧師さまとのお茶会にお誘いしたんですのよ」

「ほう」アラスターは失望を顔に出した。

だが、デヴェリンは心ここにあらずという様子で、「ハニーウェル！」と怒声をあげた。

「ハニーウェル、部屋へはいれ！　びくついているのか？」

執事は大慌てで書斎へ戻ってきた。途方に暮れた顔をしている。「ご用でしょうか、閣下？」

デヴェリンはもう一度アラスターをぎろりとにらんだ。「現金箱から百ポンド取り出せ。それから〈オールバニー〉へ行き、ミス・レダリーを連れ戻すんだ」

ハニーウェルは真っ青になった。「そんな、旦那さま、わたくしがですか？」と哀れな声で訊く。「あの方はわたくしには目もくれません。フェントンを行かせてはいかがでしょう？」

「なら、ふたりで行ってこい」侯爵は怒鳴った。

ハニーウェルの口から情けない声が漏れた。

「ご存じのとおり、うちのマグレガー祖母《ばあ》さんの口癖はこうだ」とアラスター。「屍《しかばね》になるより臆病者でいたほうがいい」

「きさま！」デヴェリンはアラスターに向きなおった。「またスコットランドのたわごとを持ち出すのはやめろ！　それからハニーウェル、そのほうが安心なら鞭《むち》と椅子を持っていってもいいぞ。後生だから、ここへは連れて帰るな。彼女のためのフラットを借りろ――品のいいやつを。セント・ジェームズあたりに。いや待て。二百ポンド持っていってメイフェアに借りてやれ」

「切れるうちに手を切れって、デヴ！　せっかくあの性悪な雌猫を追っぱらってやったというのに」

侯爵は怒りをあらわにアラスターを見た。「彼女は街の娼婦《おんな》にはなれないんだ、アラスター。せめて屋根の下で暮らせるようにしてやる義務がおれにはある」

ハニーウェルは疑わしげな目を主人に向けた。「二百ポンドあれば、屋根のあるところをご自分で借りられるのでは」

侯爵の額に青筋が立った。「いいか、ハニーウェル。カメリアに金を渡すんじゃないぞ！〈ルフトンズ〉ですってしまうのがおちだからな。おまえが部屋を借りるんだ。一年契約で。そうだ、あの新入りの従僕を連れていけ。あいつのなんて名前はなんといった？」

「ポークです、閣下」ハニーウェルは鼻を鳴らした。「ヘンリー・ポーク」

「ああ、そのポークに彼女の荷物を運ばせればいい。力仕事で腰を痛めれば、お向かいの家女中も寄ってはくるまい。そうでしょう、マダム・セント・ゴダール？　では、道中の安全を祈る《ゴッドスピード》、ハニーウェル！」

執事はすっ飛んでいった。アラスターは訝しげに侯爵を見た。「こんなときに神《ゴッド》を持ち出すとはどういう風の吹きまわしだ？　ピューリタンの一派にでも改宗したのかい？」

侯爵は背中にまわした両手をきつく組み合わせた。「ところで、アラスター、なんの用事で来たんだい？」打って変わって静かに尋ねる。

アラスターは苛立ちをあらわにした。「三時まえに来いと言ったのは自分だろうが。三時までまだ十五分ある。約束したことまで思い出させなきゃならんのかね?」

侯爵はようやく腑《ふ》に落ちたという顔をした。「おお、そうだった! 約束は守らなければな。すまんが相棒、階上で少し待っていてくれないか?」

アラスターは腹立たしげな一瞥をデヴェリンに送って書斎をあとにした。侯爵はまだどことなくばつが悪そうだったが、ドアが閉まるなり言った。「醜態をお愉しみいただけましたか?」その目はもはや石板のように冷たくはなく、皮肉たっぷりのユーモアさえ浮かべていた。

ふたりのあいだにあった壁がつかのま取り払われた。「正直なところ、ああした場面を目にしたのははじめてですわ。他人《ひと》の援助を受けての暮らしも経験がありませんし」

「あなたには見せるべきじゃなかったな、シドニー」デヴェリンは彼女の名を完璧に発音した。「あんな修羅場に巻きこんでしまって深くお詫びします」

「あなたが巻きこんだわけではないでしょ。わたしが勝手にこちらへ伺って、自分から巻きこまれたんです」

「それはそうと、シドニー!」侯爵の目はシドニーを素通りして窓の外の庭に向けられた。

「正直に言おうよ。明日、教区牧師を正餐に招くというのは作り話だろう?」

「お茶会と言ったはずです」シドニーは視線を落とした。「でも、そのとおりよ。ほんとうはそんな予定はないの」

デヴェリンはふくみ笑いをした。「じゃあ、今度はきみが謝る番だ！　とにかく明日の六時にお宅へ伺うよ」

「え？……なんのために？」

「正餐をご一緒させてもらうために」窓から視線を移してシドニーを見おろした。目をきらきらさせている。「お茶なんかでごまかされるつもりはない。おや、どうしたんだい、シドニー？　口が開いたままだけど。きみもミセス・クロスビーも食事をとるんだろう？　それとも、おふたりは霞《かすみ》でも食っておいでなのかな？　シャンパンと砂糖水で生きながらえているとか？」

侯爵はにんまりした。シドニーは床が足の下でぐらりと傾くのを感じた。「それはもちろん……食事はとるけれど」

「すばらしい。アラスターを連れていくよ。あいつはあのとおり文句なしにチャーミングな男だから。おれの不道徳な生き方も教区牧師よりは寛容に受け止めてくれるし」

「わかりました」シドニーは反論しても無駄と観念した。なぜだか反論したいとも思わなかった。「牛肉はお好きかしら？　うちの料理人のミセス・タトルの肉料理は絶品ですの」

「最高だ」侯爵の笑みが広がった。「スポンジケーキもお得意なのでは？　じつは当方もスポンジケーキが大好物なんだけどね、シドニー」

ああ、困った。彼の唇から発せられる自分の名前の響きにうっとりしてしまう。それがよい兆候であるはずはないのに。「ええ、オレンジ入りのスポンジケーキもつくってくれるかもしれないわ」とつぶやく。「このところ我が家にはオレンジが豊富にあるので」

デヴェリンは突然シドニーの手を取ると、自分の唇へ持っていった。そのまま、昨夜とは比べものにならないほど長く唇を触れていた。頭を起こした彼の目には激しい感情があふれていた。「シドニー」声が不自然にかすれる。「きみって人はどうして……いや、きみはとても……なんていうか……いいんだ！　忘れてくれ！」

「ごめんなさい、今、なんて？」

「なんでもない」唸るように言う。「ちょっと口が滑っただけさ。オレンジがなんだって？」

しかし、オレンジのことはシドニーの頭から完全に抜けていた。手を引っこめて、視界の曇りを払おうとするように頭を振ると、迷いながら切りだした。「あの――閣下、不躾《ぶしつけ》をお許しくださいな。でも、お尋ねせずにはいられませんの――ミス・レダリーはほんとうにあなたを捨てたのですか？」

侯爵は不思議そうにシドニーを見た。「そんなことは信じられないと？　だとしたら、カメリアには男を見る目がないということで納得してもらいたい。どのみち、振られるのは慣れっこでね」

「そう」と答えたが、納得したわけではなかった。むしろ、わからないことだらけだ――デヴェリン卿に関してはとくに。良心の呵責も感じていた。

侯爵は自分の欠点などどうでもいいではないかといわんばかりに肩をすくめると、ゆっくりと窓辺へ近づき、陽の傾きかけた空を見やった。「じつをいうと、シドニー、おれは女とうまくやっていけないんだよ」シドニーを見ずに淡々と言う。「むろん悪いのは自分だ。女を……ほったらかしにする。自分がどこにいなくてはいけないのか、いつそこへ行かなくてはいけないのかを忘れてしまう。無責任なのさ。酒を浴びるように飲み、度を超して賭博に興じ、ときには乱闘騒ぎを起こす。特別な日すらも覚えていたためしがない。おまけに先に眠ってしまうこともしばしばで、相手がその気に……いや、今のは聞かなかったことにしてくれ」デヴェリンはしばらく黙りこみ、静かにつけ加えた。「裏切ることもある。それも手ひどく。その話はしたっけ？」

「いいえ。でも、貞節とか寝室でのふるまいまで、すべてをさらけ出す必要はないでしょう。厳密にいうなら、まだ正餐をともにしたこともない相手に対して」

デヴェリンはやや興醒めしたように微笑み、悔しさをにじませた。「そうか、シド、おれにはまったく魅力がないらしいね？」

「ええ、ほとんど」とシドニー。「でも、わたしは魅力というものが長所として評価されすぎなんじゃないかと思っているので」

デヴェリンは眉を大きくつり上げた。「ほう？」

シドニーは笑みを浮かべて彼の腕に軽く手を置いた。「魅力的な殿方と知り合う機会ならそれこそたくさんありましたのよ、閣下。でも、そういう方と長くおつきあいできるとはかぎらないわ」

デヴェリンは微笑んだ。「なるほど」

「それどころか、わたしはあなたが思うよりはるかにたくさんの体験をしているんですからね」

侯爵は好奇心をあらわにした。「たとえばどんな？」

シドニーは微笑んだ。「そうねえ、たとえば、ゆうべ、ベッドフォード・プレイスの暗がりで待ち伏せしている方がいらっしゃいましたっけ」

奇妙なことに侯爵は窓のほうに目を戻して、シドニーを見ようとしなかった。

「それに、その方がご自宅の玄関のまえにいつまでも立っているのにも気づいていたわ――わたしが無事に帰り着くまでずっと」

「気づいていたんだ？」とデヴェリン。

「ええ」シドニーは笑みを広げ、横目でちらりと彼を見た。「そのとき、その方が無責任だなんてちっとも思わなかった。酔っているというのもほんとうかどうか今は疑っているの」

「気をつけろよ、シドニー」侯爵は優しく言った。「そいつになにか長所があるなんて想像をたくましくしないほうがいい。そんなものはひとつもない。この先も絶対にないよ」

「想像するつもりなんかありません。今は殿方の人となりの見極め方を少しずつ学んでいるところですもの。並大抵ではない注意深さと忍耐力が必要だけれど」

それ以上はなにも言わず、シドニーは軽やかな足取りでデヴェリンの書斎を出て帰宅の途についた。

7 シスク巡査部長、表敬訪問をする

「おまえに借りができたな、アラスター」馬車が車輪の音を轟かせてサザーク橋を渡りはじめてしばらくすると、デヴェリンは言った。

「そんなことは言われなくてもわかっている。だが、なんの借りだ？」

デヴェリンは両の肩を上げて、落ち着きなくうしろへまわした。「カメリアのことをうまく治めてくれたじゃないか。あの修羅場を」

アラスターは馬車の向かい合わせの席から手を伸ばしてデヴェリンの肩を叩いた。「ひとつの籠で二羽の美しい鳥は飼えないってやつさ。しかも、フランスから来たあのレディは手放すには惜しい」

「それは大いなる誤解だよ」デヴェリンはテムズ川を見おろし、流れに乗ろうとしている平底の荷船を見つめた。「マダム・セント・ゴダールは単なる隣人だ」

「口説いている最中なんじゃないのか？」

「いや」

「なんだ、そうか」アラスターは思案するように言った。「それなら、おれが口説いてもかまわないかい？」

デヴェリンはむっとした顔で長々と親友を見た。「そんなことは言っていないぞ。おまえがどういう男かはわかっている。おまえの目的が褒められたものではなかろうということもな」

「おい、見損なうなよ。彼女は正真正銘の淑女だとわかったさ——それも、頭のてっぺんからつま先まで。あんな野暮ったいドレスを着ていてもだ。かりにもああいうご婦人に近づくならば、誠意を尽くして当然だろうが」

デヴェリンは光沢のある真新しい懐中時計を取り出した。ブラック・エンジェルに盗まれた時計のかわりに新調したのだ。「それなら、アラスター、その目的について熟考する時間はあと二十七時間しかない。明日の夜六時、われわれは彼女の家で食事をする」

薄暗い馬車のなかでアラスターの目が見開かれるのがわかった。「そうなのか？　それはまた心愉しい夜となりそうだ。あのレディはかなりの財産を持った未亡人と見たがどうだろう？」

「ささやかな財産だろうね」

アラスターは身を乗り出した。「あとはなにを知っている？」

デヴェリンはつかのま口をつぐんだ。「フランス人だ、いうまでもなく。裕福ではないが由緒ある家柄の生まれと聞いている。今はこの街のさまざまな階級の庶民の娘に行儀作法などを教えている」

「惨めな仕事をしているということか。彼女を元気づける二本の腕が必要だな」

デヴェリンはうんざりしたように鼻を鳴らした。「おまえがその腕を差し伸べようというのか?」

「まさか。臆病者はこの競争からは降りるとしよう」

デヴェリンは一瞬うろたえた。「競争?」

アラスターは不敵な笑みを浮かべた。「マダム・セント・ゴダールの目にはひとりの男しか映っていなかったように見えたがな」

侯爵は長い沈黙のあと言った。「くだらん無駄口しか叩けないなら、いっそ黙っていてくれ」

アラスターはそのとおりにした。しゃべるかわりに座席の背にゆったりともたれ、ブーツを履いた足をデヴェリンの脇に乗せると、馬車が〈錨〉に着くまでずっとにやついていた。

酒場の入り口に寄せて馬車が停まった。デヴェリンはほっとしてしかるべきだった。ところが、ほっとするどころか、その古い酒場を目にしただけで神経という神経が逆撫でされた。シドニー・セント・ゴダールのことが頭から消え、あの女、ブラック・エンジェルのことしか考えられなくなった。あの細い首に両手をまわし、力ずくで――いや、力ずくでなにをさせたいのか、じつはよくわからない。支払った金に見合うことをさせたいのだろう、おそらくは。今もあの女が欲しい、無性に。

なんてざまだ! デヴェリンは目をつぶり、自分の間抜けさを思い出さぬようにして、彼女が盗んだもの――グレッグの細密画のことだけを考えた。最近とみに眠りを妨げる妄想も頭から追い出した。

なかにはいって、ブラック・エンジェルの罠に引っ掛かった夜にこの店で働いていた若い男を見つけるのはわけなかった。協力してくれそうに見えたので、黒ビール三パイントを注文してから、空いたテーブルにその男を引っぱっていった。だが、たいした情報は得られないとすぐにわかった。あの夜デヴェリンが会った女のことはなにも知らないの一点張りなのだ。

「サウスバンクで商売している娼婦を装った女だ」デヴェリンは怒りをはらんだ声で言った。「以前にもここで客を騙したにちがいない」

「し、知りませんよ、旦那」

デヴェリンはテーブルを平手で叩いた。「とぼけるな！　おまえがあの女と話しているのを見たんだ！　店のなかが暗いとはいえ、暗闇じゃないんだからな」

「し、失礼ながら、閣下、あの女を見たのはあの晩がはじめてなんです。ち、ち、誓いますって」男は口ごもった。「だから、あっしが女と話してるのをごらんになったわけですよ」

「どういう意味だ？」

若い男のまなざしは真剣だった。「うちじゃ、見かけない女が来ると釘を刺すことにしてるんです。はっきりこう言ってやります。〈錨〉で面倒を起こされるのはごめんだって。店にいるのも商売に精を出すのもかまわないが、こっそりやれって」

デヴェリンは腹立たしげに外套のポケットをまさぐり、ギニー金貨を一枚テーブルに叩きつけた。

若い男はちょっとのあいだ目をぱちくりさせて金貨を見ていた。「すいません、旦那。金貨を十枚並べられても受け取れません。お話しできることが全然ないんで」

デヴェリンは相手のシャツの襟首をつかんでテーブルの上に引き寄せてやろうかと思ったが、アラスターがふたりのあいだにさっと腕を差し出して制した。「おい、気を鎮めろ。ここで騒ぎを起こしたら、ろくでもない噂が立つ」

「おれにろくでもない噂を立てているのはブラック・エンジェルだ」デヴェリンは噛みついた。「あの女を引っ捕らえてやるのさ、アラスター。どんな代償を払ってもだ」

アラスターは怪訝な顔をしたが、同情するように若い男のほうを向くと、親しげに言った。「あの晩のきみの記憶をたどれば、おれたちの知りたいことをなにかしら思い出せるんじゃないかい？　こいつはこの店の常連だが、ルビー・ブラックなる人物に大切なものを盗まれてね。先祖代々伝わるものを。それで、その女を探し出そうとしている。わかってもらえたかな？」

若い男はまたも目をぱちくりさせ、両の掌をテーブルに置いた。「そう言われても、あとはなんにも。ただ、あの晩はギプスが帳場で週の売り上げを計算してましたっけ」

「ほう？」アラスターは勢いこんだ。「その男に会えるか？」

若い男は首を横に振った。「今は南部のライゲートにいる妹に会いにいってますが、そういや、あの晩、女が店にはいってきたときの様子を話してたっけ。金貨一枚で支払いをしたって」と、テーブルのギニー金貨を示す。「そういう女が金貨を持ってるなんて、ちょっと変だと思ったたって。釣り銭を渡したら真っ白ですべすべな手をしてたそうですよ。まるで貴婦人みたいに」

デヴェリンは目をすがめて考えこんだ。自分もそのことに気づいていたのではないのか？　ルビー・ブラックの手は——巧みにおれの服を脱がせて愛撫した指の長い繊細な手は、どう見ても、汚れた皿の一枚すらめったに洗ったことのない手だった。暗い部屋で火照った肌を撫でまわした手はサテンのように感じられた。

「あっしらが知ってることはこれで全部です、旦那。階上の部屋の鍵を渡しますから、もう一回調べてもらってもいいですよ」

デヴェリンは首を横に振った。あの部屋には二度とはいりたくない。ルビー・ブラックと過ごしたあの夜の記憶が頭に焼きついていて、この場にいるだけでも怒りと屈辱と欲求不満がふたたび氾濫を起こしそうなのだから。

アラスターは相棒の異変に気づいたにちがいない。唐突に椅子から立った。「〈ホワイツ〉で晩飯を食おう、デヴ。テンビーのやつが来ているかもしれない」

デヴェリンはルビー・ブラックの記憶を締め出し、頭の奥に押しこんで強引に蓋をした。

「晩飯は賛成だが、あの青二才のテンビーはごめんこうむりたいね」

アラスターが立ち上がると若い給仕は急ぎ足で持ち場へ戻った。「だけど、盗まれたものを一覧にして彼に渡してはあるんだろう？」

「ああ、渡した」とデヴェリン。「しかし、やつの雇った追っ手とやらがなにかを見つけ出すなどとは期待していない」

たしかに一覧は渡したが、苦渋の決断だった。罪の意識と感傷からグレッグの細密画をいまだに肌身離さず持っていることを認めたくはなかったし、テンビーが噂を広めれば、だれもが勝手な憶測をするだろう。自分の心に刺さっている小さな棘《とげ》を衆目にさらしたくない。それでもとにかく渡したのは、藁《わら》にもすがる気持ちからだった。

「なんと例の新警察（テムズ川水上警察と合併して一九二九年に設立されたロンドン警視庁）の人間を雇ったらしいぞ」とアラスター。ふたりは〈錨〉をあとにして、玉石敷きの中庭にまわした馬車へ戻った。「シスクとかいう冷酷無情な面構えの男だが、この一件は非番のときに調べると言っている。個人的に調査するというわけだ」

デヴェリンの荒い息遣いも今は鎮まっていた。「そんなことが今でも許されるのか？」

アラスターは肩をすくめた。「許されないだろうさ。しかし、その男を見てしまったおれとしては、ブラック・エンジェルに憐《あわ》れみを感じるよ。あいつにつかまったらどうなることやら」

アラスターの言葉にデヴェリンの背筋がぞっとするのを感じた。エンジェルを懲らしめてやりたいのは山々だが、その仕事は自分の手でやりたい。「その警察官にどれだけの報酬を払うつもりでいるのか訊き出してくれ、アラスター。女を先におれのところへよこしてくれたら、テンビーが約束した額の倍を支払ってもいい」

「お安い御用だよ、相棒」友人は請け合った。「人を動かす油は金《かね》だからな」

「今以上にその言葉があてはまる状況はないね」デヴェリンはふと手を伸ばし、馬車の天井を叩いた。ウィトルがすぐさま速度を落とした。

「今度はなんだ、デヴ？」とアラスター。

「グレースチャーチ・ストリートへやってくれ」窓越しに太い声を張りあげて御者に伝えてから、アラスターに視線を戻した。「急な用事を思いついたので事務弁護士のところへ行きたい。寄り道につきあってくれるだろう？」

「ああ、いいけど、なぜまた？」

「おまえの言うとおり、人を動かす油は金だからさ。ここはひとつルビー・ブラック方面に少しばかり金をつぎこんでみようかと思うんだ」

　ストランド街に立ち並ぶ店では閉店時間が刻々と近づいており、ジャン・クロードも〝本日閉店〟の札を出して、入り口の扉に閂《かんぬき》を掛ける準備にはいっていた。夕食に間に合うよう家路を急ぐ事務員や売り子の姿が、張り出し窓を通して見えた。灰色の外套をまとった人々の流れはさながらうねる濁流のようで、黒い帽子がぷかぷかとその流れに浮いている。げんなりだな。ジャン・クロードは心のなかでつぶやいた。イングランド人の装いは地味の域を超えている。

ところがそのとき、川を遡る鮭《さけ》のようなものが目に留まった。派手なピンク色のチョッキを着た男がセント・マーティン教会のほうからこちらへ進んでくる。続いて肉付きのいい赤ら顔が見えた。目立ちすぎるその顔が。不運にもジャン・クロードは間に合わなかった。まさに今、門を掛けようとした刹那、その男の手ががしっと扉をつかんだ。

「そう急ぐなよ、可愛い坊や！」男は力強く扉をひと押しした。「仕事で来たんだ」

ジャン・クロードがあとずさりするのと同時に、男はなかにはいった。「ウィ、ウィ、ムッシュー」男の顔には充分見覚えがある。「ぼくは英語を話せません《メ・ジュ・ヌ・パール・パ・アングレ》！」

「いけ好かない蛙《かえる》野郎（フランス人に対する蔑称）だ！」相当に苛立っている。「ケムはどこだ、ええ？このなかにいるのはわかってるんだぜ。貧相なケツごと早く階下《した》へ降りてこいとやつに伝えろ、いいな？」

ジャン・クロードは目を見開き、かぶりを振った。「ムッシュー、理解できません《メ・ジュ・ヌ・コンポン・パ》！英語《アングレ》はノー！　英語はノー！」

男は両手を大きく振りながら怒鳴った。「おまえのボスはどこだ《ウ・エ》？　ケンブルはどこだ《ウ・エ》？さっさと連れてこいや、カピターレ？」

そのとき、店の奥の垂れ幕が吊るし金具をジャラジャラと鳴らして開けられた。「カピターレはイタリア語だよ、とんちき」ジョージ・ケンブルが現われた。「しかも、遣い方がまちがっている。戸締まりをしてくれ、ジャン・クロード。この男は裏からほうり出すから」

ジャン・クロードは鼻に皺を寄せると、男の背中に手を伸ばして門をしっかりと掛けた。

ケンブルは訪問者に顔を向けた。「いらっしゃいませ、シスク巡査。ご立腹のようですが、わたくしどもになにか落ち度でも？」

「シスク巡査部長だ。今後はそう呼んでくれるとありがたい。奥へ行こう、ケム。これは表敬訪問だ。ちょいと個人的に話がしたい」

ケンブルはきりりとした黒い眉をつり上げた。「それはそれは。でも、うちのような店で警察にうろつかれると商売にさしさわりがあるんだけどね」

ジャン・クロードはふたりのあとから深緑の垂れ幕をくぐって奥の部屋へはいると、緑のベーズ（フェルトに似た生地）張りの台に置かれた銀器のひとつを磨きはじめた。ケンブルは巻き上げ式の蓋《ロールトップ》がついた書き物机の椅子を引き出して座り、シスクにもそばの椅子に腰掛けるよううながした。

シスクは垂れ幕の近くにいるジャン・クロードに目をやり、怪しむように言った。「あいつは？　この話は聞かれたくない」

ケンブルは肩をすくめた。「彼はひとことも英語を話せない」蛇腹のロールトップを押し上げて、銀の懐中酒瓶《フラスク》と小さなクリスタルのタンブラーをふたつ取り出した。「アルマニャックでもいかが？」

シスクは疑《うたぐ》り深い目でフラスクを見た。「発音できんものはいっさい飲まん」

「ジャン・クロード！」ケンブルは肩越しに振り向いた。「シスク巡査部長に安酒をお持ちしろ」

ジャン・クロードは手近な戸棚をひっかきまわしてジンのボトルを取り出した。

シスクの顔が怒りに染まった。「あの野郎、英語はノーなはずだがな！」

「霊能力があるのさ」ケンブルは答えた。ジャン・クロードは垂れ幕の向こうへ隠れた。

「さあ、その色の薄いやつを一杯やったらどうだい？」

シスクは顔をしかめながら自分のグラスに酒をついだ。ケンブルはグラスを掲げ、シスクのグラスの縁に軽く合わせた。「古きよき時代に」

「古き時代のどこがよかったんだか」

「警察が組織化されていなかったところが。昔は、善良な故買屋は毎日正直な仕事ができた。それがピール（ロバート・ピール。のちの首相）やわれらが友人マックスのおかげで、この市《まち》に真鍮ボタンの青い制服がうろつくようになってしまった。そういえば今日は制服を着ていないけど？」

シスクはピンクのチョッキを――その下に隠れた太鼓腹も一緒に――両手で叩いてみせた。

「これは表敬訪問だと言っただろうが。制服を着てする仕事とはべつだ」

ケンブルはシスクの服に視線を泳がせた。「あんたのセンスは天性のものだね、シスク。そのピンクのチョッキに緑の上着とマスタード色のズボンを合わせるなんて、そんじょそこらのセンスじゃない」

シスクは眉間に皺を寄せた。「またおれをからかって愉しんでやがるな？」

ケンブルは掌を広げて胸にあてた。「このわたくし《モア》が？　まさか。さて、本日の用向きを伺おう」

シスクはジンを飲み干して手の甲で口をぬぐうと、上着の内ポケットをまさぐった。「ちょいと見てほしいものがある。盗品の一覧だ。なんとしても取り返さにゃならんのさ、ケム。個人的な事情が絡んでてな」一覧表を取り出しながら言う。

ケンブルは汚れた紙を広げて目を通した。「この手のものはうちではあまり扱っていないな。懐中時計？　嗅ぎ煙草入れ？　ありきたりすぎるよ、シスク」

ジャン・クロードがいつのまにか机のそばへやってきていた。「見ていいですか《ドーネ・ル・モア》」と手を伸ばす。

「いいとも《メ・ナチュレルマン》」ケンブルは彼に一覧表を手渡した。

もう一度ふたりで目を通す。シスクの太い指がふたりのあいだに割りこんだ。「とくに取り返したいのはこいつだ。どんなことをしてでも取り返す」その品目を指で叩いた。

「サファイアのクラヴァット・ピン？」信じがたいというようにケンブルが訊き返した。

「〇・五カラットのサファイアのクラヴァット・ピンだよ。台はゴールド。四つ爪で留めたやつ」

「シスク、そんなのは今ここに半ダースばかり転がっている」ケンブルは机の脇の棚のひとつを引き開けて手探りし、なにやら引っぱり出した。「ほら、これを進呈するよ」巡査部長の手にカット加工された大粒のサファイアを載せた。

シスクはまた渋面をつくった。「いいだろう」それからまた太い指で示した。「じゃあ、こいつはどうだ？　純金のロケット。フランスの手工芸品だ。片面はガラス。掛け金でぴっちり閉まり、なかに細密画《ミニチュア》がはまってる。聞くところによると、それを描いたのは肖像画を得意とする有名な細密画家らしい。といっても、そいつがミニチュアなわけじゃない。並の体格の男だった。しかし――」

ケンブルはうるさいというように手で払った。「わかった、リチャード・コズウェイだな?」

シスクは椅子にもたれかかった。「そう、そいつだ。どうだい、珍品だろ?」

「コズウェイの枠つき細密画とは」ケンブルの声が称賛の響きを帯びた。「ふむ、それなら探す価値がありそうだ。で、持ち主は?」

「去年の春、チョーク・ファームでスクランドル卿の左の小指を銃で吹っ飛ばした男だよ」シスクはぼりぼりと頭を掻いた。「カード一式に印がつけられたいかさまをめぐる騒ぎで。ちくしょう、なんて名前だっけな」

ケンブルは椅子に座りなおし、静かに言った。「デヴェリン。デヴェリン侯爵だ。奇遇だな」

「奇遇?」

「いや、なんでもない」ケンブルはつぶやいた。「とにかく、デヴェリンがそんなセンチメンタルな男だったとは意外だよ。彼が肖像画を持ち歩くほどだれかを心にかけるなんて」

シスクは人差し指を立てた。「それで思い出した。兄貴の肖像画なのさ。聞くところによると」

ケンブルの眉がつり上がった。「兄貴だって？　彼が殺した？」

「ああ、そうらしいな。そんな古いスキャンダル、すっかり忘れてたが」

「あんたは忘れたとしても家族は忘れやしないからご安心を。その結果、今はデヴェリンが公爵位の継承者になっている」

シスクは肩をすくめた。「だとしても、おれには未来永劫《えいごう》なんの関係もない。それよりその細密画はどうだい？　それらしいのを見かけたことは？」

ケンブルは首を振り、脇に立っているジャン・クロードを見上げた。

助手はうんざりした様子で、フランス風のお手上げの仕種をした。「ぼくも知りません《ノン・パ・モア》」そして、ベーズ張りの台へ戻った。

「なかなか頼りになるやつだ」シスクが唸り声で言った。

「あんたにはちんぷんかんぷんだろうけど」ケンブルもうんざりしたように言った。「ジャン・クロードの専門は明朝時代の法花《ほうか》だから——あんたにとってはただの花瓶や器だろうね——この一覧にあるような品にはあまり興味が湧かないのさ。でも、あんたはどうやら興味があるらしい。で、個人的に調査を引き受けたわけだ？」

シスクは誇らしげに胸を張った。「どこかの色っぽい女におちょくられた貴族が大勢いるんだよ。女は彼らを騙して金目のものを頂戴する。貴族のほうは事を公にしたくない」

「なるほど、ブラック・エンジェルか！」ケンブルは思案顔になった。「このヤマは諦めたほうがいいな、シスク。あれは絶対につかまらない。プロの泥棒だもの」

シスクはプライドが傷ついたような顔をした。「そうかい、じゃあ、おれはなんだ？　ウナギを釣る餌かい？」

ケンブルは考えこんだ。「正直なところ、彼女をつかまえられる人間がいるとしたら、あんたしかいないだろう。でも、わたしは手を貸さないよ、悪いけど。貴族連中が被害に遭うのは身から出た錆だと思うから」ケンブルはしらっと微笑み、ふたたびフラスクを手に取った。「ピールの健康を祝してもう一杯いかがかな？　裏からほうり出すのはそれからにしよう」

ふたつのグラスが合わさって音をたてると、ジャン・クロードは店の通路を進み、上着を肩に引っ掛けた。「ちょっと散歩してきます。また明日」と、早口のフランス語でケンブルに声をかけた。

だが、前かがみになって酒を口に運びながら昔話を再開したケンブルとシスクには、ジャン・クロードが店から出ていく音は聞こえていなかった。

翌日の夕刻、マダム・セント・ゴダール宅での正餐のための身支度をするデヴェリンはひどく不機嫌だった。なにひとつ満足がいかないのだ。まず、従者のフェントンが締めるクラヴァットがきつすぎる。締めなおさせると今度はゆるすぎる。凝った結び目の出来も気に入らない。この六年間、少なくとも一千回、同じ結び方でも気にならなかったというのに。とにかく今日はなにもかもがちぐはぐな気がするのだ。悪態をつきながらクラヴァットをはずして床に投げつけた。

「べつのを持ってこい！」と怒鳴る。

フェントンはすでに新たなクラヴァットを取りに走っていた。また十分が過ぎ、ようやくクラヴァットが結ばれたかと思うと、つぎはチョッキで同じことが繰り返された。「だめだ、ブロケード織りなんか！」との一声で、フェントンが最初に差し出したチョッキは却下された。「重っ苦しいカーテンに合わせようというのか？　灰色は好かん！　気がふさぐ。黄色？　ありえない」

「閣下、これはつい最近新調したもので、とても品がよろしいかと思いますが」フェントンは異を唱えた。

「そんな馬のしょんべん色！」デヴェリンは鼻を鳴らした。

「シャンパン・ゴールドと呼ばれております。わたくしが生地から選んで仕立てさせました」従者も負けじと鼻であしらう。

こんな調子が続いていた。色が派手すぎる。地味すぎる。きつすぎる。野暮ったすぎる……間抜けすぎる……無骨すぎる……無神経すぎる。まさにそういうことではないのか？　たしかに自分は無神経な間抜けかもしれない。しかし、愚か者ではない。愚か者は自分の欠点に気づかず、のんきに、のほほんと、人生を送れる。いっそ愚か者であったらよいものを。

「閣下」とフェントン。怒っているときの口調だ。「もうチョッキがございません。このなかからひとつをお選びになるか、チョッキなしでお出かけになるかですね」

「だったら、馬のしょんべんだ」唸り声で応じ、そちらに向かってぱちんと指を鳴らす。

フェントンは深々とため息をひとつつき、チョッキを振り広げて侯爵の肩に掛けた。

フェントンに非はない。デヴェリンは内心で認めた。手持ちの服にもなんの問題もない。問題は自分だ。自分のしでかしたことが問題なのだ。質素な暮らしをしているあの女《ひと》に正餐に招待しろなどとよくも図々《ずうずう》しく言えたものだ。なにが手にはいると思っているんだ？　たしかに彼女をからかうのは愉しかった。戯れの言葉を投げるのは。彼女も大目に見てくれた。ある程度は。しかし、今の自分には新たな色恋の相手はいらない。どうせまた自分のせいで不幸な結末を迎えるだけなのだから。

第一、シドニー・セント・ゴダールがおれを求めるとは思えない。富や爵位になびく女ではない。好みはうるさそうだ。それに上品すぎる。ふだんつきあっているような女たちとは種類がちがう。もっとあからさまにいうなら、尻に値札をぶら下げていない。彼女はおれの対極にいる人間――尊敬に値する人物だ。そんな女を万が一にも口説こうものなら……口説いてどうしようというのだ？　彼女を傷つけるだけだろう。

デヴェリンは目を上げて金の枠の姿見を見た。見たこともないような男が見返してきた。そこで驚きとともに気づいたのは、自分の姿を見ることを――真の意味で見ることを――やめていた長い歳月だった。鏡は残酷なまでの変わりようを映し出していた。引き締まった体にあったしなやかな気品は、いかつさと頑《かたく》なさに取ってかわられていた。少年らしさを残す顔の輪郭は十年もまえに消え失《う》せていた。いかにも貴族らしい優美な鼻は本人の個性に従うかのようにひん曲がり、かつては優美な曲線と評された顎もそげている。

若さに約束されていたこと——若いころにあった文字どおり無敵の感覚——がまざまざとよみがえる。ふたりは社交界随一の人気者だったのだ——グレッグとアレリックの兄弟は。代々受け継がれてきた公爵位を兄弟の父が継ぐことは当然視されており、ハンサムでチャーミングな長男、グレッグはその父に次ぐ公爵位継承者として教育されていた。弟のアレリックは兄に比べると順応性に欠けるものの、当時はそれがさほど問題とはならなかった。

それがどうだ？　今ここに映っている男は何者だ？　のっぺりした冷たい目と、さも意固地そうな口をした男は。人生になにを求めている？　求めているものがあるのか？　なにもないのか？　デヴェリンはかぶりを振った。自分が答えられない質問にだれが答えるというのだ。

〝あたしには野望があんの〟ルビー・ブラックは胸を張ってそう言っていた。だが、自分にはなにもない。目的もなくここまで生きてきた。野望もなかった。そして今、情熱と呼ぶのもおこがましいかすかな熱意——復讐心——すらも、なぜか薄れつつある。

昨日、ブラック・エンジェルの被害に遭った貴族たちの名前を書き出して——もうメモを見ずとも全員の名前が頭にはいっている——ざっと眺めたところ、同情したくなるような男はいなかった。おおかたがフランシス・テンビー卿と同種の手合い、つまり、なるべくなら避けたいタイプの男たちであり、ブラック・エンジェルにひどい目に遭わされるのは自業自得と思われる連中も少なくなかった。自業自得というならこの自分も同じだろうか？　おおかたの人間はそう考えているにちがいなく、また、その考えがまちがっていると言い返すこともできない。

恥をかいたり金を奪われたりしたことはこの際どうでもいいのだ。フェントンが広げている上着に袖を通しながら、デヴェリンは思った。そんなものは強欲なあの魔女にくれてやる。しかし、グレッグの細密画だけはなんとしても取り返す。たとえ、それがエンジェルを捕獲して、テンビーをはじめとする怒れる紳士集団に引き渡すことを意味しようとも。

フェントンは侯爵をよけるように一周しながら、主人の衣装を用心深く確かめた。

「悪かったな」デヴェリンは笑みを顔に貼りつけた。「癇癪《かんしゃく》の虫はもう追い出した」

「なにを追い出したって？」ドアのほうから声がした。「失せろと遠慮なく言ってやれよ、フェントン、こいつがまた目に余る態度を取ったら。優秀な従者は当方も目下募集中だ」

振り返ると、アラスターが戸口に立っていた。「遅いぞ」

アラスターは両手を広げてみせた。「よく言うね、まだ支度が調っていないくせに。しかも、こっちはひと仕事終えてきたところなのに」

侯爵は訝しげに友人を見た。「ひと仕事？」

アラスターは薄笑いを浮かべた。「テンビー一派と午後を過ごしたのさ。またもや貸しができたぜ、相棒」

デヴェリンは苛立たしげな手振りで友人をうながして階段を降りた。アラスターが自分のあとから書斎へはいると、ブランデーのデカンターを手に取った。「フランスの蛙水はどうだ?」

アラスターはにやりとした。「緊張しているんだな?」

デヴェリンはふたつのグラスに勢いよくブランデーをついだ。「さっさと話せ、アラスター。テンビーがなんだって?」

アラスターは暖炉のまえへ行き、炉棚に肘をついた。にやにや笑いは消えている。「テンビーの新しい仲間は好かんが、全員が強い決意で臨んでいるのはたしかだよ」

グラスを口に運ぶデヴェリンの手が止まった。「たとえば?」

アラスターは肩をすくめた。「彼らが雇ったブルドッグによるブラック・エンジェル情報はかなりのものだ。日付、場所、正確な時間、エンジェルが用いた偽名のリスト――その名前がじつに独創的だ、ごく控えめにいっても」

デヴェリンはひと声唸り、グラスを乱暴に置いた。「ルビー・ブラックにケツまる出しにされたやつはほかにはいないんだろうな」

アラスターはにやにや笑いを浮かべた。「ああ。ルビーはもてる愛のすべてをきみのために取っておいたらしいぞ、デヴ。テンビーのやつはマダム・ノワールなるフランス人の高級娼婦にあやうく毒殺されるところだったとさ」

「ノワール? それは……〝黒〟という意味だろう?」

アラスターはうなずいた。「しかも、洗礼名はスリーズだそうだ」

「黒いさくらんぼ《スリーズ・ノワール》!」デヴェリンは思わず吹き出し、ブランデーまで鼻から吹き出しそうになった。「抜群のユーモアのセンスじゃないか」

「もっと凝ったのもある。先月、スクランドル卿がヘイマーケットのとある劇場の楽屋で、シチリアから来た美形のソプラノ歌手を誘惑した。その女はシグノリーナ・ロゼッタ・ネロと名乗ったという。このイタリア語を翻訳すると？」

デヴェリンはにんまりしながら、ふたたびデカンターを手に取った。「ローズ・ブラック？」

「ほぼ正解」とアラスター。「可哀相なのは、メイフェアの〈マイバーツ・ホテル〉で暖炉の火を熾《おこ》しにきた部屋女中を気に入ったウィル・アーンステッドだ。その女に応接室に閉じこめられ、身ぐるみ剥がされたあげく、窓から逃げられた。といっても、シャツと下穿きは残してもらえたようだが」

「あててみよう。クリムゾン？　ピンキー？　ポピー？　でなきゃ——これでどうだ？　緋色のカラス《スカーレット・レイヴン》！　窓から飛び立ったんだろ？」

アラスターは声をあげて笑った。「悪くないぜ、相棒！　だが、答えはノーだ。チェリーさ。アーンステッドはラストネームのコール（アブラナの意）にそそられた」

「そう来たか！　チェリーも甘いチェリーとはちがうのかもしれんな（cherryには〝処女〟の意味もある）」

「なら、下はアブラナ《cole》じゃなく石炭《coal》だろう」

「いやはや！　完全におちょくられているわけか。で、女は馬鹿な男どもを笑いながら銀行へ向かう。あるいは、どこか知らないが、ふつうのすりやこそ泥が盗んだものを隠すのに使う場所へ」

アラスターは首を横に振った。「いや、この女はふつうの泥棒なんかじゃない。それだけはたしかだ」

「さっき言った警察官についての情報は？　どういう男なんだ？」

アラスターは身を乗り出してデヴェリンの肩を叩き、うれしそうに言った。「それは自分の目で確かめてくれたまえ。今夜十一時に〈樫《かし》の木〉で会うことになっている」

侯爵はうめいた。「〈樫の木〉だと？　なんでまた！　ステップニー（ロンドン東部）のはずれじゃないか！」

アラスターは大儀そうに両肩を上げた。「ご当人がそのあたりにお住まいなのさ。テンビーの目を盗んで買収するなら、用意周到に進める必要がある」

フェントンが部屋に駆けこんできた。「閣下」慌てた口ぶりだ。「ハニーウェルによれば、お向かいのミセス・クロスビーが先ほどから何回もこちらの様子を窺《うかが》っているようです！客間のカーテンの隙間から、三回以上も！　お急ぎになったほうがよろしいと存じますよ、ほんとうに」

引退して久しいとはいえ、ジュリア・クロスビーはベテランの女優だ。その晩は、もてなしたくない客に対してもジュリアが威厳と気品を備えた淑女を演じてくれるだろうと、シドニーは期待していた。

デヴェリンに無理やり招待させられたのであり、丁重に断わる口実を思いつかなかったのだとシドニーが説明すると、ジュリアは最初だけ大笑いしたが、ぴしゃりとこう言った。

「なんて馬鹿なことを！　デヴェリン侯爵と関わりをもつだなんてとんでもない。ジョージの気持ちを考えなさい。彼が背負っているものを」

「このこととジョージとどんな関係があるの？」シドニーは訝った。

ジュリアはふと黙りこんだ。「わたしが苦しい立場に立たされたということよ、シドニー。あなたははじめ、卑劣なデヴェリンを許せないと言って彼を狙った。それだけでも充分危険なのに、今度はその男と親しくなりたがっているように見えるわ。そのほうが彼を標的にするより何倍も危険だというのに。なにかあればジョージに責められるのはこのわたしなのよ」

「じゃあ、わたしにどうしてほしいの、ジュリア？」

「デヴェリンにはいっさい近寄らないでほしいわね」

ジュリアは柄にもなく悩ましげに眉根を寄せている。ジュリアの言うとおりにできない理由はなかった。デヴェリンと親交を深めるのは、かりに自分が望んだとしても不可能だということはシドニーも理解していた。社交界の仕組みからして無理があるし、そもそもデヴェリンは女と交友関係を築くタイプの男ではない。というより、彼がどんな人間なのかよくわからないのだ。

ならば、今夜ひと晩で、デヴェリンがどういう人間かを正しく見極めればいい。そう自分に言い聞かせた。そうよ、過ちをふたつ犯して正しい答えが導き出されることもあるかもしれないのだから。いずれにせよ、デヴェリンとの関わりはこれを最後にするとジュリアに誓った。ジュリアは胸を撫でおろし、約束の六時となった。

いよいよ幕が開く。

ジュリアは三十分間、部屋を歩きまわり、ちょっと足を止めては窓から外を覗いていた。そのうち、デヴェリンの執事も屋敷の窓から覗き返すようになり、当然ながら、いささか気まずい雰囲気が生じた。ようやく、紳士ふたりが玄関に姿を見せ、遅刻を謝罪した。デヴェリンは隣人としての訪問だという態度に徹していたが、一方のアラスター・マクラクラン卿は、美食家ぶりをいかんなく発揮し、またたくまにジュリアの心をつかんだ。

食事が進むあいだ、会話の主導権を握ったのはこのふたりで、ジュリアが舞台で主役を務めていたころの話はアラスター卿を愉しませた。シドニーの過去に話題が移りそうになると、すかさずジュリアが話をそらした。シドニーは自分の家族や生い立ちを恥じているわけではないけれど、だからといって、初対面や初対面に近い人たちにそういう話を聞かせたいとは思わない。それにしてもジュリアの懸命な気遣いには少々驚かされた。

アラスターが超のつく演劇好きなのは幸いだった。この十年に輩出した名優について、ふたりは白熱した議論を闘わせた。「それで、あの名女優、ミセス・シドンズにお会いになったことはありますか、ミセス・クロスビー?」コース料理の最後の皿が下げられると、アラスターは尋ねた。「彼女の最後の舞台となったジョン・ヒュームの『ダグラス』を観る機会があったのですが」

「すばらしかったでしょう？」とジュリア。

「それはもう。ミス・エレン・ツリーはご存じでしょうか？」

「ご存じかですって？」ジュリアは片手を胸に押しあてた。「もちろんよ。シェイクスピアの『十二夜』で彼女がオリヴィアを演じたとき、わたしもマリア役で出ていたんですもの。あれが彼女のロンドンでのデビューだったのよ」

「それ、覚えていますよ！」アラスターは叫んだ。「コヴェント・ガーデンでの初日を観ました。あなたの演技、素敵だったなあ、ミセス・クロスビー。もう舞台には立たれないんですか？」

ジュリアの笑みがこわばった。「引退した身ですから。でも、アラスター卿、書きこみのはいった『十二夜』の台本はまだ持っているはずよ。あの劇のほかの記念品と一緒に。蒐《しゅう》集《しゅう》家《か》としてはちょっとしたものでしょう？」

「じつはぼくも！　といっても、貨幣ですけど。珍しい硬貨を集めているんです。なにかを集め出したらとどまるところを知りませんよね？」

「ほんとうにそう」ジュリアは今や自分でも愉しんでいた。「わたしの思い出の品々をごらんに入れましょうか？　古い台本や芝居のチラシ、衣装も何着かは取ってあるの。つまらないものはみんな屋根裏に置いているのだけれど、珍しいものだけひとつの箱にまとめてあるので、メグに持ってこさせることはできますわよ」

「食後のお愉しみには最高じゃありませんか！」アラスターの声に合わせるようにポートワインが運ばれてきた。

ジュリアは微笑んだ。「カードのまえ？　それともあと？」

「ぜひともあとに！　ツキが落ちたときにゲームから抜ける言い訳が必要になるでしょうから。デヴ、レディをエスコートして応接間でワインをいただこう」

デヴェリンがシドニーに腕を差し出し、ふたり並んで部屋から出た。筋骨たくましい腕の強さを感じながら、シドニーは階段を昇った。自宅で、ごく近しい友人同士のように穏やかに彼と過ごしているのは奇妙な感じだった。

真実を知ったら彼はなんと言うだろう。あの夜、〈錨〉で大胆不敵に彼の服を剝いで愛撫を加えた女がわたしだと知ったら。あの日の彼は一分の隙もなく生身の男だった。そんな彼に魅了され、その余韻から今も逃れられない。デヴェリンの裸体が脳裏をよぎる——信じがたいほど広い肩幅と屹立《きつりつ》した硬いものが。シドニーは階段の最後の一段を踏みはずし、あやうく頭から落っこちそうになった。とっさにデヴェリンの腕にしがみつくと、彼は即座に体勢をもとに戻してくれた。ジュリアとアラスター卿が気づかない自然な所作で。

「シドニー、大丈夫かい？」

シドニーは顔を火照らせてうなずき、彼の目を覗きこんだ。いったいなんなのだろう、この人の不思議な美貌は。頭をかすめる思いを締め出し、デヴェリンを引っぱるようにして、ジュリアのあとから応接間へはいった。

シドニーを腕につかまらせたまま、デヴェリンはどこへ向かうでもなく部屋のなかをゆっくりと歩いた。部屋の様子を目に収めようとするように。応接間は広々として明かりもふんだんで、当世風のしゃれた設えになっている。家具のほとんどはクレアが使っていたものだが、この部屋の控えめな華やかさが今夜は誇らしく思えた。通りに面した側に縦長の窓が四つ並び、オリーヴ色のベルベットのカーテンが掛かっている。もう一方の側にある暖炉を囲むように、金襴《きんらん》のブロケード織りの長椅子が一脚、揃いの椅子が二脚置かれていた。

壁の掛け布は金糸が織りこまれたクリーム色のシルク。床全体に敷き詰められた東洋絨毯の色合いはエメラルド色と淡い黄緑だ。テーブルと椅子のこぢんまりした組み合わせが部屋のあちこちに配されていて、象眼細工のマホガニーのカードテーブルも一卓あった。ジュリアとアラスターはおしゃべりしながら、さっそくゲームの準備を始めた。

「思ったとおりだ」デヴェリンがつぶやいた。

シドニーは好奇心をそそられて彼を見た。「なにが？」

「きみの家はうちとは比べものにならないくらい居心地がいい」デヴェリンはクリーム色の大理石の炉棚に視線を投げた。「でも、インド更紗は全然使われていないんだね」

「インド更紗がとくに好きなわけではないから。お好きなの？」

「好きというんじゃないけれど、それがあるとなんとなく……家庭的な感じがするんだ」侯爵は腕に添えられたシドニーの手に自分の手を重ねた。「ところで、きみも芝居好きなのかい？　アラスターの昔話に少しは参加したほうがいいのかな？」

「わたしは演劇のことはなにも知らないの」嘘ではなかった。「船ではちゃんとしたお芝居など観られないから」

侯爵の黒い眉がつり上がった。「海で過ごすことがそんなに多かったのかい？」

「結婚生活のほとんどがそうだったわ」

「それはすごい。むろん、献身的な奥方なら航海に出る夫君に同行することもときにはあるだろうが」デヴェリンは足を止めて顔をこちらに向け、黒々とした睫毛の奥からシドニーを見つめた。「どうなんだい、シドニー？　きみは献身的な妻だったのか？」声が少しかすれている。

シドニーはすぐさま目をそらした。「たぶん。夫は陸地にはまったく愛着を感じない人だったの。いつも夫の顔を見ていたければ……ほかに選択肢があったとは思えないわ」

「ひとり家で帰りを待つとか？」そぞろ歩きが再開された。「それはちょっと寂しいかな？」

シドニーはいまだにデヴェリンを見ることができずにいた。「ピエールは長いことひとりにしておけない人だった」

「なるほど！　つまり、どういう男なんだい？」

「魅力的な男ということよ」シドニーは突き放すように言った。「その方面に関しては、わたしは経験豊富だと言ったでしょ」

デヴェリンはふたたび足を止めた。「すまない。つらい話題を出してしまったようだ」

「いいのよ」シドニーはすぐさま話題を変えた。「では、閣下、あなたはなぜ結婚なさらないの？」

デヴェリンは広い胸の奥から響くような声で笑った。「結婚するような男に見えますか？」

「さあ。ピエールはどう見ても結婚向きの人ではなかったのに、わたしと結婚したわ。なぜ結婚したのか、いまだにわからないの」

デヴェリンは即答した。「きみを自分のものにしたかったからさ。そんなことはだれでもわかる」

シドニーは驚いてデヴェリンを見上げた。彼の指が顎の下をかすめたのはさらに驚きだった。「では、こちらからも訊こう、きみは寛大な妻でもあったのかい？」

シドニーは伏し目がちになり、できるだけ淡々と言葉を返した。「少なくとも実用的な妻ではあったはずよ」

デヴェリンの顔が上から舞い降りてきたような気がした。いつもは威張って見えるいかつい口が、なぜか今は温かく誘っているように見える。一瞬、部屋がまわりだし、自分たちふたりだけがそこにいるような錯覚を起こした。彼の唇の感触は触れるものを砕かんばかりに硬いのだろうか。〈錨〉でのあの夜のように。それとも、もっと柔らかくて、重ねた唇の上をしなやかに動くの？　今、つま先立ちになって唇を合わせさえすれば、その答えが見つかる。

アラスターがなにか言ってジュリアが笑うのが遠くから聞こえた。その声がシドニーを現実に引き戻した。顔がかっと熱くなっている。

デヴェリンはまだ、瞼を半分閉じたままじっと見おろしている。「寛大で、実用的」しわがれた声になった。「どちらもきみには似合わないよ、シドニー。きみのような女《ひと》は妥協するべきじゃない。そういう男のために二度と人生を無駄遣いしてはいけない」

シドニーは銀色がかった黒い目のなかで溺れそうだった。その目はさまざまな疑問に答えるよりも、もっと疑問を増やそうとしている。幸いなことに、メグがシドニーとジュリアにシェリー酒のデカンターを運んできた。デヴェリンはさりげなくうしろへ下がった。メグは窓辺のテーブルにポートワインとシェリー酒を置くと、ジュリアの思い出の品が詰まった箱を取りに小走りに部屋から出ていった。

侯爵は何事もなかったかのように、シドニーが勧めるワイングラスを受け取った。なにもなかったの？　不安がよぎる。デヴェリン卿には絶えずおぼつかない気持ちにさせられる。あの傲岸不遜で快活ならず者は今夜はどこへ行ったのだろう。あの人はそもそも存在するのかしら。

アラスターとジュリアの飲み物をつぎながら、部屋の隅へ引っこもうとするデヴェリンを観察した。鋭い光をたたえた黒い目がまたしても部屋のなかを物憂げにさまよいはじめる。それは、この団欒《だんらん》に参加している男ではなく、たまたまこの場に居合わせ、自分のまわりで進行していることを眺めている人間のまなざしだった。彼は人生の大半をそうやって生きてきたのだろう。そんな不思議な思いが心に残る。シドニーはこの機会にデヴェリンの顔をつぶさに観察することにした。いかつい顔だ。骨太ではないが頑丈な骨格。放蕩の証《あかし》と人が呼びそうなものが目尻に刻まれている。だが、シドニーには放蕩の証というよりむしろ、厭世《えんせい》の印のように見えた。

瞼が重くかぶさっているけれど、まなざしは鋭く、周囲の人々が気づかぬ真実を知っている、あるいは見抜いているといった感じだ。人を小馬鹿にしたように唇をゆがめているのは、人生は失望の連続だと気づいてしまったためかもしれない。個性のきわだった顔立ちなのに、顔全体は無個性のような印象を与えている。肩をまわす癖は、ふつうなら落ち着きなく見えるのに、彼の場合は檻《おり》に入れられた猛獣を連想させた。

シドニーはなかば無意識にワインをほかのふたりに運んだ。デヴェリンはぶらぶらとまた暖炉に近づいた。彼はなぜ今夜この家へ来たがったのか？　もっと気軽に誘えて、もっと見返りが期待できる女はほかにいくらもいるだろうに、彼はわたしを誘った。そのことに気がつくとショックを受けた。

昨日、デヴェリンの家から戻って数時間後、交差路の掃除人がジャン・クロードからあずかったという緊急の短い手紙を届けに来た。ブルームズベリー・スクエアのそばの角で会いたいと書いてあった。とうに陽は落ち、ガス灯が不気味な光をちらつかせていた。行ってみると、ジャン・クロードに腕をつかまれ、近くの路地へ引っぱっていかれた。

ジャン・クロードは動揺しており、〝大変《モン・デュー》です。警察《ラ・ポリス》が〟と、声をひそめて言った。〝ストランド街に来たんです。あれを持って……ええと、なんていうんでしたっけ？　リースト？〟

〝リスト？　なんのリスト？〟

〝ブラック・エンジェル《ランジ・ノワール》が盗んだものの。全部載ってました。デヴェリン卿のちっちゃい《リトル》ゴールドのロケットは絶対に見つけたいって。なかに、彼の《ヒーズ》死んだ兄さんがはいってるやつ。兄さん、彼が殺した。彼は絶対にそれ、取り戻したい〟

シドニーはジャン・クロードの肩に片手を置いた。〝今はあなたの英語を練習している場合じゃないわね、ジャン・クロード。で、だれが来たですって？　だれが死んだの？〟

ジャン・クロードの話は母国語でもわかりにくかった。〝警察官の名前はシスクです、マダム。ぼくもよく知っています。悪賢い男です。だれも死んでません。今日はね。でも、デヴェリン卿の兄は殺されました。おそらくずっと昔に。デヴェリン卿が殺したんです。あなたにとって、マダム、彼はとっても危険な男だと思いますよ〟

　その話を聞いた昨夜でさえ、デヴェリンはそんな恐ろしいことのできる人ではないと確信していた。ほとんど面識のないその警察官に自分は疑われていないという自信もあった。そう信じて疑わなかった。

　物思いにふけりながら、自分にもシェリー酒をついでいると、肘のあたりに体温を感じた。

「シドニー」デヴェリンのよく響く低い声でわれに返った。「退屈させてしまったかな？」

「あら！」どぎまぎして振り返る。「そこにいらっしゃるのに気づかなかったわ」

「ひどいな。少しまえからここにいたのに」

なんともお粗末な女主人であるらしい。「それでは、閣下、わたしたちもカード遊びに入れてもらいましょうか」

デヴェリンは肩をすくめた。「そうしよう」

シドニーは軽く彼の手に触れた。指がかすかに触れただけなのに、デヴェリンはびっくりしたようだった。「あなたこそ退屈なさっているにちがいないわね。わたしとジュリアにはとてもできないような立派なおもてなしに慣れていらっしゃるでしょうから」

デヴェリンは不可解そうに見返した。「なぜそんなことを言うんだい？ おれが侯爵だから？ いずれ公爵になるとされている男だから？ どっちにしても自分の力で獲得したものじゃない」

シドニーは驚きの目で彼を見た。「公爵になられるの？ 知らなかったわ」

デヴェリンは片眉をつり上げた。「夜明けの決闘で脳天をぶち抜かれてあの世へ送られるか、カード賭博をめぐる喧嘩で心臓にナイフを突き刺されるかしなければ、そうなることは避けがたいようだ」

「ちっとも知らなかった」シドニーはもう一度つぶやいた。

「そうかい？ じゃあ、きみの知らないとっておきの情報がある。おれはお上品な社交の場とは縁がない。というより、きみのような人にはおれをもてなす資格がない」

「なぜかしら」

皮肉めかした笑みで彼の唇がゆがんだ。「わからないのかい、シドニー？ なんとも慈悲深いことだ。しかし、きみは世間の評判も気にかけたほうがいいな」

シドニーはけらけらと笑った。「わたしは悔いのない人生を送りたいだけよ。評判など気にしないわ」

「気にするべきだね。断言してもいいが、おれと関わってもきみにとっていいことはひとつもない」そこで彼は顎を上げ、カードテーブルのほうを見やった。「アラスター！　アラスター、おい、そろそろ痛い目に遭う覚悟はできているか？」

メグがテーブルに置いた大きな箱のなかを覗いていたアラスターが頭を起こした。「もちろんだ、デヴ。そっちにその度胸があるなら」

ジュリアは笑いながらアラスターの腕を扇で叩いた。「でも、まだパートナー選びもしていないでしょう。あなたとデヴェリン卿がペアを組むことになるかもしれなくてよ」

紳士ふたりは視線を交わし、アラスターが箱を移動させた。ふたりともこれを真剣勝負と考えていないのはあきらかだ。デヴェリンは肩をすくめた。「いいだろう」椅子を一脚引いてくると、真っさらなカード一式をすばやい手さばきでテーブルの上に扇形に広げた。「大きい数同士、小さい数同士でペアを組む。では、ご婦人からどうぞ」

ジュリアがカードテーブルに身を乗り出して、最初にカードを引いた。クラブの10。

「すばらしい」デヴェリンはシドニーのほうを向いて会釈した。「マダム・セント・ゴダール？」

シドニーは目をつぶり、扇形に広げられたカードの上に人差し指の先を行きつ戻りつさせた。

「おやおや！　本気の賭博師がここにいるらしいぞ、デヴ」

「なんであれ、やるからには真剣にやらないとね、アラスター卿」シドニーは指先をひるがえしてカードを裏返した。スペードの12。

「まいったな」とデヴェリン。

「まったくだ」アラスターが裏返したカードはダイヤの3だった。彼は深いため息をついた。

「さっさと選べ、デヴ」

デヴェリンがカードを引き、一瞥してテーブルにぽいと投げた。クラブの2。「喜べ、アル。今夜はペアを組めるぞ」

「はい、決まり！」とジュリア。「おもしろくなりそうね。そちらのおふたりさん、賭け金はどうなさる？」

「一点につき一ギニー」とデヴェリン。

ジュリアは唇をすぼめた。「それでは味気ないのでないかしら、閣下」

「まったくもって味気ないね」とアラスター。「ミセス・クロスビーの思い出の品を見せていただいたほうがずっといい」

「口を閉じて始めろ、アラスター」と侯爵。

最初の三十分はなごやかな会話とともにゲームが進められたが、シドニーは勝ってみせると心に決めていた。カードゲームについては〈喜びの乙女〉号でひととおり学んだし、ジュリアはホイストでは非情な一面を見せる。だが、ツキがなくて快調な滑り出しとはいかなかった。

ツキが変わったのは三ゲームめだった。シドニーに親の番がまわってきてカードを配ると、手札が赤に集中した。シドニーが最後に切り札をオープンにした瞬間、アラスターはくすくす笑いはじめた。彼は自分の札を手荒く集めると、束ねたカードの角で、その一枚をとんとんと叩いた。「今回はきみもやられる予感がするぜ、相棒」

デヴェリンは切り札をしばし見つめた。「ハートのクイーン。これでも不吉な予感がするか、アラスター?」

そのとおりになった。女性陣は最初から破竹の勢いで八トリックを獲得、二ラウンドと三ラウンドも同様の運びだった。男性陣の点数がゼロのまま女性陣が上がろうとすると、アラスターはギリシア神話の女人族アマゾーンを引き合いに出して泣き言めいたジョークを飛ばした。

ジュリアとアラスターはひと休みしてワイングラスにおかわりをついだ。つぎはデヴェリンが親になった。切り札はダイヤ。

「いまいましい!」ジュリアは手札を見るなり口走った。「今夜はまるでついていないわ!」

アラスターは笑った。「お忘れですか、マダム。すでに三ゲーム取っておいでなのを」

「そうですよ」侯爵もそっけなく同調した。「かりに運が逃げていったとしても、今だけのことじゃありませんか」

「そのとおり。ここにいるデヴなんてひどいものですよ」アラスターが言い足す。「この一週間、野良犬のごとく不運につきまとわれているんですから」

ジュリアは手札から目を上げた。「まあ、お気の毒。そんなに負けていらっしゃるの、閣下?」

「そういうわけでは。どうぞ続けてください、マダム」

ジュリアは黒の2のカードを出したが、アラスターはすでにこのゲームに興味を失っているようだった。「その話はまだお耳にはいっていませんか、ミセス・クロスビー?」と、いたずらっぽく耳打ちする。

「おい、よせ、アラスター! 勝負に集中しろ!」とデヴェリン。

アラスターは価値のないクラブの8を捨て、話を続けた。「不運の始まりは、おふたりともご存じのように、ミス・レダリーが家じゅうの用足し壺を窓から投げたあの一件でした。それから、デューク・ストリートの屋敷の階段室が死番虫に食い尽くされていることがわかりました。その後、親戚のリチャードが思いがけず亡くなり――」

「遠い親戚だよ。それに、思いがけずが聞いて呆《あき》れるぞ。九十二歳の大往生だ」

「しかし、きみの運はそこからさらに下降線をたどっているだろうが。信じられませんよ、ミセス・クロスビー、彼の不運についてお聞きになっていないなんて」

ジュリアの顔がかすかに青ざめた。アラスターの話がどこへ向かっているかを察したのだろう。「ご愁傷さまです、閣下」なんとかそう言った。

シドニーは笑顔をつくった。「大変でしたわね、デヴェリン!」シドニーはまた黒の札を出した。「アラスター卿は昨日の事件をお忘れのようだけど」

ジュリアはますますうろたえた。「事件って?」

「そうそう。昨日はミス・レダリーが絨毯に火をつけましてね」アラスターは愉しげに言った。

ジュリアはびっくり仰天した。「どうしてまた?」

デヴェリンは自嘲の色を顔に浮かべてジュリアを見た。「おれが悪運に取り憑《つ》かれているからだということにしておきましょう」彼はトリックを獲得してそのラウンドを終えた。

「いずれにしても、風向きが変わってきたようだぞ。アラスター、ゴシップはそれぐらいにして、ゲームに本腰を入れたほうがいいんじゃないのか?」

アラスターはにやりと笑って手札を投げた。「こうなったら、最後までお聞かせしなくてはいかんよ、デヴ! では、おふたりにお教えしましょう、ここにいる我が友人はブラック・エンジェルの最新の被害者なのです。目を覆わんばかりの顚末を詳しくお話しして愉しんでいただきたいところですが、ご婦人の耳に入れるのははばかられる部分もありまして」

「黙れ、アラスター」

ジュリアはシェリー酒を飲み干した。

「黒い天使《ブラック・エンジェル》ってなにかしら?」シドニーはなに食わぬ顔で訊いた。「申し訳ないけれど、話についていけないわ」

「例のブラック・エンジェルですよ」アラスターはシドニーの記憶を呼び起こそうとした。

「紳士を餌食にしている女版ロビン・フッドはご存じでしょう?」

シドニーは目を丸くしてみせた。「まさか、アラスター卿、そんな人間がいるはずないわ」

「つまり、あなたはエンジェルの武勇伝を聞いたことがないと？」

シドニーはうなずいた。「社交界のおつきあいはほとんどありませんから」

家のどこかで時計が十時を打った。ジュリアが咳払いをした。「もう一杯いただこうかしら。どうやらこのゲームも勝負がついたようだから」

「そうですね。カードはこれぐらいにして、あなたの思い出の品の箱を覗くほうが愉しそうだ」とアラスター。

「やられたら逃げ出すのは腰抜けのすることだぞ、アラスター」デヴェリンはシドニーに目をやった。「ピケット（ふたりでおこなうカードゲーム）でもしますか？」

ジュリアとアラスターは窓辺のテーブルへ移動した。侯爵は几帳面《きちょうめん》にカードを仕分け、ピケットに不要な小さい数のカードを脇にのけた。

シドニーはデヴェリンを見た。「閣下、ほんとうはピケットなどしたくないのでしょう？」

「じつは全然したくなんだ」残りのカードを手際よく切りながら言う。「アラスターを遠ざけて、きみと静かにここに座っているための口実だよ」

シドニーは侯爵の上着の袖に軽く手を触れ、カードを切るのやめさせた。一瞬、視線が合った。「口実なんて。ここはわたしの家よ。ジュリアはわたしの友人。監視役じゃありません」

侯爵の片眉が上がった。「でも、きみはまだ若いから」

「もうじき三十歳よ。つい最近、あなたが思い出させてくれたように」

「あのときは失礼をした。その年齢には見えないのでつい。結婚生活は何年？」

シドニーの表情が曇った。「十年」

侯爵はふたたびカードを切りだしたが、彼の目は手もとを見ておらず、まっすぐシドニーに向けられている。「幼妻《おさなづま》か」

「幼くはないわ。十七歳ですもの」

「十七で、自分のしていることがわかっていたのかい？　おれはわかっていなかったな、まちがいなく」

「それぐらいの歳で結婚している女はたくさんいるわ」

デヴェリンは思わせぶりな手振りをした。「親の決めた結婚ならそうかもしれないが、きみはちがうんだろう、シドニー？　きみの結婚は親に決められたものじゃなかった。絶対にちがう」

「なぜそんなふうに言いきれるのかしら」

「きみは自分が恋していると思わなければ結婚しない女《ひと》だろうと思うから」

「お近づきになって間もないのに、わたしのことをとてもよくご存じのようね」

「ああ。まちがっているかい？」

部屋の反対側でアラスターとジュリアが急に笑いだした。アラスターは椅子に掛けたままこちらを向き、箱からなにかを持ち上げている。デヴェリンに見せようとしているらしい。

時代物の衣装のコルセットだ。

「なにがあんなにおかしいのかな」デヴェリンはつぶやくように言った。「いいさ、ほうっておこう。あのふたりは妙にうまが合うようだ。さあ、今の質問に答えて」

シドニーは唇を噛んだ。「ええ、あなたの言うとおりよ。ピエールと駆け落ちしたの。それも学校から逃げ出して。自分が恋していると思ったから」

「ほんとうに恋していたのかい？」

シドニーは口ごもった。「ほんとうは……寂しかったの。でも、そうね。詩に書かれているような気持ちで胸がいっぱいだったのは事実。今は愚かしいと思えるけれど」

「愚かしいかな？」

「とっても」

「がっかりさせないでくれ。詩に書かれていることはみんな正しくて、こんな自分でも善良な女の愛によっていつの日か救われるのかもしれないと期待していたのに」

「からかっているのね、閣下」

侯爵は小首をかしげた。「そう聞こえる？　そんなつもりはないんだけれど」

「それなら、どんな救いを求めていらっしゃるの？　ただ世間に寛容に受け入れてもらいたいというだけなら、おおかたのことは爵位が解決してくれるでしょう」シドニーはちょっとためらったが、あとを続けた。「しかも、公爵となれば、ほぼなんでも許される」

デヴェリンが大きな声で笑ったので、ジュリアとアラスターがこっちを向いた。アラスターは今度は、アラビアン・ナイトに出てきそうな、つま先のそり返った赤いシルクの履き物を掲げてみせた。

シドニーはこの機に乗じてもっと危険な領域へ踏みこもうとした。デヴェリンとふたたび目が合うと息を深く吸いこみ、さりげなく切りだした。「閣下、あなたにもご家族がおありでしょうけど、親密な関係でいらっしゃるの？」

侯爵は片方の肩を上げた。「いや、あまり。母はおれの生き方をよく思っていないし、父とは疎遠が続いている」

「まあ」シドニーは優しく言った。「でも、よくあることですものね」

「家族との疎遠が？」デヴェリンは用心深い目を向けた。「なんだか体験談のように聞こえるな」

シドニーは躊躇した。「父はわたしが寄宿学校にはいっているあいだに他界して、母には母の生活があった。わたしたちの場合は疎遠というのではないかもしれないけれど、親密な関係でなかったのはたしかよ」

「それは残念」

シドニーは片眉をつり上げ、かぶりを振った。「もっとひどい家族関係だって、きっとあると思うわ。ほかにご家族は？　兄弟や姉妹はいらっしゃらないの？」

侯爵のまなざしが内へ向かうように見えた。「兄がひとりいた」片手を上着のポケットに突っこむ。「兄が死ぬまでは、いつも一緒で……」その手が凍りついたように止まった。

ふといやな感じを覚えた。「どうなさったの？」

デヴェリンはポケットから手を出し、こわばった笑みを浮かべた。「兄を描いた細密画を持ち歩いていたんだが、不注意でなくしてしまったんだ。でも、長年の習慣だったから、こっちのポケットにそれがない状態になかなか慣れることができないのさ」

シドニーは顔から血の気がひくのを感じた。「お気の毒に」

デヴェリンは肩をすくめた。「ただ、きみに兄の肖像画を見せたかっただけなんだ。グレッグはとびきりの美男子だったから。グレッグの目にはなんともいえない優しさがあった。あいにく弟は持ち合わせていないものが」

「そうは思わないけれど」シドニーはぎこちなく言葉を返した。

「嘘が上手だね。きみのほうは？　おれには許可されていないシドという呼び名できみを呼ぶ人はいるのかい？」

あの細密画の若者のことが頭から離れなくなった。「兄がいるわ。ジョージが。でも、兄とは歳がうんと離れているから、なんとなく……」適当な言葉が口から出てこない。

「なんとなく、なに？」

シドニーは首を横に振った。「ジョージとわたしの関係を説明するのは難しいの。兄以上の存在だけど、親代わりというのでもないし」

「わかるような気がする」

シドニーは弱々しく微笑んだ。「あなたにはわからないと思うわ」

「もう少し……話してくれないか？」

シドニーは口を開いて、また閉じ、それからやっと言った。「ジョージは若いときに家出をして、危険な悪い仲間とつきあうようになったの――放蕩者とかならず者とか、裕福な家で甘やかされて育った若者とか、そういう人たちじゃなく、真の意味で危険ということよ。そのあとわたしたちも……やはり、疎遠になった。だけど、自分の意思でそうなったんじゃない。そのちがいがわかる？」

「わかるよ。それに兄さんのことが大好きな気持ちもわかる」

シドニーはどうにかうなずいた。「ジョージが家を出てからは何年ものあいだ兄妹《きょうだい》で会うこともなくて、その後、母はわたしを遠くの学校へやったの。もう二度と兄には会えないのだと思っていたら、結婚してまもなく、兄がわたしを見つけてくれた。すごくうれしかったわ」

「彼は今では生まれ変わったんだろうね」

シドニーはテーブルに目を落とした。「今の兄をどう判断するかは人によるでしょうね」

デヴェリンの片眉がまたもつり上がった。「きみの兄さんは謎に包まれた人物らしいな」

シドニーはゆっくりと視線を上げてデヴェリンを見つめた。「ジョージとわたしはずっとふたりきりだったのよ」と静かに言う。「ジョージは……芯の強い人で、無情なところもあるの。でも、幼いころは自分が頼れるのは兄だけだと感じていた。父とはめったに会わなかったし、母は乳母や家庭教師とのいざこざが絶えなくて、家に長く住みこむ人もいなかったから」ふと言葉を切り、指先で唇を押さえた。「いやね、なぜこんな話をしているのかしら」

「情け深く思いやりにあふれたこの顔のせいかな?」

シドニーは訝しげな目を向けた。「いいえ、ちがうわ」

侯爵はにやりとした。「先を続けて」

すると不思議なことに、なぜそうするのか自分でもわからずに話を続けていた。「ジョージは父のひとり息子だったけれど、父と母は……結婚していなかった。父にとってわたしたちは、二番めの家族だった」

「なるほど」

「生い立ちを話すとどうしても悲惨な物語が続いてしまうのよ。あなたを退屈させるのはこのへんでやめておくわ」

侯爵はまとめたカードを脇に置いた。「おれの人生にもできれば他人には話したくないことがたくさんあるから、その気持ちはよくわかる」

アラスターが突然立ち上がった。「しまった、デヴ! もう十時半だぞ」

デヴェリンは懐中時計を引っぱり出すと、すぐに腰を上げた。「おお、そうだな。レディのお住まいに少々長居しすぎてしまったようだ」

「あら、かまいませんのに!」とジュリア。「もうお帰りになるの?」

アラスターは少々気まずい顔になった。「ステップニーに所用がありまして、残念ながら先延ばしが利かないんです」

「ステップニー! それじゃ夜中を過ぎてしまいますわね!」

アラスターは笑った。「われわれには毎度のことですよ、マダム。愉しいひとときに感謝します。これから向かう先ではこんな愉しさを味わわせてはくれないでしょうから」

デヴェリンも礼を述べ、全員が作法に則《のっと》ったお辞儀をした。それからシドニーとジュリアは客を案内して階段を降り、ステッキと外套と帽子を差し出した。

ジュリアは外に出るふたりのうしろ姿を名残惜しげに見送り、玄関扉を閉めるとため息をついた。

「おふたりとも、文句なしにチャーミングな紳士だわね！」今夜の招待に乗り気でなかったことなど忘れたようだった。「こんなに愉しい夜はしばらくぶりだったたわ」

8　イルザとインガの深い落胆

「グレイト・ラッセル・ストリートまで出て貸し馬車を拾おう」アラスターの声は沈んでいた。「シスクの自宅付近でおまえの馬車を見たなんて話がテンビーの耳にはいったらまずいからな」

舗道の玉石をじっと見つめていたデヴェリンははっとして目を上げた。「なんだって、アラスター？　すまない、聞いていなかった」

アラスターは足を止めた。「シスク巡査部長との密会だよ。まったくしょうがないな。彼女のことを考えていたんだろう」

デヴェリンは首を横に振った。〝彼女〟ではなく〝彼女たち〟だ。今、デヴェリンを悩ませているのはふたりの女なのだから。まるで取り憑かれたように、かわりばんこにふたりのことを思い出していた。ときにはふたり同時ということもある。しかし、なぜ今なんだ？　なぜふたりなんだ？　どう考えても、ふたりはまるでタイプが異なるのに。

「さあ、しゃきっとして足を踏み出せ、デヴ」

デヴェリンが迷ったのはほんの一瞬だった。「今夜はだめだ、アラスター。なんだか疲れた」

「おいおい、ブラック・エンジェルをつかまえたいんじゃないのか？」アラスターは苛立ちを隠さなかった。「巡査部長は待っているんだぞ。こっちが望めばテンビーの目を盗んでシスクを買収できるかもしれない。だが、ぐずぐずしている暇はないんだ」

侯爵はアラスターの肩に片手を置いた。「もちろん、わかっている。ただ、今夜はどうしても。その男にはおれから使者を送って詫びを入れる。無駄に時間を使わせたことに対する埋め合わせもする。それならどうだい？」

アラスターは肩をすくめ、舗道を進んだ。「まあ、エンジェルが盗んだ細密画はおまえのものだからな、デヴ。好きにしろよ。となれば、まだ宵の口だ。おれは〈マザー・ルーシーの館〉を覗いてくるよ。イルザとインガに先約がはいっていないといいんだが」

侯爵は片眉を上げた。「ああ、あれか。巷《ちまた》で噂のスウェーデンの美人姉妹だな」

アラスターは顔を上気させた。「双子の姉妹だ、デヴ！　しなやかな長い手脚をもつブロンド美人。ルーベンスの絵画を思わせる豊満な胸と、艶めかしい小ぶりの尻まで垂らした淡いブロンド」

「そんなにいいのか？」

アラスターも眉の片方をつり上げた。「クイン・ヒューイットは、イルザは両の踝を背中で交差させられるんだと断言している。インガは十インチの燭台の真鍮を吸い出せるらしい」

「ふむ。なかなか優れた比喩だ」

アラスターは侯爵の背中を叩いて励ました。「燭台の真鍮を吸い出せるインガなら、きみの股間のステッキに詰まったトラブルのいっさいを吸い出すのもわけないと思うがな。そのあいだにイルザのほうは小さな手を駆使して、肩の凝りを揉みほぐしてくれる。とにかく、そういうことが、こちらが望みさえすれば、文字どおりの現実になるわけだ」

「おれのトラブルは頭に詰まっているのさ、アラスター。肩の凝りもそいつが原因だ。だから、いくら吸われても揉まれても今夜の憂鬱はほぐれない」

アラスターはまたも片眉をつり上げた。「それじゃ、下降線をたどるだけじゃないか。これは喩えじゃなく文字どおりの意味だぞ。なあ、景気づけに行こうって。そうだ、讃美歌でも一緒に歌ってやろうか、お望みなら。〈マザー・ルーシーの館〉まで讃美歌を歌いつづけてもいい」

「やめておけ。お互いにそこまで酔っちゃいない。それに、おれなしでもイルザとインガの相手は充分すぎるほど務まるさ。保証してやる」

「だが、デヴ、今のおまえに必要なのはやはり――」

「ひと晩の休息だ」

「しかし、双子だぞ、おい!」アラスターは食い下がった。「去年の春、パリのリシュ通りで買ったあのフランス女三人よりすごいかもしれないんだぞ! 忘れちゃいないだろ? あのなかのひとりが〝もっと強く! もっと強く!〟と金切り声をあげつづけ、とうとうベッドの頭板に激突して意識を失っちまったのを」

やっとデヴェリンが笑った。「忘れるもんか」

アラスターはにんまりとした。「なら行こう。きっと気分がよくなる」

「またにするよ、アラスター」デヴェリンはきっぱりと言った。「イルザとインガに謝っておいてくれ」

「いったいどうしたんだ、近ごろのおまえは。なんだか心配だよ」アラスターは体の向きを変えた。「相手かまわず場所選ばずだった男が、今はどうだ。スウェーデンの双子まで辞退するとはね」

「どこをどうまちがったか墓穴を掘ったにちがいない」デヴェリンはもう一度アラスターの肩に大きな手を置いた。「ちょっと待ってくれ」

「それでいい」友人は鷹揚に応じた。「イルザを先に譲ってやろう、そのほうがよければ」

デヴェリンはふたたび首を横に振り、静かに言った。「いや、そうじゃなくて、訊きたいんだ、今夜の感想を。つまりその、マダム・セント・ゴダールをどう思った？」

アラスターは長い沈黙ののち答えた。「おまえは膝までクソにはまりこんでいると思うよ、デヴ」

ベッドフォード・プレイス十四番地の地下にある洗い場では、洗い物がいっぺんにできるように、シドニーとジュリアが料理人のミセス・タトルと家女中のメグを手伝って皿や器やリネン類を階上から運んでいた。小さな家なので、少人数でも客を招いての正餐となると使用人にかける負担が重くなるのだ。

シドニーは地階の厨房まで十往復はしただろうか。重い足を引きずって階段を二階ぶん昇り、やっと寝室に着いた。くたくただった。衣類を床に脱ぎ捨てると、詩集を手に裸でベッドに寝転がった。もっとも、本を読みつづける気力はなく、ロマン派の詩人、シェリーの『インディアン・セレナーデ』の途中で仰向けになった。漆喰《しっくい》の天井を見上げると、詩の一節が頭を駆けめぐった。

あなたの夢から目覚めるや
わたしの足に魂宿り
如何《どう》とも知れず——運びゆく
愛しいあなたの、閨《ねや》の窓まで

しかし、シドニーが足を運んだのは自分の寝室の窓だった。実際、だれも見ていないときに、通りに面したすべての窓まで行ってみた。だから、デヴェリンの家ではとっくに明かりが落とされているのを知っている。彼の寝室はおそらく三階で、三階のどの部屋も闇に沈んでいた。通りに面した側に明かりがともされていないということは、残りの部屋も同じと思われた。

深い失望を味わいながら、シドニーは大きくため息をついた。今夜のロンドンはどうしてこんなに蒸し暑いのだろう。階下の時計が午前零時を知らせる。また寝返りを打って枕をつかみ、拳で叩き、寝やすい形に整えた。この蒸し暑さは、デヴェリンの腕を取って階段を昇ったときからずっと彼のことを考えているためかもしれない。しかも、衣服を脱ぎ去った彼の姿を瞼に浮かべている。全裸の彼がベッドに……このベッドに大の字になっているところを。さもなければ……ああ、だめ！ こんなことばかり考えていたら気が変になってしまう。

なぜやめようと思っても彼のことばかり頭に浮かぶのかわからなかった。あの人は、自分でも認めているが、無骨者だ。ロマンティックとはほど遠い。身のこなしはしなやかでも優雅でもないし、一般的な意味でのハンサムでもない。身なりはきちんとしていても、自然に備わった気品というものがない。いかにも男らしい男、率直であつかましい男だ。おまけに、ならず者だ。最初に思ったより多少なりと純粋な心の持ち主ではあったけれど。

そもそも、なぜあの人のことを考えたりするの？ 彼の裸体を想像するのをやめられないの？ 彼が聖人であろうと罪人であろうと。

ひょっとして、デヴェリンに挑戦意欲を掻きたてられるからだろうか。彼を欲していることは認めよう――それも完全に性的な意味合いで。粗野な獣じみた強さに惹かれているのがわれながら驚きだ。そこにはカリスマ的なところなど少しもなく、純然たる肉体のエネルギーがあるだけ。デヴェリンは言葉や技で飾り立てる労を執らずとも、欲しいものを簡単に手に入れることができるのだろう。

〈錨〉での一夜がよみがえる。〝きみが欲しい〟彼はルビー・ブラックにそう言った。〝いくらだい？〟とも。

そうした言葉――あまりに無遠慮で、露骨で、正直すぎる言葉を思い返すと今も肌が粟立《あわだ》つ。でも、思いやりもある人だった。この体に触れる手は最初から最後まで優しくて、つい荒々しくなると謝罪した。今、ランプの明かりのなかでシドニーは片手を上掛けの下に滑らせ、目をつぶって自分に触れた。そう、これは恥ずかしい秘密だ。わたしも欲しいのだ。すでに彼を味わってしまったから。そうなったらもう、彼が何者だろうと関係ない。

ふたたび欲望を感じたことにほっとする気持ちもあった。少なくとも、男を欲する女としての情熱がなくなったわけではないらしい。それを心配したこともあったのだ。以前はいつだってセックスを愉しめたのに、ピエールがよその女とも関係していると知ってから、性的な交わりに魅力を感じなくなっていたから。

ああ、まただ。魅力《チャーム》。いやな言葉。その言葉を嫌悪するようになってしまった。デヴェリンはチャーミングではない。彼は野獣だ。もちろん彼は応じるだろう。こちらから誘えば。あの目を見ればそれぐらいわかる。シドニーは頭をのけぞらせ、自分をそっと愛撫した。ああ、なんてはしたないの。

通りを渡ってデヴェリンの家へ行き、ベッドに誘う。そんな妄想とつかのま戯れた。その先を思うと胸が苦しくなった。こんな感覚を味わうのもしばらくぶりだ。男を誘惑し、たぶらかし、盗むという真夜中の冒険の旅にさえ、もはや興奮を覚えなくなっている。

ほんとうにできると思う？　あからさまに彼を誘うなどということが？　できるはずがない。大胆すぎる、いくらなんでも。それに、タトゥーという大問題が立ちはだかっている……。第一、デヴェリンは今夜もあれからどこかへ出かけていったじゃないの。またアラスター卿と一夜の悪ふざけをしにいったのだ。どんな悪ふざけかは想像するしかないけれど。

トーマスが見計らったようにベッドに飛び乗り、物思いを中断させた。それではっと気がついた。自分が今、なにをしなければならないのか、いや、なにをしたいと願っているのかに。その小さな真実には目をつぶり、ベッドから出た。チャンスとあらば見逃さぬトーマスは、ぬくもりの残るシーツの上にだらりと寝そべり、シドニーが部屋のなかを行ったり来たりして必要なものを集めるのを眺めた。雄猫の表情は自分のほうが人間より賢くて優れた生き物だといわんばかりだ。馬鹿な女と思っているのだろう。

「好奇心が身を滅ぼすと言いたいの、トーマス？」

猫は金色の目をしばたたき、後ろ肢《あし》を伸ばして舐めだした。

トーマスの言い分は正しい。自分でも説明がつかぬ馬鹿なことをしようとしているのはわかっていた。といって、ここで自分を抑えられるとは思えなかった。とにかく、今はこうすることが正しいのだから。そうでしょう？

洗浄力に優れた無香料の石けんを使って香水を洗い落としてから、ウールのシャツにゆったりしたズボン、底の柔らかいブーツを身につけた。髪は三つ編みにして頭の高い位置にぐるぐるときつく巻いて留め、つばのある革の帽子をかぶった。それがすむと、デヴェリンの持ち物を無地のハンカチーフで包んだ。むろん、例の細密画がはまったロケットも。それらをシルクの巾着袋に押しこみ、一番上にデヴェリンから奪った金を入れた。誤った理由で強奪したものを手もとに置くことはできない。デヴェリンがどんな罪を犯したにせよ——相当な数の罪を犯していることは疑うべくもない——それを断罪する気にはなれなかった。ミス・レダリーもほかの愛人たちも彼が追い出したのではなかった。彼は出ていかれたのだ。そのうえ、細密画のモデルが最愛の兄だということももうわかっている。先走った行動を取った自分を今は恥じていた。

家のなかは静まり返っている。巾着袋を綿の紐ですばやく体に結びつけると、女盗賊ブラック・エンジェルの名刺たる、星の形をした銀色の細身のハンマーをポケットに収めた。万が一に備えて。つぎは、小さな引っ掛け鉤《かぎ》がついた丈夫な細縄を腰に巻きつけた。これは船上生活時代の記念品だ。最後にシャツの裾をズボンにたくしこみ、装備を隠した。ズボン吊りをしないのでズボンがずり落ち気味だが、壁をよじ登ったりおりたりするにはこのほうがずっと安全なのだ。

ジュリアはもう床についているし、メグはまだ地下の洗い場にいるので、家の裏庭を抜けてグレイト・ラッセル・ストリートに出るのはたやすかった。だれにも見られていないことを確かめながら、その道とぶつかっているベッドフォード・プレイスのつきあたりを影のようにひそかに渡った。だが、とてつもなく危険なことをしているという自覚はあった。実際、ブラック・エンジェルのすることはどれもこれも危険なのだ。危険なうえに滑稽ときている。

自分に利するところがないのはいうにおよばず。

なのになぜ続けているの？　幾度そう自問したか知れない。不当な扱いを受けた女を何人助けようと、身勝手な貴族の男を何人懲らしめようと、心底復讐したい相手への復讐は永遠にかなわないというのに。もっと悲しいのは、こうした行為など、人を襲う苛酷な運命のなかでは悪あがきにすぎないということだ。かりにひとりかふたりを助けたとしても、それは百人のうちのひとり、あるいは二百人のうちのふたりでしかない。なのになぜ続けているのか？

心の底に死への願望があるからだとジュリアが言ったことがある。変装や演技を教えてくれと頼んでも、ジュリアは最初のうち頑として突っぱねた。それを根気よく説き伏せ、無理のない芝居ができると証明してきた。ジュリアが言うように死への願望からブラック・エンジェルを演じているのではない。なんとか女たちに……選択肢を与えたいからなのだ。

自分にはごくわずかな選択肢しかなかったから。母にいたっては、純潔を奪われてからは、選択肢がないに等しかった。それもこれも悪いのは父だ。欲しいものを見つけたら奪い、結果として生じたものを疎《うと》ましがる、権力ある男。ジョージとシドニーの兄妹は、父にとって疎ましい結果だった。歯止めの利かぬ身勝手さが招いた結果は、生きて呼吸をしているふたりの存在だった。

でも、こんなことを考えてはいけないのだ。少なくとも今は。失敗は往々にして考え事をしているときに起こる。一瞬の誤りが致命的な結果を招きかねないときにかぎって、判断を誤ったり標的を過小評価したりするものだ。大仕事を成し遂げるには、細かい事柄のひとつひとつに対する集中力が求められる。足音、囁き、直感、一瞬の狂いもないタイミングで送る視線。それを思い出させるかのように暗闇になにかが聞こえた。チュウ。シドニーはぴたりと動きを止めた。重みのあるものがブーツのつま先をかすめた。

鼠。息を整え、神経を研ぎ澄ます。デヴェリン邸の裏側にあたる中庭は真っ暗だった。当然、門は施錠されていたので、塀をよじ登ってなかを覗いた。街灯の光はそこまでは届いていない。直感に衝き動かされてつぎの行動を取る。塀の上に置いた両手に重みをかけながら、脚を勢いよく蹴り上げて塀を越え、猫のように闇に着地した。

柔らかなブーツが庭の砂利にめりこむ。腰を落とした体勢で耳を澄ますと、墓場のようにしんとしていた。暗さは墓場の倍だった。家の裏側も一様に明かりが落とされているが、地下の細長い開き窓のひとつから光が漏れている。ちょうど書斎の窓の下だ。おそらく使用人の出入りに使われている廊下だろう。近づかないほうが賢明だ。

塀と向かい合わせに連なる離れ屋が影絵のようにぼんやりと見えた。母屋の逆の端と接している。厠《かわや》に物置小屋。端っこにあるのは灰を貯蔵するための小屋だろうか。塀に背中をつけて小走りにそちらへ近づいた。母屋から一番離れたところにあったのは大きなごみ箱だった。その上に乗るのは簡単で、そこから厠の低い屋根に移り、屋根伝いに進んだ。家の外壁に達すると上階の暗い窓に目を凝らす。

さてここからが問題だ。主寝室があるであろう三階——今いるところからだと二階上——を見上げた。デヴェリンの寝室は右か、それとも左か。が、思案するにはおよばなかった。

頑丈そうな太い雨樋《あまどい》が右の窓の脇を通っている。その窓から侵入して部屋を探そう。運がよければその部屋がデヴェリンの寝室かもしれないが、運悪く窓に鍵が掛かっているということも考えられる。その場合は星形のハンマーで窓ガラスに穴をあけ、巾着袋を投げこんで逃げればいい。しかし、自分はそれだけですまさないだろうとなぜかわかっていた。なんて馬鹿なんだろうと思いつつも。

目がすっかり闇に慣れてきた。とはいえ、雨樋に細縄を引っ掛けて体を固定するのに四回しくじり、それからやっと、その命綱を頼りにそろそろと音をたてずに体を引き上げて家の外壁をよじ登った。船の帆を張った経験が何度もあるシドニーにすれば、こうしたことはさして難しい作業ではない。海で暮らしていたころは、船員が病気になったり逃げ出したりで手が足りなくなるのはいつものことで、そういうときは〝全員甲板へ集合〟の号令に新たな意味が加わった。頭が柔軟なピエールは非常事態にシドニーが登場するのを喜んだから、手に胼胝《たこ》をつくったりズボンを穿いたりするのがあたりまえとなるのに時間はかからなかった。

暗闇のなか三階の窓に目を据えて壁をよじ登りつづけた。ありがたいことにその窓は大きくて奥行きがあった。しかも、よく使われているようで、ほとんど力を入れなくても静かに持ち上げて開けられた。片脚を窓枠の向こうへ入れるのと同時に、室内のにおいを感じた。煙草とライムと、木の香りがする石けんのにおいがまじり合っている。それらの下地となっているのは土のような温かい男のにおい、デヴェリンのにおいだ。それはどこにいてもすぐにわかるはずのにおいだった。

シドニーは平静を失った。脚が窓台に引っ掛かり、腰に提げた巾着袋が金属音をたてた。部屋のなかにはいると、ひと呼吸挟んだ。大きな部屋ではなさそうだ。部屋にいくつかある堅牢な造りの家具を見分けようとした。窓と向き合った壁につけて置かれているのは高さのある衣装簞笥《だんす》だ。その隣りにあるのは整理簞笥、もしくは飾り戸棚。それとも椅子だろうか。ちがう、椅子にしては大きすぎる。向かって左手に布の掛かったベッドの輪郭がぼやけて見える。そして、ベッドの裾側と向かい合わせに置かれたそれが目にはいった。化粧テーブルが。

迷わずその化粧テーブルのまえまで行くと、シャツの裾をすばやく引き上げ、巾着袋を腰に結びつけている紐を手早くほどいた。まず紙幣を袋から出して置いた。それから、ハンカチーフにくるんだものをひとつずつ取り出して並べはじめた。

聞き覚えのない音にデヴェリンはふと目を覚ました。だれかが部屋でなにかを探している。ハニーウェルか？　フェントンか？　見分けたくても明かりがない。読み物のためにともした蠟燭はもう燃え尽きていた。いつのまにか椅子で眠ってしまったらしい。彼は椅子の背もたれから頭を起こし、雑誌を脇に置いた。たしかにだれかいる。冷たい夜風が部屋を吹き抜けている。窓。開いているはずのない窓が開いているのだ。

素足をそっと足置き台からおろし、まえかがみになった。ベッドの裾のほうに人影が浮かび上がって見える。化粧テーブルの上でカチャカチャと小さな音がした。夜盗か？　どうやらそうらしい。しかも、歳が若い。

くそ、二度も盗っ人《ぬすと》にやられてたまるか！　デヴェリンは静かに立ち上がった。白い寝間着を着ていることが悔やまれた。闇のなかでかろうじて見分けられるのは、彼の持ち物を物色するほっそりした人影だけだ。まだ小僧じゃないか。それなら、だれにつかまったか気づくまえに両腕をへしおってやれる。

容赦する気はさらさらなかった。一気に飛び出すと、ベッドと化粧テーブルのあいだの狭いスペースで小僧を取り押さえた。金属の触れ合う音が床に響く。侯爵が馬乗りになると歳若い泥棒はうめき声を漏らしたが、そのあとはひと声も発しなかった。それでも動きは敏捷《びんしょう》だった。音もなく猛然と足を蹴り出し、腕を振りまわした。肘のひと突きがまぐれ当たりでデヴェリンの肋骨《ろっこつ》に命中した。

「うっ！」デヴェリンもうめいた。「おとなしくしろ、こそ泥め！」

腕と脚が絡まったまま、隙あらば肘で相手を突こうとして、ふたりはしばらく絨毯の上をごろごろと転がった。デヴェリンは賊の頭をベッドの裾板に叩きつけたが、賊も負けてはいない。小声で毒づいてから、今度はデヴェリンの喉に肘鉄を食らわせた。彼の息が詰まった隙に絨毯の敷かれた床を這いずって、開かれた窓のほうへ向かおうとする。もう少しで窓のまえまで行きそうだった。

デヴェリンは必死に追い、片足の踝をつかんで引き戻した。「くそ、吊るし首にしてやる！」

もう一度うめき声が返ってきた。賊は身をよじって彼の手から逃れると、ベッドの裾板と化粧テーブルのあいだをまた匍匐前進《ほふくぜんしん》した。デヴェリンはその踝を握り、さらに膝をつかんで、情け容赦なく引き戻す。やっと体をつかまえると仰向けにさせ、片脚を腹に乗せて押さえつけた。

賊は罠にかかった虎のように抵抗した。爪を立てて引っかき、全力で身をくねらせ、デヴェリンの脚の下から出ようとする。そうした抵抗を続けて少ししたとき、致命的な過ちを犯した。デヴェリンの睾丸に膝蹴りを加えようとしたのだ。

「調子に乗るなよ、この洟垂《はなた》れ小僧!」侯爵は怒声をあげた。ふたたび腰につかみかかろうとすると、小僧はこれに感づき、勢いよく体をひねった。だが、速さが足りず、またつかまってしまう。ところが、デヴェリンがつかまえたのは相手の腰ではなかった。

「なんだ、どういうことだ!」デヴェリンの手がつかんでいるのは温かく豊かな乳房だった。

夜盗は体をくねらせるのをやめた。小僧——いや、女はデヴェリンの体の下で手脚を広げて苦しそうにあえいでいた。デヴェリンは少しも息切れしていない。ハニーウェルに明かりを持ってこさせようと口を開いたところで夜盗がまた毒づいた。今度はその声音がデヴェリンを凍りつかせた。

「どういうことだ?」

「ねえ、旦那」ルビー・ブラックが囁いた。「放してってたら、ねえ。旦那が考えてることなんかしてないんだから」

夜盗の正体に気づいたデヴェリンの頭はいっとき思考停止に陥った。自分の体の下にあるルビーのよくしなる体はまろやかで温かかった。いったいなにが起きているのかわからないが、彼女を放すつもりはない。今この手のなかにある乳房はとくに。彼はそれを荒々しく握った。

息を呑む声が闇のなかに響いた。「ねえ、あんたが考えてるようなことじゃないんだってば。起こしてよ、ねえ?」

「なにを、この恥知らずな手癖の悪い雌豚め!」デヴェリンは唾を飛ばして言った。「よくも図々しく――」

ルビーは力なく体をひねった。「なんにも盗んでないんだから。起こしてよ。そしたら出ていくから」

デヴェリンはルビーの帽子を脱がせ、彼女の髪に手を滑らせた。そうすれば、ここにいるのは、うずくように痛むこの体がすでに知っている女ではないと証明してくれるとでもいうように。しかし、思惑ははずれた。この女はルビーだ、まちがいなく。今夜はその髪を堅苦しく取り澄ました家庭教師ふうにひっつめて高い位置に巻きつけているけれども。ほどいた髪の艶やかさを見たいという思いが唐突に湧き起こったが、そのぶん怒りもつのった。デヴェリンは頭のてっぺんに巻かれた三つ編みを握ると、ルビーの顔を強引に自分の顔のまえまで引き寄せた。

「放して、お願い」

「そうはいかないね、ルビー。今度会ったらただではすまさんと言っただろう?」

「今夜はあんたの持ち物を返しにきたんだから。放して」

デヴェリンにはルビーの言葉が聞こえていなかった。脳が本格的に機能を停止してしまったらしい。闇のなかに聞こえるのは彼女の苦しげな息遣いだけ。感じられるのは彼女の体のぬくもりと曲線だけ。そして、激しい怒りだけだ。煮えたぎる怒りと欲求不満は今や煮詰まって、真っ黒なタールのように心の底に貼りついていた。

不意にルビーが体を引き離そうとした。

「そうはさせないよ、ダーリン」デヴェリンは彼女の耳に唇を押しつけた。「きみとおれには、未解決の問題があるんだからな」

二百三十ポンドの体重をかけながら、ルビーの尻の下に片手を差し入れて持ち上げ、自分のペニスに押しあてる。ルビーは懸命にもがいたが、無駄な試みだった。デヴェリンは怒りと欲情が体をつらぬくのを感じた。ランプが欲しい。せめて蠟燭でも。とにかく明かりが必要だ。しかし、彼女の敏捷さ、抜け目のなさは思い知らされている。そこで明かりは諦め、髪にもぐらせた指に力をこめて頭をうしろへ引き、喉に歯をあてて滑らせた。

ルビーはあえぎ、身悶《みもだ》えした。だが、先ほどからの揉み合いでめくれ上がったデヴェリンの寝間着は早くも腰のまわりに巻きついている。ルビーがいくらもがいたところで、彼女のズボンの前立てが、硬くなりつつあるペニスをこするだけだ。

彼は片手に収めた乳房を揉みしだき、乳首をつまんだ。ルビーは厚地の粗末なシャツの下にはなにも身につけていなかった。それがわかるともっと欲しくなった。もっと彼女に触れたい。我慢しきれずルビーのシャツをズボンから引っぱり出そうとすると、シャツの裾はすでにズボンから出されていた。

「やめて。もうやめて。放して」

「だめだ」片手をシャツの下に入れ、震える素肌に這わせる。「あのとき支払ったぶんはきっちり返してもらおう、情熱的な雌豚さん」

手が乳房を覆う。ルビーはぶるっと身震いした。「あんたにお金を返しにきたんだ。そのテーブルの上にあるから、見てよ」

「見ている隙にまた窓から逃げる気なんだろ？　そうはいかない」

侯爵の手がじりじりと這い上がると、ルビーはすすり泣くような声を漏らしたが、掌が乳首をかすめたとたん、うっと息を詰まらせた。乳首がすぐさま反応する。

「気持ちがいいか？」侯爵はしわがれ声で訊いた。

「いいえ」

「嘘つきめ」

「お願いよ。お願いだから」

デヴェリンはふくみ笑いで応じると、顔を寄せて彼女の口に自分の口をあてがった。「ルビー、きみがお願いするのを聞くのはじつにいい気分だ」それから荒っぽいキスを始めた。口を大きく開けてルビーの口をふさいでから、最初のひと舐めで舌を奥まで差しこんだ。

ルビーの吐く息が感じられる。温かい息が頬にかかり、尻が持ち上がるのがわかった。欲情がかつてない強さで体を突き抜ける。いったん舌を抜いてから、もう一度強く差し入れると、のけぞったルビーの頭が床についた。

ルビーが身悶えすればするほど欲望が高まり、デヴェリンは今にも爆発しそうだった。片手を伸ばして彼女のズボンの前立てをぐいと引いた。ボタンがはじけ飛び、絨毯に落ちる。彼はキスを続けた。荒々しいキスをしながら、性急な不器用さでズボンに自分を押しつけた。なんとしてもここで思いを遂げなければ。彼女のなかに入れなければ。ルビーがそれを望んでいないのではという懸念は頭から追い出した。ここがベッドと化粧テーブルに挟まれた床の上だという状況も、彼女の正体をまるで知らないという事実も考えないようにした。このペースを落として問うつもりも毛頭なかった。

だぶだぶのズボンは難なく引きおろせた。あっけないほどたやすく。彼女の腹に掌をあてがって軽く撫でおろすと、温かい肌に震えが走るのがわかった。ふと手が止まる。「おお、これは」声が詰まる。

そこにあるのは彼女のむき出しの肌だけだった。柔らかな素肌が誘いかけている。デヴェリンは唇を離した。「下穿きを穿いていないのか」

ルビーは顔をそむけた。「ズボンを脱ぐ予定なんかなかったから」

しかし、会話を続ける気分ではない。ルビーのシャツを押し上げて両の乳房をあらわにすると、両手を肩に置いて床に押さえこみ、可愛らしく尖った乳首に唇をこすりつけた。ルビーの温かなにおいが彼を包む。そのにおいを深く吸いこんでから、乳輪を口にふくんで、軽く噛んだ。

ルビーはあえぎ、無意識の甘やかな動きで浮かせた腰がふたたび彼の股間と出会った。そうか。気持ちはどうあれ、彼女の体は求めているんだ。そのまましばらく乳首を吸っては噛む愛撫を続けた。組み伏せられたルビーが抗う。優しいとはいいがたい荒っぽさで歯が動く。ざらざらした顎ひげが彼女の柔らかな肌をことさらに刺激している。だが、もうこの動きをゆるめられそうになかった。そうしたら、自分のしていることをやめたくなりそうで怖かった。

もっとも、ルビーのほうも抗う気持ちが薄れてきたようだった。幾度も腰を浮かせているし、息遣いも荒くなってきた。デヴェリンは乳首を口にふくんだまま、片手を使ってズボンを下まで一気におろした。ひどく下手くそなやり方だが、早くなかに入れたいという欲求には勝てなかった。ペニスは今や金床《かなとこ》なみの熱さと硬さで主張している。彼女の香りのなかに頭を泳がせながら片手で腹を撫でおろし、さらに下へ進めた。火照った肉が彼にうずきを送りこむ。カールした茂みのなかに指を一本滑りこませ、その奥の熱く湿ったところへ押しこんだ。

ルビーが声をあげた。苦しげな細い声を。潤っている。それ以上だ。彼女の体は懇願しているのだ。張りつめた熱い襞が指を引き入れようとしている。デヴェリンは衝撃を受けた。指をゆっくりと前後に動かすと、ルビーは低い声を漏らし、せがむように頭をのけぞらせた。

「ああ、神さま」

デヴェリンはルビーの首に顔をうずめて、耳の下の柔らかな肌をそっと噛んだ。「おれが欲しいんだろう。欲しいと言えよ、ルビー」

「いや」

「したいと言え、ルビー」

闇のなかでルビーは笑った。苦痛に耐えるような小さな笑い。「体はあなたを欲しがっているわ」突然、別人のような口調になった。「さあ、続けて。してちょうだい、デヴェリン、さっさとすませて」

突如襲いかかった不安をデヴェリンは振り払った。「体が望んでいるならそれで充分だよ」片膝で乱暴にルビーの両脚を開かせ、股にペニスを押しこんだ。体の下でルビーが小刻みに震えだした。呼吸も速くなっている。ほらみろ、彼女も同じぐらいこれに飢えているんだ。もう待てない。ルビーの両の肩を押さえると、ひと突きで奥まで挿入した。

下になったルビーはきゃっと叫んだが、小さな短い声だった。一瞬のショック反応なのだろう。痛みではなく。彼はなおもルビーを押さえこんだ状態でペニスを抜き、もう一度なかへ挿入すると、かなり長いことリズミカルな抜き差しを繰り返した。ルビーが満足しているか、それとも物足りないか、そんなことを考える余裕はなかった。自分はこれを欲していたのだから。夢にまで見たのだから。焦がれるほどにこうしたかったのだから。やがて世界がぐるぐるまわりだし、この渇望に身をまかせ、ルビーが奥へ奥へと引きこもうとするにまかせた。

ルビーの首に顔を添わせ、その清潔なにおいをもう一度吸いこむ。「ルビー、ルビー、ルビー」

しわがれた囁きは自分が発しているのだと気づいた。ルビーの体は火照って、うっすらと汗をかいている。尻をしきりに浮かせて受け入れようとしている。一瞬、頭の曇りが晴れ、ここでやめることを考えた。こんなことはまちがっている。そうじゃないか?

突き入れながら途中で動きが鈍くなったにちがいない。ルビーの片脚が腰に巻きつき、なかへ引きこもうとした。「やめないで。ここで……やめないで」喉が詰まったような声。

どこかの時点で彼女の両手を自由にしてしまったらしい。その温かい手が今、デヴェリンの体を必死にまさぐっている。寝間着の上からいたるところを。寝間着の下のむき出しの尻を見つけた両手は彼を急《せ》かした。もっと激しく、もっと速くと。デヴェリンは欲望に完全に支配された。ふたりは飢えた獣のようになり、互いに狂おしく爪を立てながら、解放の一瞬へと突き進んだ。

「ああ、いい」ルビーは胸の底からその言葉を口にした。それからデヴェリンの顔を引き寄せ、血がにじむまで唇を噛むと、口のなかに舌を差しこんで、うながした。デヴェリンのなかのなにかが解き放たれ、彼女とまじり合った。ルビーは彼の下で尻を上げて、幾度となく突き上げる動きを迎えようとしている。

デヴェリンは目を閉じ、この女を二度と失うまいと思った。この部屋から出ていかせるつもりはなかった。こんな交わりははじめてだ。こんなに自分に合った女がいるとは思いもしなかった。だが、なんと、ここにいるではないか。ひと突きひと突きを迎えるリズムがぴったりなのだ。デヴェリンはルビーに万歳をさせて両手を押さえ、連続する腰の動きを受け止めさせた。あまりの激しさに膝が絨毯にこすれ、火傷《やけど》しそうだった。ルビーの小さな鋭い声がだんだんと速くなる。彼女の指が肌に食いこむ。ああ、彼女は達しようとしている。デヴェリンは片手を放し、掌で彼女の頬と顎を受けた。

「一緒にいこう」と囁いて、キスをする。ゆっくりと舌を絡めた、さっきよりもずっと優しいキスを。

ルビーが泣いている。塩辛い涙の味がした。ため息が悦びの小さな叫びへと変わっていく。

「そうだ、それでいい。さあ、ここまでおいで」

またひと声叫ぶと、彼女は胸を大きく波打たせて空気を求めた。「ああ、いい。ああ……いい……」

その言葉が彼に届き、彼を駆り立てた。ひどく違和感があるのに、ひどく懐かしい声。何度も見たエロティックな夢とどこか似ている。デヴェリンはさらに先へと導いた。どこまでも深く、激しく。一回突くごとに体が絨毯を少しずつ上へ移動しているのがわかる。膝の皮が剝けたのか、ひりついている。肺も痛む。そのとき、ルビーが絶頂に達し、一緒に果てようとするのを感じた。容赦なく激しい最後の動きを開始すると、その動きで彼女が絨毯の上をずり上がるのがわかった。ほどなく彼も白い光の爆発に呑みこまれ、ルビーのなかに種を送りこんだ。光に包まれてついに果てたときには、ルビーの両脚と腕が体に巻きついていた。と、なにかが脳天にがつんとあたり、激痛が走った。頭蓋骨を突き破ったのではないか。それが、朦朧《もうろう》とする頭に最後に浮かんだ考えだった。

骨がひび割れるようなおぞましい音でシドニーは現実に引き戻された。自分の上でデヴェリンは最後の雄叫《おたけ》びを発し、その直後にどさっと倒れこんだ。シドニーはうろたえた。「デヴェリン？」

上に重なった体を死に物狂いで押しのけようとする。「デヴェリン？　どうしたの！　しっかりして！」

ぴくりとも動かない。

シドニーは慌てふためき、頭上を手探りした。裾板だ。手に触れた下枠の幅は二インチ、オークの厚板のようだ。シドニーはその厚板のほとんど真下に滑りこんでいたのだが、デヴェリンは体が大きくて背も高い。しかも俯《うつぶ》せの体勢だった。絨毯の上をこんなところまで移動していたなんて信じられない！　そこではたと気づいて不安に襲われた。デヴェリンが頭蓋骨骨折で死んでしまったらどうしよう。彼の洗礼名さえ知らないのに。彼のほうはわたしが何者だかも知らないのに。そう思うと涙がとめどなく流れた。

どうにか体をよじってデヴェリンの下から抜け出たあとも、小声で彼の名を呼びつづけた。半トンはあろうかという岩石のような重みだった。シドニーは泣くのをやめて頭を働かせようとした。とりあえず自由の身になったので、震える脚で立ち上がった。ズボンを上に引き上げ、通りに面した窓へ駆け寄った。そう、明かり。明かりが必要だ。重いカーテンを引き開けてから、急いでデヴェリンのそばへ戻った。

ベッドフォード・プレイスのガス灯の仄《ほの》かな光が部屋に射しこんだ。今はこれで充分かもしれない。デヴェリンのかたわらに膝をつく。もはや状況は明白だ。デヴェリンは頑丈な木でできた裾板に頭をぶつけ、疲れ知らずの雄々しい営みの犠牲となったのだった。急いで出血の有無を確かめる。よかった、血は出ていない。脈はどう？　大丈夫、安定した強い脈だ。

シドニーは安堵の息を吐いた。

「ああ、デヴェリン、なんてお馬鹿さん！」彼の後頭部を撫でた。「運が悪ければ自分を殺していたかもしれないのよ！」

すると、侯爵が獣じみたうめき声を発した。シドニーははじかれたように立ち上がり、必死でまわりを見まわした。どうしよう？　ここで待つ？　ほんとうのことを言う？　逃げる？　まさか。怪我をしている彼をこのままにしてはおけない。召使いたちはいったいどこにいるの？　音が聞こえたはずなのに。

しかし、デヴェリン邸の男の使用人がいささか意気地なしであることにはすでに気づいていた。地階の使用人部屋でびくついているのかもしれない――物音が聞こえていたとしても。

侯爵がまたうめいた。彼が死ぬ心配はもうなさそうだ。でも、頭を氷で冷やす必要があるし、医者にも診せたほうがいいだろう。非常事態がシドニーの頭脳を明晰《めいせき》にした。まず、めくれ上がったデヴェリンの寝間着を引きおろすと、自分のズボンの残っているボタンを留めた。帽子を拾い、シャツの裾をズボンに押しこむ。それから、持参のハンマーを手探りした。やはり、なくなっている。

暗がりで巾着袋とハンマーを見つけるのは無理と諦め、ベッドのそばの壁を探ると呼び鈴の引き紐が手に触れた。それをぐいと三回引いてから窓へ向かった。外に出ると腰縄を頼りに窓を閉めて壁を二フィート伝いおりた。そこで待機していると、少しして窓からランプの明かりが漏れた。シドニーはほっと息をついた。だれかが部屋に来たようだ。これでデヴェリンは介抱してもらえるだろう。

朝、陽の光で目覚めたデヴェリンは化粧テーブルの上に置かれた細密画を見るにちがいない。そして、不可思議な深夜の幕間《まくあい》を思い出すかもしれない……。どんな気持ちで？　懐かしく？　それとも苛立ちを覚えながら？　シドニーも自分の気持ちがよくわからなかった。けれど、自分の人生のなにかが突如として、情け容赦なく変化してしまったのはわかっていた。いいようのない不安が襲いかかる。もう逃げなければ。ゆっくりと、細心の注意を払って音をたてぬようにして、縄を伝いおりた。早くうちへ戻りたい。ひとりになって考えたい。ちょっとのあいだでいいから思い出したい、意地悪なデヴェリン侯爵とのひとときにこの体が味わった悦びを。

9　ユダの接吻

翌朝十一時、デヴェリンはすでに酔っていた。ちなみにそれは、千鳥足や前後不覚と称されるような状態ではなかった。ほんの少しふさぎこんでいるだけだ。書斎の暖炉のそばに置かれた革張りの肘掛け椅子にだらしなく座って、スコッチ・ウイスキーをタンブラーでちびちびと飲み——治療目的で酒を飲むときにはいつもスコッチを選ぶ——歯が浮く感覚が始まるのを待ち受けていた。そこへアラスター・マクラクラン卿が、執事を介さず慌ただしく飛びこんできた。

「いったい何事だ？　事故に遭ったとハニーウェルは言っているが」

デヴェリンはグラスのなかでちらちら光る金色の液体を見つめた。「そのとおりだよ」間をおいて、一語ずつ明瞭な発音で答えた。「まさしく事故だ。ルビー・ブラックという名の」

「ルビー・ブラック？」デヴェリンを見おろす位置に立ったアラスターは、その頭を食い入るように見つめた。「どうしたんだ、デヴ。ガチョウの卵みたいな瘤をつくって！　おまけに真っ赤じゃないか」

「ああ、膝も見せてやろうか」デヴェリンはぼそりと言った。

アラスターはおそるおそる瘤を指でつついた。「痛いか？」

「いや……」威勢のいいげっぷを挟んで言った。「――もう痛くない」

アラスターは眇《すがめ》でタンブラーを見た。「なにを飲んでいる？」

デヴェリンは声をあげて笑いかけたが、そのせいで痛みが盛大にぶり返した。「おまえの祖母ぎみ直伝のスコットランドの諺があったっけな。ウイスキーは風邪を治す薬にはならずとも……？」

「ほかのたいていのものより気持ちのいい失敗をもたらす」とアラスター。

「そうだ、それだ」デヴェリンはうなずいた。壁に並んだ狩猟風景の絵画に目の焦点が合ったり合わなかったりしはじめていることを、他人事《ひとごと》のようにぼんやりと自覚していた。アルコールのせいなのか脳震盪を起こしたせいなのかはわからないが。

アラスターは椅子を引き寄せて友人のそばに座った。「ハニーウェルによれば、つまずいて頭を打ったそうだが、ほんとうかい？」

デヴェリンは笑った。「正確にはちょっとちがうね。昨夜、来客があったのさ。ブラック・エンジェルがやってきたんだ。このたん瘤は、言うなれば愛の一打かな」

アラスターは一瞬ひるんだ。「相当強い一打だったようだな。エンジェルが玄関の呼び鈴を鳴らして、すいすいと部屋まではいってきたと言うのか？　で、おまえの頭を壁の燭台にぶちあてて逃げたと？　今度はなにを盗まれた？」

魂を盗まれた。と、心のなかで言った。「なにも盗まれてはいないよ。それに場所は寝室だった。目を覚ましたら化粧テーブルのそばに女が立っていた」

「押し入ったのか？　なんて大胆な女なんだ！」

「大胆なんてもんじゃない」デヴェリンは酒が抜けていく感じをかすかに覚え、その奇跡に抗った。

「それで、女を捕らえてどうしてやった？」

侯爵は床を見据えた。「おまえは知らなくてもいいことさ」グラスを差し出す。「ほら、おかわりをついでくれよ。おまえも一杯どうだい？　飲むにはまだ早すぎるってことはないだろ？」

「早すぎるさ、いくらなんでも」アラスターはテーブルの上のデカンターへ向かった。「さすがのおれでもね」

「おまえは頭蓋骨にナイフを突き刺されたような痛みを味わっていないからな。この痛みを消してくれるものならなんでもありがたいんだ」

「とにかく、なにがあったのか聞かせてくれ」アラスターはデヴェリンのグラスにウイスキーをついだ。

デヴェリンは用心深く椅子の背に頭を戻した。「よく覚えていないが」そのままじっとして、部屋が回転するのをやめるまで待った。「たぶん……ありのままに思い起こすと、ベッドの裾板に頭を思いきりぶつけたようだ」

アラスターはグラスをデヴェリンの手に握らせ、信じがたいという目をした。「裾板？

なんだって裾板なんかに？　なにをしていたんだ？」

デヴェリンは渋い顔で友人を見上げた。「パリのルシェ通りのフランス女を覚えているだろ？」

友人は目を丸くした。「な、なんと！」恐ろしい勢いで語尾が下がった。「デヴ、嘘だろう！　エンジェルが……さ、させたのか？」

デヴェリンはアラスターの視線を避けた。「交渉というほどのものはなかったが」

「なんとね」

侯爵は肩をすくめ、灰皿のそばに置かれたシルクの巾着袋を手に取ると、小さな銀のハンマーをなかから取り出した。「もうひとつの可能性として」ハンマーの向きを変え、特徴のある尖り方をした頭部をためつすがめつした。「彼女がこれで殴ったということも考えられる。フェントンの推理だけど」

アラスターはデヴェリンの手からハンマーを奪った。「賊がブラック・エンジェルだと、フェントンにも言ったのか？」

デヴェリンは首を横に振った。「そのことをみんなに教える必要はないと思ってね。泥棒にはいられたということしか話していない。絨毯に落ちていたその巾着袋とハンマーを見つけたのはフェントンなんだ。ハンマーは泥棒の七つ道具のひとつだそうだな。しかし、女には殴られていないと思う。少なくとも、このハンマーでは」侯爵はハンマーの柄を持って危険なほど左右に振った。

アラスターは振り子のように揺れるハンマーをつかみ、シルクの巾着袋に戻した。「デヴ、シスクに会いにいったほうがよければそうするぞ」

侯爵はウイスキーをひとくち飲んだ。「その必要はない。もうその男の出番はなくなった。ルビーは盗んだものを返してきたから」

「幻覚でも見ているんじゃないのかい？　それに、女の本名はルビーじゃない。いずれにせよ、そのたん瘤は医者に診せたほうがいいと思うぞ」

「おれもたまげたんだがね、アラスター」侯爵は部屋着のポケットをまさぐった。「今朝、目を覚ますと化粧テーブルの上に全部あったんだ」慣れた手つきでグレッグの細密画がはまったロケットの蓋を開ける。

アラスターは呆気に取られた。「まさか！」すでに腰を上げかけている。「テンビーにこの話を聞かせてやろう」

デヴェリンは手を伸ばしてアラスターの上着の襟をつかむと、彼を椅子に押し戻し、すごみを利かせて言った。「このことは他言無用だ。遠まわしに言うのも許さん。ぺらぺらしゃべりまくって、みんなを笑わせるのもなしだぞ、アラスター！　命が惜しければ黙っとけ」

アラスターは手を振り払った。「言ってくれるじゃないか、デヴ。どうせ一発ぶっぱなして怪我をさせておしまいなんだろうがな」

「今回はそうはいかない」

「しかし、なぜだ？　どうしてテンビーに知らせちゃいけない？」

デヴェリンは慎重に椅子にもたれた。「個人的なことさ」

「ゆうべお招きにあずかった正餐と同じく？　まったく、デヴ！　わからなくなってきたよ、おまえがマダム・セント・ゴダールとルビー・ブラックのどっちにより強く執着しているのか」

酔っているとはいえ、アラスターのその言いようが妙に引っ掛かった。ふたりの名が続けて口にされるのを聞くのは耐えがたい。ルビーは闇。だがシドニーは、そう、光だ。彼女には涼しげな気品と洗練された美しさの両方が備わっている。ルビーはそのどちらにもあてはまらない。ルビーは男の内なる闇を見分ける。野獣が恐怖のにおいを嗅ぎ取るように、彼女はおれのなかにある飢えと絶望を嗅ぎ分けた。あの女をついにものにしたからには、きれいさっぱり忘れられるだろう。そう祈るしかなかった。

もっとも、自分には忘れる気がないのではないのか？　デヴェリンはそのことに気づいていて、それが恐ろしくもあった。アルコールの力を借りて麻痺《まひ》させようとしているのは肉体的な痛みではなく、飢えにも似た苦しい思いなのだ。一夜明けた今、早くも身を焦がさんばかりにまた彼女を欲している。ルビー・ブラックと何千回交わったとしても、彼女の内なる闇に呼ばれつづけるであろうことも、どういうわけかわかっていた。

アラスターが咳払いをした。デヴェリンはウイスキーの空のグラスから顔を上げた。アラスターが封書を持って書斎にはいってきたことを思い出したのはそのときだった。話題を変えるにはちょうどいい。アラスターと女の話をするのはここまでだ。

「その手に持っているのはなんだい？」

今度はアラスターが悔しそうな顔をする番だった。「じつはこれなのさ、こんな馬鹿早い時間に訪ねてきたわけは。ゆうべ、おれの机にこれが置いてあった」

これがまた新たな脅威をデヴェリンにもたらした。「なんだ？」

アラスターはちょっと躊躇してから封筒の中身を出した。「手紙だよ。おまえの母ぎみからの」

「母上からの？」

アラスターはとたんにうしろめたそうな表情になった。「覚えているか、デヴ？　母ぎみのお父上がお持ちだった古代ローマのデナリウス硬貨を。ウェスパシアヌス帝の顔が刻まれた銀貨だよ」

デヴェリンは困惑した。「それがなにか？　祖父のコレクションのなかにあった古い硬貨だろう？　あんなものはみんなくず同然なんだろう？」

アラスターの目が熱っぽさを帯びた。「デヴ、おまえが信じないのもしかたがない。たしかに祖父ぎみが大陸を旅して集めていらした八十年まえには、そう思われていたかもしれん。ところが、偶然か意図的にか、そのなかに値打ち物が何枚かまじっていた。しかも、ウェスパシアヌス銀貨は、運悪く、最高に価値ある一枚ときている」

デヴェリンは怪しむような表情を浮かべた。「運悪く？」

アラスターは顔をしかめた。「通説では、現存するのはたったの三枚」

侯爵はアラスターの顔をまじまじと見た。「裏切り者のユダに接吻《せっぷん》されそうな予感がするのはなぜだろうな。ここで話題になっているのはたかが銀貨一枚なのに」

「イエス・キリストを引き合いに出すのは無理があるよ、デヴ。おまえとじゃ差がありすぎる。こじつけだ」

「こじつけ《ストレッチ》だと!」デヴェリンはむっとしてグラスを押しやった。「おまえも手脚を広げて《ストレッチ》磔《はりつけ》にされたほうがよさそうだな! 先を続けろよ。母上はなにを約束した?」

アラスターはうなだれた。「デヴ、母ぎみにはグローヴナー・スクエアの館を開放して大舞踏会を開く計画があるらしい」

「ああ。それがどうした?」

「だから……その、それは公爵の七十歳の誕生日を祝う舞踏会なわけだ」

「そうさ、アラスター。そんなことはわかっている!」

「そこで、公爵夫人としてはこの機会に父ぎみのコイン・コレクションを処分したいとお考えらしい」

「で?」

「で、あなたも舞踏会へいらっしゃるなら大歓迎だと言ってくださった」

「で?」だんだんと声が大きくなってきた。

「で、おまえを説得して一緒に連れてきてくれれば、ぜひともウェスパシアヌス銀貨をさしあげたいと。わたしからあなたへの敬意の印だとおっしゃって——」

「欲の皮の突っぱった狭い心に敬意を払いましょうというわけか」

「デヴ、おまえには理解できんだろうが！」アラスターも応酬した。「ウェスパシアヌス銀貨のためなら魂を売ってもいい！」

「ああ、自分のだけじゃなく、おれの魂まで売るんだろうな」

「それはちがうぞ！　それに、ふたりで舞踏会に出席して、母ぎみのお友達にひと晩だけ愛《あい》嬌《きょう》を振りまくぐらいどうってことないじゃないか。父ぎみがおれたちになにをするというんだ？　耳をつまんで外にほっぽり出すとでも？」

デヴェリンはウイスキーのグラスを暖炉に投げつけた。命中。グラスのかけらと金色の液体が炉床に降りそそぐ。

アラスターはすでに立ち上がっていた。あたふたとポケットに手紙を押しこむ。「どうやら今夜は退散したほうがよさそうだ」

「ああ。そのほうがよさそうだ」とデヴェリン卿は言った。


翌日、シドニーは寝坊をした。起きてからも一時間、寝室で漫然と過ごし、そのあとは稽古と雑用に追われて午後を迎えた。その間ずっとジュリアと顔を合わさないようにしていた。体の節々に痛みが残っていたし、昨夜の不品行のせいで疲れた目をしているのではないかと少し怖かったのだ。ミス・レズリーの行儀作法の稽古が十一時から、それが終わるとすぐ、ミス・ブルースターがやってきた。こちらは正式な晩餐会に初めて出席するにあたっての準備だった。そこまでこなしたときにはへとへとになっていた。午後になるまでジュリアには一度も会わなかったが、客間へ行ってみるとお茶を飲んでいた。

「あら、シドニー！　あなたもいかが？」シドニーの姿を見たジュリアはうれしそうで、早くもお茶をついでいた。

となれば、誘いに応じるしかないだろう。いつまでも避けつづけるわけにはいかないのだから。ジュリアの様子がふだんと変わらないところを見ると、額に〝馬鹿者〟の文字は刻まれていないようだ。

「ありがとう。いただくわ」シドニーは窓際のいつもの席につき、スプーン三杯の砂糖をためらいもなくカップに入れた。今日はそれぐらい必要だった。「朝寝坊をしてしまってごめんなさいね」

ジュリアは探るような目でシドニーを見た。「すばらしい夜だったわねえ」

あのあと起こったことをあなたは知らないけれど。砂糖をかき混ぜたスプーンをカップから取り出しながら、心のなかで言った。後半戦を終えたあとには、体のあちこちの痛みを鎮めるために、いつもより三十分余計にお湯につからなければならなかったのよ。

「デヴェリン卿は話に聞いていたよりずっと紳士だったじゃないの。あなたの正体に感づく様子もなかったし」

「そうね。このまま感づかずにいていただくつもりよ」

「それがなによりだわ」ジュリアはティーカップを脇に置いて新聞を広げた。「あら！　明日からヘイマーケットで『ハムレット』が上演されるんですって！」

「あらそう」シドニーは思わず言った。「あんな気の滅入《めい》るお芝居はないと思うけど」

「ヘンリエッタ・ウィーラーを誘ってみようかしら」ジュリアは鼻を鳴らした。「彼女のお兄さまのエドワードがボックス席をおもちだから」

「どうぞ愉しんできて」

だが、あいにくジュリアは話題をもとに戻してしまった。「正直に言うとね、シドニー、あなたがエンジェルを始めたときは、あなたに人を騙すことなどできるものかと思っていたの。だけど、デヴェリンについては見事に騙してみせたわね」

ええ。でも、いつまで騙しとおせるものやら。シドニーは不安だった――もっとも、もし正体を見破られたらという不安は今では半分になっている。そっちの不安には慣れてしまっていた。それどころか、不安を快感と感じはじめてもいる。しかし、今のこの混乱した感情はどうにもならない。

いつまで騙しとおせる？　正体を見破られるのは、そう先のことではないだろう。どんなに上手な演技によっても隠しきれないものがあることぐらい承知している。背丈。におい。ため息。直感は恐ろしい力をもつ。シドニー自身、もう充分にわかっていた。真っ暗な部屋のなかに大勢の人がいても、デヴェリンを見つけ出せるだろうと。この肌が彼の手の熱さを知っているし、この耳は彼の声の轟くような低い響きを知っている。それに、いかついのにハンサムな彼の顔はもっとまえから瞼に焼きついている。

シドニーはティーカップをテーブルに置いて目をつぶった。神さま、わたしはなにをしたの？　なにを始めてしまったの？　なぜ、彼を頭から追い出せないの？

またも自責の念にさいなまれるシドニーを救ったのは、玄関扉を慌ただしくノックする音だった。デヴェリンが来たのかしら？　どうしよう！　心臓が喉もとまでせり上がった。窓辺へ走ると、玄関口にいるのはミス・ハンナデイと付き添いの女中だった。

「どうしたの、シドニー」ジュリアはゆっくりと腰を上げた。「トーマスじゃあるまいし、そんなに神経質になって」

ほどなくミス・ハンナデイも勧められたお茶を飲んでいた。ミス・ハンナデイは明るい黄色のボンネットに青と黄の縦縞《たてじま》の外出着という装いだった。若々しいドレスがよく似合っている。大きく見開いた目はきらきらしていた。

「すぐにお暇しないといけないんです」と、息を切らして早口に言った。「今日はお稽古の日じゃないのに伺ったりしてすみません。でも、これだけは言いたくて……ええと、お知らせしたくて……ああもう、あたしったら、間抜けな魚みたい！」

「でも、間抜けなお魚さんは幸せそうだわ」ジュリアがビスケットの皿をまわした。「ミス・ハンナデイ。あなたのお知らせを聞かせてちょうだい」

ミス・ハンナデイはシドニーとジュリアの顔をかわるがわる見てからこう言った。「明日に決めました。信じられますか？　チャールズが手筈《てはず》をすべて整えてくれたの。とにかくマダム・セント・ゴダールにお礼が言いたくて」若さのみなぎるミス・ハンナデイの顔は興奮で紅潮していた。

「明日に決めたのね」とジュリア。

「真夜中に出発です。ミスター・ジローが馬車を貸してくださったので、直接グレトナ・グリーンへ向かいます。ああ、駆け落ちなんてなんだかわくわくしちゃう」

シドニーは一抹の不安を覚えた。「チャールズはミスター・ジローが用意してくださった仕事を受け入れたのね？　あなたたちはそれで暮らしていけそうなの？」

「ええ、ミスター・ジローはほんとうに親切にしてくださって。チャールズは最初きちんと手続きを踏もうとしたの。勇気をふるって結婚の申し込みをしてくれたんです。もちろん、パパは突っぱねたけど。そうしたらチャールズは、自分が価値のある男だと証明する時間をくださいとパパに頼んだの。ボドリーのような不埒《ふらち》な男にあたしをやらないでくださいって。パパは無礼だと言って、その場で彼を馘にしたわ」

「まあ」とジュリア。

「でも、それでよかったんです」とミス・ハンナデイ。「チャールズは三日まえから〈ジロー・ア・シュノー〉で働いてます。会計の才能があるってミスター・ジローは言ってくださったんですよ」花嫁は頰を上気させ、誇らしげに言った。

ジュリアはさも満足げに微笑んだ。「あなたがいないと気づいたときのお父さまの顔を見たいものね」

「ボドリーの顔も見たいけど」とシドニー。

「あたしはどっちの顔もしばらくは見たくないわ」ミス・ハンナデイはふと悲しげな表情を見せたが、すぐにまた晴れやかな顔に戻った。「あたしは世界一幸運な娘だわ、マダム・セント・ゴダール。みんなあなたのおかげです」

「力になれたのならうれしいけれど」

ミス・ハンナデイはティーカップを押しやった。「パパが怪しむといけないのでもう帰ります。ときどき不吉な予感もするの。計画どおり六時半きっかりに消化不良を起こして、病の床に伏せることができるかしらと。でも、そのまえにまず大量の荷作りを終わらせなければね」にっこり笑い、シドニーとジュリアに片目をつぶってみせた。彼女はそこではじめて、結婚を目前にした女の顔になった。

話が終わると、シドニーは呼び鈴を鳴らしてミス・ハンナデイの女中を呼び、ふたりを玄関まで見送りに出た。

ミス・ハンナデイに最後にもう一度手を振りながら、家に戻ろうと体の向きを変えかけた。が、まさにそのとき、デヴェリンの四頭立ての優美な馬車が通りの角を曲がり、車輪の音を響かせて現われた。馬車の到着を待ちかまえていたらしく、侯爵が屋敷の表玄関から外に出てきた。シドニーに気づくと帽子をちょっと上げて、おぼつかない笑みをよこし、こちらへ歩きだした。

シドニーは気づかないふりをした。そのまま玄関のなかに戻り、静かに扉を閉めた。扉にもたれ、冷たくなめらかな木に両の掌をあてると、自分に言い聞かせた。そろそろ仕事に戻るべきだ。エイミー・ハンナデイがスコットランドへ無事に発《た》ったらすぐにも、ボドリー卿を懲らしめなければならない。デヴェリンを忘れる潮時でもあった。今後も彼と友人関係でいようとするのは、単に愚かなだけでなく危険をはらんでいる。デヴェリンはろくでなしなのかもしれないが、思っていたような間抜けではまったくなかった。むしろ、自嘲気味なユーモアや無節操さを装いながら、研ぎたての剃刀《かみそり》にも負けず鋭い神経を張りめぐらしていると請け合ってもよかった。

ボドリー侯爵の素行を調べるのに三日を費やした。今回の計画はいつにもまして慎重に進めたからだ。夜の新たな冒険に向かうからには調査に手抜かりがあってはならない。ボドリーが所有する町屋敷はチャールズ・ストリートの角にほど近く、セント・ジェームズ公園とはほんの数ヤードしか離れていなかった。

毎晩、陽が落ちると公園のフェンスをそっと越え、オペラグラスを手に植えこみに身をひそめた。見晴らしの利くその場所からだと、充分な明かりに照らされた玄関ステップがよく見えた。実際、ボドリーは予想以上に年配だとわかった。背が高く痩せぎすで、鼻は細くて上を向き、酷薄そうな薄い唇をしている。黒っぽい髪がうっとうしく顔を縁取っている。やけに顎を上げて歩く。片眼鏡を指に引っ掛けて持ち歩く古風な習慣の持ち主でもある。

骨張った鉤爪のような手がミス・ハンナデイの体にあてがわれた光景を思い浮かべるだけで吐き気をもよおした。さらに、ジョージからの情報によれば、ボドリーが好んで同衾する女は元婚約者よりはるかに若いという。ミス・ハンナデイの年齢が例外的に高かったのは――それでもまだ十七だけれど――彼女の持参金に期待したからにちがいない。シドニーは、そうした背景に自分の心が生理的なまでの嫌悪を抱くにまかせた。ボドリーに対してひとかけらの同情も覚えたくなかったし、これからやろうとしていることに対してもひとかけらの後悔も感じたくなかったから。

ブラック・エンジェルのつぎなる標的を定めると、ボドリーの尾行を開始し、行きつけの場所や習慣を調べた。火曜日の夜、ボドリーは〈ホワイツ〉へ足を向け、ひと晩じゅうそこで過ごした。シドニーは午前二時で見張りをやめ、考え事にふけりながらブルームズベリーまで歩いて戻った。家に着くと、夜の早い時間にデヴェリンの訪問があったことがわかった。その夜はジュリアも昔の芝居仲間と食事に出かけていた。デヴェリンは名刺を置いていっただけで、伝言は残さなかった。

水曜日の夜、ボドリーはポートランド・プレイスで開かれた舞踏会へ馬車で出向き、そこでも夜更けまで長居した。シドニーが帰宅するとジュリアが起きて待っていた。シドニーの留守中にまたデヴェリンが訪ねてきたようだった。ジュリアへの贈り物を表向きの目的にして。自宅の酒類貯蔵室《セラー》から持参したボルドーで、それは正餐に招待した夜、ジュリアがとくに好きだと言った年に醸造されたものだった。もっとも、ジュリアの目は節穴ではない。そんなことには騙されないとシドニーをからかった。

シドニーはシドニーで、デヴェリンと暖炉のそばに座ってマデイラ酒を一杯愉しんだのがジュリアだったことに軽い嫉妬を覚えた。同じころ自分は、メリルボーンの路面が濡れた裏通りをうろついていたのだから。ついに運がめぐってきたのは木曜日だった。ボドリーは〈オリエンタル・クラブ〉で夜半まで過ごしたあと、馬車を戻らせ、従僕ひとりを従えてセント・ジェームズ公園のほうへ向かったのだ。

願ってもないチャンスだった。シドニーは散歩道の物陰や茂みにできるだけ身を隠してボドリーを尾《つ》けた。一応男の身なりをしていたが、新聞配達の少年風の服にずだ袋という格好なので、あからさまに声をかけられることはなかった。

ボドリーが手振りで従僕を立ち止まらせた。公園のかなり奥まで来ていて、シドニーは徐々に不安をつのらせていた。ボドリーは歩調をゆるめ、フラスクをまわし飲みしたり細い葉巻煙草を吹かしたりしている伊達者の集団のそばを素通りした。彼らから離れると、方向転換して兵器庫のほうへ足を向けた。公園のなかでも暗くて人気《ひとけ》のない側へ。これ以上尾行を続けるのは無謀だと判断した。

その場で待っていると、十分もしないうちにボドリーが戻ってきて、従僕に合図を送り、ストランド街のはずれにある宿〈金の十字架〉へまっすぐに向かった。従僕は宿屋の外で待機している。シドニーがボドリーのあとからなかへはいろうかと迷っていると、海軍中尉の制服を着たハンサムな若い男がぶらぶらと通りを歩いてきた。男は従僕を名前で呼んで挨拶し、従僕は男になにかを——紙幣か、それとも言づての紙切れか——手渡した。

若い男は渡されたものにうんざりした様子で目をやり、なにやらつぶやいてから扉を押し開けて店のなかにはいった。密会の交渉が成立し、若い男のほうは乗り気ではないが応じたということだろう。悔しいけれど、彼のためにここでしてやれることはなかった。シドニーは夜更けの通りを行き交う人々に紛れて姿を消した。

ジョージの言ったとおりだった。ボドリーは一夜の相手を買っている。いや、金の力で強引に手に入れている。その結果、相手をさせた男たちの一部に強請《ゆす》られているのも疑う余地はない。今こそ具体的な計画を練らなければ。アイロンをあてたばかりの海軍士官候補生の制服が衣装部屋に掛かっている。いよいよあの制服の出番が来たようだ。つぎにセント・ジェームズ公園を散歩したボドリーはかならずや後悔することになるだろう。

シドニーは自宅の裏庭を緊張気味にそっと抜けて裏口へ向かった。まえのふた晩に比べたら早い帰宅なので、おしゃべりなメグに新聞配達の少年のような格好を見られないように。地階の明かりがすっかり消えるまで暗がりで時間をつぶそうかと思案した。が、そのとき、裏口の脇の窓にジュリアのシルエットが映った。シドニーの帰りを待っているらしい。新しい噂話を仕入れたか、なにか忠告したいことでもあるのだろう。そこで、裏口の上がり段を昇り、窓を爪で軽く引っかいた。ジュリアは扉を勢いよく押し開けてシドニーをなかに引き入れた。

「静かに！」と押し殺した声で言い、シドニーをせきたてて階段を昇らせた。「メグはまだ起きているわよ。いらっしゃい、見せたいものがあるの」

シドニーが足音を忍ばせて部屋にはいると、ジュリアもあとに続いた。今夜もデヴェリン新聞もなにもはいっていないずだ袋をベッドにほうり、帽子を脱ぐと、迷わずシェリー酒のボトルへ直行した。ボドリーの所業をたっぷり見せてもらった以上、多少なりともアルコールの力を借りる必要があった。

だが、ジュリアは早く話を始めたくてたまらない様子で喉を鳴らした。目に見えて興奮している。シドニーがその手にワイングラスを握らせる間も惜しむように、ポケットからなにかを取り出して、勝ち誇ったように掲げてみせた。

「なにかしら？」シドニーは椅子に腰をおろした。

ジュリアも座った。「招待状が届いたのよ。それも、今年の社交シーズンで最大の催し、ウォルラファン卿主催の年に一度の慈善舞踏会へのお誘いよ！　許してね、封蠟でウォルラファン卿からだとわかったので開封せずにいられなかったの」

シドニーはジュリアが差し出す招待状を受け取った。「ウォルラファン卿から？」「でも、わたしはあの方を存じあげないのに。もちろん、どういう方かは知っているけど——知らない人がいるかしら——なぜわたしが舞踏会に招待されるの？」

ジュリアは招待状とはべつの手紙をひらひらさせた。「先に届いたこの緊急の手紙と関係がありそうよ。差出人はミセス・アーバックル。ミセス・アーバックルはこう書いているわ。ウォルラファン卿から招待を受けて、娘がぜひ出席したいと言っているので、あなたに付き添っていただきたいと」

アーバックル家に招待状が？　そう考えて、ぴんときた。「なるほど、そういうこと。ウォルラファン卿は〈ナザレの娘たち協会〉の後援者《パトロン》なのね？　レディ・カートンと同じく」

「たぶんね。それがどうかして？」

シドニーは思い起こした。「レディ・カートンが開いた音楽会のあと、ミス・アーバックルがお父さまに〈ナザレの娘たち協会〉にたくさん寄付してもらうと言っていたのよ」

「だったら、その寄付金がとてつもない額だったんでしょう。これは社交界では垂涎《すいぜん》の的の催しよ。出席する？」

「ええ、するわ」シドニーはちょっと考えこんでから答え、つんと顎を上げた。「ミス・アーバックルにはまたとない機会ですもの。それに、ウォルラファン卿はかなりの改革論者でいらっしゃるから。なかなか立派な人物だとジョージも言っていたし」

ジュリアの目が見開かれた。「ジョージはウォルラファン卿とお知り合いなの？」

「ええ、ジョージの知り合いの方々の名前を聞いたらびっくりするわよ。去年、ジョージがサマセットとスコットランドへ短い旅に出たのを覚えているでしょ？　あれはウォルラファン卿からなにか謎めいた用事を頼まれたからだったの」

「まあ、そうだったの。ジョージには謎めいたお務めがいろいろとあるのねえ。ジョージも舞踏会に招かれたのかしら」

「もしかしたら。ウォルラファン卿は友人の選び方も相当に進歩的だそうだから。ジョージは絶対に行かないでしょうけど」

ジュリアはがっかりした表情になった。「でしょうね、きっと」

シドニーはワイングラスを脇に置くと、気怠《けだる》げに伸びをした。「それで」あくびも加わった。「その舞踏会はいつ?」

ジュリアは招待状に目をやった。「一週間後。大変よ、衣装を用意しなくちゃ! そうだわ、あなたのお母さんのあのワイン色のシルクのドレスなら手直しできるかもしれないわね。それとも、緑のサテンのドレスのほうがいいかしら。ドレスに合う靴を持っている? 大丈夫、靴はあるわよね。クレアの宝石類も覗いてみなくてはね。きっとぴったりのものが……」

ジュリアのおしゃべりはストッキングやネックレスや髪形に移ったが、シドニーはひとり考えこんでいた。ミス・アーバックルに付き添ってウォルラファン卿主催の大舞踏会に出席するという意思に変わりはない。でも、そのことを考えたり、舞踏会に向けて計画を立てたりする気持ちにはまだなれない。ボドリーに今夜買われた若い海軍将校の表情がまだ頭から消えていないから。それは眠りのなかにまでついてきそうだった。

金曜日の朝、デヴェリンは九時に起床し、朝食をとるために階下へ降りた。これには自分でも驚いたが、使用人たちは肝をつぶした。

「あ・さ・め・し」侯爵はふたりの従僕に向かって低い声を轟かせた。正装し、しかも、胸を張ってさっそうと階段を降りてくる主人の姿を見たとたん、ふたりの眉はつり上がった。

「朝の食事らしく卵とベーコンとトーストといこう」

従僕のひとりが厨房へ通じる階段へすっ飛んでいった。「料理人に伝えます」

デヴェリンは通りに面した朝食の間のテーブルについた。よく晴れた朝で、空気もいくらか暖かい。張り出し窓のカーテンが引き開けられているので、気持ちのよい朝を存分に味わうことができた。階段を降りる従僕の足音がまだ聞こえているうちに、通り向かいの十四番地の玄関扉が開く音がして、シドニーとジュリアが続けて外に出てきた。シドニーはラッパ水仙の色のモスリンのドレスを着ている。その鮮やかな黄色がインクを流したような黒髪と淡いオリーブ色の肌に映えて、目を奪われる美しさだ。

デヴェリンは椅子に掛けたまま体の向きを変え、朝食の間の戸口に立っているもうひとりの従僕に声をかけた。「おい、ヘンリー・ポークといったな?」

ポークは主人のもとへ馳《は》せ参じた。「はい、旦那さま」

デヴェリンは通りを指さした。レディふたりは今まさに窓の外を通り過ぎようとしている。

「あのおふたりがこんなに早くどこへお出かけなのか、知っているか?」

この質問にポークは意表を衝かれたようだった。「さあ、存じませんが」

「なにも知らないのか?」侯爵の声が大きくなった。

ポークはすぐさま言い足した。「お買い物かもしれませんね、閣下。ご婦人は朝の買い物がことのほかお好きですから」

侯爵はまだ満足しなかった。「あのメグという女中がおふたりの予定などを話すことはないのかね？」

「こちらが尋ねろ。しょっちゅう尋ねろよ。わかったな？」

「なら尋ねれば」

デヴェリンは窓台に身を乗り出した。シドニー・セント・ゴダールがどんなところに出入りしているのかわからないのがじつにもどかしい。なぜもどかしいのか、彼女の外出先がなぜ自分と関係するのかは説明がつかないのだが。ブラック・エンジェルに対する馬鹿げた執着を断ち切った――まあ、ある程度は――と思ったら、すぐにまた新しい女に夢中になっている。なにしろ今週になってからすでに二回もシドニーの家を訪ねているのだ。二回ともシドニーは不在だった。ひょっとしたら週の終わりまで毎日訪問しても、留守だと追い返されて落胆を味わうことになるのだろうか。そんな疑念も芽生えはじめている。

ただ冷たくされているだけなのか、それとも、シドニー・セント・ゴダールが突如として今年の社交シーズンの人気者になってしまったのか。彼女は毎晩なにをして過ごしているんだ？

レディふたりは通りの角を曲がろうとしていた。ポークは大きく咳払いした。「半日ばかり時間をいただければ、お役に立てるかと思いますが、閣下」

「ほう！　なかなかの交渉上手じゃないか、ええ？」

「努力いたします、旦那さま」とポーク。

「メグの半ドンはいつなんだ？」

「たしか、水曜の午後、それに土曜の午後も休みのはずですが」

「いいだろう。おまえも水曜と土曜を半ドンにしろ。ただし、忘れるなよ、ポーク。それに見合う成果を期待しているからな」

「かしこまりました、閣下。おまかせください」

「ちょうどいい、明日は土曜だ。陽の照るうちに干し草を干せ（善は急げの意の諺）」


あいにく、翌日からはまた天気に恵まれなかった。ロンドンは土砂降りの雨とともに四月を迎えた。三日間降りつづく雨にシドニーの不満はつのる一方だった。ボドリーを尾行してもどうせ無駄だ。こんなひどい雨では、男であれ獣であれ公園をうろつこうなどとは考えないだろう。それに、ボドリーは快適であることをなにより優先させる男だということも感覚的にわかっている。そういうわけで、絶え間なく窓を流れる雨を横目に眺めながら、シドニーは針仕事にいそしんでいた。裾縫いに、かがり縫いに、ニードルポイント（刺繍の一種）。気が変になりそうだった。

デヴェリンの来訪はぱったりと途絶えていた。なにを求めての訪問だったにせよ、今はもうそれを求めていないらしい。シドニーは失望を感じまいとした。どのみち彼を避けようとしていたのだし、彼の寝室の絨毯の上で繰り広げられた、あのちょっとした幕間劇も忘れなければならないのだから。夜更けにはとくにそう思う。奇妙なくらい体が火照ると、ほとばしる感情のおもむくままに窓辺へ向かってしまうのだ。そして、通りを隔ててデヴェリンの屋敷を見つめ、思いめぐらす。彼は帰っているのかしら？　また女の人といるの？　彼女を、ルビー・ブラックを思い出すことはある？　実際、哀れさえ誘う情景だ。衝動に駆られることはしばしばあっても、愚かな真似はめったにしないこのシドニーが、空想にふけって無為に時を過ごしているとは。

悪天候のここ数日、ジュリアはウォルラファン卿の舞踏会のための衣装の準備に追われていた。シドニーを半裸にして椅子に立たせてから、待ち針で留めたり、糸で仮留めをしたり、ときにはなにかを引き裂いたり。その作業は、立たされているほうにすれば午前中いっぱい続いているように感じられた。舞踏会の夜に自分がまとうドレスは、並み居る淑女たちの豪華な衣装にもひけを取らぬということは微塵も疑わなかった。下積みの時代を経て演劇界でのし上がったジュリアは衣装係からスタートし、その経験が、演技の素質に加えて多くの技術を彼女に身につけさせた。ジュリアはそうした技術を今も忘れていないばかりか、独自のアイディアも豊富だった。たとえば、シドニーのドレスのボディスのカットの仕方とか。

「ジュリア、それはだめよ！」とりわけつらい仮縫いの最中、シドニーは思わず言った。「わたしは付き添い役で、デビューするわけじゃないんだから」

ジュリアは笑って受け流した。「今年デビューする娘さんじゃ、このボディスをこの位置に留めてはおけないわ。とても品があって素敵よ。もちろん、流行にも遅れていないし」

議論のすえ、ボディスは半インチ上げることで決着した。シドニーが別件でまた異を唱えようとしたとき、メグが部屋にはいってきた。浮かない顔をして目を伏せている。

「どうかしたの、メグ？」シドニーが尋ねた。

「料理人の鼻風邪が扁桃腺炎《へんとうせんえん》になってきたみたいです」家女中は不機嫌に答えた。「この雨のせいだって言ってます。マスタードの湿布を貼ってしばらくベッドで休むって。だから、夕食の用意は全然できてません。必要なものの買い出しもまだです」

ジュリアとシドニーは視線を交わした。おおかたミセス・タトルはまたシェリー酒を飲みすぎたのだろう。ジュリアはメグのほうに向きなおり、やれやれというようにため息をついた。「かわりにやってもらえる？」

「はい、マダム」メグは床に目を据えたままだ。

シドニーはぴょんと椅子から降りた。「じゃ、こうしましょう！ 夕食の用意はわたしがするわ。正午《おひる》まではまだだいぶあるし、水曜日はあなたの半ドンの日ですものね」

メグの顔がぱっと明るくなった。ジュリアは待ち針を持ち上げた手をおろそうとしない。

「だけど、この仮縫いはどうするの？」

「続きは明日」シドニーは早くもドレスを脱ぎはじめた。「メグ、買い出しのリストと籠を持ってきてちょうだい。自分の仕事がすんだら、もうあがっていいわよ。夕食にはわたしがオムレツをつくってあげる」

そのちょっとした外出はたちどころにシドニーを後悔させることになった。買い物籠を腕に、一番軽いマントを肩に掛けて、玄関ステップから舗道に降り立つなり、背後から乱暴に腕をつかまれたのだ。

振り返ると、下卑た細い目がふたつ、シドニーをにらみつけていた。「おい！　あんたに話がある！」

シドニーは体を引きながら、わざとひょうきんな調子で応じた。「ミスター・ハンナディ！　腕を放していただけません？」

だが、相手はいっそう力をこめ、憎々しげに言った。「あんたがうちのエイミーをけしかけたんだろう！　ええ？　あの自由放任《レッセ・フェール》のフランス野郎と組んで！　あんたらのおかげでわしがどんな迷惑をこうむったと思ってるんだ？」

「ミスター・ハンナディ、どういうことでしょうか？」シドニーはあとずさりしたが、相手もまえに進んだ。「その手を放してくださいな。そうすれば、あなたがこうむった迷惑について、もっと人間らしく理性的に話し合えるかもしれませんわ」

「つまり、知ってたことを認めるってわけだな！　お節介なあばずれめ」

「わたしが認めるのは、今、あなたの指がこの腕の血の流れを止めているということだけです」

突然、大きな拳がふたりのあいだに突き出され、ミスター・ハンナディの手首をむんずとつかんだかと思うと、骨にひびがはいらんばかりの力で締めつけた。「こちらのご婦人は手を放してくれとおっしゃったようですね」とデヴェリン卿。「早く放してさしあげたらどうです？　さもないと、おれがかわりに、永遠にその手が使えなくなるようにしてあげますよ」

ハンナデイはあとずさりして手首をさすった。「だれだ、おまえは？」

「さて、だれでしょうね。ご婦人の身を案じる隣人とでもいうことにしておきますか」

「で、あんたの隣人はわしの家族の身を案じてくださったというわけか」ハンナデイは甲高い声で叫んだ。「この女は恥知らずで反抗的な考えを娘に植えつけたのさ。しかし、あんたにはなんの関わりもないこった」

デヴェリンはもう大丈夫だというように、シドニーの目を覗きこんでから、ハンナデイに関心を戻した。「そうはいっても、もう関わってしまったらしいのでね。こんなふうに道端で淑女に声をかけるなんて紳士の風上にもおけない」

ハンナデイは殴られでもしたかのように、さらにあとずさった。デヴェリンの言葉は、社交界の階段を昇ろうとしている中流階級の人間を打ちのめす最大級の侮辱だったから。「そうまで言われたら、こっちとしても決闘の申し込みをせねばならんだろうな。この女は嘘つきなうえにお節介でね。だが、あんたの出る幕じゃない」

「申し込みなんて、そんな手間は取らせないさ」デヴェリンは片方の手袋をとるが早いか、ハンナデイの横面を張った。

ハンナデイは殴られた頬にさっと手をあてた、彼の受けたショックの大きさを表情が物語っていた。頬から手を放すと、血がついているのを予測してか、じっと見つめた。

デヴェリンはうんざりした顔つきで彼を見おろした。「では、名乗っていただこうか」

ハンナデイは自分の手から目を上げ、放心の体《てい》で答えた。「トーマス・ハンナデイ。そち

ら は？」

侯爵はわざとらしい一礼をした。「デヴェリン侯爵だ。もっとも、決闘の場においてはデューク・ストリートの悪魔で通っている。この悪魔は銃を使っても傷を負わす程度にとどめるとされているけれども、今回はそのような慈悲をあてにされないほうがいい」

ハンナデイはデヴェリンという名前に聞き覚えがあるようだった。「なんだって！　頭のいかれたあのデヴェリン！」

「よく言われるよ。さて、つぎはどうする？」

「な……なにが……つぎなんだ？」

「ミスター・ハンナデイ、あなたは公共の場でレディを襲い、彼女に対して侮辱的な非難の言葉を吐いた。この場で皮を剝がされなかったのを幸運と思ってもらいたい」

「だ……だが……わしはマダム・セント・ゴダールのせいで迷惑をこうむったんだ！」ハンナデイは叫んだ。「彼女は娘に逃げろとけしかけた！　駆け落ちさせたんだ！　グレトナ・グリーンへ、どこの馬の骨ともわからん事務員と。そんなことをするような娘じゃないんだ……だれかに悪知恵を吹きこまれでもしないかぎり」

デヴェリンは平然としていた。「つぎはどうしたいかと訊いている。あるいは、あなたが謝罪をするかだ」

「しかし、うちのエイミーはボドリー侯爵と結婚することになってたんだぞ！」ハンナデイは訴えるような口調になった。

「ほほう、まだ懲りないか！」デヴェリンの顔が嫌悪にゆがんだ。「こうなると謝罪ではすみそうにないな」

ハンナデイはここで引き下がろうと決めたようだった。口をつぐむと、シドニーのほうを向いておざなりに頭を下げた。「あいすみませんでした、マダム・セント・ゴダール。軽率なことを言って」

それだけ言って立ち去ろうとしたが、デヴェリンは彼の腕をつかんで道の少し先まで歩かせると、シドニーに聞かれないよう声を落として言った。「ひとこと警告しておこう、ハンナデイ。今後、あちらのレディをみだりに中傷したら、その場であの世へ送ってやる。わかったな？」

もともと細いハンナデイの目がさらに細められた。

デヴェリンの上唇がめくれ上がった。「ただの脅しで言っているんじゃないぞ」

ハンナデイはようやく、はっきりと一回うなずいた。「わかってるよ。あんたのことはいろいろ耳にしてる」

デヴェリンはハンナデイの腕を解放し、一礼した。「ではごきげんよう、ミスター・ハンナデイ」

シドニーのそばに戻ると、彼女はまだ同じところに立っていた。階段の鉄の手すりに片手でつかまっている。デヴェリンはそっと肩に手を触れた。「大丈夫かい？」

シドニーは手すりから手を放した。「ええ、ありがとう。なんて……ひどい男」

デヴェリンは値踏みするように彼女を見た。「あの男はほんとうに娘をボドリーなんかにやろうとしていたのかい？」

「そうよ」シドニーは吐き捨てるように言った。

「なんとね」と侯爵。「父親に嫌われているのは自分だけだと思っていたが」

「考えられないほどひどい話でしょう？」

「ということは、きみはボドリーがどんな男かを知っているんだな？」

シドニーは無言でうなずき返した。ハンナデイの外套の背中に目を据えたまま。血の凍る思いを味わっていた。ハンナデイは不意討ちという手を使った。それ自体が卑劣な行為なのはもちろんだが、このことでシドニーの評判が地に堕《お》ちるところだったのだ。ハンナデイの蒔いた噂の種がしかるべき筋の耳にはいれば、新たな生徒を紹介されるという道は完全に閉ざされていたかもしれない。社交界の催しに出席することもできなくなっただろう。どんな小規模な催しであっても。だが、デヴェリンのおかげで、ハンナデイはもうなにもできない。その点は確信できる。感謝の念が胸に広がった。

「さあ、シドニー、行こう」デヴェリンが不意に腕を差し出した。

現実に引き戻されたシドニーは、きょとんと彼を見た。「行く？　どこへ？」

デヴェリンはにっこりした。「どこへでも、下劣な輩に腕をつかまれるまえに行こうとしていたところへ。腕に買い物籠を提げているところを見ると、行き先はコヴェント・ガーデン・マーケットかな？」

あたりだった。買いたいものがまだ市場に残っているといいのだけれど。そこでふと思った。デヴェリン侯爵と連れだって買い出しにいくというのはどう考えても不自然だろう。シドニーは興味深げに彼を見た。「あなたはふだん、コヴェント・ガーデンで買い出しをすることなんかないでしょう？」

「ああ」デヴェリンはきまり悪そうに答えた。「昼間にあそこへ行くことはないね」

シドニーはかぶりを振り、差し出された腕を取った。ハンナデイの一件をほとんど忘れて、ふたりは歩きだした。長い脚で大股に道を進みながら、デヴェリンはときおりはっと気づいて、すまなそうな笑みを浮かべた。

シドニーも笑みを返した。ああ、わたしはなんて馬鹿なことを！　彼と一緒にいてはだめ。危険なうえに……心を乱されてしまう。腕につかまっているだけで男っぽいにおいが感じられる。あの夜、部屋を満たしていたのと同じにおいだ。一瞬、自分がどこにいるのかを忘れ、すさまじい勢いで角を曲がってきた新聞配達の少年とぶつかりそうになった。

デヴェリンはとっさにシドニーの体を抱き寄せて、足を止めた。「大丈夫かい？」

シドニーは恥ずかしくなって目を伏せた。その視線の先に、あろうことかズボンの前立てがあった。あの夜、自分たちがしたことの記憶が一気によみがり、頬がかっと熱くなった。

不意に息苦しさを覚えた。

「あの野郎がこんなにきみを動揺させたんだな」唸るような声でデヴェリンは言った。「早晩あいつを撃ち殺すことになるかもしれない」

「もう平気よ。さあ、行きましょう」

ブルームズベリーから出ると通りが静かになった。デヴェリン卿は自分の腕に掛けられたシドニーの手を押すようにして、彼女の体をそばに引き寄せていた。それは紳士としてのマナーをいささか逸するものだったけれど、シドニーにはやはりありがたかった。彼の体の大きさも、圧倒的な存在感も安心をもたらした。彼を避けようと誓ったことなど頭から抜けていた。

気がつくと、かがみこんだデヴェリンの顔がすぐそばにあった。「疑り深い悪い性格ですまないが」デヴェリンの温かい息が耳をくすぐる。「ミス・ハンナデイの駆け落ちに手を貸したというのはほんとうなのかい？」

シドニーは横目で彼を一瞥した。「なにをおっしゃりたいの、閣下？」

デヴェリンは奇妙な薄笑いで応じた。「じつは自分でもよくわからないんだ。ただ、これだけはわかる。つまり、こうして一緒にいるとつい思ってしまうのさ、きみにはなにか隠された秘密があるんじゃないかと」

シドニーはちょっとのあいだ黙っていた。「わたしが手助けをしたのであれば――たとえばの話よ――後悔しないでしょうね。ハンナデイが胸のむかつく冷酷な男と娘を結婚させようとしたのは、自分の孫に爵位を与えるためだった。でも、エイミーはべつの人を愛していて、その人は裕福でも貴族でもないけれど、善良な人だから」

デヴェリンは広い肩の片方だけを上げてみせた。「すると、彼女は愛のために飢えることになるかもしれないわけだ」

「それだけの価値はあるんじゃないかしら」

デヴェリンの顔に怪しむような表情が浮かんだが、あっというまに消えた。「たしかにボドリーのものになるよりはましだろうね」

シドニーはまたも横目のすばやい視線を送り、軽い調子で訊いた。「教えてくださいな、閣下には人を愛した経験がおありなの？　あら、そんな怖い目で見ないで！　これと同じ意味の質問を一度わたしにしたでしょ」

デヴェリンは口を開いてから、また閉じた。「ないよ……愛した経験は。おれが経験したのは、たぶんもっとひどいものだ」

「ずいぶん風変わりな言い方をなさるのね」

「風変わりな状況だったのさ」

シドニーは舗道に響く彼のブーツの音を聞いていた。話を続けてもらいたくて、自分はなにも言わなかった。

「なにかを欲しいと思ったことはあるかい、シドニー？　気が変になりそうなほど欲しいと思ったことは？　欲しくて欲しくてたまらなくて、毎晩ベッドに座って頭を抱え、心臓に喉を押されるような苦しさを経験したことは？　もう少しで、もう少しで手にはいると思ったら……突然それを失って、あまりの唐突さに痛みが残り……なんの痛みなんだろう。挫折感？　欲望の挫折？　そうじゃない。適切な言葉が見つからないな」

シドニーは首を横に振った。「そんな経験はないわ」

「これからもないことを祈るよ」

「今のは女の人の話？」

「雌狐の話さ。魔女、それも、炎のような不思議な髪をした魔女の話だ」

「そんな！　いったいだれなの？」

デヴェリンはしばらく押し黙った。「知らないんだ、正確には」

「だけど、どうして……」シドニーの言葉が途切れた。彼の言わんとすることがわかってしまったから。

「どうして、知りもしない相手にそんな気持ちを抱けるのか？」デヴェリンはシドニーの戸惑いには気づいていなかった。「その話は、べつの機会にまわすとしよう」

シドニーは急に歩みを止め、デヴェリンを見た。「その女《ひと》とはもう……終わったの？」

彼の顔が引きつったように見えた。「それは……」口ごもり、目に悲しみが広がる。「いや、シドニー。正直に言えば、気持ちのけりはまだついていない。だが、彼女との関係はもう終わった。それだけははっきり言える」

そう。これで、いくつかある疑問のひとつに関しては、答えが得られたのではないだろうか。わたしの推測が正しければ、デヴェリンはルビー・ブラックのことをときどき思い出している。ときどきどころか、ルビーに取り憑かれているような口ぶりだ。だけど、なぜ？

ルビー・ブラックは波止場の娼婦。少なくとも彼にとってはそうなのに。

　ふたたび歩きだしても、ふたりとも黙りこくっていた。シドニーはデヴェリンとこんなに接近したままでいることの愚かさにまたしても気づいた。彼が急に態度を変えて罵倒してきたらどうするつもり？　隣りを歩くデヴェリンを盗み見ると、温かいものが溶けるような奇妙な感覚がみぞおちのあたりに走った。ああ、わたしはとろけている。感情に流されるやわでもろい女に変わろうとしている。たかがひとりのならず者のために。

　でも、男に対して洗練よりは多少の無骨さを、気品よりは男らしさを求めるなら、デヴェリンの肉体が文句なしにすばらしいことは否定できない。乱れた黒髪といかつい頬骨はもとより、骨が折れて曲がった鼻ときらきらした目も魅力的だ。衣装にも品位を損なわぬよう充分な心配りがされている。ただし、めかし屋と揶揄《やゆ》されるほどのゆきすぎた配慮ではない。それにあの唇！　いたずらっぽくて肉感的な唇。唇が重なったときの記憶が、あの熱さと激しさが、息苦しいほどの勢いで幾度となくよみがえる。しかも、彼は男のなかの男でもあり、古来その言葉が意味してきたあらゆる資質を備えている――そのことをかならずしも悪く受け止めていないのが自分でも驚きだ。これは、デヴェリンがミスター・ハンナデイの手首の骨を片手で握りつぶさんばかりだったことに関係しているのかもしれない。また、デヴェリンは思っていた以上に賢いというだけでなく、深い人間性を秘めた人だということもわかってきた。放蕩者の仮面をかぶっているけれど、親しくなると、いたって誠実な人柄が伝わってくるのだ。

「デヴェリン卿――」

「おれにも洗礼名があるんだよ、シドニー」デヴェリンはにこにこしながら言った。「アレリック。よかったら、そっちの名前で呼んでくれ」

アレリック。珍しい名前だ。記憶の奥になにかがちらついたが、すぐに消えた。「ベッドフォード・プレイスを出発するまえに、お父上に嫌われていると冗談のようにおっしゃったわよね」

長い間があった。「冗談ではないんだ。まえにも話したとおり、現実に父とは疎遠になっているから」

「ええ。その理由を尋ねたらあつかましい？」

ふたりはセント・ジョージ教会の幅広い階段のまえまで来ていた。デヴェリンは立ち止まり、真昼の陽光に目を細めた。それから、なにを決心したか、その階段をまわりこんで教会付属の狭い庭に通じる門を開き、シドニーを導いた。喜々として応じる自分にシドニーは驚いていた。

少し先に石のベンチがあった。デヴェリンはハンカチーフで座面を払ってから、座るように手振りで勧めた。意外にも彼自身は座ろうとせず、柔らかな春の草の上を行きつ戻りつしはじめた。

「ロンドンで暮らすようになってまだあまり経っていないんだろう？　一年だっけ？」しばらくして彼が言った。

「そうね、だいたい」

デヴェリンは苦笑いをした。「ということは、おれの醜聞はもう旧聞に属してしまったのかもしれないな。父と不仲になったのは若いころだ。いや……若くはなかった。若いという言葉には自分のしていることがわかっていないというふくみがあるが、おれにはわかっていた。二十二歳でも、いろんな経験をしていたから」

「いろんな経験？」信じられないというように彼の言葉を繰り返した。「自分の二十二歳のころを思い出すわ」

デヴェリンは陰鬱な笑みを浮かべた。「ずいぶんちがうだろうね。二十二歳のおれは――その三年も四年もまえから――酒と博打《ばくち》と娼婦《おんな》に明け暮れていた。兄貴とおれは……」デヴェリンはポケットをまさぐると、シドニーの目に焼きついているあの細密画を取り出した。「これが兄だ」苦もなく蓋を開いた。「名前はグレゴリー」

シドニーは手を伸ばして金縁に触れた。「見つかったのね……よかったわ」

デヴェリンはしばらくなにも言わずにそれを見つめていた。「ああ、見つかった」そっと蓋を閉めた。「誓ってもいいが、シドニー、グレッグもおれも優劣つけがたいワルだったのさ。どうしようもない乱暴者の兄弟で、切っても切れない親友でもあった。それでいて、いつも相手を出し抜いてやろうとしていた。悪気のない純粋な競争心だったけど。兄貴とおれはずっとそんなふうだったんだ」

「わたしと兄はうんと歳が離れているの。でも、わかる気がするわ」

デヴェリンはゆがんだ笑みを浮かべ、首を横に振った。「おれにもわかっていればよかったんだがな。その年の春に起こったことを理解できていれば。今思えば、グレッグは恋に落ちたんだ。相手は経験豊富なおとなの女ではなく、これから社交界にデビューしようという娘だった。まさか兄が本気だとは思わなかった。父を満足させるためにその娘に軽い気持ちで言い寄っただけだと思っていた」

「お父上は、お兄さまが身を固めるのを望んでいらしたの？」

「当然のように。グレッグもじつは身の振り方を考えはじめていたんだろう。だが、そんなときに貴族の遊び仲間のひとりが賭けをしようと言いだした。その娘を暗い図書室へ連れこんでキスを奪ってみろと、やつはおれに言ったんだ。おれが失敗するほうに十ギニー賭けると」

「実行したの？」

「自信過剰だったからね。すぐに賭けに乗った。彼女のほうも気がありそうに見えたし。ところが、おれたちのあとを尾けていたグレッグが図書室に飛びこんできた。顔が怒りで蒼白だった。彼女を堕落させるつもりかとおれをなじり、いきなり殴りかかった。こっちも殴り返したよ。つまらないことが原因で兄弟が殴り合いになるのははじめてじゃなかったから。でも、そのときは、おれの最初の一発が兄を倒した。机の角に頭をぶつけたグレッグは頭蓋骨を骨折した」

シドニーは思わず息を呑んだ。「なんてこと。お兄さまはそれで……亡くなったの？」

「即死ではなかった」デヴェリンはもうシドニーを見ていなかった。「両親はグレッグを階上の部屋へ運んだ。その日、グローヴナー・スクエアの屋敷で舞踏会が開かれていたんだ。だけど意識は戻らなかった。その状態がどれぐらい続いたのか……思い出せない。二週間か、ひと月か。わかるもんか！　内科医や外科医が入れ替わり立ち替わりやってきた。占い師や祈禱師《きとうし》まで呼ばれた。父は半狂乱だった。瀉血《しやけつ》もした。吸角法（ガラスの器を皮膚に押しあてて血を吸い取る）もためしたし、最後は頭蓋骨に穴をあけることまでしたんだ。それもこれも兄の意識を回復させるためのむなしい試みだった。しかし、兄は目を覚まさなかった。そして死んだんだ」

「そう、そんなことがあったの。そんなつらい出来事が」シドニーは力なく言った。

人を食ったような笑みが復活した。「その出来事は父をも殺しかねなかった。父の絶望は計り知れないものだった。終わりなき絶望というやつさ。おまけに、おれがかわりに死ねばよかったと思っているのを隠そうともしなかった。父はこう言ったよ。グレッグを殺したおれがグレッグにかわって家督を継ぐことになるとはとんだ茶番だと」

「そんな、ひどい。事実とちがうわ」

振り向いたデヴェリンの目は怒りに燃えていた。「事実なんだろうよ」彼は歯嚙みをした。「とにかく父はそう言ったのさ。何度も。それだけではすまず、こうも言った——こちらもまったくそのとおりなんだが——おれが絞首台に上げられずにすんだのは父親の名声のおかげだと。たしかに、もっと軽い罪で吊るし首になる人間もいるからね。いっそあのとき吊るし首にしてくれていたらと思うことがあるよ」

デヴェリンは今は金のロケットを片手に握りしめていた。手袋の革が異様なくらい突っぱっている。ロケットを握りつぶしはしまいかと心配になった。細密画を保護するガラスが割れたら大変なので、手を伸ばした。ロケットに巻きついた指をシドニーが引き剝がし、ロケットをポケットに収めても、彼は見ようともしなかった。

「事故だったんですもの」シドニーは手を差し出した。

「悲劇にはちがいないけれど、事故は事故よ」

「どうかな」デヴェリンはつぶやいた。自分がシドニーの手を強く握っていることにそこで気づいたようだった。「さあ、行こう。こんな男が聖なる地に立った罰に、神が雷《いかずち》を落とされるまえに」

それ以上質問する気にはなれなかった。というより、この話題を持ち出したことを後悔していた。励ましの意をこめてシドニーは彼の手をぎゅっと握り、ベンチから腰を上げた。黙って歩きながら、あの夜、路地でジャン・クロードが口にした言葉を思い出していた。デヴェリンは兄を殺した……。

あのときはまさか事実とは思わなかった。でも、事実とわかった今も、この人に対する見方はなにも変わっていない。危険を冒して彼の兄の細密画を返してよかったという安堵がより深くなっただけだ。

ドルリー・レーンが終わるところまで、ふたりはひとことも口を利かなかった。デヴェリンは足を止めると、シドニーの手に自分の手を重ねて強く握った。「おれはここで失礼したほうがよさそうだ」

市場の露店のにぎわいが遠くに見える。花売りの姿はもうほとんどないが、野菜売りの屋台はまだ市場のなかを行き来している。疲れ果てた様子の行商人とすれちがった。商売を終えて帰るところなのだろう。疲れをにじませながらもまだ呼び売りの声をあげている。「キャベツに人参《にんじん》、エンダイブもあるよ！」

「こんなところまで送ってくださってありがとう。買い出しなどにつきあわせたら、せっかくの午後が台無しですものね」

奇妙な表情がデヴェリンの顔をよぎった。「シドニー、そうじゃないんだ」

「え？　じゃあなに？　デヴェリン、どうかした？」

デヴェリンはシドニーの手を取ると、細い路地の陰へ引っぱっていった。冷たい煉瓦《れんが》に彼女の背中を押しつけ、じっと目を見つめる。はっとするほど思いつめた表情で。「シドニー、きみのような女《ひと》はおれみたいな男と一緒にいるところを人に見られないほうがいい。評判を落としたいならべつだけど」

侯爵を避けるという誓いは忘れ去られていた。「わたしにとってなによりも大事なのは友情よ。もし、わたしたちが友人なら、一緒にいるのを見た他人《ひと》がどう思おうと関係ないわ」

「友人？」温かい大きな手がシドニーの腕をつかんだ。「願わくば、そこまで昇格させてもらいたいよ、シドニー」

デヴェリンによって窮地から救い出されたのはついさっきのことだ。「ええ、もちろん、わたしたちは友人よ」

両腕を握る手に力がこもった。シドニーの視線をとらえたまま、彼はゆっくりと顔を近づけた。「ただ、そこまでで満足できるかどうか自信がない」

彼はキスしようとしている。腕が脇に落ちるのがわかった。買い物籠が舗道の玉石にぶつかる音が聞こえる。つぎの瞬間、デヴェリンの唇がシドニーの唇をかすめた。差し迫ったキスでも荒々しいキスでもない、このうえなく優しい愛撫のようなキス。それは問いかけであり、訴えだった。シドニーは誓いを破って応えた。頭をそらし、目を閉じて、身をまかせた。

デヴェリンの口が動く。壊れやすい大切なものに触れるように唇が斜めに横切る。彼の両手がシドニーの腕を放し、上に上がってきた。温かい大きな掌が両側から顔を包む。親指が鳥の羽のような繊細さで頬骨を撫でる。

シドニーは吐息を漏らし、たくましく広い背中に両手を滑らせた。愚かにも、彼の熱い体が密着するように仕向け、濃厚なキスをせがんだのだ。しかし、デヴェリンは唇を引き剝がすと、自制の利いた言葉をはっきりと口にした。

「シドニー、ここでやめなくては」デヴェリンは頭を垂れた。額と額が合わさるまで。「なんてことをしているんだろう、おれは！　こんな路地裏で。すまなかった」

デヴェリンはすまながっている。彼はわたしを求めた。それはまちがいないけれど、あきらかにルビー・ブラックに対するような求め方ではない。燃えさかるような情熱は彼のなかになかった。シドニーは失望の棘を無理やり抜き取ると、デヴェリンの頰に片手を添えた。

「デヴェリン、大丈夫。ここにはだれもいないわ。だれにも見られていないわよ」

「きみが欲しいんだ、シドニー」とデヴェリン。「そんなことはもちろん、わかっているよね？　こんな図々しい要求、きみはきっぱり断わるべきなんだろう。だけど、おれはきみが欲しい、つまり……愛人として。他人《ひと》に見せびらかすために尻軽女を愛人にするのとはちがう。そうではなくて……もっとべつの……うまく言えないが、ふたりだけの特別な関係を……」

「秘密の愛人にしたいの？」シドニーは囁いた。矛盾した申し出であるはずなのに、なぜかそうは感じられなかった。でも、どうにか両手を彼の胸にあてがい、その考えを頭から追い出した。デヴェリンにこの身を投げ出すわけにはいかない。シドニーは唇を嚙み、あのくだらないタトゥーを胸に入れた日の自分を呪った。

デヴェリンはシドニーのためらいを誤解した。両手をおろし、視線をはずして細い路地の先のほうを見つめた。「よし、それでいい」と静かに言う。「いい娘《こ》はやはりそんなことをしてはいけないんだ。自分を粗末にしてはいけない」

シドニーに向かってデヴェリンがそうした警告をするのはこれで二度めだった。シドニーはもう一度彼の頰に手を添え、自分のほうを向かせた。「粗末になんかしないわよ、デヴェリン。大丈夫、自分の友人は自分で選ぶわ。これでも人を見る目があるのよ。だからって、愛人になれと言われて、イエスと言える？　申し訳ないけれど、それはできない」

デヴェリンの目は真剣そのものだった。「望みを抱いても無駄ということかい？」

シドニーは唾を飲みこんだ。「友情を超えた関係ということなら、ええ、答えはイエスよ」

デヴェリンは腰をかがめて空の買い物籠を拾った。「よくわかった」

「いいえ、あなたはわかっていない」シドニーはかぶりを振り、買い物籠を腕に掛けた。「わたしもきちんと説明できないのだけれど」

「レディがそんなことを説明する必要はないさ」デヴェリンは笑顔になったが、無理していることはふたりのどちらも承知していた。

「市場へ一緒に行きましょうよ」シドニーは衝動的に言った。「買ったものを運ぶ男手がいるの」

「きみって人はなかなかの嘘つきだな、シドニー・セント・ゴダール」

それでもデヴェリンは買い物籠を受け取ると、忠実なスパニエル犬のようにシドニーのあとを追った。シドニーは市場の露店に並んだ品物を選びながら、なぜかまだルビー・ブラックのことを考えていた。デヴェリンが情熱的に求めた、デューク・ストリートの悪魔をして気が変になりそうだと言わしめた女のことを。今なお欲しくてたまらず、毎晩眠れないとは。なんという情熱だろう。それほどまでに男が恋い焦がれる女となるのはどんな気持ちなのだろう。

だがそこで、その女とは自分なのだと気がついた。わたしがルビーなのだ。なのになぜ、ちくちく刺されるような嫉妬の痛みを感じつづけているの？　まったく！　馬鹿みたい。これじゃまるで恋に落ちた女学生に逆戻りじゃないの――しかも、相手は懲りない放蕩者ときている！　シドニーは雑念を振り払って買い出しに神経を集中させた。

この時季は根菜は豊富だが、シドニーの好きな青菜は少ない。市場の奥へ進み、品物を入念に選んで一番よしと判断したものを買い物籠に入れていく。と、目の端でとらえたのは、温室栽培のブロッコリーだった。浅い籠に盛られた最後のひと山が、腕を伸ばせば届く位置にある。それを取ろうと手を差し出すのと同時に、細くて長い指をした手にひょいとさらわれた。

ここで品よく譲るのは信条に反する。「あの、それはわたしが買おうとしたものですけれど！」そう言ってから目を上げると、兄の大きな金色の目が見返していた。

「おおこわ、そんな鋼《はがね》のごとき不屈の決意のまえには引き下がるしかない」ジョージ・ケンブルはデヴェリンにすばやく視線を走らせてから、ブロッコリーをデヴェリンの持つ籠に落とした。「付き添いの殿方をご紹介願えませんか」

デヴェリンは自分たちと向かい合わせに立った男の外見も口調も気に入らなかった。引き締まった体に非の打ち所のない装い。とびきりの男前だが、その身にまとった危険な雰囲気は、陽光きらめく水面の下を這う蛇のようだ。若年でも年配でもないその男の目は、無遠慮に——怖いものはなにひとつないと言わんばかりに——デヴェリンの頭の先からつま先までを眺めまわした。

シドニーはデヴェリンの腕からぎこちなく自分の腕を抜いた。「あら、ジョージ。びっくりしたわ」

「だろうね。ほらほら、紹介はどうなった？」

シドニーはなんとか立ちなおった。「デヴェリン卿、こちらは兄のジョージ・ボー——ジョージ・ケンブルですの」

シドニーはなんと言いかけたのだろう。一瞬、デヴェリンの頭に疑問が浮かんだ。

「これはこれは、お目にかかれて光栄に存じます」と口では言うものの、きらきら光る目がそれとは正反対の本心を語っている。ケンブルはシドニーに視線を戻した。「今夜、うちで夕食をともにしてくれるとうれしいね。七時に迎えの馬車をやるよ」

シドニーは額に皺を寄せた。「今夜は無理だわ。夕食をつくるとジュリアに約束してしまったから」

ジョージ・ケンブルはそれを聞いてむっとした。「なにをたわけたことを！　あの女はおまえのコンパニオンだろう。どうしておまえが彼女のために料理をつくらなければならない？」

「ジョージ！」シドニーはなだめにかかった。「料理人のタトルの体調がすぐれなくて、メグは今日は半ドンなのよ。だから、今夜は出かけられないの」身を乗り出し、兄のクラヴァットをほんの少し引くふりをする。もとより完璧に結ばれていたけれども。「はい、これでいいわ。金曜日にはいつもどおり伺うつもりよ、ジョージ」

兄はふたりに仰々しくお辞儀をした。「では、おふたりさん、ごきげんよう」

さっそうとした足取りで立ち去るジョージ・ケンブルを見送りながら、デヴェリンはなんともいえぬ不快な気分に襲われていた。金曜日が来るまえに、シドニーは――好むと好まざるとにかかわらず――あの兄と会うことになるだろう。

シドニーが横で咳払いをした。兄と逆方向にデヴェリンを向かわせたいのか、すでに歩きだしている。「玉葱《たまねぎ》を買いたいの。卵も」

デヴェリンは苛立ちを抑えられずにシドニーの手を取って、自分の腕に戻した。「ひとついいかい、シドニー？　自分の友人は自分で選ぶというきみの言葉をまだ信じていいんだろうね？」

シドニーの目が大きく見開かれた。「どういう意味？」

デヴェリンの笑みが引きつった。「誤解かもしれないが。兄さんがきみにかわって友人を選ぼうとしているように見えたものだから。そろそろ退散したほうがよさそうだ」

かすかな笑みがシドニーの顔から消えた。「行かないで、お願い」

「すまん」デヴェリンは静かに応じた。

シドニーの口がきつく結ばれた。体をこわばらせてうなずくと、彼女はくるりと背中を向けた。デヴェリンがつぎに振り返ったときには、もう姿がなかった。角をまわってべつの通路にはいったのだろう。苛立ちと落胆にさいなまれながら、デヴェリンは通路と露店を縫うようにして、ふたりで歩いてきた方向へ戻った。シドニーをひどく気まずい立場に追いこんだ自分を叱りつつも、ジョージ・ケンブルに対する腹立ちは治まらず、地獄に堕ちろと内心で罵っていた。

残念なことに、ケンブルは地獄へ堕ちていなかった。列を成す露店の一番端の店先に立ち、道をほとんどふさぐ格好で薬草の束を選《よ》り分けていた。デヴェリンが通りかかると敵意をむき出しにした視線を送り、わざと一歩うしろに下がって通り道をふさいだ。

「ひとこと忠告しておく」ケンブルは黒い眉の片方をつり上げた。「妹にちょっかいを出したら後悔するぞ」

デヴェリンはぴたりと足を止め、自分より小柄な男を上からねめつけたが、ケンブルは一歩も引かず、むしろデヴェリンにわずかながら体を寄せた。巨体で人を威嚇することに慣れていたデヴェリンはこの反応にまごついた。

「なにが問題なのか言ってもらおうじゃないか、ケンブル」

ケンブルは嘲るように唇の端をゆがめた。「わたしにはなんの問題もないよ」と返して、ふたたび薬草選びに戻る。「あったとしても長続きはしない。解決策は取り揃えてあるのでね。妹には近づくな、さもないと、そのうちの一策をおたくのために使うことになる」

怒りの炎が全身にまわるのを感じた。「それは脅し文句に聞こえるが」

「ほう、見た目ほどのうすのろじゃないらしい」ケンブルはくすんだ緑色の小枝の束を買い物籠に入れた。「どっちにしろ、その脳天を撃ち抜くぐらい造作もないさ。まあ、そこに脳《のう》味噌《みそ》がはいっていればだが」

「この、めかしこんだ成り上がりの小男が！」デヴェリンはケンブルの肘をつかんだが、ケンブルはさも厭わしそうに振り払った。

小さな人だかりができはじめていた、薬草を並べた露店の番をしていた若い女は難を避けてうしろへ下がっている。ケンブルの笑みが残忍さを帯びた。「いい気なもんだ。今ここでなにが起こっているのかを知りもしないで。おまえさんはやはり戯《たわ》け者だな、デヴェリン。予想をうわまわる、はるかにうわまわる戯け者だ」

この日、デヴェリンが手袋を脱いだのは二度めだった。しかし、ケンブルはからからと笑い、うるさそうに手で払う仕種をした。「おいおい、手袋はちゃんとはめておけよ、デヴェリン。わたしは紳士ではないから、決闘を受ける義務はない。背後からズドンと撃つことだってできるのさ。さあ、とっとと引き上げてカードゲームでいかさまでもやるか、商売女とよろしくやるかしてくれ。なんでもいい、とにかくなにかやって、うちの妹を忘れてくれ」

デヴェリンは手袋を半分脱いだ状態で呆然と立ち尽くしていた。ジョージ・ケンブルは薬草の代金として硬貨を数枚、露店に置くと、何事もなかったかのようにその場をあとにした。

10　イルザとインガ、しかるべき報酬を得る

〈マザー・ルーシーの館〉はソーホーでもとくにいかがわしい一角のとくにいかがわしい売春宿である。ワインはまあまあ、女は意欲的、なにより、人並みはずれて不器量な女将《おかみ》のルーシー・ヒューイットのおかげで女たちがみな白鳥のように見える。だから、その夜、アラスターとクイン・ヒューイットがひょっこりやってきて〈マザー・ルーシーの館〉へ〝景気づけ〟に行こうと言いだすと、デヴェリンはふたつ返事で誘いに乗った。断わる理由がどこにある？　時間と金があり、女のしがらみはまるでない男に。

十時に目的の場所に着いた三人は、まず女たちを値踏みした。十時半、クインがやけにごつい外見のブロンドを選び、速射砲を一発かましてくると豪語して彼女とともに階上の部屋へ消えた。そろそろ午前零時になろうという今、クインはまだ戻っていない。

アラスターはデヴェリンに耳打ちした。「あいつ、生きたまま食われちまったんじゃないのか？」

「支払い額によるな」デヴェリンは物憂げにワインをひとくち飲んだ。今夜のワインの味は〝まあまあ〟にはほど遠かった。ジョージ・ケンブルとのひと悶着《もんちゃく》が引き起こした怒りはい

まだ鎮まっていなかった。

どぎつい紫の布張りの長椅子にゆったりと座ったデヴェリンとアラスターは、イルザとインガのカールソン姉妹が、いかにも風采のあがらぬ紳士たちを十八番《おはこ》の歌と踊りでもてなすのを眺めていた。もっとも、彼女たちの歌と踊りとは、目いっぱい飛び跳ね、金切り声をあげ、目いっぱい体を折り曲げることを意味する。それも素っ裸で――もしくは、かぎりなく素っ裸に近い格好で。スウェーデンの港町、イェーテボリで神が姉妹に授けたありとあらゆるものが、切りこみだか隙間だか細い房だかのあいだから飛び出していた。安っぽくて下品で、底抜けに愉しいショーだ。イルザのむき出しの尻を見て勃起しないような男に生きている価値はない。今のところデヴェリンはその見事な眺めを愉しんでいた。

女優志望のイルザとインガは変わり種なので、店のメイン料理ではなく前菜として客に供するというのがマザー・ルーシーの方針である。有り体にいえば、客引きのおとりだ。よほど金まわりのいい紳士でなければ、この双子を一夜の相手に指名し、女将が設定した法外な料金を支払うのは不可能なので、女将は応接間に設えた小さな演壇に双子を上がらせ、大勢の客を店に呼びこんで平等に愉しませるというサービスを提供していた。その歌と踊りをたっぷり観賞すれば、あるいは欲望をたっぷり刺激されれば、高い料金を支払ってもいいという客が現われる。それは無理でも、安めの女を買おうという気になるかもしれない。

「今夜は安いほうですませる気分じゃないんだよな」アラスターはカフスだか上着の袖口だかをいじくっている。デヴェリンの目を避けようとしているらしい。まったくもってわかりやすい男だ。「イルザとインガにしよう。ほかの女じゃだめだ。おれたちには金の余裕があるんだし」

デヴェリンは疲れきっていて——いや、疲れとはちがう——異論を挟む気にもなれなかった。「わかった。じゃあ、支払いをしてくるよ」

「とんでもない！」デヴェリンが椅子から立つと、アラスターははじかれたように立ち上がった。「それはおれにさせてくれ」

スコットランド人が支払いをすると言い張るときは疑ってかかるのが賢明だとわかっていても、今のデヴェリンはそれすら忘れるほど気もそぞろだった。アラスターはふらりと姿を消した。あとから気づいたのだが、朝の顔剃りを忘れた男と見まちがえそうな面立ちのマザー・ルーシーと長話をしていたらしい。二十分後、アラスターはまたもゆくえをくらまし、双子のいる暖房の効きすぎた階上の暗い部屋にデヴェリンひとりを置き去りにした。どうやら、例のウェスパシアヌスの銀貨のしくじりを彼なりに謝罪しようとしているらしい。インガは——デヴェリンにはインガのほうと思われた——彼のブーツのあいだにひざまずき、両膝を押し広げた。片手で股間を撫でながら、よがり声をあげる。通訳の必要はなかった。

こちらとて生身の男だ。気持ちはどうあれ、股間が熱く張りつめるのがわかった。双子の姉妹は息を呑むほど美しい。イルザはくすくす笑いながら、デヴェリンの座った椅子のうしろへまわりこんだ。たわわな温かい乳房が肩をかすめる。彼女はうしろから体をかぶせるようにして彼の耳たぶを歯で挟み、吸いあげた。

「吸われるの、とてもよいでしょ?」色の薄い睫毛越しに上目遣いでインガが訊いた。「あたしたち、あなたにしてあげたいの。もう元気出たね?」

アラスターめ、お涙ちょうだいの作り話をふたりに聞かせたな! だが、インガは巧みな指使いでボタンの半分をはずし終えていた。勃起したペニスがリネンとウールの襞をくぐって飛び出すと、インガはズボンと下穿きを一気に押し下げた。たしかに、こんなに元気だ。

「おう、とても大きい」インガは感嘆の声を漏らし、淫らな表情を浮かべながら、いきり立ったペニスを両の掌で転がした。「インガ小さいから大きすぎるかもね」

デヴェリンは声をあげて笑った。「いや、それは大いに疑問だな」

実際、疑問に思った。〈マザー・ルーシーの館〉の女たちは穿き古しのストッキングのように使いこまれているのだから。イルザがうしろから手をまわしてクラヴァットをほどくと、インガはまえかがみになってハートの形の尻を見せながら、舌先を器用にペニスに這わせた。

「インガ」イルザが激励の声をかけた。「やっていいよ」

とはいえ、穿き古しのストッキングのイメージが急に頭から離れない。インガのしていることを見おろしているうちに吐き気がこみ上げてきた。正確には、彼女のしていることがいやなのではない。それを自分がされているのがいやなのでもない。問題は……この場所だ。ここの雰囲気だ。快楽を得るために金を支払わなければならないという事実だ。デヴェリンの場合、金銭の介在なしに女がこういう奉仕をしてくれたことは一度もなかった。ただ自分が欲しいからという理由で彼を悦ばせた女も、悦ばせようとした女もひとりもいない。デヴェリン自身、今日、コヴェント・ガーデンでシドニーに願い出るまでは、自分を受け入れてほしいと財布に手をかけずに求めたことは一度もなかった。シドニーが金銭で得られるような相手ではなかったからだが。

インガは今は口を使っていた。「イルザの元気づけ、よいでしょ？」イルザが誘うように乳房を頬にこすりつける。でも、たいしてよくはなかった。全然、元気づけられていない——体のごく一部を除いては。

おれが求めているのはこういうことじゃない。

おれが求めているものは得られないのだろう。デヴェリンは手を伸ばして、インガのブロンドを指で梳《す》いた。「悪いけど」と優しく言う。「これはおれには効果がないようだ」

イルザは乳房をこすりつけるのをやめ、彼の肩先から乗り出して股間に目を据えた。「効果がない？　どういう意味？」憤慨している。「かちかちよ。大きい煉瓦《ステンハード》みたいよ、あなたのそれ！」

「そうよ、うんと太いし」インガが踵に重心を移して上体を起こす。

生まれてはじめてデヴェリンは精神と肉体がべつべつのものを求めることもあるのだと悟った。しかも、ひとたび機能させれば精神が勝利するらしいということもわかった。状況がちがっても同じだ。しばしば大量のアルコールが役立ってきた理由もこれで説明がつく。

突然、悟りを開いたデヴェリンは、すでに立ち上がってシャツの裾をズボンにたくしこんでいた。インガも立ち上がった。ほんの少し感謝するような表情を浮かべて。が、イルザのほうはおもしろくなさそうだった。デヴェリンの座っていた椅子の背後からまわりこみ、さっき脱いだばかりの布の切れ端のようなひらひらの衣装を拾いはじめた。

「なにさ、もう！」欲求不満と乏しい英語力の両方に苛立っているのはあきらかだ。「ほら、インガ。彼、もうだめ。ダンスに行くよ」

「いやよ《ネイ・ダ》！　ダンスもういや！」妹はうんざりした声で言った。「足痛い。ベッドに寝て仕事したい」

デヴェリンは最後のボタンを留めた。「ダンスのことは心配しなくていい」難儀しながらも一物をズボンに収めた。「裏からこっそり帰るから。ふたりでちょっとベッドをきしませて、ちゃんと仕事をしているように見せるんだ。それからドアに錠を掛けて……少し寝るか休むかすればいい」

「ほんと？」信じられないというようにイルザが訊いた。

「おう、少し寝られたらよい気持ち」とインガ。

「だったら、そうしなさい」デヴェリンは料金とはべつに十ポンド紙幣を一枚、インガに手渡した。

この幸運をどう考えればいいのかわからないのだろう。姉妹は大きく開いた目を見交わした。デヴェリンの正気を疑っているのかもしれない。デヴェリンのペニスはまだ元気を失っていないのだから。いずれにせよ、デヴェリンがクラヴァットを結びなおすころには、イルザはベッドの上で思いきり飛び跳ね、インガは椅子に座りこんで、はあはあ荒い息をしながら悲鳴のような声をあげていた。「イエス！　おう、おう！　イエス。イエス、イエース！」

デヴェリンは賞賛の視線を姉妹に送った。もしかしたら、イルザとインガは近い将来、舞台に立てるんじゃないか？　彼はかぶりを振ると、〝おう、おう！〟と〝イエス、イエス！〟の声が響くなか、頃合いを見計らって裏口から抜け出した。

翌日の午後、ロンドンはまたも雨で、今回はそのあとに霧が立ちこめ、石炭の煙と腐った魚のにおいがする毛布のように街をくるんだ。最悪なのは霧だけではなかった。シドニーの家の地下では家事が滞っていた。ミセス・タトルは夜明けとともにどうにかベッドから這い出て朝食の準備を始めたが、ひっきりなしの咳が終日、垂木《たるき》を揺るがせることになった。シドニーはうしろめたさを感じていた。料理人を寝こませた原因はシェリー酒ではなかったらしい。

雨のせいで、本来なら料理人が外でする仕事はすべてメグにまわされた。となると、二倍の時間がかかるのは必至だった。メグは外に出るとかならずデヴェリン邸のまえで無駄な時間を過ごすからだ。ヘンリー・ポークが現われて色目を使ってくるのを期待してのことだが、メグの望みがかなうことも多かった。そういうわけでその日の午後、ミセス・タトルがグレイト・ラッセル・ストリートのパン屋へメグをやり、しばらくメグが戻ってこなくても驚くにはあたらなかった。

一時間が経過し、霧に煙る通りの向こうにいるメグを叱ろうと、シドニーが玄関扉を開けようとしたとき、地階のドアの閉まる音が聞こえた。メグが帰ってきたらしい。ミセス・タトルの咳の発作も同時に始まった。

心配になったシドニーは客間にいるジュリアを見つけて言った。「夕食はまたオムレツでもいいかしら？」

ジュリアは裾縫いの手を止めて目を上げた。「ミセス・タトルはずいぶん具合が悪そうね」縫い目をしっかりと引きながら考えこんだ。「ドクター・ケトウェルに使いをやって往診を頼んだほうがいいかもしれないわよ」

シドニーは浮かない笑みで応じた。「メグによくない知らせを伝えてくるわ」

ところが、料理人は意外にも元気そうで、噂話に余念がないようだ。厨房に通じる階段を半分ほど降りたところで、料理人と家女中の話し声が聞こえてきた。抑えた声の合間に忍び笑いが響く。

「それでね、ヘンリーが言うのよ、どうなってるのか一度書斎を覗いたことがあるんだって。でも、長椅子で気絶してたのは、あのアラスターさまだったの！」とメグ。「デヴェリン卿は床に伸びてたんだって、死体みたいに！　ふたりとも外套を着たまま、ブーツも履いたままでね、暖炉の掃除をしにきた家女中が起こしても、酔っぱらった船乗りみたいにふらふらして歩けなかったって」

「なるほど、デヴェリン卿らしいわ」ミセス・タトルは暗い調子で応じた。「あのお方はならず者だそうだから」

「そのとおりよ、マダム」メグは声を落とした。「ゆうべもふたりでソーホーへ行って、夜中まで帰ってこなかったんだもの。可哀相なウィトルが馬車で待ってることを忘れて、家まで歩いて帰ってきたの。デヴェリン卿は家に着くまでずっと讃美歌を歌いっぱなし、アラスターさまはステッキでビール樽の底を叩いて拍子を取ってたそうよ。淫売宿に行ってたんだって、ヘンリーが言うの」

「ちょいと、言葉に気をつけなさいよ！」ミセス・タトルが注意した。

「じゃあ、ああいうところをなんて呼べばいいの？　尼寺とか？　とにかく〈マザー・ルーシーの館〉って名前のところ。ヘンリーがそう言ってたわ。しょっちゅうふたりで行くんだって。三日間泊まったこともあったって。あそこは正しい悪の巣窟だとか。なんだかよくわかんないけど、道楽者が大騒ぎしてるっていう感じよね」

ミセス・タトルがまた咳で応えたので、シドニーは大きな足音をたてて降りていくことができた。使用人ふたりはすました顔で女主人を見上げた。「あなたはもう休んでちょうだい」シドニーはミセス・タトルに命じた。料理人は玉葱とじゃがいもの皮剝きをしているところだった。「野菜の下ごしらえはわたしがやるから。メグはドクター・ケトウェルを呼びにいって」

ふたりが異議を唱えようとすると、シドニーはいつになく厳しい口調で制した。「ふたりとも一度ぐらい、わたしの言いつけに素直に従ってくれてもいいんじゃない？」

その結果、ふたりは従った。メグは大慌てでもう一度マントを羽織り、ミセス・タトルは逃げるように自室に引っこんだ。切れ味鋭い包丁と皮の剝かれたじゃがいもの山とともに残されたシドニーは、即座にじゃがいもを乱切りにしはじめた。デヴェリンの肉体的長所をひとつ残らず記憶から削除しながら。

そう、ゆうべは〈マザー・ルーシーの館〉へ行ったわけね。ザクッ！　じゃがいもに包丁を入れる。なぜ驚いているの？　ふたたびザクッ！　あそこはまさにデヴェリンのような男が足繁くかよいそうな悪趣味な場所だとわかっていたんじゃないの？　それに〈ルーシーの館〉が〝正しい悪の巣窟〟なら、ブライトンの〈ロイヤル・パビリオン（ジョージ四世が摂政時代に建立したインド風外観の宮殿）〉はさしずめ静謐《せいひつ》で優雅な要塞ね。

でも、少なくともひとつだけ、ささやかな慰めを見いだせる。包丁の刃を玉葱にあてながら、シドニーはそう思うことにした。わたしの拒絶はデヴェリンにさほどの苦痛を与えなかったようだ。少なくとも彼は夜をやり過ごす愉しみを見いだした。もちろん、彼が暖炉のそばでひとり静かに眠れぬ夜を過ごすとは思っていなかったけれど。そうでしょう？　ええ、もちろん。デューク・ストリートの悪魔にも守るべき評判があるのだから。そこでふと目を落とし、玉葱を細かく刻みすぎてしまったことに気がついた。

「それで？」玄関扉から屋敷のなかに戻ったヘンリー・ポークにデヴェリンは尋ねた。「この霧のなか、玄関の外で四十五分も油を売って収穫ゼロとは言わせんぞ」

ポークは当惑顔になった。「それがよくわからないのです、旦那さま」

「わからない？」デヴェリンは轟くような声で訊き返した。「とにかく、あの女中はなんと言ったんだ？　あの女はなにを知っている？」

意図した以上に棘のある言葉が口から飛び出す。自分の家で起こっていることについて使用人に質問しなければならないのも気に入らないが、よその家のことを訊かなければならないのは屈辱以外の何物でもない。ふだんは何事にも無関心な雇い主が、なぜ通り向こうの家に住む人たちに並々ならぬ関心を示すのかと、従僕はすでに怪しんでいるようだ。

ポークは両手を左右に広げてみせた。「なんとなく妙な状況なんですよ、閣下。あのおふたりはメグにはあまり話していないように思えます」

あることないことを言いふらすメグの口の軽さにシドニーもジュリアも気がついたのかもしれない。デヴェリンはその感想を口に出しそうになったが、思いとどまり、応接間へ戻った。「あまり話していないとはどういう意味だ？」先ほどまで飲んでいたコーヒーをまえにして腰を落ち着けた。「彼女は住みこみの女中なんだろう？　主人の外出について知っていて当然だろう」

「ふつうはそう思いますが」とポーク。「先週、マダム・セント・ゴダールが毎晩のようにどこへ出かけていたのかを訊き出そうとしても、メグは奥さまが家にいたのかいなかったのか知らないようなんです」

「馬鹿な！　どうしてそうなるんだ？」

ポークは肩をすくめた。「奥さまが変な時間に家を出たりはいったりする気配はしていたと言っています。あのお宅には小間使い《レディーズ・メイド》はいません。夜の外出のためにミセス・クロスビーが奥さまの髪を結ったりすることはときどきあるようですが、そのほかはみんなご自分でなさるし、ひとりでいらっしゃることが多いそうです。階上の続き部屋が奥さまの部屋で、そこにフランスから一緒に連れてきたあのでっかいぶち猫と閉じこもっているとか。そいつと話をしているんだそうです、メグが言うには」

メグより猫のほうがましということか。その点、シドニーの判断は正しい。彼女にはなにか隠し事があり、それを着々と進めているらしい。「兄に関しての情報はあるか？　ジョージ・ケンブルなる人物の？」

ポークは困り果てたように頭を掻きむしった。「それが、わけがわからなくて。たぶん、奥さまにはふたりか三人の兄ぎみがおいでなんだろうとメグは言うんですが、家を訪ねてきた方はまだひとりもいないそうですよ」

デヴェリンの頭も混乱してきた。兄は危険な悪い仲間とつきあうようになった、とシドニーは言っていた。

たしかにあの男はたちが悪そうだ。できれば敵にまわしたくないと相手に思わせる雰囲気をまとってもいる。では、ジョージ・ケンブルはどれほどの悪党で、どれほどの危険人物なのか。そもそも、あの男はほんとうに彼女の兄なのか？　シドニーはフランス人だが——いや、これも憶測だが——彼女の英語にはフランス語訛りがほとんどない。コヴェント・ガーデンで会った男のほうは、まぎれもなくイングランド英語を話していた、それも上流階級特有のアクセントが聞き取れた。

「あのう、お訊きしてもよろしいですか？」ポークが物思いを中断させた。「今、ケンブルとおっしゃいましたけど、あの有名な俳優一家（悲劇女優サラ・シドンズ、本名サラ・ケンブルを始め、多数の俳優を輩出している一族）のケンブルですか？」

「いや、まるでちがう」デヴェリンはいらついた。「その一族よりもはるかに毛並みがよさそうだ」

「でも、閣下がその名前を口にされたのは今がはじめてです。綴《つづ》りはあのケンブルと同じなんでしょうか？」

デヴェリンはちょっと考えてから答えた。「おそらく。なぜだ？」

「水上警察に兄がいるんですが、兄の知り合いで同じ名前の男がストランド街で商売をしているので。さも気取ったものを売っている高慢ちきな男なんですが」

「気取ったもの？」

「〝極上のがらくた〟と扉に銘打ってます。店はセント・マーティンズ教会の角を曲がったところにあって、美術品や宝石や、恐ろしく値段の高い古いもの――なんていうんでしたっけ？　骨董ですか？――を並べていますよ。エジプトの彫刻とか、千年もまえに死んだ中国人が彫ったものとかを」

「ほんとうか？」

ポークは大きくうなずいた。「客は金持ちの貴族が多いらしいです。わたしも一度だけ兄のベンに連れられて行ったことがあります。おふくろの誕生日に贈る帽子の留めピンを買いに。そうしたら首相が来ていましたっけ。オルモル装飾（ブロンズに金メッキをほどこす装飾法）の時計を買っていらっしゃいました」

「ほう、ウェリントンが？」とデヴェリン。「どうやら、こちらのケンブルと同一人物と考えてよさそうだ」

ポークは警告するような目つきをした。「わたしの言うケンブルは警察ではよく知られているようです。だから、ベンもそいつと知り合いなわけで……いや、彼のことを知っているわけで」

「要注意人物ということか？」

ポークは肩をすくめた。「危ない方面に人脈があるのはまちがいありませんね。密輸業者とか故買屋とか。ベンが言うには、新警察の警部補クラスが定期的にあの店に出入りして、情報収集をしてるようです。ケンブルが協力することもたまにあるらしいけど、なかなか口が堅いそうですよ。この意味はおわかりでしょう。ケンブルを信用していいのかどうか迷うこともあるとベンは言っています」

侯爵は鼻を鳴らした。「いよいよもって、あいつにちがいない」

「あの、使用人の分際《ぶんざい》でこんな忠告をさせていただくのもなんですが、閣下」と言いながら、ポークは忠告する気満々だった。「くれぐれもご用心ください。そのケンブルという男は政府高官ともつきあいがあるそうですから。内務大臣のミスター・ピールと親しいだけでなく、あっちこっちの行政区のくちばし《ビークス》にも顔が利くとかで」

「くちばし？」

「治安判事のことですよ。もちろん、内務省の連中にもね」

デヴェリンはコーヒーを脇に置いた。「つまり、小商いをしているただの男ではないんだな」

「そのとおりです、閣下。そういうのとは全然ちがいます」

「なるほど、奇っ怪だ。礼を言うよ、ポーク。もう下がっていいぞ」

ポークは立ち去りかけてから、思い出したようにまた振り返った。

「閣下。もうひとつありました」

「ああ？」

「お向かいのレディおふたりの予定を知りたいとおっしゃってましたよね。メグによれば、奥さまは数日後に舞踏会に出席されるそうです。ミスター・ピールの友人で政府高官のどなたかが主催する盛大な舞踏会だとか。ミセス・クロスビーが舞踏会のドレスの準備をしているので、メグもそのことを知ったのです」

「またまた妙だな。だれだろう？　舞踏会はいつなんだ？」

「はっきりいつということまでメグは知りません。でも、主催される方のお名前は聞いたそうです。ミセス・クロスビーが得意げに口にされていたらしく。ウォルラファンですよ、旦那さま。ウォルラファン卿です」

その夜、シドニーは細心の注意を払って夜の予定のための身支度をしていた。髪をねじって頭の上に留めてから、海軍の士官候補生の制服を着た。白いチョッキにぴっちりしたズボン、金ボタンと深い折り返しのカフスがアクセントとなっている洗練された濃紺の上着。顔の骨格を強調して顎ひげの剃り跡らしき陰影をつける軽い化粧をほどこしたあとは、帽子をかぶるだけでよかった。こうして華麗な変身を遂げると、重心を落として船の揺れを吸収する船乗り独特の歩き方の練習を始めた。船上生活を送っていたころ日常的に見ていたから難しくはなかった。

トーマスが目を上げ、その様子を猫らしい無関心さで眺めている。「ねえ、どう思う?」シドニーは鏡に映った自分の姿を確かめながら訊いた。

トーマスは爪を出して絨毯にもぐらせた。

「すばらしい意見をありがとう!」シドニーは化粧テーブルの抽斗《ひきだし》を引っかきまわし、鞘《さや》付きナイフを見つけた。慎重にそれをズボンに収めると、腰を落として猫を撫でる。

トーマスは体を起こして後ろ肢で座り、シドニーの膝に頰をこすりつけた。その仕種になぜか背筋がぞくりとした。トーマスがそんなふうに愛情を表現することはめったにないのだ。おいしいものが目当てのとき以外は。違和感を振り払って雄猫を抱き上げると、キスをしてベッドの真んなかに置いた。

「ベッドを温めておいてね、トーマス」最後にもう一度顎の下を搔いてやった。「遅くはならないわ」

もう一度鏡で帽子を確認した。これが身の破滅を生む恐れがあるのではないか。ボドリーが最新の若い恋人との逢い引きに使ったのは安宿だった。そういうところへ行けば、紳士も帽子を脱ぐものだろう。しかたなくシドニーはまた髪をおろして、鋏《はさみ》を手に取った。

ちょうどジュリアが部屋にはいってきて、静かにドアを閉めた。「メグはもう寝たわ。ミセス・タトルはドクター・ケトウェルが処方してくださったアヘンチンキのおかげでぐっすり眠っている」動きが止まる。ジュリアは顔に恐怖の色を浮かべ、シドニーが手にした鋏を見た。「なにをする気なの、シドニー？　馬鹿なことはやめなさい！」

シドニーは微笑んだ。「ほら、ジュリア、いっぱしの船乗りに見えない？　お化粧は上手にできたでしょう？」

しかし、もはやなにを言ってもジュリアの機嫌はなおせなかった。シドニーの企ては一線を越えてしまった。シドニーはジュリアが勇気をなくしたと責め、ジュリアはジョージに言いつけると脅した。「言いつけられるものなら言いつけてごらんなさいよ」結局、今夜もふたりの言い争いに出口はなかった。

「それならせめて」激したジュリアは言った。「その美しい髪を台無しにするのはやめてちょうだい」

「じゃあ、もっとうまく変装させて。わたしの腕ではこれが限界」

見るからに気乗りしない様子でジュリアはすたすたと部屋を出ると、トランクのひとつにしまいこんでいる鬘を持って戻ってきた。無言でヘアピンを押しこみながら、シドニーの髪を痛いほどにきつくねじり上げると、その上から鬘を隙間なくかぶせた。さすがだった。シドニーは友人の頰にキスをし、感謝の言葉を捧げ、夜のロンドンへ忍び出た。

若い男になったつもりで西へ向かった。動作にも気をつけた。顎を上げ、肩をそびやかし、どこを見るでもなく視線をさまよわせる。シドニーを見て一度見てまた見返す者はいなかった。それをしたのは、〈金の十字架〉のそばの暗がりをうろついていた吊り目の街娼ふたりだけだ。ボドリーが若い男を連れこんだ最後の店がそこだったことを思い出して体が震え、入り口のまえを足早に通り過ぎた。

セント・ジェームズ公園の外周はガス灯の柔らかな光に照らされていた。街灯柱のまわりにこぼれたその円い光は、まるでマスタード色の綿のようで、公園の暗闇までは届いていなかった。幸い今夜は雨も降らず寒くもないが、テムズ川に近いこのあたりには相変わらず霧が垂れこめている。引き返そうかという考えも一瞬、頭に浮かんだが、霧の晴れる夜を待っていたら、老いて死んでしまうかもしれない。しかも、そのあいだにどれだけの罪のない若者がボドリーの餌食にされることか。

前回のボドリーに倣って、公園の東側の縁に沿った小径《こみち》を進んだ。向かって右手のニュー・ストリートの角に紋章のない立派な馬車が停まっている。馬丁が馬の頭を押さえ、幾重ものケープがついた外套に身を包んだ御者は御者台で背中を丸めていた。その姿勢からすると眠りこけているようだ。どちらもボドリーの使用人ではない。シドニーはさらに闇の奥へ進んだ。

左手には恋人同士と思われる男女がひと組。顔を伏せて会話しながら、そぞろ歩きにテムズ川のほうへ歩いていく。外見から察するに従僕と家女中だろうか。メグと、彼女がのぼせているデヴェリンの従僕のことが思い出された。あの若者が誠実な男だとよいのだけれど。メグにも口の利き方にもう少し気をつけてもらいたい。そんなことを考えながら歩いているうちに、いつのまにかずいぶん先まで来ていた。位置を確かめようと頭を起こしたら、しゃれた身なりの若い男と鉢合わせし、暗闇で文字どおり跳ね返された。

「おっと！」よろけたシドニーの肩を男は急いでつかんだ。「しっかり歩けよ、おい！」それから、大きな音がするほど背中を叩いた。

その男っぽい対応にシドニーはつい警戒を解いた。口を開き、士官候補生らしい作り声で言う。「これはどうも失礼しました。よそ見をしてしまったようです」

しゃれ者は今度は好奇心を目に浮かべ、品定めするようにシドニーを眺めおろした。シドニーはとっさに、相手の胸のハンカチーフと、チョッキにさりげなく添えられた親指を見て取った。「海軍本部へ行くのかい？」男は会話を始めようとしている。

シドニーは首を横に振った。「いいえ。あ、いや、そうです。そっちのほうへ」断わりのつもりでうなずいた。「もう一度お詫びします。では、ごきげんよう」

しゃれ者は優美このうえない帽子を軽く持ち上げ、シドニーがあとずさりするのを名残惜しそうに見送った。シドニーが砂利道に男を置き去りにしたあとも、まだこちらを見つめている。もう少し行けば、ボドリーが従僕を待たせている場所が見つかるはずだった。そう、あの木のそばだ。大きく息を吐き出すと少し緊張がほぐれた。着飾った紳士の小集団が煙草を吸ったり雑談したりしながら、木立や茂みの近くをぶらついている姿が暗いなかでも見分けられるようになってきた。特定の階級の女を腕にぶら下げている男も少なくなかった。そこにいる人々は一様に陽気で、よく笑っていた。シドニーは冷めた目で見つめた。彼らのうちの何人が本心から愉しんでいるのだろう。あの陽気さの何割がまずまずの食事と温かいベッドを手に入れるための演技なのだろう。

もう少し進むと練兵場にほど近い側に出た。グレイト・ジョージ・ストリートの縁石に大型の四輪馬車が寄せられている。その馬車の脇を通り過ぎたとき、追い風の湿った空気のなかに阿片のにおいがはっきりと嗅ぎ分けられた。阿片？ セント・ジェームズで？ 夜の帳《とばり》がおりたあとのこの公園は、ささやかな悪徳を求める人間が足を向ける場所になっているらしい。

シドニーは公園の東側をかなり長いこと行き来して待ったが、ボドリーもボドリーの従僕も姿を見せなかった。だが、その間に三度ほど、べつの紳士が近づいてきた。値踏みをしながらも油断のない目つきをしている。シドニーも目で拒絶の意を伝えると紳士たちは了解し、そのまま歩を進めるか、関心をほかに向けるかした。そうこうするうちにようやく、公園で無為な時間を過ごしていたハンサムな男たちの集団もばらけはじめた。ある者はひとりで、ある者は女と、ほかの者は男同士で、葉巻煙草と笑い声を道連れに輪から抜けていった。遠くのほうで時計が午前零時を打った。その音を霧が陰鬱にかき消した。

無駄足だったらしい。今夜はボドリーとの遭遇は望めそうにない。公園の外を人や馬車が行き交う音も次第に間遠になってきた。シドニーは落胆を振り払った。今夜はいい練習になったと考えよう。気持ちを切り替え、まだ煌々《こうこう》として夜の賑わいが続くストランド街のほうへ急ぎ足で歩きだした。裏道を通っていこう。ジョージがぶらついている可能性もなくはないから、人通りの多い表通りは避け、だが、用心のためなるべく近道を通って帰ろう。そのときだ、背後で砂利を踏みしだく音が聞こえたのは。

シドニーはぴたりと足を止めた。あたりを見まわす。だれもいない。それでも戦慄が背筋を走った。ああ、今のは気のせいよね。闇のなかにひとり。でも、目と鼻の先では人の営みが繰り広げられている。チャリング・クロスへ向かう馬車の音も聞こえていた。チャリング・クロスまで徒歩でも二分とかからない。かすかに生まれた安心感を頼りにシドニーはふたたび歩きだした。上着のポケットに収めたナイフの感触をもう一度手で確かめながら。

けれど、すぐにまた音が聞こえた――いや、気配を感じた。神経が過敏になっているだけなのだろうか。デヴェリンに出会ってからというもの、夜の行動の歯車がどこか噛み合わなくなっている。彼がなにかの呪いをかけたのではとさえ思いたくなる。

念には念を入れ、近道をしてホワイトホールに出ることにした。ひっそりとしたグレイト・ジョージ・ストリートを急いで渡り、スコットランドヤードに近い迷路のように入り組んだ道にはいった。だが、賢明な選択とはいえなかったようだ。川沿いに並んだ官公庁の建物は夜のこの時間にはさすがに静まり返り、ストランド街のパブやコーヒーハウスまではじれったいほど距離がある。

かすかな動きを感じたつぎの瞬間にはもう男につかまれていた。

振り返りざま、シドニーは片脚を高く振り上げて強烈な蹴りを食らわした。これは広東人《カントン》の船乗りから教わった足技だ。それが襲撃者の肋骨に命中し、男がよろよろとあとずさりした。シドニーはバランスを取って片足の爪先に重心を置き、もう一度回転キックを繰り出した。そのブーツが起き上がりかけた男の喉を直撃した。ここまでがわずか二秒。しかし、敵は数で勝っていた。べつの男が背後からシドニーをつかまえ、乱暴に体を引き上げた。

「ほらよ、つかまえたぞ、バドリー」男はがらがら声でシドニーの肩先から言った。「この坊主、ちょっとした技を知ってるようだ」

「放せ!」シドニーは男の手を振りほどこうとした。「きさまら」喉を締めつける恐怖と闘った。この男たちはただのチンピラだ。最悪でも辻強盗《つじごうとう》だろう。

バドリーと呼ばれた男が肋骨をさすりながら近づいてきた。まだ若い。ひげを伸ばし、薄汚れた手をして、服も粗末だった。「放せだと? 船乗りの小僧のくせに偉そうな口を利くじゃないか。どこにも逃げ場がないってのによ」

バドリーがシドニーにつかみかかり、男ふたりで濡れた石壁に肩を押しつけた。

「こいつ、なかなか可愛い顔してるぜ、バドリー」バドリーではないほうがシドニーの顔に自分の顔を近づける。「ポケットにはいってるのはなんだい? もう公園から出てきたとこを見ると、その貧相なケツを振って今夜のおあしはもう稼いだんだろうな」

バドリーは身をかがめ、シドニーの上着のポケット――空っぽのほう――に片手を突っこんだ。シドニーは思わず顔をそむけた。ひどい悪臭がする。腐ったような息のにおいだ。汚れた体と何日ぶんもの汗のにおいもまじっている。おまけに、どちらの男も泥酔かそれに近い状態なので、判断やタイミングを誤りやすいだろう。

シドニーは暴れた。もう少しでバドリーを肘で直撃するところだった。「放せと言ったのが聞こえないのか！」

バドリーは横目でちらっとシドニーを見ながら、ポケットから手を抜いた。「おまえら男娼は夜のセント・ジェームズを流すのがよほど好きらしい。ようパグ、男とやったことあるか？」

「ないさ」パグは恐怖に駆られたような声を出した。

バドリーはシドニーの肩をぐいと押した。「そいじゃ、こいつの海軍ズボンをおろして一発ぶちこんでみるか？」

「そりゃまずいよ！　ここでかい？」

バドリーはにやりと笑った。「そうさ。こいつの可愛い顔が気に入った」

「いいのかよ、バドリー、ちんぽこが腐っちまうぞ」と相棒。「ポケットのなかのもんだけいただいてずらかろうぜ」

シドニーはふたりの一瞬の迷いを逃さなかった。渾身《こんしん》の力で肘鉄を食らわすと、バドリーはぜいぜいあえぎながらかがみこんだ。くるっと向きを変えてパグの喉に手刀をひと振り。連続の動作だった。バドリーが向かってきたが、ひらりと身をかわし、ナイフを抜いた。

「寄るな。ちょっとでも動いたら、おまえらふたりとも命はないと思え」

バドリーは蒼白になり、両手を脇に垂らした。パグという名のチンピラはなおも苦しそうに喉を押さえている。シドニーは三歩うしろに下がってから体の向きを変え、闇のなかを全速力でストランド街へ走った。

しかし、ふたりのほうもまだ降参しなかったようだ。追ってくる足音が聞こえる。シドニーは路地に飛びこみ、水溜まりをばしゃばしゃと音をたてて走った。なおまずいことにテムズ川のスコットランド・ヤード・コール・ワーフ付近まで来ていた。息も切れている。埠頭は闇に包まれていた。人の気配はまったくない。

「ここだ」バドリーの声が路地に不気味に響いた。「こっちへはいるのが見えた」

シドニーはふたたび曲がりくねった迷路を無我夢中で走った。路地からまたつぎの路地へ。そのあとは川沿いの道を進んだ。ノーサンバーランドまで行けばなんとかなる。ノーサンバーランド・ストリートはストランド街に通じているから。必死で周囲を見まわす。小さな明かりが見える。建物の階上の窓に蠟燭の灯《ひ》が映っている。川を進む船のカンテラが揺れている。しつこく追いかけてくるチンピラの声がした。もう一度方向転換すると、川が視界から消えた。自分の息遣いが暗闇に不気味に響く。

突然、闇に顔が浮かんだ。「財布を出せ!」パグだ。「ぐずぐずするな!」きらりと光る金属が向かってくる。

シドニーは悲鳴をあげ、自分のナイフを振りかざして突進した。刃が手を斬りつけると、パグはうめき、悪態をつきながら、あとずさりした。シドニーは駆けだした。人っ子ひとりいないハンガーフォード・マーケットの暗い屋台のあいだを駆け抜ける。つぎの角を曲がると、街灯の明るい光が視界に飛びこんできた。ノーサンバーランドだ。天の助け。クレイヴン・ストリートと斜めに交差するところが見えると、迷わずそこを目指した。

痛みを感じたのはそのときだった。まだ走りながら、空いているほうの片手で上腕を押さえると、生温かいものが触れた。濡れている。目のまえの街灯の光がまわりだした。足に力がはいらなくなり、ナイフを手から落とす。玉石敷きの路面にその音が響いた。


ジョージ・ケンブルが十二年物のポートワインを味わいながら『理性の時代』のお気に入りの一節をふたたび読み返していると、階下の店の扉を叩く音がした。理性を欠いたとしか思えない叩き方だ。宵っぱりのケンブルではあるが、トマス・ペインとキンタ・ド・ノヴァル社の一八一八年のポートワインを愉しむひとときを、約束なしの訪問で邪魔されるのはごめんだった。

ふたたび常軌を逸したノックが始まった。部屋の反対側でいびきをかいていたモーリスが椅子の背もたれから頭を起こした。「また酔漢かい、ジョージ」とぶつぶつ言う。「裏通りの」

ケンブルはやれやれというようにため息をひとつつくと、本を脇に置いた。サイドボードから小型拳銃を取り出し、燭台を手に取る。こうして武装してから店の裏口へ通じる階段を降りた。

扉を叩く間隔が次第に開き、今は不規則な弱々しい音になっている。ケンブルは裏の扉の重い三重の閂を引くと、蠟燭を高く持ち上げながら扉を開いた。暗がりに海軍の制服を着た青年の姿があった。酔っぱらっている。戸口で体を折り、一方の肩を煉瓦の壁にもたせかけて、もう一方の腕を手で押さえていた。

「お願い……」舌がもつれている。「助けて……腕を……」

ケンブルは拳銃を構えた手をおろそうとはしなかったが――過酷な境遇のなかで駆け引きを学んだ――蠟燭を脇に置き、青年の肘の下に手を差し入れた。だが、間に合わなかった。士官候補生は白目を剝いて膝をつき、戸口に伸びてしまった。ケンブルが血に気づいたのはそのときだった。濃紺の上着に血がにじんでいる。本人が手で押さえていた袖の部分が切り裂かれ、背中はもっとひどいことになっていた。

ケンブルは手を放した。「まいったね！　なんて夜だ」階上に向かって声を張りあげた。「モーリス！　降りてきてくれないか、モーリス！　海軍兵学校のおたんこなすが路地で襲われて命からがら逃げてきた」

「またか？」モーリスはすでにどかどかと階段を降りてきていた。

ケンブルが青年を肩に担ぎ、モーリスがうしろから支えて階段を昇った。半分まで昇ったところでモーリスが言った。「待ってくれ、ジョージ。二角帽が落ちそうだ」蠟燭を高く上げて、落ちてきた帽子を受け止める。「おやおや、これは！　われわれは大変なものをしょいこんでしまったようだぞ」

ケンブルは半身に振り返った。肩にかかる九ストーンはあろうかという重みにつぶされぬよう注意して。「われわれはどうか知らないけど、モーリス、わたしは膝を痛めそうだよ。進むぞ」

モーリスは蠟燭を傾けた。「でも、ジョージ、この坊やは鬘をかぶっているんだ」そう言って、後頭部の髪のきわに指を一本差しこむ。

「なんだって！」とケンブル。

モーリスはつかのま沈黙した。「というか……これは坊やじゃない」

「なんだって！」ケンブルはもう一度言った。

「もっとまずい事態だよ」モーリスは今は二本の指で、虱《しらみ》だらけの鼠を触るかのように鬘をつまんでいる。

「もっとまずい事態？」ケンブルの背中はもはや折れそうだ。「血まみれの海軍兵学校の坊主に戸口で倒れられるよりまずい事態があるのか？」

モーリスは上体を起こし、蠟燭も起こすと肩をすくめた。「いや、なに、わたしの思いちがいであればいいんだが、ここで海軍兵学校の制服を着て血を流しているのは、きみの妹のように見えるのさ」

五分後、ふたりは海軍兵学校の青年だったはずの人物を予備の寝室に寝かせた。妹はどんなのっぴきならない事情から、こんな軽率きわまる破廉恥このうえない行動に走ったのか。そう問いつづけるケンブルの声がようやくやんでいた。モーリスは大急ぎで厨房女中《キッチン・メイド》を起こしにいった。

「ああもう、信じられない、どうしてこんな！」ボタンを引きちぎりながら、彼はシドニーのチョッキのまえを開いた。「ナイフを口にくわえ帆にぶら下がって七つの海を渡る危険だけじゃ足りなかったのか？　くそいまいましい海軍なんぞにもぐりこまなきゃならなかったのか？」

妹がベッドでもぞもぞ動きはじめた。「うう」と小さな声を漏らす。

チョキン！　チョキン！　ケンブルはチョッキの肩の縫い目に添って布を裁ち切っていた。

「それなら、新しい船を買ってやることもできたのに、シド。そうしてほしかったのなら。そうなのか？　そうだったのか？」

「いたっ」シドニーがつぶやいた。「やめて」

やめるわけにはいかない。心配で胸がふさがりそうだ。傷は一カ所だけか？　浅い傷なのか？　おお、神よ、深く刺されていませんように。血まみれの上着はもう切り刻んでシドニーの体から剝がし、床に落としてあった。妹の背中の下から引き抜いたチョッキも血で染まっているのを見ると、ショックのあまり手が震えた。なんと！　なにがあろうとショックで手が震えたことなど一度もなかったのに。

濃厚なクラレットのように血がシャツに染みていた。シャツの鮮やかな白に広がった、さらに鮮やかな赤。ケンブルはパニックを起こしそうになった。これも彼がはじめて体験する感覚だ。さらに鋏を進めてシャツの袖口から肩先までを切り開いた。ひとつめの傷は上腕にあった。傷口がぱっくりと醜く開いている。それでも、ケンブルが先ほど階下で腕に縛ったクラヴァットが止血の役目を果たしていた。

モーリスが浅い片手鍋を持ってくると、急いでまた部屋を出ていった。湯気の立つ鍋にフランネルの白いフェイスタオルが小さな幽霊のように浮かんでいる。ケンブルはシャツのもう一方の袖も縦に切り開いたが、幸い傷は見つからなかった。つぎはシドニーの胸を覆っている厚い布だ。鋏を入れてから、晒《さら》したリネンで何重にも胸を巻いてあることに気づいたが後の祭りだった。小分けに切っては床に布を落とした。兄に半裸を見られたと知ったら、シドニーは恥ずかしがるだろうが、これだけ兄を脅かした罰だ。

そんなことを考えながらケンブルは鋏を置き、妹のむき出しの上半身を見おろした。その瞬間、胸がつぶれて息ができなくなった。

これは、これはいったい……。

「ジョージ?」シドニーが気弱な声をあげ、睫毛を震わせた。「ああ、ジョージ。馬鹿だったわ……ほんとうに」

馬鹿だった。ああ、そうとしか言いようがない。ケンブルは目をつぶった。もう一度目を開けても同じだった。その忌まわしいもの——下品なタトゥー——は依然としてそこにあった。妹の乳房を這うサソリのように黒々と。

シドニーの手が上掛けに伸びて兄の指を探した。「ジョージ。ジョージ……わたし……失血死してしまうの？」

「いや」兄はいかめしく答えた。「そうはならないよ、可愛い子。そのまえにわたしが首を絞めてやるから」

11　尋問開始

結局、ケンブルはブラック・ドロップ（阿片からつくられた闇薬）を無理やり妹に飲ませ、傷口を自分で縫った。シドニーは両手をばたつかせて泣きわめき、ケンブルの体のきわめて私的な個所を使い物にならなくしてやると、淑女が知るはずのない、いわんやすらすらと口から出てくるはずもない言葉を駆使して脅した。だが、そのうち、薬が効いて静かになった。手当てを終え、余った布をチョキンと切ると、ケンブルは半パイントのブランデーをあおった。

むろん、怪我をした人間の傷口を縫ったのはこれがはじめてではないし、胸にあるあの忌まわしいタトゥーを御上《おかみ》に見られて妹が吊るし首になるよりははるかにましだ。妹の顔を海綿できれいにぬぐい、部屋のなかを落ち着きなく歩きまわっているうちに午後になり、シドニーが意識を取り戻した。すると、怒りと恐怖、そして腸《はらわた》がねじれるような不安に襲われた。

「おまえがあの悪名高きブラック・エンジェルだったんだな！」その夜、ベッドに起き上がってマグカップの薄いスープをすする妹にケンブルは言った。「堕落した女たちの守護聖人！　女版ロビン・フッドを気取る義賊！　黒い天使《アンジュ・ノワール》！――これはむろんフランス語だけど、英語じゃこう言うんだ、クソがつく大馬鹿者！」

「ジョージ！」妹の声にケンブルはくるりと振り返り、ベッドに近づいた。「レディのまえでは汚い言葉を遣わないんじゃなかったの！」

「おまえはレディじゃないからね！　乳房にタトゥーを彫るなんて自殺行為をした変人だ！」

シドニーはマグカップの縁越しに兄をにらみつけた。「服をずたずたに切るなんて信じられない！」

「それならどうしてほしかったんだ？　体のどこかに深手を負っているのを見逃して、傷口が腐るままにしておけばよかったのか？」

シドニーはため息をつき、マグカップを脇に置いた。「そうしてくれればよかったと思えてきたわ。まさか、あんなふうにずたずたにされるとは思いもしなかったから」

「なんて言い種だ！　わたしには絶対に知られまいとしてきたんだろう。知られたらどうなるかわかっていたから」

「どうなっていたの？　知ったらなにをした？　兄さんはわたしの夫じゃないのよ。もちろん父親でもない。わたしがすることを止められやしないわ」

ケンブルはベッドの上に身を乗り出し、特上のせせら笑いを妹に進呈した。「そうだろうか？」と腹立ち声で言う。「ためしてみてもいいよ。両手両足をひとまとめに縛ってボストン行きの貨物船の船倉にほうりこんでやる。おまえが文句をひとつも言えない、目にも留まらぬ早技でね」

シドニーは自分の耳を疑った。兄のこんなに冷ややかな口ぶりを耳にするのははじめてだ。わたしをこんなに冷たく突き放すなんて。ならばこちらも厳しい言葉を返してやろうと、息を深く吸いこもうとした。でも、なぜかうまくいかず、息が詰まり、わっと泣きだした。

ベッドの横に立っていた兄は、シドニーが気づくより早く、その体を抱き寄せた。「ああ、シド、泣かないでくれ！　ああ、ちくしょう、すまない。すまなかった」

「いたっ！」嗚咽にしゃっくりがまじる。「縫ったところが痛いわ、ジョージ」

兄は体を放した。「どうしてあんな真似をした、シドニー？」

呼吸がなかなかもとに戻らない。「そ……それを……説明するのはすごく大変なのよ！」

「でも、説明する義務がある」兄はハンカチーフを取り出して待ちかまえた。幼い妹の洟をかんでやろうとするように。

シドニーは兄の言うとおりにした。なにもかもを説明しようとした。だが、語りだすと、涙、涙のとりとめのない身の上話のようになった。この世界にほとほと嫌気がさしていたこと。ピエールの不貞によって――最後は彼の死によって――心にぽっかりとあいた穴に苦しんできたこと。ロンドンの街があまりにも多い母の思い出をよみがえらせたこと。それはみな悲しみの記憶でもあったから、帰ってきたのはまちがいだったのではないかと思いはじめたこと。そんなある午後、この世のすべてが自分を陥れようとする謀《はかりごと》に思えてきたこと。

その午後、シドニーはボンド・ストリートをウインドウ・ショッピングしていた。新しい帽子でも買えば人生が変わるかもしれない、せめて気が晴れるかもしれないとむなしい望みを抱きながら。立派な紳士がとある帽子店から出てきた。紳士の腕に寄りかかっているのは見るからに繊細で育ちのよさそうな淑女だった。シドニーがふたりを見ていると、召使いらしき女がひとり、紳士のまえに走り出た。怯えた表情に、ひと目でそれとわかる大きな腹。紳士は召使い女を押しのけて道をあけ、連れの淑女を幌《ほろ》なしの二頭立て馬車《フェートン》に乗せた。女は懇願した。〝ご自分の子を餓《う》えさせても平気なのですか?〟小さなその声が聞こえた。紳士は声高に笑い、美しい二頭の葦毛《あしげ》の馬に鞭をくれた。〝これだから淫売は!〟とつぶやき、高みから尊大な視線を投げた。〝客が多すぎて、だれがだれやら区別がつかないんだろうよ〟

女は殴られでもしたように泣きだした。着飾った淑女は肩越しの視線を女にそそぐだけだった。馬車が走りだすと、淑女の顔に同情と軽蔑の入りまじった奇妙な表情が浮かんだ。シドニーのなかで、なにかが音をたてて切れた。世を倦む気持ちが消え、義憤に燃えた。それからまもなく、くだんの紳士の名前を探り出し、ブラック・エンジェルが誕生したのだった。洗い場女中《スカラリー・メイド》として雇われていた女は、今は三パーセントの利子つきの四百ポンドと沼地のそばの小さな家を手に入れている。

ケンブルは冷静な目で妹を眺めながら、またも部屋を歩きまわった。「話を続けてくれ」

シドニーはともかくも最後まで語った。洗いざらい、ただし、ジャン・クロードに関わる部分を除いて。自分が助けた女たちの個々の事情も、〈ナザレの娘たち協会〉に寄付をする機会も多く、その際にはいつも未亡人の喪服と重いヴェールに身を包んで出かけるのだということも。

「〈ナザレ〉か」兄は警戒する口調になった。「用心しろ。あそこのご婦人がたは簡単に騙せる相手じゃない」

シドニーはレディ・カートンの鋭いまなざしを思い出した。たしかに簡単に騙せる相手ではなさそうだ。不安を振り払い、エイミー・ハンナデイが殴打された一件と、セント・ジェームズ公園でのボドリー追跡の経緯で話を締めくくった。

兄の顔色が変わった。「なんだって！」ベッドに腰をおろし、シドニーの両手を握った。「ボドリーとは！　いいか、シドニー。自分がどれほどの危険を冒しているか、おまえはこれっぽっちもわかっちゃいない！」

シドニーは目を細めた。「ボドリー程度の男ならなんとでもなるわ」

「とんでもない。だから大馬鹿者だというんだ！　ボドリーはこれまでおまえの餌食になった、甘ったれのぼんくら貴族とは人間の種類がちがう。おまえの知らない……知ってほしくもない世界で生きている男だ！　あの男が身を置く世界の仕組みはおまえの推測の域を超えている。売春の元締めや政治ゴロ、児童売春の斡旋。そういう世界だ。殺しも厭わない連中だ。相手が子どもだろうとためらいもなく殺す。その危険の意味をおまえはわかっていない」

「そうかしら」シドニーは眉をつり上げた。「じゃあ、兄さんはわかっているの？」

兄の表情が翳《かげ》った。「わたしは知りたくないことまで知りすぎてしまったよ。忘れたのかい？　十四になるかならないかで家を出て、自分の才覚だけを頼りに世のなかを渡ってきたんだぞ」

「売春の元締めや政治ゴロの世界で」

「ああ、それとすれすれのところにいた」彼の目は今や怒りでぎらついていた。

シドニーは責めるように兄を見た。「自分の才覚だけを頼りに生きなくてもよかったのに、ジョージ。うちへ帰ってくることだってできたのに。母とわたしのもとへ。ひとりで生きるより、わたしたちと生きる人生のほうがよかったはずよ。ちがう？」

兄は答えず、黙りこんだ。兄との関係に修復不能な亀裂を入れてしまったのだろうか。シドニーが不安になりかけたとき、やっと口を開いた。「ああ、そうだな。家に帰るべきだったのかもしれないね。でも、まだ若かったし、プライドもあった。なにより、父親を憎んでいた。あの男が家に来るのも、あの男が嘘をつくのも我慢ならなかった。あの男がわたしたちにしたことも許せなかった。わたしたちというのは母をふくめての意味さ。ところが、どうだ、母はあいつにお世辞を遣って、思いどおりに操ろうとした」

「必死だったのよ」シドニーは優しく言った。

「ああ。それもあったろう」

「兄さんは……ボドリーのような男たちをよく知っていたの？」

兄の目が険しくなった。「ああいう連中を避ける術を学んだ。情け容赦もなく避ける術をね。都会で生き抜くには、シドニー、そうするしかないんだ」

シドニーは目をそらした。兄は手を放そうとしなかった。深呼吸をしてから、兄の手から自分の手を引き抜く。「母が一度言ったことがあった……」囁き声になる。「〝あなたの兄さんは自分を売った、お金持ちの男の人たちに。わざとそうした、お父さまを辱めるために〟そう言ったのよ、ジョージ」

兄の怒りが再燃した。「わたしがなにをしたにせよ、必要に迫られてのことだ」彼は歯を食いしばった。「だから、名前を変えた。最初に思いついた名前にしたのさ。ジョージ・ボーシェでなくなってから二十有余年。わたしは父も母もやらなかったことをやってきたよ、シドニー。自分の力でここまで来た。才覚と非情を頼りに、額に汗して」

「ああ、ジョージ！」シドニーは兄に手を差し伸べた。「兄さんを恥じたことなど一度もないわ」

けれど、もはや兄は聞いていないようだった。「たしかに、泥棒や詐欺師と紙一重だったころもあったかもしれない」声がかすれていた。「でもな、自力で這い上がったんだ。ジゴロもやったのかって？　そういうふうに言う人間もいるだろうよ。知ったことじゃないね。品位と格式をわたしは学んだから。この大都会の最高の伊達男たちから――母が手練手管のかぎりを尽くしてもなびかなかった階級の男たちから」

シドニーは兄の手に触れた。「もうわかったから」

だが、兄の話はまだ終わっていなかった。「従者になればロンドン一の従者となった。店を持てば三年で富を築いた。それもこれも、通りで学んだことをけっして忘れなかったからだ——ボドリーと同類の男たちから教わったことを。非情に徹しろということを。わたしは父のような人間になるつもりはない。グレーヴネル公爵にはなりえない。何者であれ自分でつくった人間になる。貴族の血がこの自分に爵位を授けるのを待ったこともない。それに、世間がどんな陰口を叩こうと、わたしに面と向かって言えるやつはいないのさ」

目に涙があふれるのがわかった。「だれも陰口なんか叩いていないわ、ジョージ。そんなことできるわけがないでしょう。第一、だれもそんなふうには思っていない」

兄は苦笑した。もう一度シドニーの指をつかむと、頭を傾けて、指が触れ合っているところに額をつけた。「デヴェリンは思っている」と、上掛けに向かって言う。「コヴェント・ガーデンで、彼の目がそう言っていた」

「あれは兄さんが挑発したからよ」

兄はため息をついて頭を起こした。「おまえがあいつになにをしようとしているのであれ、シドニー、今すぐにやめなさい。ろくでもない男にはちがいないが、わたしたちが彼の不幸を願うのは筋が通らない」

「どういう意味？　わたしが彼になにをしようとしているっていうの？」

兄は肩をすくめた。「なんであれ愚の骨頂だというんだよ」穏やかながらも一歩も引かぬという口ぶりだ。「とにかくやめなさい……全部。おまえは世直しなどしなくていい。くだらない男どもを改心させようなんて考えるな。そんなことをしてもどうせ無駄骨なんだから」

兄の物言いにシドニーはむっとした。「無駄骨とはなによ！　わたしは男に食い物にされた女たちの力になっているのよ！　それはたしかだわ！　絞首台に送られるまで続けてもかまわない」

兄はシドニーの負傷していないほうの腕を乱暴につかんだ。「だから馬鹿だというんだ。ほんとうに絞首台に送られるぞ！　虐げられた女たちの力になるなら、もっと安全で賢い方法があるだろう。それと、都合のいい誤解をしているといけないから言っておくが、少数の手前勝手な貴族のものを盗んだからといって、わたしたちが庶子でなくなるわけじゃない。わたしの身分が高くなってデヴェリンの身分が低くなるわけでもない。父が母にしたことも変わらない。もっとはっきりしているのは、あの母が多少なりと尊敬に値する女だったと思えるわけでもないということだ」

シドニーは信じられない思いで兄を見た。「ひどい、そんなこと考えもしなかったわ！」

「いや、考えたはずだ。おまえは愚かな紳士どもに屈辱を与え、犯した罪の償いをさせることによって、父に復讐しようとしている。自分をごまかすな」

「馬鹿馬鹿しい！　そんな話に耳を貸す気はないから。聞こえた？」

兄はシドニーの腕を揺すった。「どうにもならない不当な扱いに対する復讐を試みて命を危うくしている妹を黙って見ていられないんだよ。おまえのしていることはそういうことだろう。それぐらい、わたしにもわかる」

シドニーは不意に声をあげて泣きたくなった。頭痛がする。腕も痛む。自分の人生のあらゆることが裏返しにされたような気分だった。兄の言うとおりなのだろうか？　わたしは、つまらないおとぎ話の筋立てを現実世界で実行しようとしているの？　悪人には犯した罪に見合う罰を与え、善人にはめでたしめでたしの一生を与えようと？

「もういや！　どこにも正義はないの、ジョージ？　母にはなかった。希望もなかった。そうさせたのは父よ。父は母から希望を奪っただけで、その償いをしなかった」

「でも、おまえが父にその償いをさせることはできないんだよ」兄の声はさっきより優しくなっていた。「そりゃあ、ときには、べつの男どもに償いをさせることはできるかもしれない。それだって、そいつらをつかまえられればの話だろう。その一回こっきりだろう。自分の首を賭ける価値はないと思うね」

シドニーは洟をすすった。「だったら、罪のない女たちは欺かれ、利用され、悲惨な境遇に置かれつづけるしかないの？　だれも仕返しできないの？」

「そろそろおとなになれ、シドニー」兄は優しく諭した。「わたしたちの母はけっして惨めではなかった。ひょっとしたらそうだったかもしれないが、最初のうちだけだ。母は芝居じみた刺激を好んだ。洗練された高級なものに囲まれる生活を好んだ。なにより、自分が注目を浴びることを喜びとしたんだ。おまえをフランスの学校へやった理由はそれだった。覚えているだろ？　おまえの若さと美しさのほうがきわだつようになったからだ」

ますます頭がずきずきしてきた。「兄さんの言うとおりなのかもしれない」指先でこめかみを押さえる。「ああ、ジョージ！　もうなにもわからなくなってきたわ」

兄はシドニーのおでこにそっとキスをし、腰を上げた。「見せたいものがある」部屋を出て、新聞を手に戻ってきた。それを広げ、告知欄の小さな記事を指さす。

「デヴェリンに近づくなと言ったのはこういうわけさ。あいつはおまえを探している。人に尋ねまわり、躍起になって情報を探っている。遅かれ早かれ、だれかから真実が漏れるだろうよ」

「知っているのはジュリアだけよ。彼女は真実を明かすなら死んだほうがましだと思っているわ」だが、新聞を受け取ると、そこには小さい活字ながら、はっきりとこう記されていた。


先日サザークに現われたミス・ルビー・ブラックへ。グレースチャーチ・ストリートの〈ブラウン・アンド・ペニントン事務所〉を往訪のうえ正体を明かされたし。貴女《あなた》の不利益とはならない。むしろ多大な利益となる経済的援助の申し出が受けられよう。


「嘘でしょう！　これは今日の新聞？」

「何日かまえだよ。いずれにせよ、今のおまえは、シド、通りを歩いている姿をデヴェリンに見られるだけでもすでに危険を冒していることになるんだ。それに、おまえがブラック・エンジェルであろうとなかろうと、あの男の腕にぶら下がって街を歩きまわるのは百害あって一利なしだ」

そのとおりだった。兄の言い分が正しいのはわかっている。シドニーは時間稼ぎに新聞の告知をもう一度読んだ。「どうしてわかるの？」

「なにが？」

「この告知を載せたのがデヴェリンだってことが。ルビー・ブラックの名前はロンドンの社交クラブの半分で吹聴《ふいちょう》されているのよ。兄さんも聞いたことがあるはずだわ。だったら、記事の主はほかの人かもしれないでしょう？」

兄は首を横に振った。「それはないだろうな。〈ブラウン・アンド・ペニントン〉はデヴェリンのお抱え事務弁護士の事務所なんだから」

「なぜそんなことを知っているの？」

兄はゆっくりと肩をすくめた。「まあ、単なる憶測ではあるけれども、グレーヴネル公爵家の弁護士は〈ブラウン・アンド・ペニントン〉なのさ、先祖代々。だから、その記事が目についた」

「グレーヴネル公爵ですって？」狐につままれたようだった。

「父の弁護士だよ、シドニー」兄は念を押すように言った。「〈ブラウン・アンド・ペニントン〉という名前はあれやこれやの書類でいやというほど目にした。母が受け取っていた微々たる額の年金だって〈ブラウン・アンド・ペニントン〉を通じて支払われていた。三月と六月と九月と十二月に、時計のように正確に」

「ジョージ！」手を伸ばして兄の腕をつかんだ。「ちょっと待って、なにを言いたいの？」

兄の表情がやわらいだ。「やっぱり知らないんだな？」

シドニーは掌を額にあてて、つぶやいた。「アレリック。デヴェリンの洗礼名は……アレリックよ。それじゃ家名は、ヒリアードなのかしら。いえ、想像だけど。知らないの。訊いたことがないから。ああ、でも、なんて迂闊《うかつ》だったの！」

「そう、ヒリアードだ」ジョージは静かに言った。「彼は兄の死後、グレーヴネル公爵位の継承者になった」

胸がむかつき、喉がふさがれた。「あれは事故だったのよ、ジョージ。事故だったの。だけど、つまり、わたしたちは……親戚だということ？　どれくらい近い親戚なの？　ねえ、教えて！」

「遠い親戚さ」兄は肩をすくめた。「血縁のない又従兄弟《またいとこ》とか、そんなところじゃないのか。父は息子を授からぬまま死に――」

「嫡出の息子をでしょう」

「ああ、呼び方はなんでもいい。とにかく、グレーヴネルが代々受け継がれて何代めまでいったのかは知らないけれど、現公爵は誠実で信頼に足る人物だ。わたしたちの父とはまるでちがう。公爵位を継ぐ息子とも」

しかし、シドニーの頭痛は激しくなる一方だった。「親戚だったなんて！　ジョージ、どうして注意してくれなかったの？　わたしがはじめて彼の名前を出したときに」

「過去を蒸し返したくないからさ。この社会の仕組みのすべてにおいて優位に立ちながら、その特権的立場を無駄に使っているデヴェリンのような男の話などしたくもないからさ。そもそも、それが問題になるとは考えもしなかった。おまえのしていることを知るよしもなかったから」

シドニーは弱々しくうなずいた。「ええ、そうよね。たしかに」

ジョージは用心深い目で妹を観察した。「そうじゃなかったのか？」

「そうじゃない？　なんのこと？」

「このことが問題なのか？」

シドニーはしばらく押し黙ってから答えた。「いいえ、大丈夫よ。問題ではないと思うわ」

「ならいい」兄はシドニーの手を軽く叩いた。「一瞬不安になったけど。さあ、もう寝なさい。何日か休めば回復するだろう」

シドニーはマグカップを置き、かぶりを振った。「うちへ帰らなくちゃ。木曜日にウォルラファン卿主催の慈善舞踏会があって、ミス・アーバックルの付き添いで出席することになっているの」

「だめだ、休め」兄の口調が厳しくなった。「舞踏会への出席は木曜日の具合を見て決めよう」

部屋から出ていく兄のうしろ姿を、シドニーはベッドからにらみつけた。が、兄は戸口でぱっと振り返った。「もうひとつ答えておくれ。おまえに怪我をさせたやつらの名前はわかっているのか？」

シドニーは目を閉じた。「パグ。ひとりはパグって呼ばれていたわ。もうひとりは、たしかバドリー。なぜ？　ふたりを知っているの？」

兄はふっと微笑んだ。「残念ながら、その栄誉にはあずかっていない。この失点は近いうちにかならず取り返すつもりだけれど」

12 雷《いかずち》が落ちるとき

〝人の本性は〟フランシス・ベーコンはこう言った。〝しばしば隠され、ときおり克服されもするが、失われることはめったにない〟不道徳にして身勝手。それがデヴェリンの本性だった。しかしながら、ミスター・ベーコンの至論に反し、近ごろ彼の本性は揺らいでいるように思われた。体に染みついているはずのさらなる本性――無関心、怠惰、不摂生など――もそぐわなくなっている。ふたりの異なる女に劣情を抱き――病的なまでに執着し――神経をすり減らし、あげくに、ふたりとも見つけられずにいるからだ。

シドニーは突然、消えてしまったらしい。自宅にいるときはいつも彼女の家の玄関を見張っていた。外出すれば、通りの角という角でルビー・ブラックに出会うことを期待した。人混みに目を走らせ、熱に浮かされたように赤毛の女を目で追った。アラスターにはルビーを見つけ出す気は失せたと言ってあるが、嘘だった。彼女の感触を、彼女の味を忘れられずにいた。

まるで、いたずらな小鬼が頭の奥にひそみ、糸繰り人形の残酷な使い手のように自分の気分ひとつでデヴェリンを引っぱり、デヴェリンらしからぬことをさせているかのようだった。

翌週の木曜日、アラスターの馬車の暗い座席からデヴェリンをつつき、ウォルラファン卿の屋敷の舞踏室まで続く赤いフラシ天の絨毯へと送り出したのも、この小鬼だったにちがいない。

屠《ほふ》られるまえの子羊のごとく立ちすくんでいると、招待客の半分に聞こえるような大声で名前を呼ばれた。その名が聞こえた人々は全員振り向き、ぽかんと口を開けた。それから、だれもが素知らぬ顔でデヴェリンと目を合わせないようにしながら、ひそひそ話を始めた。年配の貴婦人やお目付役の婦人たちの輪のなかにいるシドニー・セント・ゴダールのもとへ。そんなデヴェリンを見て、ずいぶん大胆な行動を取るものだと思った人もいるかもしれないが、悲しいかな、小鬼の仕業はそれだけではすまず、デヴェリンを部屋の隅まで進ませた。むしろ反射的な行動だった。親近感と安心感を求めて足が向かっていたのだ。いつのまにかシドニーは彼にとってそんな存在に、いや、それ以上の存在になっていた。

シドニーのほうもデヴェリンを見つめていた。デヴェリンは彼女の肘をぐっとつかみ、声を絞り出した。「踊ろう」

誘いではない。シドニーは口を閉じ、隣りに立っているだれかにアーモンドの香りの飲み物《オルジェー》のグラスを差し出した。デヴェリンが運命の残酷さを知ったのはそのときだった。体の向きを変えてグラスを受け取ったその人は、母の親しい友人、レディ・カートンだった。

「あらまあ！　アレリック？」

デヴェリンの動きが止まった。二十年間、社交界には目もくれなかった彼も、ここでイザベルを無視するわけにはいかなかった。カートン伯爵未亡人にして名実ともに美徳の鑑《かがみ》たる女性を。「ごきげんよう、マダム」と、軽く一礼する。「お元気そうですね」

「こんなところであなたに会ったショックで卒倒しない程度にはね」シドニーの肘をつかんでいるデヴェリンの手に視線がそそがれた。「マダム・セント・ゴダール、この悪党の紹介をしたほうがよくて？」

シドニーは顔を赤らめた。「あら……いいえ、お気遣いありがとうございます。でも、よく存じあげていますから」

「そう認めていただけるとは信じられないな」デヴェリンはシドニーを引き寄せた。

シドニーは片手を彼の手にあずけた。「ほかにどう答えればよかったの？」と言い返す。

「ところで、デヴェリン、野蛮なアッティラ王を演じたいなら、例のジュリアのトランクにフン族の兜《かぶと》がはいっているわよ」

デヴェリンが気の利いた切り返しを考えていると、ダンスの音楽が耳に留まった。なんと、ワルツか？　しかし、かえってよかったのかもしれない。もっと複雑なダンスが得意なわけではないし、シドニーに話したいこともあったから。

シドニーはどこか戸惑っているふうだが、最初のターンから優雅で軽やかな動きを見せた。

「これほど場違いに見える殿方を見たことがないわ。いったいなぜここへ？」

「きみこそ、いったいどこへ行っていたんだ？」

シドニーは体を引き、ステップをひとつ飛ばしそうになった。「ごめんなさい、今、なんて？」妙に堅苦しく訊き返す。「あなたに説明する義務があるとは思いませんでしたわ、閣下」

「おれたちは友人だと言ったのはきみだぞ、シドニー」デヴェリンはぶっきらぼうに言い返した。「友人なら、三日間もなにも言わずに消えたりしない。避けているなら、そう言ってくれたほうがありがたいね」

「デヴェリン、貴族院の議員の半数が、わたしとあなたがワルツを踊るのを見ているのよ。避けるって、なにを避けていると思っているの？」

演奏がゆっくりと止まった。「なんだ、もう終わりか？」

シドニーの表情が優しくなった。「踊りはじめたときにほぼ終わっていたのよ、デヴェリン。舞踏会はほぼおしまい。今のは晩餐まえの最後のダンス」

デヴェリンは部屋を見まわし、いよいよ逃げ出したい気持ちに襲われた。踊っていた紳士淑女が徐々にダンスフロアをあとにしはじめても、彼はまだシドニーの手を放さなかった。我慢できずにシドニーが手を引いた。「デヴェリン、わたしはこれで」

視線がぶつかった。「いや。待ってくれ、シドニー。きみと話がしたい」

「無理だわ」シドニーは苛立たしげに周囲を見まわした。「わたしはミス・アーバックルの付き添いで来ているのだから」

「五分だけでいい。客はみな晩餐の間へ向かっている。ちょっとぐらいきみがいなくても大丈夫だろう？」

シドニーは大勢の招待客に目を走らせた。「そうね、ちょっとなら。ミス・アーバックルがどなたと食事をご一緒するかだけ確かめてくるわ。話はどこで?」

「階上《うえ》で待っているよ」

ミス・アーバックルは折よく地元からやってきた童顔の準男爵の腕にもたれかかっていた。ふたりは同じように純情そうな若者五、六人に囲まれている。その輪のなかには年増の未婚の婦人もひとりまじっていた。シドニーはミス・アーバックルに承認のうなずきを送ってから、そっと抜け出した。デヴェリンは階上の婦人用化粧室に近い廊下を行きつ戻りつしながら、淑女たちの怯えた視線を浴びていた。本人は気づいていないようだったが。

「こっちへ」廊下に人がいなくなるとデヴェリンは言い、ドアを押し開けて、仄かな明かりの小さな客間へシドニーを引き入れた。暖炉の火はあるが人の姿はない。デヴェリンは振り向きざまにキスをした。

前回のキスは意外なほどあっさりしていたが、今夜はちがった。デヴェリンは貪欲だった。口を開くなりシドニーの口を覆って心ゆくまで味わうと、両手で背中を撫で上げながら、優しく、だが強く、抱き寄せた。シドニーも自分を抑えられなかった。体のどこかで火花が散り、たちどころに燃えさかった。両腕が腰にまわされるととろけた。デヴェリンの息遣いが激しくなり、鼻孔が広がる。彼は口の角度を変えてふたたびシドニーの口を覆い、味わい尽くした。

スカートを握り締めた拳がじりじりと上へ移動しはじめる。シドニーはうながしたい衝動をこらえつつも淫らな気分を味わっていた。愚かしいほど彼が欲しい。でも、そこで、自分がどこにいるのかを思い出した。だれとここへ来ているのかを。

「やめて」その声に、デヴェリンの口が離れ、首を滑りおりた。

「ああ、シドニー。どうしても?」と、しわがれた声で訊く。

シドニーは目をつぶり、壁に頭をもたせかけた。彼の巧みな愛撫にひたれるなら、なにもいらない。でも、それをしたら、出口のないなにかを始めることになってしまう。

「ええ、やめて。できないわ」

デヴェリンはそろそろと体を引いた。暖炉の火が投げる光のなかで、ふたりの視線が絡み合う。彼は両手でシドニーの顔を挟んだ。「まちがっているとわかってはいるんだ、こんなふうにきみを求めるのは。それでも、きみが欲しい。恥さらしなほど。きみの評判をも危うくしてしまいそうなほど。きみだって、こんな無愛想で短気な男でも、まったく無関心というわけじゃないんだろう? そうなのか? 教えてくれ、シドニー。きみの気持ちを知りたい」

シドニーは目をそらし、部屋の奥を見つめた。「そうじゃないのはわかっているはずだわ。そうだったらよかった。そのほうがずっと楽でしょうに」

「楽に手にはいるものには値打ちがない。そうじゃないか。その意味がやっとわかってきたよ」

「だから今夜ここへ来たの、デヴェリン？　わたしを誘惑するために？」

「来るべきじゃなかったかもしれない。明日はメイフェアじゅうがこの話題でもちきりだ。きみの兄さんに殺されるかもしれない。それでも、シドニー、きみが必要なんだ」

「わたしが必要？」信じがたいとその声音が語っていた。

「そうだ、必要だ」デヴェリンはかぶりを振り、目を閉じた。「うまく説明はできない、自分自身にさえ。今夜、きみのところへ行かせてくれ。きみを愛させてくれ、頼む」

　彼の愛撫は罪深いまでに魅惑的で、彼の言葉には説得力があった。デヴェリンが〝デューク・ストリートの悪魔〟と陰で呼ばれているわけが理解できるような気がした。「なぜわたしなの、デヴェリン？　女ならほかにいくらも手にはいるでしょう」

　デヴェリンは茶化すように笑った。「シドニー、ほかの女なら数えきれないほど手に入れたさ」

「でも、わたしはピエールと早くに結婚したから、恋人というものを持ったことがないの。そういう段取りめいたことについては無知なのよ」

「では、慎重に」デヴェリンはシドニーのこめかみに口づけた。「今夜、家に帰って、みんなが寝静まったら客間の窓辺で蠟燭をともしてくれ。それを合図にして玄関へ向かう。そうしたら、なかに入れてくれるかい？」

　シドニーはごくりと唾を飲みこんだ。「ええ。だけど、そうするのは、わたしたちは話をする必要があるからよ」

「話だって！　やれやれ！　女ってやつはなぜいつも話ばかりしたがるんだろう？　おれが不得意なのを知りながら。きみのベッドへ行かせてほしいね、可愛い女《ひと》。そこでおれの気持ちを示したい」

シドニーは唇を舐めた。「認めるのは悔しいけれど、その誘い文句は強力よ、デヴェリン。これでご満足？」

デヴェリンはシドニーの額に自分の額をつけた。安堵したのか彼の体から力みが抜けるのがシドニーにはわかった。「満足かって？　きみに出会ってから、ただの一度も満足などしていないよ。でも、ほんの少し安心した」

「安心した？　どうして？」

「二日まえ、きみにはもう二度と会えないと思ったから。家を訪ねるたびにきみは留守で、ミセス・クロスビーもおれを避けているようだから」

シドニーは咳払いをした。そろそろ正直に報告しなければならないと観念した。報告できるところまで。「じつは、ちょっとした事故に遭ってしまったの。詳しいことはジュリアにも話していないんだけれど」

「事故？」蠟燭の薄明かりなか、シドニーを見つめる彼の目が探るように動いた。「どんな事故だ？」

シドニーは躊躇した。「川沿いの道を夜にひとりで歩いていたら――」

「ひとりで？　夜に？」

「ええ。ジュリアの反応も同じだったわ。そうなの、おかげでいい勉強になった。ふたり組の辻強盗に金を出せと脅されたのよ。で、要求に応じなかったら、相手が興奮してこっちも言い返して、そのうちにふたりのどちらかがナイフを抜い――」

「ナイフだと！」デヴェリンの目がすばやくシドニーの全身を見まわした。「なんてことだ。怪我は？」

シドニーはうつむいた。「大丈夫。なんとか逃げてジョージのところへ行ったの。軽い切り傷だけですんだわ。兄が傷口を縫ってくれたんだけど、傷が治るまで部屋から出してくれなくて」

「切り傷だって！」デヴェリンの声はうつろだった。「信じられん！　どこを切られた？」

シドニーの手が右の肩をそっと示した。

デヴェリンはすぐさまシドニーのショールを押しのけ、ドレスの袖を引っぱった。「見せてくれ。袖をおろすんだ、シドニー。どうなっているのか確かめたい。さあ」

デヴェリンのふるまいには尋常ならざるものがあった。ショールが床に落ちた。肩をむき出しにしたドレスなので、袖を少しおろすだけで、上腕に巻かれた包帯があらわになった。

「ひどい」デヴェリンはつぶやき、震える指で包帯をなぞった。「きみにこんな目に遭わせた男を殺してやる。傷は深いのか？　何針縫った？　ああ、シドニー、きみの兄さんは外科医でもないのに傷口を縫うなんて！　感染でもしたらどうするんだ？　包帯を取って見せろ。この目で確かめたい」

「それにはおよばないわ」シドニーはきっぱりと言った。袖をめぐる争いが始まった。シドニーが引っぱり上げるとデヴェリンは引っぱりおろした。「よくなってきているの。もう大丈夫なのよ」

「聞き分けのないことを言うな！」

そのとき、ふたりの横で勢いよくドアが開いた。「あらまあ、ウォルラファンの執務室はここじゃないようね！」さえずるような女の声。「ドアをまちがえたのかしら、コール？」シドニーとデヴェリンは凍りついた。ドアノブを片手で握ったまま、長身のハンサムな紳士が戸口に立っていた。紳士はふたりを見つめた――厳密には、デヴェリンがもっとあらわにしようとしているシドニーのむき出しの肩を。

「これはどうも失礼を！」と、慌てふためいて言ってから、紳士は肩越しに振り返った。「こちらの部屋には先約があったようですよ、イザベル。べつの部屋へ行きましょう」

しかし、レディは――しかも、レディ・カートンである――すでに紳士のまえに進み出ていた。「マダム・セント・ゴダール！」顔がみるみる赤くなる。「んまあ！」

乱れた髪とドレス、デヴェリンとキスをしたあとの唇が見る人にどんな印象を与えるかは推し量るしかない。デヴェリンはシドニーの袖をぎこちなく引き上げると、苦しげな目でシドニーを見た。「出ていって！」シドニーは口の動きでそう答えた。

デヴェリンはそっけなくうなずき、ドアへ向かった。「言い訳をしても無駄と思いますが」と、レディ・カートンのほうを向いて言う。「これはそういうことではありませんので」

レディ・カートンは唇をきっと結んだ。

デヴェリンは堅苦しいお辞儀をした。「では、ごめんください。お暇します」

長身の紳士も慌てて廊下に出た。驚きの表情がまだ消えていない。「イザベル、書類に目を通すのはあとにしませんか」彼はドアを閉めかけた。

レディ・カートンはシドニーに目をやると、かすかな笑みを浮かべて歩み寄った。「お詫びしますわ、マダム。なにも問題なくていらっしゃるわよね?」

「はい、もちろん。お気遣いありがとうございます」シドニーは冷静に応じた。「でも、デヴェリン卿のためにひとこと申し上げておきますわ、奥さま。これはけっして――」

「あら、彼をかばう必要などなくってよ!」レディ・カートンの頬はまだピンク色に染まっている。「わたしはあのならず者が半ズボンを穿くまえから知っているのだもの」

「わたしの責任として釈明したいのです」シドニーは断固とした態度を崩さず、袖をおろして包帯を見せた。「ごらんください。先週、事故に遭いましたの。辻強盗に襲われまして」

レディ・カートンは真っ青になった。「まあ、なんて恐ろしい!」

「ほんとうに。そのときの怪我のことを聞いたデヴェリン卿が、どうしても――傷を確かめたいと……」言葉が続かなかった。自分がほとんど理解できていないことを、どうして説明できる? 「デヴェリン卿とは住まいが近く、わたしたち、友人同士なのです。それで、必要以上に心配してくださったのではないかと」

レディ・カートンの目から冷たさが消えた。「そうだったの。そんな包帯を見ればだれだって心配するわよ、あなた」

シドニーは袖を引き上げようとしたが、生地が包帯に引っ掛かってしまった。「あらあら、わたしが」レディ・カートンは胸に抱えた書類の束を置き、シドニーに手を貸した。「傷を縫ったの？」

「六針ほど。縫われていたときは意識が朦朧としていたので正確にはわかりませんが」

レディ・カートンはドレスの袖をきれいに戻し、甲高い声をあげた。「さあ、これでいいわ。まったくなんてことでしょう、辻強盗だなんて！　よほど刺激に満ちた人生を送っておいでなのね！」

「刺激に満ちた？」シドニーは顔の向きを変え、レディ・カートンを真正面から見た。「そんなことはありませんわ」

レディ・カートンは何食わぬ顔で目をぱちくりさせた。「だって、あなたは亡くなったご主人と七つの海を渡っていらしたと伺っているわよ。で、今は……教え子が大勢いる家庭教師ですもの。とにかく、いろんなことをなさっているじゃないの。そのうえ辻強盗に襲われるだなんて。そんな刺激に満ちた人生、わたしには無縁の世界よ」

他愛《たわい》ないおしゃべりのような口ぶりだが、なにかを非難しているのだろうか。「家庭教師がそれほど刺激的な仕事だとは存じませんでした」

レディ・カートンは眉をつり上げ、手を伸ばしてシドニーの指に触れた。「先日の音楽会でこれに気づいてしまったの」手袋をはめたシドニーの手を持ち上げた。「ミス・アーバックルのピアノの演奏のためにページをめくっていたときに。こういうお節介焼きも困ったものよねえ?」

「どういうことでしょうか?」

気がつくと手袋をするするとおろされていた。レディ・カートンは人差し指でシドニーの手首をくるりとなぞった。「ずいぶん珍しい傷痕だわね。縄がこすれた跡かしら?」手首をじっと見つめる。

「船上の事故で」

「なるほど、船の甲板は危険な場所にもなりますからね。でも、勇敢な若い女性なら、縄を結んだり帆を掛けたりマストに登ったり、船乗りの技術をみるみるうちに習得してしまうんでしょうねえ」

シドニーは弱々しく微笑んだ。「必要に迫られることもありますから。これは、帆をたたむ手伝いをしているときに負った傷ですの、わたしの不注意で」

「あらあら、それはいけないわ!」レディ・カートンはシドニーの手をそっと叩いた。「注意を怠ると、どんな危険が身に降りかかるかわからないのだから。そういえば、これと同じ傷をほかでも見かけたことがあるの」

シドニーは口ごもった。「ほ、ほかでも?」

レディ・カートンはシドニーをひたと見据えた。「この種の傷はめったに見かけるものじゃないでしょ?」

「ええ……でも、意外によく見かける傷ではないでしょうか」

「殿方ならね」レディ・カートンはシドニーの手を放した。「ただ、女の身でこれと同じ傷をもつ人をもうひとり知っているの。だから、用心なさって、他人《ひと》に気づかれたくないのなら。用心するに越したことはないわ……そうね、たとえば……そうそう、幅の広いカウンターの向こうにいる相手に、手を伸ばしてなにか……支払いのお金や寄付金を手渡すようなときには。手袋が短いと、手の向きによってはちらっと見えてしまうから」

シドニーは不意に気分が悪くなり、肘掛け椅子の背もたれにつかまって体を支えた。〈ナザレの娘たち協会〉を訪れていると打ち明けたとき、ジョージの発した警告が耳によみがえる。〝用心しろ。あそこのご婦人がたは簡単に騙せる相手じゃない〟

しかし、レディ・カートンはなおも船、舞踏会、ヴァイオリンと話題を変えてしゃべりつづけている。驚愕《きょうがく》の発見などなにひとつなかったかのように。「ごめんなさい、今なんておっしゃいましたかしら？」シドニーはやっとのことで訊き返した。

「カドリール（四人の男女が組むダンス）」レディ・カートンは柔和な笑みをよこした。「ヴァイオリンがカドリールの曲を奏ではじめたようよ。晩餐もそろそろ終わりね。舞踏室へ戻ってミス・アーバックルを探しましょうか」

＊

シドニーは帰宅すると真っ先に蠟燭をともした。気がかりなことばかりだった。レディ・

カートンの奥歯にものが挟まったような忠告が頭から離れない。兄から聞かされたことも早くデヴェリンに伝えなければならない。嘘や偽りで窒息しそうだ。デヴェリンなら笑い飛ばし、そんなことはどうでもいいと言ってくれるのではないか。心のどこかではそう思っていたが、シドニーにとってはやはりどうでもいいことではなかった。彼に隠していることが多すぎる。隠し事はもうよそう。

ベルベットの重いカーテンを注意深く引き開け、窓台に蠟燭を置いた。窓ガラスが霧で曇っている。いつのまにかまた雨が降りだしていた。通りの向こうに目をやると、デヴェリン邸の明かりは落とされていた。が、彼はもっとまえから外に出ていたにちがいない。蠟燭を置いて数秒後、玄関扉をノックする小さな音が聞こえたから。シドニーは蠟燭をテーブルに移し、ふたたびカーテンを引いて閉めた。

玄関扉を開けると、ずぶ濡れのデヴェリンが立っていた。「大変、早くなかへ!」手を貸して厚地の外套を脱がせ、外套についた雨を振り落としてから、居間へ移動して椅子の背に掛けた。

デヴェリンは待ちきれぬようにキスをしかけたが、そっと押しとどめた。「どうぞ、掛けて。どうしても話しておきたいことがあるの」

デヴェリンは顔をしかめた。「そういうのは気に入らないな」

しかし、彼は腰をおろし、ジョージから聞かされたことをシドニーが伝えるあいだ、いっさい口を挟まなかった。

「まさか！」シドニーの話が終わるとそう言った。「クレア・ボーシェだって？」

「母を知っていたの？」

デヴェリンは遠くを見るような目をした。「話には聞いたことがある。その女《ひと》と先代の公爵との関係は秘密ではなかったから」

シドニーは立ち上がって部屋のなかをそわそわと歩きはじめた。「だけど、わたしが実家を離れてもう十年以上よ。わたしのことを覚えている人はいないわ。グレーヴネルの親戚だと名乗り出たいとも思わないし……母の娘だとも。それが正直な気持ち」

腑に落ちたという表情がデヴェリンの顔をよぎった。「ジョージ・ボーシェ」ゆっくりとその名前を口にした。「コヴェント・ガーデンできみは兄さんの名前を言いなおしたね。でも、なぜ彼はケンブルと名乗っているんだい？」

「ジョージは若いころに両親と絶縁したのよ」シドニーは足を止めなかった。「そのために名前を変えたんじゃないかしら。兄も……あなたと同じように、親が絶対に認めない生き方を選んだの。この意味はわかってもらえると思うけど」

デヴェリンは肩をすくめた。「はっきり言って、おれの場合はほとんどどうでもいいんだけどね。ただ、そのことがきみとおれとの関係にどういう意味をもつんだろう？　なぜきみの兄さんはおれを嫌うんだろう？」

シドニーの目に悲しみが浮かんだ。「きっと兄も生身の人間だからね。あなたはいつかグレーヴネル公爵となるでしょう。人生が公平なら兄が継いでいたであろう爵位よ。おそらく兄の心には鬱積した怒りがあるのだけれど、自分ではまだ気づいていないんだわ。そういう感情があなたに理解できる？」

「ああ、もちろん。理解できないほうがおかしい」デヴェリンは両手を差し出し、シドニーの指をつかんだ。「すまない、シドニー。きみたち兄妹は不利な条件のもとに生まれたが、逆境にめげず強く生きた。おれは身に余る有利な条件を与えられながら、見事なまでに台無しにしてきた。きみの兄さんが公爵位を継げればどんなにいいかと思う――少なくともおれよりは彼のほうがグレーヴネルの評価を高めそうだし。でも、これはふたりのどちらにも変えられない宿命なんだ」

「わかっているわ」シドニーがデヴェリンの手をぎゅっと握ると、デヴェリンも力をこめて握り返した。

彼の目がシドニーの目をとらえた。「一族の問題を今夜のうちに解決するのは不可能だよ」ゆっくりと体を引き寄せる。「さあ、シドニー。新たな親戚にキスをしておくれ」

シドニーは彼の腕に身をまかせた。この抱擁を許してはいけないと頭ではわかっているのに。ここで屈したら、彼とベッドへ行くことになったら、真実を知られ、憎まれるとわかっているのに。この男にノーと言うのはなぜこんなにも難しいのか。それがわからない。わかっているのは、彼のなかにあるなにかに引き寄せられるということ、それが自分に足りないものを補ってくれるということだけだ。わたしたちはともにさまよっている。ふたりとも心の闇を抱えて生きている。外面的にはまるでちがって見えても、内面はむしろ似すぎているのかもしれない。今、骨の髄から彼が欲しい。いいえ、はじめて会ったときからずっとそうだった。これは単なる欲情を超越したなにかだけれど、ふたりのどちらもとても淫らな生物であることには変わりない。

デヴェリンがさらに一インチ、シドニーを引き寄せ、ふたりは抱き合った。デヴェリンの口がおりてきて、シドニーの口をふさいだ。優しく、だが執拗に。シドニーは唇を開き、彼が先へ進むのを許した。キスだけと自分に言い聞かせて。でも、それは嘘だ。キスだけでやめてほしくない。

デヴェリンの片手が背中を滑りおり、尻を包んで、体を完全に密着させる。彼の感触は〈錨〉でのあの夜と同じで、正装のズボンの生地の下でペニスが硬く張りつめていた。唇がうなじを伝う。「やはり、きみが欲しいんだ、シドニー。きみを思いきりファッ……ああ、そうじゃない！」喉をごくりと鳴らす。「シドニー、おれの望みはきみと――」

「あなたがなにを望んでいるかはわかっているわ」シドニーは彼の耳に唇を押しあてて囁いた。

「わかっているって？　それならよかった。行儀のいい言葉で求めた経験がないものだから」

「行儀のよさは魅力《チャーム》と似かよっているわね」シドニーは上目遣いで彼を見た。「表面的で、その場かぎりで、ときには……少々退屈」

デヴェリンはもう一度キスをした。「きみを」片手が乳房へ向かう。「きみを抱かせてくれ。

味わわせてくれ、シドニー。ああ、体の芯からこんなに欲しいと思ったのは何年ぶりだろう」

その言葉が真実でないことをシドニーは知っていた。ほんの数日ぶりだということを。デヴェリンはルビー・ブラックを体の芯から求めたのだから。でも、今そのことを思い出すのは耐えがたい。デヴェリンの温かい大きな掌が乳房を揉みしだきはじめると、思考のいっさいが停止しそうだった。

「デヴェリン、だめよ。できないわ」

「できるさ」デヴェリンはドレスを引き下げて右の乳房をあらわにした。彼の指が触れると、乳首は即座に反応した。デヴェリンは貴重な宝石を愛でるように親指でそっとさすった。

「シドニー」優しいが有無を言わせぬ口調だ。「我慢しようとした。だが、おれにはできない。きみを抱かずにはいられない」

「ここで？」

「ここは最高の場所だよ」デヴェリンは左の袖も肩からぐいと押し下げて乳房をむき出しにした。シドニーの呼吸が速さと荒さを増す。非常事態よ。ここで止めなければ。なんとしても。しかし、デヴェリンの口は硬くなった乳首を吸いながら、熱い口のなかへ誘いこもうとしている。彼のたっぷりとした肉感的な口を見おろし、その舌が乳首をなぶるのを見ていると、欲望の渦に呑みこまれてなにも考えられなくなった。わたしも彼を受け入れたい。その結果どうなろうと。

「蠟燭を消して」声を詰まらせて言った。

「消す？」声に落胆がにじんだ。

両手を彼の背中に這わせた。「ええ、そう。お願い。消すのはいや？」

「かまわないよ」デヴェリンはシドニーを抱いたまま顔の向きを変え、蠟燭を吹き消した。

部屋が闇に包まれた。冷たく静かな闇に。彼はシドニーの首に顔をうずめた。「こんなに冷えきって」その言葉と一緒に温かい息が肌に吹きかかる。「暖炉の火を熾そう」

「いいの。あなたが温めて」

デヴェリンの手がゆっくりと時間をかけて体の両脇を撫でおろした。口がふたたび唇に戻ってきた。重みを量《はか》るように乳房の片方を愛撫しながら、もう一方の手をドレスの背中にまわし、ボタンをはずしていく。同じことを何千回もやったことがありそうな慣れた手つきで。実際、そうなのだろう。そこでノーと言うべきだった。だが、そうするかわりにシドニーは、性急な欲求に従って自分から体を押しつけ、つぎのキスでわれを忘れた。ドレスが腰までおろされ、踝のまわりに落ちるのを感じる。

今、デヴェリンに対して感じているのは肉体の欲求だけではなかった。心と魂が彼を求めているのだ。理性は早くも失われかけている。理性をなくして恋に落ちるとは。そのことにだれよりも驚いているのは自分だった。デヴェリンが舌を絡めたキスをしはじめると、最後に残っていたわずかな不安も溶けてなくなった。せめてこの一度だけは、と自分に言い聞かせた。せめてこの一度だけは、彼に溺れよう。そして、その記憶がこれからの人生を支えてくれるよう祈ろう。

外では雨が激しくなり、風も強まって窓や煉瓦の壁に雨粒を叩きつけていた。窓を伝う雨がカーテンの隙間から見えた。ガス灯の弱い光を受けた滴《しずく》が光っている。しかし、闇に沈んだ客間では、親密さが静かに高まりつつあった。まるで愛し合う男女がふたりきりの秘密の世界にいるかのように。シドニーは思いのままに両手をさまよわせた。究極の贅沢に思えた。デヴェリンの体のたくましさ、力強さ、美しさ。長くて太い手脚。力のみなぎる筋肉の張り。彼の裸体を目にしたのはほんの一瞬だったが、その記憶は脳裏に焼きついている。

暗闇でふたりは互いの服を脱がし合った。どちらも問いもせず、話しかけもせず。自然のリズムを邪魔する言葉はいらなかった。デヴェリンの上着が、続いてシドニーのシュミーズが脱がされた。それからチョッキ、ズボン、ストッキング、下穿きが床に落とされ、ついにふたりとも一糸まとわぬ姿で闇のなかに立った。シドニーの体のゆるやかな曲線や起伏をひとつ残らず記憶に刻もうとするように、デヴェリンの手が動く。顔を、肩を、尻を、腰のくびれをたどり、またも乳房の重みを確かめるように両手で受けた。彼の掌がかすめただけで乳首が燃えさかる。温かい快感がよじれるように体をつらぬき、下腹に達すると、渇望のあまり膝から力が抜けた。

倒れまいとして腕を宙に上げると、デヴェリンはすかさず体を抱き上げた。優雅で、うっとりするほどロマンティックな身のこなし。彼は暖炉のまえの厚い絨毯に膝をついた。「外套を持ってこようか？ 上掛けのかわりに」と、シドニーをそっと絨毯におろしながら訊く。

シドニーは待ちきれずに手を伸ばした。「あなただけでいいわ」

デヴェリンは冷たい夜気からシドニーを守るように上から覆いかぶさった。自分の体重を肘で支えて。たくましい長い脚をシドニーの脚にぴたりと合わせ、柔らかい絨毯のなかに沈めて。そうしてしばらく、ただキスだけをした。唇を開いてシドニーの口を覆い、舌を口の奥まで差し入れた。さらに、しなやかな舌の動きで口のなかを探った。その我慢強さと優しさがシドニーに衝撃を与えた。今夜の彼も、ライムと森の香り――たぶんトチノキの――と、欲情した男のにおいがした。そのにおいを吸いこむと体の芯にうずきを感じた。彼の口は今、乳房にあり、乳首を吸ったり舌先で転がしたりしている。もう一方の手も乳首をもてあそんでいる。欲望の波が打ち寄せ、シドニーは腰を浮かせた。

「待ちきれないのか？　なにが欲しいんだ？」

頭を絨毯にこすりつけて身悶えしながら、闇のなかで告白した。「あなたが欲しいの、デヴェリン。いつも欲しかったの」

「アレリックだ」

「アレリック」

彼の口がまた戻ってくると飢えたように受け止め、舌を口のなかに誘いこんで自分の舌を絡ませた。これがデヴェリンを駆り立てたようだった。彼は唸り声で悦びを表わし、下腹を撫でまわした。その感触にシドニーはぶるっと震えた。つぎは両手を腿のあいだに滑りこませ、そこに直接触れた。

シドニーはふたたび身悶えした。「ううん。あなたが欲しい、今すぐに」暗闇にデヴェリンのふくみ笑いが響く。不意に彼の体が動き、気がつくと両脚のあいだに彼がひざまずいていた。両手をしっかりとシドニーの内股に置いて押し広げたが、馬乗りになろうとはしなかった。そうしてほしいのに。「もう一度来て」か細い声でせがむ。「わたしの上に。お願い、アレリック。お願い」

デヴェリンは願いを聞き入れるかわりに、シドニーの足首を持ち上げて自分の広い肩に掛け、両手を尻の下に滑りこませた。想像もしなかった淫らな体勢。彼の力強い手と腕が宙に浮いたシドニーの腰を自在に操る。デヴェリンは膝をついたまま頭を下げると、最も敏感なところを舌先で狙い撃ちした。

シドニーは声にならない声をあげた。それが精いっぱいだった。

「気持ちがいいかい?」彼はしゃがれ声で訊いた。それから襞のなかに舌をするりと入れ、なめらかな動きでもっと奥まで舌を進めた。生々しい欲望がシドニーの体を痙攣《けいれん》させる。まるで未知の感覚のように。

急ぎたくない。このひとときを引き延ばし、淫らな感覚をもっと味わいたい。けれど、舌の愛撫が繰り返され、甘やかな秘所の中心を攻められると、今度は体が大きく震えはじめた。絨毯に指を突き立て、襲いかかる波にさらわれまいとする。その努力もむなしく、彼の愛撫のひとつひとつが甘く熱い炎となって、ふたたび下腹のくぼみに温かい渦を起こした。快感の渦がさらに下ると、シドニーは身をよじり、すすり泣き、ぐったりとなった。

そこではっとわれに返り、デヴェリンに向かって両手を差し伸べた。小さな声でねだる自分の声が聞こえる。彼の体の重みとぬくもりが恋しい。

「そんなに欲しいのかい？」デヴェリンはシドニーの背中をそっと絨毯に戻すと、体を重ねながら片膝で両脚を割り、しばらくは指による愛撫に専念した。差しこまれた指が潤いに達するのがシドニーにも感じられた。その音も聞こえる。「可愛いシドニー、欲しくてたまらないんだね。うれしいよ」

「あなたが欲しいの。お願い、アレリック、もういいでしょ？」

ほんとうに彼が欲しかった。驚くほど貪欲に彼を求めていた。大きな体で上から押さえつけてほしい。柔らかな絨毯に体がめりこむほどに。そそり立った硬いもので満たしてほしい。両手を伸ばして彼自身を包みこんだ。デヴェリンはうっと低い声を漏らし、上体をそらして自分をさらし、シドニーの手にゆだねた。悦びを表わす彼の姿にシドニーは勢いづいた。勃起した太いペニスをしごきながら、そのシルクのようになめらかで温かい感触と、かろうじて抑えこまれている内なる威力に驚嘆した。

デヴェリンはもう一度うめき声をあげた。上体をかがめ、片腕を支えにしてシドニーの顔の真上まで頭を下げる。それから慎重に、もどかしいほどゆっくりとなかにはいってきた。シドニーは待ちきれずに腰を浮かせて奥へ引きこもうとしたが、彼の力強い腕が強引に絨毯へ押し戻した。「だめだよ、ゆっくりとだ、シドニー！　ゆっくり愉しもう。きみはおれをどんな目に遭わせているかわかっていないらしい」

そこでシドニーは意図的に、彼の熱い一物が収まった鞘を締めつけた。デヴェリンはほんとうに痛そうな声をあげた。「このおてんば娘め！　じっとしていろ。でないと、今夜はもう使いものにならなくなってしまうぞ」

シドニーは素直に絨毯に腰を戻した。デヴェリンは熱い棹《さお》をじわじわと彼女のなかに沈めてから、今度は本格的に深く激しく動きはじめた。どこか遠くの空で雷鳴が轟いた。窓を打つ雨も激しさを増している。憂き世から身を隠し、夜の闇に紛れて愛し合うふたり。彼が彼女を漕《こ》ぐ。深く甘く、抜いては収め、ひと漕ぎごとに彼女の体を慈しむ。

デヴェリンのリズムは完璧だった。ほどなく、彼の苦しげな息の音が闇に響いた。「シドニー！　ああ！」

彼の体の下でシドニーもぶるぶると震えだした。またも雷鳴が轟く。さっきより大きな音だ。近づいてきている。デヴェリンがざらついた叫びとともに奥まで埋めこんだ刹那、シドニーは憂き世のすべてから切り離された。光と歓喜に包まれたと思うまもなく、渦巻く悦びの波にさらわれた。

永遠とも思われる時間が過ぎてから、頭の下にクッションが入れられるのを感じて意識を取り戻したが、まだ完全には目覚めていなかった。デヴェリンはシドニーをうしろから抱き、隙間なく引き寄せた。シドニーは背中に触れる彼のたくましい胸に安堵し、幸せを感じていた。嵐のことも忘れ、ふたたび眠りに落ちた。

デヴェリンはシドニーの顔の形もほとんど見分けられなかったが、まどろむその姿を眺めていた。何時間も経ったように思われた。眠ることができない。頭が混乱しているのは窓の外で吹き荒れる嵐のせいではなかった。心のせいだ。今の今まで自分に心があろうと思えなかったのに。なんたること、深みにはまりこんでしまった。彼女を求めるこの苦痛にも似た想いは現実のものだ。その想いがやっとなんとか――かろうじて――満たされた。頭も心ももう一度彼女が欲しいと叫んでいる。とはいえ、体は休息を求めていた。

稲妻が空にひらめき、部屋のなかが一瞬明るくなった。ひとすじの光がシドニーの顔を照らす。だが、目鼻立ちを記憶に刻むのに光などいらない。鼻筋の通った優美な鼻。わずかにつり上がったきれいなアーモンド形の目。その目をよりいっそう引き立てている弓形の黒い眉。いかにもフランス人のような顔立ちをした彼女にイングランド人の血――それもヒリアード家の血が半分流れているとは不思議な気がした。それにしても、今までどうして彼女の存在を知らなかったのだろう。想像もしなかったのだろう。彼女について知りたいこと、訊きたいことは山ほどある。デヴェリンにとってシドニーはまだ謎めいた存在で、そのことが歯がゆかった。そして、そんなふうに感じる自分に驚いていた。数知れぬ女たちと関係をもってきたが、これほどまでに興味をかき立てられたことは一度もなかったから。

ふたたび雷鳴が轟き、デヴェリンはふと気がついた。そろそろ使用人が起きだす時刻かもしれない。シドニーを起こして暇乞いをしたほうがいいのではないか。シドニーはまた誘ってくれるだろう。時をおかずして。そう思いたい。今夜は彼女を充分に満足させられた。そうするなかで自分も至福の悦びを感じたのははじめての経験であり、それもまた当惑の一因となっている。デヴェリンはシドニーのぬくもりからしぶしぶ体を離した。ときおり思い出したように光る稲妻が、シドニーの安らいだ寝姿を垣間見せた。右半身を下にして横向きに寝ている。デヴェリンが入れてやった枕に顔の半分をうずめて。別れるのがつらい。

まだ帰らなくてもいいのでは？　デヴェリンは脱ぎ捨てた服の山に手を突っこんで懐中時計を取り出すと、窓に近寄り、カーテンを引き開けた。が、街灯のほとんどが風で吹き消されていて、残った街灯の頼りない黄色の明かりでは文字盤の数字が読み取れない。苛立たしげに窓から向きなおった刹那、稲妻が一閃《いっせん》した。さらにもう一度。部屋のなかで光が暴れる。空を引き裂いて落ちる雷の轟音《ごうおん》。デヴェリンはカーテンに手を掛けたまま、凍りついた。彼の目はシドニーの美しい肢体に釘付けになっていた。温かい象牙色の肌に。非の打ち所のない豊かな乳房に……。

パニックが襲いかかる。デヴェリンはカーテンを大きく開け、シドニーにつかつかと歩み寄った。膝を落とし、稲妻が照らし出したその小さな印に目を凝らす。一瞬、息ができなくなった。シドニーの横たわる絨毯に爪がめりこむのを感じた。なのに、手の感覚がない。

たしかにこれを見たことがある。腕で額をぬぐった。冷や汗が顔を伝う。どういうことだ。そんなはずはない！　こんな冷酷無情な運命《さだめ》があっていいのか。街灯の薄ぼんやりした黄色の光のせいで痣を見まちがえたのだと自分を偽れないものか。いや、無理だ。そこに見えているのは、生まれてこのかた最高の悦楽にひたった男の妄想ではない。なんてこった！　頭を整理しなければ！

しかし、人間の声とは思えないような声がすでに胸の底からこみ上げていた。むせるような、ずっと抑えこんできた嗚咽が漏れ出すような、重苦しい音が。苦痛を声にして思いきりわめきたい。裸のシドニーを問いつめて縮みあがらせてやりたい。喉が詰まり、熱い涙が目にこみ上げるのがわかった。

ただ罠にはめられたというだけではない。これは裏切りだ。つぎの裏切りに耐えられる自信はない。自制の糸が切れたように、手がシドニーの細い喉にまわった。薄闇のなかのシドニーはいかにも無防備で無邪気に見えるが、その瞬間、デヴェリンは彼女の細い首を絞めたいという激情に駆られた。

指に力がこもるのを感じたにちがいない。シドニーが驚いて目を覚まし、身をこわばらせた。「デヴェリン？」

デヴェリンはシドニーの両肩をつかんで上半身を起こさせた。「起きろ、起きろよ！　きみは何者だ？　答えろ！」

シドニーは彼の手を押しのけようとした。「やめて。痛いわ」

デヴェリンは彼女の体を揺さぶった。「女ペテン師め！　よくもこんな真似ができたものだ！」

シドニーが完全に目を覚ましたのが直感でわかった。自分の企てのすべてが終わったと彼女が察したことも。「デヴェリン、やめて！」シドニーは膝立ちになろうともがいた。「悪い夢を見ているのね」

「ああ、まったくそのとおりだ」手から逃れようとするシドニーにつかみかかり、絨毯に腰を戻させた。「見せてもらったよ、シドニー。きみの正体はもうわかっている」

「み、見た……なにを？」

もう一度、体を激しく揺さぶる。「とぼけるのもいい加減にしろ！　お上品なマダム・セント・ゴダール！　さんざん男どもをたぶらかしてきたんだろう、ええ？」

事実を受け入れたシドニーの体から力が抜けるのがわかった。「あなたが考えていることとはちがうのよ」シドニーはなおも彼の手から逃れようとした。「ちがうの」

デヴェリンは容赦なく力を強めた。「その台詞、以前どこで聞いたんだったかな？」今度は片腕をつかむ。「なにを企《たくら》んでいる、シドニー？　どんなゲームをやっているんだ？」

シドニーは今はすすり泣いていた。「ひとりにして。出ていって、デヴェリン。わたしが頼んでここへ来てもらったんじゃないのだから。なにも企んでなどいないわ。ただ、あなた以上に愚かなことをしてしまっただけ」

デヴェリンはシドニーを突き飛ばした。シドニーはうしろ向きに絨毯に倒れた。シュミーズを取ろうとする姿が暗がりのなかに見える。裸体を隠したいのだろう。デヴェリンはその様子を不快げに眺め、立ち上がった。「ブラック・エンジェル！　おまえは本気でおれを馬鹿にする気だったんだな？　だが、もうそうはさせん、悪賢い魔女め」

彼は手早く服を身につけはじめた。シドニーは絨毯に横たわったまま身をすくめていた。

「そんなこと考えてもいなかったわ。計画してこうなったわけじゃないんだもの！」

デヴェリンは苦々しく笑った。「きみのような人間はいつだって計画を練っているんだよ、シドニー。いつだって当局の目をぐぐって人をペテンに掛けようとしているのさ。股を開いてその奥へ引きずりこむだけで、またおれを騙せると思っているんだろう？　今度はなにが狙いだったんだ？　もっと金が欲しいのか？　それとも、自分が愉しみたかっただけなのか？」

シドニーは手の甲を口に押しあてて嗚咽を呑みこんだ。「お金は返したでしょう、アレリック。わたしはあなたにすべてを差し出したわ。心まで差し出してしまった」

やるせない涙が自分の目にもこみ上げていることにデヴェリンは気づいた。涙をこらえるためにシャツの裾を乱暴にズボンに押しこみ、顔をそむけてチョッキを探す。「薄汚れた嘘と空涙かい」と、歯を食いしばって言う。「芝居はもうたくさんだ、シドニー。きみはおれを裏切った」

「どういう意味？　どこへ行くの？」

「帰るんだよ。ねぐらへ帰って呑んだくれるつもりだ。そのまましばらくは呑んだくれているから、まちがってもおれに近づくな。でないと、なにをしでかすかわからんぜ。聞こえたかい？」

シドニーは両手で口をふさぎ、声をたてずに泣いた。「警察に……知らせるつもり？」

デヴェリンは腰をかがめて上着をつかむと、シドニーに向かってせせら笑った。「きみのことを？」信じがたいというように訊き返した。「なぜそんな面倒なことをしなきゃならない？　おれにとってきみは死んだも同然なんだ、シドニー。この手できみのその不誠実な心臓に杭《くい》を打ちこんで死んだと思うことにするさ」

デヴェリンはシドニーを残して部屋を出ると、音をたててドアを閉めた。シドニーのむせび泣きが聞こえる。今は体じゅうから絞り出すようなその声が家のなかに響き渡っていた。この家の使用人全員に聞こえたとしても知ったことではない。暗い廊下を進んで通りに面した玄関扉を開け、窓を揺るがすほどの力で扉を叩きつけた。雨はまだ降っている。ちくしょう！　喪失感と不信が容赦なく襲いかかり、急に吐き気を覚えた。

玄関ステップに足をかけると雨粒が頭に落ちてきた。ほんの数時間まえ、シドニーのともした蠟燭の灯が映っていた窓を見つめているうちに、身も心も凍りつき、どうすればいいのかわからなくなった。激しい怒りはまだ体を駆けめぐっている。なにかを壊したい。焼き尽くしたい。ああ、神よ、救いたまえ！　デヴェリンは、シドニーが蠟燭をともしてくれるよう祈りながら雨のなかで待っていたことを思い出していた。小さな炎が窓に映った瞬間、心に希望がともったことを。希望とはなんという残酷な気持ちだろう。希望はやはりおれには与えられないものなのだ。そんなことは昔から知っていたのに。そして今、シドニーの裏切りが血反吐のような苦い記憶を口のなかに残した。見てしまったから。ブラック・エンジェルの印を。

もっと耐えられないのは、自分がそれをすでに知っていたということだ。デヴェリンは記憶をたぐることを自分に強いた。シドニーは――そうだ、最初に会ったときから！――ルビー・ブラックを思い出させたのではなかったか？　ふたりの女に——それも似ても似つかぬふたりに同時に恋い焦がれる自分の気持ちが不思議でならず、どちらの女に対する欲望を満たすこともかなわない状況に気が狂いそうだったのではなかったか？　ふたりの外見が似ても似つかなかったのはたしかだが、心のどこかではすでにわかっていた。ただ、心が知りえたそのことを、頭がありえないこととして排除していたのだ。

ゆうべは大勢の淑女たちのなかからシドニーを選び出していらぬ注目を集めたうえ、目もあてられない現場を目撃されるという失態を演じた。あれは痛恨の出来事だ。またしても、ひとりのレディの評判を落としてしまったのだから。しかも、今回のレディは自分が心から想いを寄せている相手だ。自分の人生も心もこれから変わるのではと思いはじめた矢先だった。わずかながらも希望さえ芽生えようとしていた。ところが、そのレディがとんだ食わせ者だったのだ。もともと自分に未来などありはしない。そのことを忘れてはいけなかったのに、シドニーの謎めいた目にわれを忘れ、結果として二重に欺かれた。

デヴェリンは手を伸ばし、さっき小さな炎が映っていた窓に掌をあてた。冷たい。死の冷たさだ。ふたたび涙がこみ上げると、無理やり玄関ステップを降りきり、涙が落ちるにまかせた。ベッドフォード・プレイスの真んなかに立ち尽くし、土砂降りの雨に打たれた。髪も外套もその下の服もずぶ濡れになるまで。シドニーを思い出し、彼女を失った痛みが今度こそ自分を殺すことになるかもしれないと思いながら。

アラスターがベッドフォード・プレイスに姿を見せたのは、正午をまわって少ししてからだった。アラスターとは昨夜、ウォルラファン邸にはいったところで別れたきりだ。執事のハニーウェルはアラスターを直接書斎へ案内した。慈悲深い執事はそのあとみずからコーヒーを盆に載せて持ってきた。アラスターは友人に異変を感じたにちがいないが、ハニーウェルがふたたび部屋を出ていくまではなにも言わず、窓際を行ったり来たりしていた。

　震える手でコーヒーをつぐデヴェリンを眺めながらアラスターは言った。「おいおい、しっかりしろよ。まるで三日間酒びたりだったような顔つきだぞ」

　口を開いたものの言葉が出てこない。「いっそそのほうがよかった」と、ようやく答える。「あにはからんや、シェリー酒のひとくちすら受け付けないときている」

　アラスターは友人の顔をしげしげと観察した。「どうした、デヴ、具合が悪いのか？」

　デヴェリンは落胆を隠そうとはしなかった。「じつはとんでもない目に遭ってね。おれの頭がいかれたのでないかぎり。そろそろいかれつつあるのかもしれんが」

　アラスターはデヴェリンの肩に手を置いた。「その点はふだんのおまえと変わらないように見える。ただし、顔が死人のように真っ青だ。ポーターフィールドの奥方を寝取って腕を斬りつけられたときでさえ、これほどじゃなかった」

　デヴェリンは手振りで椅子を勧めた。「とにかく座れ」

　アラスターは腰をおろした。「座ったぞ。さあ、話せよ」

「他言無用だからな、アラスター。おまえの名誉にかけて――いいや命にかけて――他言無用を誓え」

アラスターは何事かと身を乗り出した。「おまえがそうしろと言うなら、そうするよ、デヴ。そうするしかないだろう」

デヴェリンはかなり長いこと黙りこくって、部屋の奥をじっと見つめていた。「宿敵を探しあてた。ルビー・ブラックを見つけたんだ」

「なんだって?」アラスターは眉間に皺を寄せた。「それなら、いい知らせじゃないか。しかし、もう探すのはやめたんだとばかり思っていたよ」

「にもかかわらず、見つけてしまったのさ。偶然に」声がうつろに響く。「ルビー・ブラックは……その正体は……こともあろうにシドニーなんだよ」

アラスターはしばし言葉を失った。「つまり、こう言いたいのか? マダム・セント・ゴダールと……〈錨〉でおまえを狙った娼婦が同一……」

「そうだ」

「たわごとをほざくなよ、デヴ! どうしたらそんな突拍子もないことを思いつくんだ?」

「ところが、まちがいないのさ。おれは証拠を見たんだから」

アラスターは片眉をつり上げた。「たしかにおまえは、酔っていてもあまり想像をたくましくするほうじゃないし、今の時点では恐ろしく素面だ」

「恐ろしく素面さ、ああ。つぎになにを知るのかが恐ろしくて、神経が麻痺してしまいそうだよ」

「勘違いってこともあるんじゃないのか？　マダム・セント・ゴダールは洗練された淑女のなかの淑女だ。ほんとうにまちがいないのか？　そうだ、ほんとうにまちがいないのか？」

ほんとうにまちがいないのか？　そうだ、ほんとうにまちがいないのだろうか。

まちがいないのだ。稲妻は一瞬で消えたが、この目でたしかに見た。だからこそ、抑えがたい怒りを彼女にぶつけた。デヴェリンにすれば、ゆうべウォルラファンの舞踏会で失態を演じたことは痛恨の極みだったし、ウォルラファン邸をあとにするときにはもっと愚かなことを考えていた。どうしても母に会わなければという思いから、グローヴナー・スクエアの屋敷に立ち寄りもしたのだ。母の不在に結果的には救われたのだが。いずれにしろ、そのあいだ酒は一滴も飲まなかった。そのあともずっと。

デヴェリンは頭を抱えてうなだれた。「わからないんだよ、アラスター！　いや、ちがう。まちがいないんだ。だが、本人は否定も肯定もしない。それがおれの頭を混乱させている」

アラスターはふと押し黙った。「もし、ふたりの女が同一人物ならば」その先を続けるのは気が進まないようだ。「これでいくつかの事柄には説明がつきそうだな。なぜブラック・エンジェルはフランス人かイタリア人だと断言するやつがいるのか。なぜマダム・セント・ゴダールが留守がちなのか」

「しかし、現実にそんなことが可能だろうか？」不可能だと証明したい。「ポークにシドニーの家の玄関を始終見張らせているが、シドニーが娼婦や部屋女中《チェンバー・メイド》になりすまして、あるいはなんであれエンジェルの扮装《ふんそう》をして出かけるところは一度も目撃されていない」

「そりゃあ、たやすく目撃されるようなヘマはしないさ。おそらく裏庭を通るか、裏窓のひとつから抜け出すかしているんだろうよ。ブラック・エンジェルが壁をよじ登れる技をもっていることはつとに有名だ。マダム・セント・ゴダールは船上生活が長かった。海は役に立つさまざまな技術を学べる場だ。それに、タトゥーを体に入れるのはロンドンでは困難だが、熱帯のどこかの島であれば……」アラスターは肩を大きくすくめ、最後まで言わなかった。理解する時間をデヴェリンに与えようとするように。

「彼女の首を絞めてやるべきだった、そのチャンスがあったときに!」デヴェリンは椅子の肘掛けに拳を打ちつけた。「今からでも遅くはない!」

「落ち着けよ、デヴ!」アラスターは手を突き出し、その拳を押さえた。「なにをそんなに逆上している? この推測があたっているとしても、ブラック・エンジェルになんの文句があるんだ」

デヴェリンは唖然として友人を見た。「忘れちゃいまいな! あの女はおれのものを盗んだうえに恥をかかせたんだぞ!」

アラスターは首をかしげてデヴェリンを見据え、静かに言った。「ああ。で、おれの記憶が正しければ、盗んだものをまるまる返しにきたんだったな。恥をかかせた件については、デヴ、おれたちにも責任がある。おまえは〈錨〉であの騒動を起こし、おれはその話を街じゅうに広めた。だが、おれたちの知るかぎり、エンジェル本人はひとことも漏らしていないはずだ」

そんなふうに考えたことは一度もなかった。盗んだものをすべてブラック・エンジェルが返しにきたのも事実だ。そのために彼女がずいぶんと手間をかけたのも。しかし、あの夜、自分は彼女をどう扱ったか。それを思い出してはっとした。彼女の体を力ずくで奪ったのだ。ふだん娼婦を相手にするときのように欲望を優先させて。相手がだれであれ、あんな扱いをする権利はないのに。デヴェリンはまたも吐き気に襲われた。あんなひどい扱いをした男の顔をどうして彼女はまともに見られるのか。どうしておれを憎まずにいられるのか。

もしかしたら憎んでいるのかもしれない。こうしたすべてが復讐なのかもしれない。

いや、ちがう。そうではない。デヴェリンは首を横に振って頭の曇りを晴らそうとした。シドニーのふるまいからは、そんな葛藤は微塵も感じられなかった。理屈抜きで欲望のおもむくままにふるまっていた。心を与えたと彼女は言った。ああ、この悪夢はもっとおぞましい展開になるのだろうか。

そのとき、ヘンリー・ポークが書斎にはいってきた。「これは失礼いたしました、閣下」ポークはためらいを見せた。「お客さまがお見えとは存じませんで」

「気にするな。用件は？」とデヴェリン。

従僕は気まずそうにアラスターをちらりと見た。

「なんだ？　どうした？　彼のことは気にするなと言っただろう」

ポークは不承不承もう一歩部屋に足を進め、デヴェリンに手紙を手渡した。「マダムが今朝これを暖炉に投げこむのをメグが見たそうです。隅の一カ所が黒々と焦げている。

とつ、不可解なことがございます、閣下。マダムは朝からずっと泣いておいでだそうで」

アラスターは怪しむような視線をデヴェリンに投げた。

「メグが言うには、ミセス・クロスビーも大変なことになっているとか」ポークは続けた。「夜更けになにかあったらしいのです。通りに面した客間でちょっとした騒ぎが。実際なにが起こったのかはメグにはわからなかったようですが」

デヴェリンは手紙を受け取った。「マダム・セント・ゴダールが暖炉に投げこんだなら、メグはどうやってこれを手に入れたんだ？」

「マダムは取り乱していらしたので、注意が足りなかったのではないかと」とポーク。「火が全体にまわらなかったのですよ。それで、朝食を下げにいったメグが取り出しました。マダムのお嘆きと関係があるのかもしれないと考えて」

手紙の折り目にはうずくまったグリフォンの姿を象《かたど》った黒い封蠟が押されているが、蠟の一部が溶けている。差出人の名前も住所も書かれていない。デヴェリンは手紙を開き、そこに記された筆圧の強い文字に目を走らせた。急いで書かれたのでなければ優美といってもいい文字だった。

今夜〈十字鍵《クロス・キーズ》〉で
酒場。至急。九時
ボン・シャンス　J・C

「この手紙を届けたのはだれだ？」デヴェリンは怒鳴った。

ポークは首を振った。「マダムがどのようにして受け取ったのかも、どなたからの手紙かも知らないとメグは言っています。ただ、言葉遣いがちょっと変ですね」

「しかも、言葉が極端に少ない」デヴェリンはつぶやいた。「ボン・シャンス。これはフランス語だな？」

「ああ、〝幸運を祈る〟という意味だ」アラスターが答えた。

ポークは不安そうに体の重心を移した。「メグは解雇されてしまうでしょうか、閣下？これをわたしに渡したとわかったら」

「その可能性は大いにある」侯爵はもう一度手紙を広げた。

アラスターが手を差し出した。「見せてくれ、デヴ」

だが、ポークはまだぐずぐずしている。「恐れながら、万一、メグが推薦状なしで解雇された場合、わたしは責任を取らなければなりませんよね？　そうなったら、彼女と結婚するしかありません」

「それはおめでとう」デヴェリンは唸り声で応じ、手紙をアラスターにまわした。

アラスターも文面に目を通した。「おい、デヴ、どうするつもりだ？」

デヴェリンはかぶりを振った。「彼女はなぜこんな危険を冒そうとするんだろう、アラスター？　なぜなんだ？　それを知る必要がある」

「旦那さま？」ポークはあてつけがましい目で主人を見た。「どう思われますか？」

「なにが？」デヴェリンはやっと従僕を見た。「なにがだ、ポーク？」

従僕はうんざりしたようにため息をついた。「メグがマダムにお払い箱にされたら、わたしは彼女と結婚しなければなりません。そうなると、もう少し広い住まいが必要になると思うのです。そうは思われませんか？　多少のプライバシーも欲しいです」

デヴェリンは片眉をつり上げた。「なるほどな、給料は増やさなくてもいいのかい？」

ポークは思案顔をした。「寛容なお申し出に感謝いたします。でも、わたしはそんなこすっからい男ではありません。子どもが生まれるまでメグに住むところを与えてやってはいただけないでしょうか？」

デヴェリンはやれやれとため息をつき、手紙を上着のポケットに押しこんだ。「いやはや、ポーク。おまえとメグとおまえたちのまだ見ぬ子孫たちの面倒を、天国へ行くまでおれが見ることになりそうな気がするよ。だったら、そうすればいい。あの娘と結婚しろ。この屋敷で働く者が幸せになるのは悪いことじゃない」

そのとき、玄関のノッカーを打つ大きな音が屋敷じゅうに響き渡った。

「わたしがまいります」ポークは足早に部屋から出ていった。

アラスターは心配そうにデヴェリンを見た。「来客の予定でもあったのか？」

デヴェリンは懐中時計で時刻を確かめ、顔をゆがめた。「ああ、残念ながらそうらしいよ。ほぼまちがいなく母上だ」

アラスターははじかれたように椅子から立ち上がった。「では、裏から退散したほうがよさそうだな。おまえは今夜、〈十字鍵〉へ行くべきだと思うぞ。シドニーとの一件を解決するべきだ」

「なぜ解決しなくちゃならない？」

帰りしな、戸口で振り返ったアラスターの目はどこか悲しげだった。「見ればわかるのさ、デヴ、おまえが本気で彼女に惚《ほ》れているということは。娼婦買いも賭博も酒もやめて改心したのに、シドニーが命を落とすことにでもなったら一生後悔するぞ」

命を落とす？　デヴェリンはぞっとして、もう一度手紙を取り出した。アラスターの言い分には一理ある。おれに正体を知られた以上、シドニーが罠を仕掛けてくることはもうないだろうが、この手紙は、彼女がふたたびブラック・エンジェルを演じる気でいることを示唆している。不明瞭な言葉が陰謀をにおわせている。おまけにこれは、名前もわからぬ浮浪児が届けてきたか、玄関扉のマットの下に滑りこませてあったかのどちらかだ。最後の一シリングを賭けてもいい。この手紙はシドニーがなにかをするための合図なのだ。だが、なにを？

そこではたと気がついた。メモには〝〈十字鍵〉で会おう〟とは書かれていない。つまり、エンジェルが手紙の書き手以外の人物に会うということも大いにありうる。これを書いたやつが選んだだれかか？　それとも、エンジェルのつぎの標的か？　考えれば考えるほど、差出人は共謀者にちがいないとの確信が深まった。娼婦の多くには売春の斡旋屋やヒモがついている。そういう連中を思い浮かべるだけで気分が悪いが、ブラック・エンジェルにも黒幕がいるという推測はあながち的はずれではないだろう。

それ以上考える時間はなかった。母がいきなり現われたからだ。さっそうと部屋にはいってきた母の風情は堂々たるものだった。アイスブルーのシルクのドレスに、砂糖菓子のような羽根飾りがついた帽子。どちらも見事に目の色と調和している。きらきらと光り輝いて見える……だけでなく、勝ち誇ったようにも見える。よくない兆候だ。

「アレリック！」母はデヴェリンに近づき、彼の両手を取った。「今日はいやに顔色が悪いわね」

「一応、元気にはしています」デヴェリンは頬を母に向けてキスを受けた。「母上もお元気そうでなにより」

二十年間、公爵夫人に仕えてきたハニーウェルは淹《い》れたてのお茶を盆に載せて、うやうやしく付き従った。ハニーウェルが冷めたコーヒーを片づけて退出すると、公爵夫人は手袋を脱いで手ずからお茶をつぎ、デヴェリンにカップを手渡した。「聞きましたよ、ゆうべグローヴナー・スクエアの屋敷を訪ねてきたそうね」

デヴェリンは心の底から後悔した。今さら悔やんでも始まらないが。「はい。でも、急に思い立って足を向けたまでです」

「それにあなた、ウォルラファン卿の慈善舞踏会にも顔を出したんですってね」母はやんわりと探りを入れた。「驚いたのなんのって。いったいどういう経緯で招待されたの？」

デヴェリンは肩をすくめた。「アラスターが手配してくれました。ウォルラファン卿は、今世紀または来世紀にでもかならずトーリー党（保守党の前身）に票を投じそうな人間であれば選《え》り好みせずに招待する気らしいですし」

公爵夫人は目をぱちくりさせた。「まあ！　あなたが政治に興味をもっているとはちっとも知らなかった」

「おれもですよ」デヴェリンは皮肉めかして言った。「でも、アラスターがどういう男だかはご存じでしょう」

「ええ、そりゃあね」母はばつが悪そうな笑みを浮かべた。「それはともかく、わたしはゆうべアドミータ叔母さまのところでホレイショーとピケットをしていたのだけれど、従兄弟《カズン》のジョージが部屋に飛びこんできて――」

「ちょっと待ってください！」デヴェリンは片手を上げて制した。「ピケットをしていたのですか？　テリア犬と？」

母は顔を赤らめた。「そのときの状況は説明しにくいのよ」と、手で振り払う仕種をする。「ともかく、今言ったように、従兄弟のジョージが飛びこんできてこう言ったの、ウォルラファンのところであなたを見かけた、まちがいないって。もうびっくりしたのなんの。そのあと、グローヴナー・スクエアの屋敷をあなたが訪ねてきたということを従僕から聞いて、ショックのあまり言葉も出なかったわ」

「なるほど。では、今はそのショックを乗り越えられたわけですね」

母は挑発には乗らなかった。「あなたがあの屋敷に帰ってくるとわかっていたら、会を催すのにこんなに何年も待ちませんでしたよ」

デヴェリンはうわの空で紅茶に砂糖を入れ、かきまわした。「さっき言ったとおり、思い立って足を向けただけです」

顔を上げると、母がぎょっとしたように手を見ていた。「まあ、アレリック！　あなた、いつからお茶にお砂糖を入れるようになったの？　しかも山盛り三杯も」

「は？」デヴェリンは目を落とし、そこではじめて自分のしたことに気づいた。「ああ、きっとどこかで身につけた習慣なんでしょう」

「そんな習慣、今すぐおやめなさい！　胴まわりを増やすだけでろくなことがないのだから」

デヴェリンは紅茶を口に運んだ。「覚えておきますよ、母上」

母は怪訝そうに息子を見た。「なんだか今日はいやに聞き分けがいいわねえ。具合でも悪いの？　熱があるんじゃなくて？」

デヴェリンはカップを置き、黙りこくった。ゆうべ母のところへ行ったのは、シドニーの評判が気がかりで、どこに助けを求めていいかわからなかったからだ。今はむしろ彼女を吊るし首にしてやりたいという気持ちだけれど。表向きは。いずれにしろ、彼女は実際に絞首刑の一歩手前という綱渡りをしている。

シドニーの身が守られているのは、マダム・セント・ゴダールの評判に一点の疵《きず》もないからにすぎない。それが現実だ。彼女が自分になにをしたにせよ、自分のせいで苦境に陥れるわけにはいかない。

「いえ、熱などありません」デヴェリンは思いきって言った。「じつは、母上、ちょっとした問題を抱えているのです。というより、他人の問題をしょいこんでしまったというべきかもしれませんが」

母の淡い色の眉がぐいとつり上がった。「どうしたの、あなた。なにがあったの?」

デヴェリンは単刀直入に言った。「毎度のことながら、純真な若いご婦人を暗い部屋へ連れこんで貞操を奪おうとしていたのです。少なくとも、ウォルラファン卿のその部屋の扉を開けた方々には、そのように見えたでしょう」

母は青くなった。「まあ、どこまで悪さを進めていたの?」

侯爵は肩をすくめた。「その女《ひと》にたっぷりキスをしていました。そこを見られたのですが、なおまずいことに、彼女のドレスの袖の一方を引き下げていまして。肘のあたりまで」

母は目をつぶった。「んまあ、アレリック!」

母の投げる物柔らかな言葉が癇に障った。「〝んまあ〟なんですよ、じつに。そのときちょうど、ご婦人の腕の傷を確かめようとしていたんです。最近、辻強盗に襲われたと聞いたので」

母の目がぱっと見開かれた。「恐ろしいこと!」

「彼女は無分別な跳ねっ返りで、だからこそ陽が落ちてからひとりで外出するなどという暴挙に出たわけですが、やめる気はさらさらなさそうです」

「なんてことかしら！　無分別な跳ねっ返り？　あなたの手には余りそうね」

「そういう皮肉は勘弁してください、母上。ご婦人のドレスの袖をおろすおろさないで揉めることになった経緯を説明しているんですから」

公爵夫人は笑みが浮かびそうになるのをこらえた。「もちろんそうよ。続けてちょうだい」

デヴェリンは顔をしかめた。「その傷口を見たかったんですよ。傷の程度を知らなければならないと思ったから。だが、彼女は見せたがらなかった。それで揉み合いになったところを目撃されてしまいました。当然、傍目《はため》にはまったくべつの種類の揉み合いに見えたことでしょう」

「それで、わたしの助言が欲しいと？」

「はい。純真なご婦人が人の噂にどんなに傷つくかを知っていますから」シドニーは純真とはほど遠いのではないかということをすっかり忘れてそう言った。「自分の粗暴なふるまいのためにまたひとりの女が苦しむような事態を招きたくありません」

母の表情が変わった。「ジェーンのことを言っているのね。でも、ジェーンがレディ・ヘルムショットとなってもう二十年近く経つのよ、アレリック。実際のところ、彼女がそんなに苦しんだとも思えないし」

「歳が倍の男と結婚させられたじゃありませんか」

「させられた？」語尾が極端に上がった。「あなたの行動が引き金でという意味なら、結婚させられたのはヘルムショット卿のほうよ」

「どういうことでしょうか?」

「あなたはジェーンに結婚を申し込んだでしょう?」

「あの翌日に、父上の命令どおりに」デヴェリンは嚙みつくように言った。「そして、即答で拒絶されました」

「そうだったわね。ただ、あのときはグレゴリーがまだ生きていた」母はぽつりと言った。

「わたしたちはみな、もちろんジェーンも、グレゴリーが意識を取り戻して今までどおりの生活ができるようになることを祈っていたわ」

「ええ。だけど、そうはならなかった。それもおれのせいです」

公爵夫人はティーカップを置き、指先で左右のこめかみを押さえた。「アレリック、今はそのことで言い争いをする気にはなれないの」と疲れた声で言う。「それに、わたしが今、言おうとしているのは、それとはまったくちがうことよ」

「だったら、早くおっしゃってくださいよ、母上」

「そのまえにひとつ質問に答えて。ジェーンはなぜあなたと一緒に暗い図書室へ行ったのだと思う? あなたにはなんの爵位も授けられる見こみはなかったのに」

「グレッグを嫉妬させたかったからでしょう」

「そうよ。そのとおりにもなったわね。グレゴリーは図書室に乗りこんだのだから。自分が愛を勝ち取った可愛い娘を飢えた弟の手から守ろうとして。なんてロマンティックな場面かしら！」

「今度、だれかに皮肉屋だと言われたら、母親譲りだと言い返すことにしますよ」

母は声をあげて笑った。「わたしが皮肉屋ですって？　たしかにそうかもしれないわ。わたしはこう思わずにはいられないの。もし、あなたたち兄弟があの場で喧嘩になっていなければ、グレッグが倒れていなければ――」

デヴェリンは遮った。「いいですか、母上、グレッグはただ倒れたんじゃない。おれが殴ったんです。それも単なるはずみではなかった」

しかし、母も彼の言葉にかぶせて言い張った。「もう一度言うわ。もし、あのときグレッグが倒れていなければ、ジェーンは今はレディ・デヴェリンだった」冷静な口調で続ける。

「ところが、グレゴリーがああいうことになり、その二日後にはヘルムショット卿がジェーンに求婚した。つまり、ジェーンは――こういうとき〈ホワイツ〉ではどう言うの？――ええそう、どっちに転んでも損のないようにあらかじめ手を打っていた。だから結婚の約束を取りつけることができたのよ」

デヴェリンは苦い笑みを浮かべた。「母上はもともとジェーンが気に入らなかったんでしょう？」

母は細い肩をすくめた。「だいたい、あなたとふたりきりであの部屋にはいったらグレッグがどう思うか、彼女にはわかっていたはずよ。機を見るに敏な女だったのよ。生きていればグレッグもそのことにいつか気づいたかもしれないわ。そのころにはもう結婚していたでしょうけど」

「どうして今、ジェーンとグレッグのことで議論をしなければいけないのか、おれにはよくわかりません」

「そうね、許してちょうだい。あなたは助言が欲しかったのよね」

デヴェリンは自嘲的に微笑んだ。「これはその代償ですか？」

母はアイスブルーのドレスの襞を整えた。「お相手の名前を教えてもらったほうがずっと力になれてよ、アレリック」

「いや、それは教えられません。名前なんかわかっても状況は同じですし」たわけたことを！　名前がわかればなにもかもがちがってくる。

母は鼻を鳴らした。「では、そのレディはきちんとした方なの？　身持ちの堅いしとやかな方？」

「あたりまえです。どこかの尻軽女のために、この茨《いばら》の道を重い足を引きずってお願いにあがると思いますか」

「言いたいことはよくわかったわ、アレリック。身持ちの堅いしとやかなレディだということは。で、未婚のレディなの？」

「未亡人です」堅苦しい口調で答える。「といっても、まだ若く、社交界とはあまりつながりがありません」

「そう、わかったわ」母は間合いを取った。「当然のことだけれど、その方の評判をなんとしても守りたいのであれば、最善の策は結婚でしょうね」

予想もしなかった提案に、デヴェリンは思わず母を見た。「結婚？　おれとの結婚ということですか？　アドミータ大叔母さまにも負けず劣らずどうかしていますね。彼女の名誉挽回におれの名前がわずかでも役立つとお考えならば。正直なところ、母上、彼女との結婚は望んでいません」

その点は認められたようだった。「よろしい。では、教会の鐘は鳴らないのね。その不名誉な現場の目撃者は何人？」

「ふたりだけです。母上のお友達のイザベルと、そのまたお友達の……レディ・キルダモアと結婚した、あの背の高いブロンドの、ギリシア神話のアドニスを思わせる――」

「ああ、牧師のミスター・アマースト！」

「まいったな！　牧師ですって？　泣きっ面に蜂だ！」

「言葉に気をつけて、アレリック」母はさほど気にもかけぬ調子でたしなめた。「アマーストなら心配いらないわ。鉄梃《かなてこ》を使っても、あの人から他人の陰口を引き出すことは不可能だから」

デヴェリンは少しほっとした。

母はテーブルの向こうから身を乗り出し、デヴェリンの腕に手を置いた。「それなら、バークリー・スクエアまで出向いて、イザベルのところに名刺でも置いてこようかしら。なにしろ、昔からの仲良しですもの」

腰を上げかけた母の手をデヴェリンは衝動的につかんだ。「待ってください、母上。まだ行くのはまずい」

母の顔からかすかに血の気がひいた。戸惑った表情で椅子に腰を戻す。「どうしたのよ、アレリック?」

デヴェリンは下唇を嚙んだ。少年時代に直したはずの癖だ。「嘘をついていました。そのレディの名前がこの状況に影響をおよぼすかもしれない」

母は彼の手を優しく叩いた。「どちらにせよ、イザベルにはいろいろ訊くつもりだったわよ」

「イザベルはすべてを知っているわけではありません。そのレディは若くしてフランス人の船長と結婚し、夫の死後、フランスからロンドンへ移り住みました。このベッドフォード・プレイスを隔てた斜向《はす》かいの家に。つい最近まで、おれも彼女はフランス人だと思っていたんです」

母が片眉をつり上げた。「そうではないの?」

デヴェリンは首を振った。「彼女の名前はマダム・セント・ゴダール。結婚まえの名はシドニー・ボーシェ。ご存じですか?」

母は眉をひそめ、首を横に振った。

「彼女にはケンブルと名乗る兄がいます」デヴェリンは続けた。「ストランド街で商売をして、かなりの富を築いた男ですが、社会的な影響力をもった友人も多いとわかってきました。

ウォルラファン卿もそのなかのひとりです。ただ、その兄と妹は社交界の周辺で動いているだけで、身分は高くありません。彼女が最も大切にしているのは自分の評判なんです」

母は同情するように小さく舌打ちした。「大丈夫、イザベルは噂を流したりしませんよ」

「ほんとうに？」デヴェリンは食い下がった。「この件に関しては二重の責任を感じています。なぜなら、そのレディはわれわれの遠縁にあたるから。彼女は先代の公爵の娘なんです」

母はわけがわからないという顔をした。「そんな馬鹿な。先代のご息女はインドで亡くなったのよ」

デヴェリンは母の手を握った。「嫡出の娘ではなくて、グレーヴネル公爵の愛人だったクレア・ボーシェが産んだ娘なんですよ、母上」

「まあ！」母のまなざしがやわらいだ。「娘もいたの？　そうよ、ええ、男の子がいたわ。よく覚えていますとも。もちろん、あなたのお父さまは憤慨してらしたけど、解決できる立場にはなかった」

「父上はクレア・ボーシェと面識があったんですか？」

母はかぶりを振った。「アドミータ叔母さまは彼女のことをよく知ってらしたんじゃないかしら。気の毒な女《ひと》。結局、犯されたのだもの」

「犯された？」

母の目がふたたび焦点を結んだ。「先代の公爵に」母は囁いた。「マドモアゼル・ボーシェはストーンリーの屋敷で公爵のご息女の家庭教師をしていたの。若くて、それは美しかった。公爵は戯れに応じない彼女を力ずくで我がものにしたそうよ。うちに古くからいる召使いたちは今でも陰でその話をしているわ」

「なんと！　シドニーからはそんな事情をひとことも聞いていない」

「それなら、その話を持ち出すのはおやめなさい。公爵は彼女の父親なのだから。親子の情愛があるかもしれないでしょう」

いやむしろ、彼女のなかにあるのは父親に対する憤りなのではないか。復讐したいとさえ思っているのではないか。だが、当の父親はこの世にいない。「その気の毒なクレア・ボーシエは、見下げ果てた先代公爵のもとにとどまったのですか？　それからもずっと？」

母の目が見開かれた。「ほかにどんな選択肢があって？」母は優美な肩をすくめた。「身ごもった女に」

デヴェリンは激しい怒りに駆られた。なぜだかわからぬままに。「おれなら、そいつをこの手で殺してやったのに！」

「アレリック、めったなことを言うもんじゃありません」母の目に苛立ちの炎が揺らめいた。

「そんなことできるわけがないでしょう」

「できますよ。そいつの息の根を止めて、喜んで絞首台に上がっていましたよ」

「いかにも男の言いそうなことね！」母はぴしゃりと言った。「気の毒な若い家庭教師は犯されたのよ、アレリック。そして孕んだ。男を殺して満足にひたっている場合ではないのよ。

あなたたち男は母性というものをまったくわかっていない。身ごもった女は赤ん坊が生まれてくるまえから、その子を守るためならなんにでも耐えられるようになるの。どんな犠牲でも払えるの。そういう無償の愛を理解する能力が男にはないんだわ」

デヴェリンは口をつぐんで考えこんだ。母の怒りはもっともなのかもしれない。彼はあらためて母のことを考えた。華奢な体つきの母をいつもか弱い存在のように思ってきた。けれど、グレッグの命が尽きようとしていたあのつらい最後の数日間、死に物狂いでデヴェリンを守りつづけたのは母だった。母が父に対して口をきわめた非難の言葉を投げ返していたことを覚えている。息子を守るための闘いで母の結婚生活は崩壊寸前だったのだ。父と決裂すると莫大な財産をもつ実家の父親のところへ行き、アレリックを援助してくれと請うた。

祖父、デヴェリン侯爵は母の願いを聞き入れた。それ以上のことをしてくれた。アレリックに自分の爵位を継がせ、その先も紳士として生きられるようにしてくれたのだ。デヴェリンはそのことに深く感謝する一方で、怒りと苦しみから逃れられず、与えられた人生を投げ出すようにして生きてきた。よくも今まで母の払った犠牲の意味を理解せずにいられたものだ。

デヴェリンはカップのなかの紅茶を見つめながら、両手で髪を梳いた。「すみませんでした、母上。今日は頭のなかの整理がついていなくて」

母は椅子のなかで緊張を解いた。「その方は、シドニーは、人として信頼できる女性なの？」

デヴェリンはうなずいた。「ええ、すばらしい女《ひと》です」

それは本心だった。その瞬間、シドニーに対する怒りは消えた。これまでに出会ったどんな人物よりもシドニーを信頼できると思った。彼女には女の長所がすべて備わっている。そればかりか、今、目のまえに座っている女《ひと》を思い出させる要素もたくさんある。繊細で、エレガントで、そのうえ行動力もある。雌ライオンの心意気と力強さをもっている。

目を上げると母が立っていた。「アレリック、わたしはそろそろイザベルを訪ねなくては」息子に別れのキスをした。「信じてちょうだい。ちゃんと治めるから。あなたの悩む姿を見たくないの」

不安の最後の一抹が捌《は》けるのを感じた。この母なら信じられる。母は果たせない約束をする人ではない。シドニーの評判が汚されることはないだろう――少なくともおれの手によっては。

母は早くも部屋から出ようとしていたが、足を止めて言った。「それはそうと、おめでとう。ハニーウェルから聞いたわ。デューク・ストリートの屋敷の修理がすんだとか。来週には戻れるそうね」

「そうですか？」とデヴェリン。「では、おそらくそうなるのでしょう」

「アレリックったら、ちっともうれしくなさそうな口ぶりね」

デヴェリンは肩をすくめた。「そう聞こえますか？　たぶんデューク・ストリートに住むことに飽きているんでしょう。母上にはおわかりいただけないかもしれませんが」

母は鼻に皺を寄せた。「まあ、たしかにブルームズベリーは少し時代遅れではあるけれど」

デヴェリンは豪快に笑った。「おれも同じくですよ、母上」立ち上がって腕を差し出した。「まったくそうなんだ」


グレーヴネル公爵夫人はいっときも無駄にせずメイフェアへ急行した。この時間の通りは立派な設えの馬車や従僕でいっぱいだった。上流階級の人々が互いの家を行き来したり、名刺を置いて帰ったり、花を届けたり、社交シーズンならではの活気に満ちている。とはいえ、少女時代からの友人はバークレー・スクエアの自宅にいるだろう。公爵夫人は確信していた。レディ・カートンは社交界の華やかさにはほとんど関心がない人だ。

しかし、レディ・カートンは机のまえでじっとしていたわけではなかった。実際、客間の窓から外を覗いていたにちがいない。玄関扉を勢いよく開いて、みずから迎えに出てきたのだから。「エリザベス、やっと来たわね！　とにかく図書室へ。いっときも無駄にはできないわ」

公爵夫人は面食らった。「わたしが伺った理由がわかっているようね？」

レディ・カートンは心得顔でうなずいた。「マダム・セント・ゴダールのことでしょう？」声を落とし、公爵夫人を廊下へ引き入れた。「ウォルラファンの客間で起こったことを訊きにきたのでしょう？　あのときのアレリックの顔、あなたにも見せたかったわ」

「今回の一件が相当にこたえているようなのよ、イザベル」と公爵夫人。「どうやらぞっこんらしいわ」

「わたしもそう思うの」とレディ・カートン。「アレリックがあんなに取り乱すところを見たのははじめてよ。それに、そもそもの原因は彼女が負った傷ですって！」

公爵夫人は両の眉をつり上げた。「あのくだらない作り話を信じているの？」

「マダム・セント・ゴダールが辻強盗に襲われたという話を？　ええ、もちろんよ。でも、くだらないとは思わなかったわ。むしろぞっとしているの。あのマダム・セント・ゴダールとはわたしも多少のご縁があって、危険を顧みずに突き進む気性だということも知っているから。たぶんアレリックよりもわたしのほうが詳しく」

「ほんとうに？」

「ええ、ほんとうに」レディ・カートンは静かにドアを閉めた。「でも、いいこと、エリザベス。とにかくいっときも無駄にはできないの。手に手を取らせてあのふたりを祭壇に向かわせなくては！」

13 〈十字鍵〉の一夜

その夜、八時半、デヴェリンはすでに〈十字鍵〉の出入り口の監視にうってつけの一室に陣取っていた。あらかじめ、その六時間ほどまえにポークをチープサイドへ送り出して、この部屋を取らせておいたのだ。その後、書斎の床を落ち着かなげに行ったり来たりしていると、従僕が部屋の鍵を持って戻ってきた。デヴェリンから渡された十ポンド札一枚の釣り銭で宿屋の主人を買収し、一番眺めのいい部屋を用意させたのだという。

デヴェリンは鍵を受け取り、土産話のほうは手振りで退けた。それから、金属《かね》が肉に食いこむほど鍵を握りしめて宿へ向かった。あの手紙に書かれていた時刻は九時なのだから、そんなに早く現地に着く必要はないと自分に言い聞かせながらも、もう優に一時間、窓のそばに立って――いや、身をかがめてというべきか――ウッド・ストリートの往来に目を凝らしている。階下の酒場からビーフステーキを運ばせたが、今夜の肉はブーツの革を茹《ゆ》でたような味がした。

部屋も肉といい勝負のひどさだった。宿を建てたあと、ほんの思いつきで軒下に無理やりこしらえたような殺風景な小部屋で、窓辺に立つにもドアから出入りするにも背中を丸めなければならない。幅の狭い寝台、洗面台、樅材《もみ》のずんぐりしたテーブル、椅子がふたつ。ほかにはなにもない。窮屈な空間で動きを阻まれ、じりじりしながら待っていると、檻に閉じこめられたライオンにでもなった気がした。

だが、ここで必要なのは部屋の雰囲気ではなく眺めだ。ブラック・エンジェルに変身したシドニーの姿をこの目で見れば真実を受け入れられるのではないかと思うと、なんとも複雑な気分だった。受け入れることができれば、先へ進むこともできるかもしれない。とはいうものの、全身の神経がぴりぴりしているのがわかる。シドニーは現われるだろうか？　その姿を見届けるつもりなんだな？　そうとも、神に誓って。そのうえで決着をつけよう。デヴエリンは決心した。

夜のこんな時間にもかかわらず〈十字鍵〉は大繁盛で、明かりに照らされた敷地のなかを歩行者や宿屋の馬丁が気ぜわしく動きまわっている。馬車が騒々しい音とともにひっきりなしにはいってきては、また出ていく。巡回コースから戻った四頭立ての艶やかな郵便馬車も何台かまじっている。さまざまな階級の人々が一夜の宿を求め、あるいは階下の酒場での黒ビール一杯を求め、急ぎ足で〈十字鍵〉の入り口を通ってはなかに消えた。

酒場。手紙にはそう書かれていた。世間体のある淑女が安宿の酒場で男と会っているところを見られたいはずはない。となれば、ブラック・エンジェルは当然、上品な装いはしてこないだろう。ひょっとしたら、ルビー・ブラックのなりでやってくるのではないか？

ルビー。そうだ。ルビー・ブラックをまた見られるかもしれない。

なにを考えている。ルビーという女は存在しないのに。手綱を締めろ。デヴェリンは手櫛《てぐし》で髪を梳き、窓の外の仄暗い通りに神経を集中させた。まさにそのときだった、彼女の姿が目にはいったのは。ガス灯が路面に落とす光の輪のなかを彼女が横切った。やけに大きく歩幅を取り、腰を大きく振って。案の定ルビー・ブラックだった。黒マントをさりげなく肩に羽織っているが、赤いベルベットのドレスとどぎつい赤毛は見まがいようがない。上から眺めるその外見も動きもシドニーとは似ても似つかず、その変身ぶりにデヴェリンは舌を巻いた。

慌ただしく階段を降り、宿の帳場がある広いスペースを抜けると、酒場の通用口のそばまで行った。そこは〈錨〉の酒場よりはやや明るく、覗き見できる場所をドアの外に確保するのも難しくなかった。デヴェリンは大きな食器棚の陰に隠れ、彼女がテーブルのあいだを悠然と縫って進むのを見守った。

だれかを探しているが見つからないようで、奥のほうの細長い架台式のテーブルにつき、酒場の正面の入り口のほうに顔を向けている。が、少なくとも十人はいる男たちが物欲しそうな目で彼女を観察しはじめた。その口を、あらわな胸を、赤いベルベットの布にぴっちりと包まれた腰のくびれと尻の丸みを目に収めようとしている。売り物を値踏みするあからさまな視線で。売り物。それこそが、彼女が周囲に与えようとしている印象なのだ。デヴェリンは怒りがふつふつとこみ上げるのを感じた。今のうちにささやかな企みを愉しんでおくがいいさ。今夜を最後にさせてやるつもりだから。

そのとき新たな客が酒場にはいってきた。鋭く黒い目をした、人目を惹く風貌の若い男だ。華奢な体をボンド・ストリート仕立ての優雅な服に包んだ男は、ランプのともる部屋のなかをゆっくりと見まわした。その目がシドニーの目をとらえると、迷わず彼女のテーブルに近づいた。ふたことみこと言葉を交わしてから、計算された優美な身のこなしで腰をおろした。ルビー――シドニー――は熱っぽくテーブルに身を乗り出した。肌の色はあのときより暗く、表情が柔らかい。口もとにあったほくろが目尻に移っている。不注意だろうか。それでも、自分が愚弄されているような気持ちになった。五分が過ぎると、ふたりの会話は熱気を帯び、若い男はいよいよ真剣な表情を見せた。ルビーが男をたらしこんで愚かなことをさせるのは時間の問題らしい。

そのとき、大型ジョッキ《タンカード》満載の盆を持った給仕の女が通りかかり、つかのま視界が遮られた。デヴェリンは給仕の体の向こうを見ようとした。さて、つぎはどうするべきか。ふたりのいるテーブルまで行き、若い男に警告してやるべきなのかもしれない。完全にお手上げという様子だから。ブラック・エンジェルの罠にやすやすと引っ掛かりそうな、見るからにうぶな手合いだ。男の手がテーブルに伸び、シドニーの手をつかんだ。シドニーは一瞬ひるんだが、うなずき、ふたたび緊張をほぐした。なにかの取り引きが成立したかのように。

酒場の客が増えるにつれて会話も煙も濃くなってきた。ルビーと男のあいだの空気も一段と張りつめ、ついに、その醜悪な一瞬を迎えた。男が上着のポケットに手を入れて札入れを取り出したのだ。賭博の経験を積んだ者でなければ、掌に巧みに隠された金がテーブルの向こうの手へ渡される瞬間を目に留めることはできなかっただろう。

シドニーはその金を受け取ると、使いこんだ巾着袋に滑りこませ、立ち上がろうとした。相手の男も腰を上げた。自分がなにをしようとしているかに気づくより早く、デヴェリンは酒場のなかを進んでいた。

近づいてくる彼に気づいたルビー、いやシドニーは、パニックに陥り、巾着袋を床に落とした。その時点では若い男はまだ気づいていなかった。デヴェリンはシドニーの腕をわしづかみにして、テーブルから離れさせようとした。

男がぱっと振り返り、怒りの目を向けて言った。「おい、ムッシュー！」フランス語の強いアクセントが聞き取れる。「手を放したまえ、さあ！」デヴェリンのまえに顎を突き出した。

「なんだい、めかしこんだうぶな坊や」デヴェリンは濁声で応じた。「おまえが今買おうとしているのは安い商売女じゃないのさ。とっとと店から出ていったほうが身のためだ。この女に身ぐるみ剝がされずにすんだことに感謝するんだな」

この言葉で、シドニーのゲームは終わったようだった。彼女がルビーからシドニーへ戻るのをデヴェリンはまのあたりにした。「行って！」デヴェリンに引っぱられながら、シドニーは若い男に命じた。「ほら、早く！」

若い男は納得のいかない目で最後にもう一度彼女を見てから、酒場の入り口へ向かった。デヴェリンは巾着袋を拾って男の背中に投げた。「おまえの金だ、持っていけ！　彼女は売り物じゃない」

シドニーは腹立ちまぎれの言葉を発しながら、体をくねらせてデヴェリンの手から逃れようとした。「放してよ、野蛮人！ やめて！ 手首が痛いわ！」

常連客がひとりふたりと席を立ち、仲裁にはいろうとしたが、デヴェリンの体格に恐れをなして、また椅子に腰を戻した。シドニーはまだもがいている。デヴェリンは手加減しなかった。酒場から階段の上がり口まで引きずって、給仕の女ふたりがあんぐりと口を開けて見つめているのもかまわず、階段を昇りだした。

「放してよ、豚野郎！」シドニーは一段めのへりに片足のつま先を引っ掛け、デヴェリンに異様な重みがかかるようにした。デヴェリンは腰を落とし、彼女の腰のくびれをむんずとつかむと、自分の片方の肩に担いだ。「あっ」シドニーは一瞬、息を詰まらせた。

デヴェリンは踊り場まで一気に駆け上がった。そこで向きを変え、階段をまた駆け上がる。だが、シドニーも相変わらず身をよじり、手をばたばたさせている。彼はシドニーの尻をぴしゃっとはたいた。「じっとしてろ、この性悪女！」

「おろして！」負けじと金切り声をあげ、両の拳で彼の背中を打つ。「デヴェリン、おろして。おろしなさいってば！」彼が無視すると今度はこう叫んだ。「助けて！ だれか！ この人にさらわれる！」

デヴェリンは部屋のドアを蹴り開け、シドニーを寝台にどさっとおろすと、乱暴にドアを閉めた。「もう外に声は聞こえないぞ、ルビー」

シドニーはきまり悪そうに体を起こした。きつく締めあげたベルベットから乳房がこぼれんばかりになっている。「なにがあなたの望みなの？　なにが欲しいのよ？」

デヴェリンは酒場のほうを顎でしゃくった。「たぶん、あのこぎれいなフランス男が買おうとしていたもの」思わせぶりに両手をズボンの前立てへ移動させる。「きみのような上玉を無駄にするのはもったいないからね」

「あのね、デヴェリン。さっきのはそういうことじゃないのよ」逃げ道を探すように、部屋のなかに目をすばやく走らせた。「ジャン・クロードは友人なの。わたしに警告しようとしていたのよ。ある人が……故買屋が……逮捕されたって」

シドニーをにらみつけたまま、デヴェリンは腕組みをしてドアにもたれた。

「こんな仕打ちを受ける覚えはないわ！」シドニーは小走りに窓へ向かい、窓を押し開けようとむなしい試みをした。

「可哀相だが、そんなことをしても開かないよ。第一、そこから飛び降りたら骨を折るぞ」

シドニーは斜に振り返り、さげすむように彼を見た。「あら、そうかしら、デヴェリン。爪一枚さえ傷つけずに降りてみせるわ」

デヴェリンは片手を上げた。「おお、そうだった！　ブラック・エンジェルは飛ぶ鳥のごとく窓から脱出できるんだったな」

「あなたには関係ないでしょう？　あなたにとってわたしは死んだも同然なんだと思っていたけど。あなたの望みは、たしかわたしの心臓に杭を打ちこむことだったはずだけど。記憶違いじゃないわよね?」

シドニーの口調がなぜかデヴェリンの怒りに油をそそいだ。彼は二歩で部屋を横切ると、またも彼女の腕をつかみ、洗面台まで引きずっていった。そして洗面器いっぱいに水をそそいだ。「その汚い化粧を洗い落とせ。でないと、また尻をひっぱたくぞ」

シドニーはくるっと振り向き、デヴェリンの頬を平手打ちにした。「やれるものならやってみなさいよ」氷のように冷たい声。目には怒りの炎がめらめらと燃えている。突如として彼女はルビーにもシドニーにも見えなくなった。そこにいるのは女に仕立てなおしたジョージ・ケンブルだった。胸を衝かれるほどよく似ている。

デヴェリンは思わず手を放し、痛みの残る頬を二本の指でさわった。「とにかく洗い落とすんだ、シドニー。頼むから」

シドニーは挑むように彼の目を見返した。「どうしたのさ、旦那? このまえはすごく悦んだくせに」

デヴェリンは彼女の体を少し揺すってから、また手を放した。視線が絡まる。「よせ! よしてくれ、その作り声は。その服も……脱いでしまえ。とにかくよすんだ! こんなことは全部。聞いているのか?」

けれど、今は彼女のなかに悪魔がひそんでいるようだった。彼女はデヴェリンを床に押し倒して囁いた。「どうしたのよ、デヴェリン?」本来の声で言う。「いたずら好きなルビーはあなたの手には負えないの? ほんとうは彼女のドレスを自分で引きちぎりたいんでしょう？　そうしたくてどうにかなってしまいそうなんでしょう？」

「黙れ、シドニー！」デヴェリンは叫んだ。「きみは……きみは彼女じゃない」

今度はシドニーが強引に彼の体の向きを変え、壁に押しつける番だった。やめさせることはいつでもできたが、デヴェリンはあえて逆らわなかった。天井が低いので頭をかがめるしかない。シドニーはしばらく黙って彼を見つめていた。「あなたのなにが問題だかわかっているの、デヴェリン？」

「おれにどんな問題があろうと」彼は奥歯を噛みしめた。「きみとは無関係だ」

驚いたことに、シドニーはデヴェリンの下腹に片手をあてがった。その手がさらに下へおりるとデヴェリンは目をつぶり、ぶるっと身震いした。なおも手は止まらなかった。ズボンの前立てを滑りおりてペニスを見つけた。早くも石のように硬くなって脈打っている。シドニーはそっと撫でおろし、また撫であげた。喉の奥から声を漏らしながら顔を近づける。唇が彼の喉に触れる寸前まで。

「あなたの問題はね、デヴェリン」温かい息が肌にかかる。「あなたが求めているのはルビーのような女だってこと。あなたは予測可能なもの、単純なものが欲しいだけ。いつでもすぐに帰りたいの。事をすませたあとであれこれ質問したくないのよ……返ってくる答えを聞くのが怖いから」

デヴェリンは目を閉じて、自分の肺を出入りする空気の規則正しい音を聞いていた。「やめろ、シドニー」

しかし、シドニーはやめなかった。片手はペニスをさすりつづけている。「そう、わたしはブラック・エンジェルよ、デヴェリン。わたしはルビー・ブラック。あなたが今も恋い焦がれる性悪女。この指がその証拠を握っている。だけど、あなたはシドニーにはなんの後腐れもなく背を向けられるのよね。なぜなら、彼女はご近所の貞淑な未亡人などではないとわかったから」

「口を閉じろ、シドニー」デヴェリンは魂を抜かれたような声で言った。「黙ってくれ。それはちがう」

シドニーはデヴェリンの肌に唇を押しあてた。「ほんとう?」シルクのようななめらかな声。「あなたはルビーみたいな女のほうが自分にお似合いだと思っているんじゃないかしら。それとも、これ以上ややこしいことに関わるのが怖いだけ?」

デヴェリンは彼女の手首をつかんで自分の体から引き剝がした。「その指摘は当たっているかもしれない。しかし、今は……ああ、自分でもわからないんだ! きみを置いて帰ったのは嘘をつかれたからだ。真実を見たからだ。あのタトゥーを。隠しとおせると思ったのか? きみを求め、愛し合って……そういうことをおれに続けさせながら、ずっと打ち明けずにいるつもりだったのか? どうしてそんなことができるんだ?」

この告白にシドニーのまなざしからきつさが消えた。「わたしは……過ちを犯したのよ」

「どんな過ちだ?」デヴェリンは彼女の体を引き寄せた。「嘘をついたことか? おれに体を与えたことか?」

シドニーは目をつぶり、かぶりを振った。「いいえ。あなたと愛し合ったのは浅はかだったかもしれない。でもそれは……過ちだなんて思わなかった。あなたが部屋を出ていくまでは」

デヴェリンは深々と息を吸いこんだ。「おれはきみに恋していると思っていた。ところが今は、自分がおかしくなってしまったんじゃないかと思えるよ。だから、あのことを説明してくれ、シドニー、きみはクソ賢いんだろうから。このところ、夜になるとあのことばかり考えて地獄の苦しみを味わっているんだ。きみがどこかの路地で斬りつけられるんじゃないか、吊るし首にされるんじゃないかと心配でたまらない。現実には存在しない波止場の娼婦に妄想をたくましくしているわけじゃないんだぞ」

黒い睫毛が伏せられた。それから、シドニーは陶酔と警戒がまじり合った奇妙な表情で彼を見上げた。「ブラック・エンジェルの仕事はまだ終わっていないの」

デヴェリンの自制の糸が切れた。気がつくとシドニーの口をふさいでいた。熱く、激しく。両手でも彼女をつかまえた。彼女の香りに頭がくらくらして、まともに考えられなくなった。口では大胆なことを言いながら、シドニーは懸命に彼の手から逃れようとした。だが、無我夢中で抱き寄せて放さずにいると、ようやく彼女が降伏したのを感じた。自分からもたれかかり、むさぼるように動く唇と手に身をまかせるのがわかった。

デヴェリンはゆっくり時間をかけてキスをした。シドニーもキスを返し、震える手で彼の体を探りはじめた。柔らかな息遣いが静まり返った部屋を満たす。デヴェリンは両手で乳房を覆いながら舌で口をつつき、唇を割って奥にもぐりこませた。シドニーは吐息を漏らし、みすぼらしい小部屋の闇のなかでその名を囁いた。

「アレリック、アレリック」と。

シドニーの唇を通してその名前を聞いた刹那、デヴェリンは声をあげて泣きだしたくなった。それはすぐそばで聞こえているのに、うんと遠くにあった。過去からのこだまのように、その声が呼びかけている。訴えている。かつての自分に対して、おまえには彼女が必要だと。この痛みと怒りと不満をここで使い果たさなければならないと。ゆうべ感じたものをもう一度ここで感じなければならないと。感情がむき出しになると、体の芯がうずいた。彼女を求めて。最初からずっと彼女が欲しかったのだ。彼女がだれであろうとも。

自分の鼓動が全身をつらぬくように感じられる。デヴェリンは小部屋に視線を走らせた。あのガタガタの寝台ではだめだ。今からやろうとしていることにもちこたえられない。そこで、シドニーの体がテーブルにつくよう二歩うしろへ押しやった。ぶつかった拍子に、テーブルの上にあった白鑞《しろめ》の大皿がに床に落ち、板張りの床に金物が派手な音をたてる。だが、デヴェリンは動きを止めなかった。

頑丈な樅《もみ》のテーブルにシドニーを仰向けに寝かせ、片手でスカートをまくり上げると、もう一方の手で自分の服を剝ぎ取り、彼女をテーブルのへりまで引き戻した。この間にシドニーの下穿きも無意識に脱がせていたらしく——脱がせた覚えがないのだ——一気にするりと挿入した。

シドニーは声をあげ、両手を上げて彼を求めた。デヴェリンはその場に立ったまま腰を折り、覆いかぶさってキスをした。シドニーも深く長いキスを返す。呼吸を整えようとするが、うまくいかないようだ。ゆうべの出来事などなかったかのように欲望の炎が全身に広がる。離れているふたりは何者でもない。いや、ちがう。不自然で、不完全な状態なのだ。それがこうして一緒になると、まるで火事嵐だ。あっというまに火の手がまわる。

薄暗がりのなか、シドニーはすすり泣きとともにもう一度彼の名を口にした。体をのけぞらせ、さっきよりも甘い声で。デヴェリンはわれを忘れて何回も突いた。やがて白い光が脳裏にあふれ、全身を震わせながら抜け殻のように彼女の上に倒れこんだ。

しばらくして力を回復したデヴェリンは、シドニーをテーブルから抱き上げ、寝台まで運んだ。壊れそうな寝台におそるおそる腰をおろし、膝枕をして額に口づけた。「痛かったかい?」と、ざらついた囁き声で訊く。

シドニーは泣き笑いのような声で答えた。「いいえ」

デヴェリンは慌てて口づけをやめて、つぶやいた。「すまない。すまなかった、シドニー。本気で言ったんじゃ……きみはけっして……」自分でも理解できないこの気持ちを表現する言葉が見つからない。「ああ、シドニー。きみがいない世界など耐えられない。神よ、われらを助けたまえ」

シドニーはびっくりして首を振った。「どうしてなの、デヴェリン? なぜわたしを?」

「わからない」デヴェリンはシドニーの喉と顎のあいだに口を押しあてた。「なぜかはわからないのさ、シドニー。正気をなくしてしまったのかもしれない。だけど、きみに恋をしているのはたしかだ」

シドニーはデヴェリンの顔を両手で挟み、目と目が合うようにした。「あなたはわたしの正体を知っているのよ」

「それは問題じゃない」そう言ったあとで、その言葉は真実だと気がついた。「きみが欲しい。きみが必要だ。それに、どうしてきみがこんな宿命を背負わなければならないのかわからない」

シドニーの目に混乱の色が広がった。「ゆうべのことは過ちなのかって訊いたわね。でも、そこからなにが生まれたかはわかるでしょう。ゆうべ、わたしはどうしても欲しいものを手に入れるために愚かにも危ない橋を渡り、今夜はこうして発見された。だけど、どうしてそれが、そのどこが、過ちなの？　自分にもずっと問いつづけているのよ。とてつもなく美しいなにかが……過ちだなんてことがあるの？」

「そんなことはない」

シドニーは彼のシャツの胸に顔をうずめた。「それならいいの」と、乱れたクラヴァットに口をつけて言う。「なんであれ起こったことにはそれだけの価値があるのだから」

デヴェリンはシドニーの頭のてっぺんに唇をつけ、温かな香りを吸いこんだ。彼女の言葉がふたたび不安をかき立てた。「どうしてなんだ、ブラック・エンジェル！　なぜなんだ、シドニー。なぜだ？　こんなことをしていたら吊るし首になるかもしれないのはわかっているだろう？　なのになぜ、こんな危険な真似をする？　なぜこんな秘密を抱えて生きようとする？」

デヴェリンの顔に彼らしくないさまざまな感情が交錯するのをシドニーは見て取った。恐怖と不安。悼みのようなものも感じられる。彼には答えを知る資格があると思ったから、つたないながらも答えようとした。でも、ジョージにした説明と同じく意味をなさなかった。デヴェリンはジョージにもまして納得しなかった。

彼の目が翳った。それでも言葉を荒らげまいとしているのか、片手でシドニーの頬を指で撫でる。「不幸な女たちの力になるにしても、もっと安全でまともな方法があるだろう。きみのやっていることはあまりに無謀だ。正気の沙汰じゃない」

「ジョージと同じようなことを言うのね」

今やデヴェリンの口調に迷いはなかった。「こんなことはやめるべきだよ、シドニー。きみとおれとのあいだがどうなろうとも。これだけは約束してくれ」

シドニーはため息をつき、やっとのことで答えた。「無理よ。約束はしないわ、アレリック。できないのよ。まだわからないの？　あなたと恋に落ちるつもりなんかなかった。むしろあなたには近づくまいと一生懸命だった。だけど、あなたが……あなたが……」

「そうさせなかった？　そのとおりだよ。今でもその気持ちに変わりはない。ブラック・エンジェルは死んだんだ、シドニー」

「いいえ、わたしのなかでは死んでいないわ」

「つかまってからでは遅いんだぞ」デヴェリンは必死だった。「そうならないと言いきれるのか？」

シドニーは長い沈黙に陥った。「ならないと思う。でも、レディ・カートンは……そうよ、レディ・カートンは知っているみたいなの。少なくとも疑っているのはたしかよ。言いふらすことはないでしょうけど」

「レディ・カートンにはおれが対処するよ」デヴェリンは険しい顔つきになった。「ほかにもこのことを知っている人間はいるのかい？　ジュリアを除いて。感づく可能性があるとしたらだれだ？」

「ブラック・エンジェルとわたしが同一人物だということに？　それほどわたしを知っている人はいないわ。あなたを除けばね、アレリック。あなただって……感づいたわけではないでしょ」

「不思議なことに、早くから感づいていた気がするんだ。ただ、辻褄《つじつま》の合わないことが多すぎて結びつかなかった。だけどこの先、もっと勘の鋭いやつが感づくかもしれない。だれかがどこかでなにかを口にするかもしれない。思い出すかもしれない。それが怖いんだよ、シドニー。そうなったとき、おれたちはどうする？」

「そんなことは起こらない」シドニーはきっぱりと言った。「これまでも用心に用心を重ねてきたんだもの」

デヴェリンにはそんなふうに確信することはできなかった。「最善の防護策があるとしたら、きみがおれと結婚することだ。悪名高いおれと結婚するのは世間体が悪いかもしれないが、少なくとも、きみを告発しようという人間はいないだろう」

シドニーはデヴェリンの手を取り、指の関節にキスをした。「あなたは騎士道精神に富んだ人なのね、デヴェリン、自分で思っているよりもずっと。あなたと知り合って最初にそのことに気づいたわ。あなたには魔力のような魅力はない。それはほんとう。だけど、わたしは……あなたに魅了されている。こんなことは今まで一度もなかった」

デヴェリンは息を呑んだ。「それは、イエスという返事なのか?」

シドニーは首を横に振った。「完全にノーよ。助けが必要な女たちが大勢いるの。正さなくてはならない不正があふれているのよ。どうか理解して、アレリック。第一、あなたのご家族がそんな結婚を認めるわけがないでしょう」

デヴェリンの体がこわばった。「父はおれが息を吸っても気に入らないのさ。だが、母は喜んでくれる。きみの足もとにひざまずきかねない」

「アレリック、ご両親はわたしを気の毒な親戚と思われるだけよ。嫡出ではない可哀相な娘、その母親は――」

デヴェリンはシドニーの唇に人差し指をあてて制した。「言うな、シドニー。きみの母上だろう。おれの母について言うなら、きみがおれと結婚してくれたら感謝するよ」

シドニーは信じられないという目で彼を見た。「どうかしてしまったの?」

「もしかしたら。とにかく、おれはきみに危害が加えられるのも、きみが吊るし首になるのも耐えられない。こう考えている自分に啞然とする。それでもシドニー、きみと結婚したいし、子も欲しいのさ。きみになにかあったらと考えるだけで地獄の苦しみだった。きみもおれを想ってくれているんだろう、ほんの少しは？」

シドニーは目をつぶった。「ええ。想っているわ。あなたへの想いの深さがちょっぴり怖いくらいよ。アレリック、あなたを……愛している。さあ、わたしは言ったわ。つぎはあなたの番よ。この殺し文句を口にしてみない？」

デヴェリンは言葉のかわりに熱いキスを返した。「神に感謝を」声がかすれた。「結婚してくれ、シドニー。お願いだ」

シドニーは目を開けてデヴェリンを見つめた。「なんて素敵な誘い文句」

「だったら、ただイエスと答えろ、シドニー！　ただそれだけを。かならずきみを守る」

シドニーはためらった。それがデヴェリンに希望を与えた。「ああ、デヴェリン！　人がなんと言うかしら？」

「きみはとんでもない結婚相手を選んだと言うだろうな」シドニーの両手を取り、目の奥を覗きこんだ。「聞いてくれ、数日後に母が舞踏会を催す。父の誕生日を祝う盛大な会になりそうだ。きみにも来てほしい。母が招待して、きみを社交界に紹介する。そして……きみの兄さんも。じつは母にはもう話してあるんだ」

「兄とわたしのことを？」シドニーの目が大きく見開かれた。「まさか、デヴェリン、そんなこと！」

デヴェリンはぎこちない笑みで応じた。「ああ、きみのことを話した。きみの兄さんのことも。母は気を悪くなどしなかったよ。それどころか、ウォルラファン邸の客間での不都合な場面の話を聞くと、きみとの結婚を勧めてきた」

しかし、彼を見上げたシドニーの目には悲しみの色があった。「アレリック、やはり難しいと思うわ。わたしには過去があって、それを捨て去る自信はないし、かりにお母さまがわたしを認めてくださったとしても、お父さまはけっして受け入れてくださらないでしょう」

「それがどうしたっていうんだ！　そんなことは問題じゃない！」

「そうかもしれないけれど、あなたが思うより大事なことなのではないかしら」

デヴェリンはふたたび言い返そうとしたが、シドニーが指で彼の唇を封じた。「ええ、わかっているわ。まるで駄々っ子ね。舞踏会には伺うわ。クロゼットに隠していた家族の歴史も引っぱり出して人前にさらしてもいい。そうしながら、社交界の人々にいい印象を与えられるよう努力もするわ。でも、あなたはブラック・エンジェルを捨ててくれとわたしに頼んでいるのよね。取るに足らない人生のなかでわたしがおこなってきた最も意義あることを」

デヴェリンはシドニーの手を強く握った。「おれの妻になるだけでも、途方もなく荷の重い仕事だぞ、シドニー。だが、財産だけはある。デヴェリン侯爵夫人が夫の金を遣ってできる有意義なことはたくさんあるよ」

シドニーは疑わしげに彼を見た。「わたしがエンジェルを捨てるという犠牲を払うのなら――まだそうすると約束したわけじゃないけれど――あなたはなにをするつもり？」

「なにをする？　いったいどういう意味だ？」

「お父上は誇り高き公爵でいらっしゃるんでしょうね、きっと。でも、その方が、たとえわずかでも和解の手を差し出したら、その手を取れる？　お母さまのために」

「おれはきみと結婚したいだけだよ。それに、手を差し出すより先に父の命が尽きるだろう」

「あなたがびっくりするようなことが起こるかもしれない」シドニーは彼の腕をそっと叩いた。「あるいは、あなたの言うとおりなのかもしれない。わたしが言いたいことはひとつだけよ、アレリック。親子のあいだに言い残したことがあってはいけないということ。わたしはそれを経験した。言えなかったことが今も口のなかに残っているのよ」

デヴェリンは怪訝そうな一瞥を投げた。「どういうことだい？」

シドニーはすぐには答えられなかった。「ジョージは、わたしがブラック・エンジェルになっているのは母に対する屈折した気持ちのせいだと言うの。自分でも……そうかもしれないと思う。幼いころは、母の人生の惨めさも、それを母に強いた父の残酷さも理解していなかった。フランスへやられたときは傷ついたわ。自分は愛されていないんだと思って。だから、そこから逃げ出した」

「可哀相に」デヴェリンはシドニーの額に口づけた。

シドニーはデヴェリンを押し返し、彼の目を見つめた。「わたしは母を避けたのよ、アレリック。その後、父が亡くなってからも何年も母と疎遠だった。訪ねてほしいと母が言いだしても、ことごとく無視を決めこんだわ。そうすることにひねくれた快感さえ覚えていた。この数週間、そのころのことを幾度となく思い出したおかげで、今はわかるの。母と和解する日がいつか来るだろうと心の底ではいつも思っていたんだってことが。母が若くして逝ってしまうなんて思いもしなかったから。だから今も、母がどういう人だったのかも知らないの、ほんとうに。母もひとりの人間で、わたしたちみんなと同じように、いろんな失敗や過ちを犯したということしか。そして、母がわたしに言いたかったことが——もし、あったとして——今となっては永遠に聞けないということだけはわかっている」

シドニーの言うとおりなのはデヴェリンにもわかった。死が有無を言わさぬ永遠の別れだということは。「しかし、父はロンドンからほんの数マイルのケント州で暮らしている。和解したい気持ちが父にあるなら、とっくの昔にできたはずだ。父とおれのあいだにある感情はもっと冷えきった怒りなのさ」

「わかったわ！」シドニーはため息まじりに言った。「だけど、覚えておいてね、アレリック。万が一あなたの願いを聞き入れたら、わたしは自分の意見や心配事を胸にしまっておこうとは思わないから」

デヴェリンはすねたような視線を投げた。「まいったね、アラスターに警告されたとおりだ」

「なんて警告されたの？」

「お節介、干渉、催促。男が身を固める気になるが早いか、女はそういうことを始めるものだと」おかしくて唇をひくつかせながらも、しかめ面を崩さぬようにした。

シドニーは体を引いてデヴェリンを見た。「では、結婚の申し込みを撤回したくなった?」笑いを噛み殺して尋ねる。「どうぞ、ご遠慮なく。兄はきっと大喜びするわ」

デヴェリンは撤回などしたくなかった。それよりも、シドニーが耳のうしろから小さなゴムを剝がし、化粧を洗い落とし、髪をおろすさまに見とれていた。ひょいひょいと二度三度、髪をひねっただけで、控えめで気品のあるふだんの髪形に戻った。シドニーはそれから黒いマントをひるがえして、くすんだ灰色の面を表にすると、きちんとボタンをはめた。ありがたい、これでやっと帰れる。

帰り道、シドニーはデヴェリンの腕に手を掛けて歩いた。そのぬくもりが彼には心地よかった。今も安堵の波がひたひたと打ち寄せている。シドニーの身はもう安全だ。彼女はおれを愛している。自分に彼女の愛を受ける資格があるかどうか、自分は彼女の払う犠牲に値する男かどうかはまだ自信がない。それでもデヴェリンは、無為に過ごしてきた人生にもう一度、希望の灯がともった気がした。

ところが、希望の灯はにわかに消えかかった。デヴェリンは出入りの多い〈十字鍵〉の正面の入り口を避け、シドニーを導いて裏口から路地に出てガター・レーンを渡った。それがいけなかったのかもしれない。ガター《どぶ道》・レーンはいろいろな意味でその名にふさわしい通りで、ロンドンの中心地区に近接するにもかかわらず、そこここに売春宿があり、コーヒーハウスや会計事務所が店仕舞《みせじま》いしたあとには活気を呈している。

突然、行く手にある一軒の宿の入り口から若い女があとずさりに飛び出してきた。船乗り顔負けの悪態をつきながら、女は上がり段を転がり落ち、道路に尻餅をついた。そのうしろから、派手なドレスを着た肉付きのいい年増女が現われ、最初の女に向かって唾を吐いた。「ずいぶんと舐めた真似をしてくれるじゃないか。あんたみたいな娘《こ》にはもう仕事はやれないね」

若い女は今は立ち上がっていたが、結い上げた黄色い髪は無残に崩れ、鮮やかな紫色のドレスは汚れにまみれていた。「上等だよ、くそばばあ」若い女は上がり段の上にいる年増女に向かって叫んだ。「自分の歯が一本もない気難しいじじいの相手なんかだれがするもんか。あの客はメアリアンに譲るから、あの女に相手をさせてよ。どうせなんだってやる女なんだから」

これを聞いた女将は階段を道路まで降りてきて、女を逆手《さかて》で張り飛ばした。シドニーは当然のごとくデヴェリンの腕からぱっと離れて駆けだした。「なにをするの!」声を張りあげ、女将を若い女から引き離す。「彼女に手を出さないで! 叩く権利なんかあなたにはないでしょう?」

「権利?」信じられないというように女将は言った。「この娘《こ》はあたしに借金があるんだよ。余計な口を挟まないでおくれ」女将はそこで胡散《うさん》臭げにじろじろとデヴェリンを見た。「ほれ、早くこっちへ戻って、その口を閉じな、ベス。そんなとこにいたら、こちらのおふたりのお邪魔になるだろ」

しかし、これしきで引き下がるシドニーではなかった。血のにじんだ顔を手の甲でぬぐっている若い女のそばへ行った。「無理にここに残らなくてもいいのよ。お金ならあるから。わたしが今夜寝るところを見つけてあげる」

女は嘲るような目でシドニーを見て訊き返した。「今夜だって？　それでどうなんの？　どっちみち商売しなくちゃなんないのよ。そうだろ？　救貧院なんかに送られんのはごめんだからね。そういうことだろ、あんたが言ってんのは」

シドニーは女の腕に手を添えた。「どんなところでもここよりはましでしょう」

女は片眉をつり上げ、腕を引っこめた。「へえ、そうなの？」声音が穏やかになった。「だけど、腹ぺこを我慢して床磨きをするより、膝で床をこすって助平じじいにご奉仕するほうがましだね」それだけ言うと、若い女は足取りも軽く上がり段を昇って宿に消えた。

「待って！　わたしが言っているのは救貧院じゃないのよ。お願い！　最後まで話を聞いて」

けれど、若い女はもう戻ってこなかった。売春宿の女将はそら見ろと言わんばかりの笑みを浮かべ、大きな音をたてて扉を閉めた。

シドニーは今にも泣きだしそうに見えた。デヴェリンは彼女の肩に片手をまわして引き寄せ、静かに言った。「きみは努力した。本人が道を選んだんだ」

「この街には彼女のような女があふれているの。べつの生き方を知らないの。救貧院へ行くかここにいるか、道はほかにないと思っているのよ！　おかしいと思うでしょう、デヴェリン！　不公平よ」

「今の娘はきみの母上とはちがうだろう、シドニー」デヴェリンは優しく言った。「ちがうどころか、共通点はないに等しい」

「囚われの身と感じているのは同じでしょう？　それがふたりの共通点よ。ああ、こんなことなら、ジョージに言われたことをあなたに聞かせるんじゃなかった！」

デヴェリンはさりげなくシドニーをうながして道を進ませた。「きみがすべての女を救うことはできないんだよ、シドニー。ブラック・エンジェルがいくら頑張ったところで、できることはかぎられている」

シドニーは肩を落とした。「でもブラック・エンジェルだからこそできることもあるのよ、デヴェリン。たとえ小さなことでもなにもしないよりはましだわ」

ふたりはしばらく無言だった。「そこがきみの問題だと思うのさ、シドニー」とデヴェリン。「小さなことというのが。きみが続けていることはそれだよね。端のほうを攻めているだけだ。底辺で動きまわっているだけだ。もっと大きな規模で考えてみてはどうなんだい？」

シドニーはうんざりしたようにため息をついた。「じゃあ、どうすればいいの？」

デヴェリンは一日ぶんの顎ひげを物思わしげにさすった。「具体的にはまだ言えないけれども、少し考えさせてくれ。この錆びついた頭に独創的な考えが浮かんで、きみを驚かせてやれるかもしれない」

デヴェリンは絞首台に上げられる男の心境で父の七十歳の誕生日を待った。ふたたび社交界に足を踏み入れることへの不安に加え、父にまったく無視されるかもしれないという恐れもまだ消えていなかった。〈十字鍵〉での一件のあと、彼はもう一度母に会い、悪魔の取り引きを持ちかけた。舞踏会への出席の交換条件として、ジョージとシドニーの兄妹を長らく消息不明だった親戚として迎え入れてほしいと申し出たのだ。母はふたつ返事で了承した。きらきらと目を輝かせて。

不思議な期待感が生まれた。カードテーブルでツキがめぐってくる直前に感じるあの空気とどこか似ていた。人生の新たな手札が配られようとしているようだ。それはキングやジャックなのか？ それとも、代わり映えのしないはずれ札の2や3なのか？

シドニーの返事を待つのはまさしく拷問だった。ふたりの想いが一緒だと知った今、なんとしてもイエスと言わせたいという衝動を抑えるのは至難の業だ。しかし、完全に希望が失われたわけではなかった。結婚を拒む態度が日に日に弱まる一方、シドニーのキスはいつにもまして情熱的になっていった。デヴェリンは粘り強く、かつロマンティックに説得を続けた。毎朝シドニーの家を訪問しては花を贈り、夜にはチョコレートを持って訪ねた。宝飾品もなるべくひんぱんに贈るようにした。そちらは毎回返されたけれども、シドニーの関心を惹いているという手応えはあった。

ついに、その夜がやってきた。アラスター・マクラクランはむろん、早々とベッドフォード・プレイスに姿を見せてデヴェリンをせっつき、頼みもしないのに人生や愛や女心にひそむ危険の兆候について支離滅裂な助言をした。化粧テーブルのそばに置かれた椅子でブランデーを口に運び、従者のフェントンに夜会服を着せられるデヴェリンを眺めながら。話題はほどなくグレーヴネル公爵夫人に移った。

「で、お母上にはおれがどうしてもと言うから来たんだと言ってくれるんだろうな?」アラスターはランプの光にグラスをかざし、金色の液体を覗きこんだ。

「そんなことは言わないよ。母上には婚約を知らせるために来たと言うつもりだ」

「いけすかないやつだ!」アラスターはグラスをおろした。「それではあのウェスパシアヌス銀貨がおれの手にはいらないじゃないか。おい、シドニーはおまえの計画を知っているのか?」

「いや、そこまでは」デヴェリンはフェントンが襟もとをぴたりと合わせられるように顎を上げた。「彼女を驚かせることになるかもしれないが、どのみち発表するつもりだ。発表してしまえば、おれと結婚せざるをえなくなる。だろう?」

アラスターは心配そうな表情になった。「しかし、こういう諺もある。〝ひびのはいった鐘は修復が利かない〟シドニーはおまえを許してくれないかもしれんぞ」

「またまたスコットランドのつまらん諺か、アラスター。だれかが彼女の身を守らなければならないんだ。このロマンスは純粋に人道的行為というわけか?」

「では、このロマンスは窮余の一策さ」

「顎をお上げください、閣下」フェントンは今はクラヴァットと格闘していた。デヴェリンは口をつぐんで従者が仕事を終わらせるのを待った。「ありがとう、フェントン」着付けが終わると小さくつぶやいた。「またしても奇跡的な仕事ぶりだ」

「まったくだ。ほぼ文明人に見えてきた」アラスターは冷たく言い放った。

「お褒めにあずかり光栄だよ、アラスター」デヴェリンは友人の肩に手を置いた。「さてと、出発するか。ストランド街で片づけなければならないことがある。あまり愉快な展開にはなりそうにないんだがね」


偶然ではあるが、その夜、予期せぬ訪問を受けたロンドン市民はジョージ・ケンブルひとりではなかった。街が黄昏《たそがれ》に染まる少しまえ、ベッドフォード・プレイス十四番地の玄関の呼び鈴が鳴らされた。ジュリアはシドニーの夜会服の最後の襞を仕上げているところで、メグは例によってお向かいにおしゃべりに出かけていたので、シドニーみずから玄関へ急いだ。扉を開けたとたん、息が止まった。扉の向こうに立っていたのはカートン伯爵未亡人で、縁石には伯爵家の紋章入りの馬車が寄せられていた。

レディ・カートンは親しげに微笑んだ。「こんばんは、マダム・セント・ゴダール。グレーヴネル家の舞踏会にご一緒できないかしらと思って伺いましたのよ」

「わたしが奥さまと？」シドニーは呆気にとられてレディ・カートンを見た。

帽子につけられた紫の対の羽根飾りを元気よくはずませてレディ・カートンはうなずいた。

「ちょっとお邪魔してもよろしいかしら？　エリザベスと相談して、あなたをひとりで来させるのはよくないということになったものだから。それに、あなたのお兄さまは辞退されたそうだし。ちょっとお邪魔してもよろしいこと？」

玄関口で会話を続けているのが失礼にあたることにシドニーは気づいた。「はい、どうぞおはいりくださいませ。ところで、エリザベスとはどなたでしょうか？」

「あら、グレーヴネル公爵夫人のことよ」わかりきっているでしょうと言わんばかりだ。「わたしたちは娘時代から仲良しなの。アレリックから聞かなかった？」

シドニーは伯爵未亡人を客間へ案内した。「いいえ、そのようなことは。ご一緒させていただけるのですか？　舞踏会に？」

レディ・カートンは両手を広げた。「ほかの方とのお約束がなければ」

不意に合点がいった。「お聞きになったのですね、公爵夫人から。わたしが以前……いえ、現在もそうなのかもしれませんが……グレーヴネル家の遠縁だったということを」

レディ・カートンは進み出ると、シドニーの頰に片手を添えた。「最近、外国から帰ってきた大切な従姉妹だと聞いているわ。喪が明けてまもないので、これまでは社交界に出入りするのを控えていたのだと。ほらほら、元気を出して。それと、ひとつお願いがあるの。あなたも話に合わせてちょうだいね！」

デヴェリンの馬車がストランド街のジョージ・ケンブルの店のまえで停まったときにはも

う日が暮れかかっていた。通りに軒を連ねる店の明かりがつぎつぎと消えるなか、何軒かのコーヒーハウスは俄然《がぜん》客足を増やしていた。デヴェリンはこの先に待ちかまえる任務におのきながらも、馬車の扉を勢いよく開けて舗道に降り立った。

「一緒に来るか？」と、馬車のなかの友人に声をかけた。

アラスターは大儀そうに手を振った。「ここもきっと混んでいるだろ。おれは血を見るとふらつくし」

デヴェリンは体の向きを変え、店のなかにはいろうとしてからいったん足を止め、扉に掲げられた真鍮の銘板を読んだ。扉を開くと頭上の小さな鈴が鳴った。店内をひと目見るなり、度肝を抜かれた。極上のがらくただ！　看板に偽りなしだ。飾り鉢に置き時計、花瓶に気付け薬入れ、ティーセット、シャンデリア、盾と剣――それらが所狭しと並べられている。おまけにそのどれもが驚くほど古い時代の高価な品と見受けられた。陳列ケースのなかでは骨董の宝飾品が隙間なく置かれ、きらきらと輝いている。

しかし、鑑定に費やす時間はなかった。見覚えのある若い男が店の奥の緑の垂れ幕を分けて現われた。警戒の表情がその男の顔をよぎったが、すぐさま仮面をかぶり、見下したような目でデヴェリンを見据えた。「本日は閉店しました、ムシュー。またのご来店を」

「そうか、あのときの！」デヴェリンはつかつかとカウンターに近づいた。「きみとの話は後日にまわすとして、今はケンブルに会わせてもらいたい」

若いフランス人の眉がつり上がった。「でも、それはお勧めできませんねえ。ディナーのメニューをシェフと話し合っているところなので」

デヴェリンは両手をガラスのカウンターにつき、上体を乗り出した。「こっちはちっともかまわんよ。彼が素っ裸で風呂につかって足の爪を切っていようとも！」デヴェリンはそこで肩の力を抜いた。「うるさいやつだな！　どうせどこかにドアがあるんだろ！」ぶつぶつ言いながら、カウンターをまわりこんで垂れ幕をくぐった。

「ノン、ノン！」フランス男は声を張りあげ、ベルベットの垂れ幕を分けて追いかけてきた。

「ストップ！」

デヴェリンはすでに裏階段を見つけて昇りはじめていた。「ありがとよ。ちょっと驚かせてくる」と、半身に振り返って言った。

階段を昇りきったところにドアがあった。おざなりなノックを一回。ジョージ・ケンブルとシェフの相談はもう終わっているらしい。ドアを開けると、広さはないが贅沢な設えの応接間にケンブルがいて、シェリー酒らしき飲み物をもうひとりの男についでいた。その男にもどことなく見覚えがある。ふたり同時にデヴェリンのほうに目を向けた。来客のほうが新聞を脇に置いて、椅子から立ち上がった。

ケンブルの視線がデヴェリンを上から下へ眺めおろした。「おやおや、親愛なる我が従兄弟《カズン》のアレリックのお出ましとは！」小馬鹿にした物言いをする。「びっくり仰天だ」

「突然押しかけて申し訳ない」デヴェリンは肩の片方だけ戸口にもたせかけ、長居はしないという意思を伝えた。「しかし、そうでもしないと会ってもらえないのがわかっていたから」

「わかりきったことを理解するのは驚異的に速いようだな、デヴェリン」

デヴェリンは顎を上げた。「いいか、ケンブル。きみとおれとのちがいはひとまず脇に置いて話を進めなければならない。今夜の会に同伴してもらいたい」

「あなたと同伴ですって？」ケンブルはワインのデカンターをテーブルに置いた。

デヴェリンは急に気まずさを感じた。どうしてもこの男の助けがいるのだが、それを認めるのが癪に障る。「ああ、父のために開かれる舞踏会へ。招待状は届いているはずだが」

「あんなに素っ頓狂なものが届くとはね」ケンブルは意地の悪い笑みを浮かべた。

もうひとりの男がデヴェリンのほうへ近寄っていた。「ジョージ、紹介してくれよ」

「おっと、忘れていたよ、モーリス」ケンブルはその男の求めに応じた。

デヴェリンは握手を求めた。「どこかでお見かけしたような」眉をひそめた。「待てよ！そうだ、ジローだ。きみのところで最近、服を仕立てていただろう？」

「わたしの助手がチョッキを二着仕立てさせていただきましたっけ」モーリス・ジローは鼻を鳴らした。「まあ、あなたさまの従者が選んだ色は、わたしの好みではありませんでしたがね」

デヴェリンは目をすがめた。「馬のしょんべん色だっけ？　もうひとつは黴《かび》が生えたような灰色？」

「でしたね」モーリスはデヴェリンの正装を批判的な目でじろじろと見た。

デヴェリンは肩をすくめてみせた。「だったら、きみもどうだい？　ふたり一緒に」

モーリスは恐れをなして一歩あとずさった。「グレーヴネル公爵の舞踏会へですか?」

デヴェリンはふたりを交互に見た。「きみたちふたりはシドニーのことを考えるべきだ。今夜は大事な夜なんだ。家族が彼女についていたほうがいい」

「シドニーは今夜の舞踏会に行くつもりなのか?」とケンブル。

「ゆうべもあらためて出席の約束をしてくれた」デヴェリンは自信たっぷりに答えた。「シドニーはかならず出席する。彼女のためにきみたちも出席する義務があると思うけどね」

モーリスは椅子に椅子に戻っていた。「いかれているとしか思えない」そう言って新聞をはたいた。「おそらく、今夜集まる紳士の半数の服はわたしが仕立てたものですよ」

「そりゃいい」とデヴェリン。「きみを紹介する手間がはぶける」

「では、もっとわかりやすく説明させてください、閣下」モーリスはぷりぷりして答えた。「胴まわりを測ったり、ズボンに完璧な襞を入れるために睾丸の位置を調整させたり、ある意味で特殊な関係にある人間と公の場で顔を合わせたいと思う男はいませんよ。当方も率直なところ、ごめんこうむりたいですね。商売にも大いにさしさわるでしょうから。わたしは仕立て屋で、よろしければ、今後もその商売を続けたいのですよ。それに、あなたが信じるかどうかはともかく、あなたのご家族が軽率にもわたしを招待するような方だと思われるのは、わたしの本意ではありません」

たしかに彼の言い分は正しい。

「わたしの出る幕でもないね、モーリス同様」ケンブルが割りこんだ。「モーリス同様、興味もないし」

デヴェリンは神経が昂《たか》ぶり、思わず怒鳴った。「だが、きみは、みんなに愛されていたのに長く消息不明だった親戚だぞ！　母は舞踏会という場できみとシドニーを抱擁して、一族に迎え入れたいと考えている」

「ご冗談を！　よもや、そんなたわごとをわたしが鵜呑《うの》みにすると思っちゃいますまい？」

「社交界の人々は鵜呑みにするだろうさ」デヴェリンは唸った。「妹の将来を考えろ。いきなりこんな不躾な形で知らせたくはないけれども、ケム、来週、結婚許可証によってシドニーと正式な夫婦になろうとしているんだ」

ケンブルは怯えた表情になった。「たちの悪い冗談はやめろ」

デヴェリンは引きつった笑みを浮かべた。「彼女の貞淑さをほんの少し傷つけることになってしまったが」

ケンブルの顔つきが険しくなった。「悪党め！　馬の鞭できさまの皮をひんむいてやる」

「暗い路地で背後からズドンと撃つんじゃなかったのか？」デヴェリンはケンブルに思い出させた。

ケンブルは今や部屋のなかをせわしなく歩きまわっていた。「信じられない！　シドニーが承諾するはずがない！　そうか、承諾はしていないんだ、そうだな？　ああもう！　あいつがいつか面倒なことに巻きこまれるとは思っていたんだ！　それにしたって結婚？　よりによってきさまと？」

デヴェリンはどうにか自分を抑えて冷静になろうとした。「シドニーにふさわしい男じゃないことは、もちろん自覚している。実際、おれのような重荷を彼女に背負わせるつもりなどなかったんだ。ただ、この結婚にはもうひとつ理由がある。シドニーが夫を必要とするもっと差し迫った理由が。どんなひどい噂が立って疑惑が生まれても、おれの財産と爵位が彼女の盾になるだろう。だから、真面目に考えてみてくれ。今言った意味がきみにはわかるだろう」

ケンブルは憎々しげにデヴェリンをにらんだ。「人の弱みにつけこむ策士め」

デヴェリンも骨の折れた鼻越しにケンブルをにらみつけ、「それでもとにかく、おれたちはもう婚約したんだ」と嘘をついた。「今夜、それを発表することになっている。母はシドニーが社交界に歓迎される状況を着実につくろうとしているんだ。決闘の申し込みにはそのあとで応じるよ。もし、それがそちらの望みなら。だが、今だけは妹のために責任を果たしてくれ」

モーリスが割ってはいるように新聞で音をたて、むしろ陽気な調子で言った。「どうやら行くしかなさそうだぞ、ジョージ。チョッキはあの象牙色のシルクのやつにしろよ。あれを着るとおまえさんの目がわずかながら正直そうに見える」

「馬の鞭でこいつの皮をひんむいてやりたいよ」ケンブルはぶつぶつ言いながらシェリー酒のデカンターへ向かった。「シドニーをフランス行きの高速の連絡船に乗せるという手もあるんだ」

「シドニーがロンドンに住みたがったら?」デヴェリンは冷静な口調で訊いた。「自分の口から言うのもなんだが、ケム。きみの妹もまんざらおれに関心がないわけではなさそうだぜ」

ケンブルは相変わらずの渋面だが、諦めの雰囲気も漂わせていた。「これがわたしの身の破滅を招く可能性もある。ことあろうにヒリアード家につながる人間だということが公になるんだからな! これまで本名を隠してきたことの意味がふいになる。裏社会の連中はわたしを避けようとするかもしれない。そうなったらどうして商売をやっていける?」

デヴェリンはちょっとのあいだケンブルを見つめていた。「本名を隠してきたときみが言うからには、ケンブルという名前について尋ねるのは今しかないだろうな。いったいどこからその名前を取ったんだい?」

「十四のときに、たまたま劇場の看板で見かけた名前さ。ボーシェは名乗りたくない、ヒリアードはもっと名乗りたくないと言えば、わかってもらえるかね」

デヴェリンはケンブルの肩胛骨《けんこうこつ》のあいだを親指で押した。「言いたいことはよくわかるよ。おれもその名前の重圧で窒息しそうだから」

ケンブルは敵意をこめた目を向け、シェリー酒を飲み干した。それが舞踏会に出陣するための鎧《よろい》になるとでもいうように。

「ちょっと待った!」デヴェリンはワイングラスの脚をつかんでいるケンブルの手に目を凝らした。「どうしたんだ、その指の関節は? 万力に挟まれたのか?」

ケンブルは痣のできた指の関節に目を落としながら、そろそろと拳を固めた。「いや、万力ではない。ゆうべ、セント・ジェームズ公園で新しい友達を見つけたというだけのことさ」

「そう、パドとバドのでこぼこコンビをね」モーリス・ジローがまたもふんと鼻を鳴らす。

「じつにチャーミングな若者だった。これからも、いつでも食事をご一緒したいものだ」

ケンブルは冷ややかな笑みを浮かべて訂正した。「パグとバドリーだよ。ふたりとも牛肉のだし汁スープとどろどろにつぶしたカブを食べるのが精いっぱいだろうけど。さてと、そろそろ着替えをして、身に馴染んだこの生活を捨てる覚悟をしないと。いずれにしても、デヴェリン、この落とし前はつけてくれるんだろうな?」

「まあ、一種の歩み寄りととらえてくれ」デヴェリンはケンブルに続いて部屋から出た。

「そう考えれば、この家系では公爵位がつねに漂流していることを思い出すだろう。本来ならきみが継ぐべきだった爵位、おれはべつだん継ぎたくもない爵位がね」

「なるほど。まあ、わたしからすれば、そのために夜もおちおち眠れないほどのものではなかったがね」ケンブルは廊下を進んだ。

「だが、その爵位をわれわれの家系図《ファミリー・ツリー》の枝葉のひとつにつつがなくぶら下げておくことができるなら、それに越したことはないんじゃないか?」

ケンブルはくるりと振り返り、デヴェリンと対峙《たいじ》した。「わたしはヒリアードという木から剪定《せんてい》された枝だ。これだけははっきり言っておくぞ、デヴェリン。わたしたちのあいだには歩み寄りを必要とするようなものはなにもない」

「おれはあると思う。おれがシドニーと結婚すれば、その事実が家系図のなかに永遠に刻まれるわけだろう？　そしていずれは、すべてが、いわばあるべき状態に戻されるのさ。つまり、きみの甥《おい》が公爵位を継承することになるんだから」

「わたしには甥はいない」ケンブルは頑なに言い張った。

デヴェリンはケンブルの肩に腕をまわした。「きみとしたことが、重大な見落としをしているようだ。そこのところを修正すべく、おれは今せっせと励んでいるんじゃないか」

長く重苦しい沈黙が廊下に流れた。「この右手の拳が傷ついていてよかったな、デヴェリン。神に感謝しろ」

グレーヴネル公爵邸の正面玄関まえに列を成す大勢の人々のなかで、シドニーはデヴェリンと交わした約束を早くも後悔していた。まじりけのない大理石の階段も、玄関扉の幅いっぱいに扇形に広がる優雅な明かり取りの窓も、シドニーの記憶にはっきりと残っている。子どものころは、グローヴナー・スクエアを馬車で通るたびに、この屋敷の玄関を食い入るように見ていた。自分とジョージのどこがいけなくてここに暮らせないのだろうと思ったものだ。

レディ・カートンとともに、扇形の飾り窓がある開かれた扉を抜けると、すまし顔の従僕がシドニーのマントを肩からつまみ上げた。痩せた黒ずくめの執事は一礼したのち、大仰な微笑みを浮かべた。レディ・カートンはシドニーの腕に手を置き、励ますようにぐっと握った。シドニーは笑みを顔に貼りつけて、群がる人々のなかへ進んだ。すると、彼らが目にはいった。グレーヴネル公爵と公爵夫人の姿が。

アレリックの母は色白で線の細い女性で、ふわふわの泡のようなピンク色のレースのドレスに身を包んでいた。その年齢の女が着たら、ふつうはみっともなく見えるドレスを絶妙に着こなしている。レディ・カートンと並んで立ったシドニーに気づくと、公爵夫人は目を瞠った。「まあ、よく来てくださったわね！」と言って、まるで親友に対するようにシドニーに向かって手を伸ばした。「あなた！　従姉妹《カズン》のシドニーよ」

これを見た周囲のだれも初対面とは思わなかっただろう。公爵夫人はシドニーをそばに引き寄せ、両の頬にキスをした。レディ・カートンの背後に待機している噂好きのご婦人がたがこの場面を見逃すわけがない。シドニーはこうしてグレーヴネル公爵の面前に立つことになった。長身瘦軀《そうく》の公爵と息子に似たところはほとんどない。その目に温かみはなく、口の片端にときおり微笑みらしきものがちらつくだけだ。

「おお、従姉妹のシドニー！」公爵はシドニーの手を取り、自分の口もとまで持っていった。

「これは驚いたな」

「はい」声を返すのがやっとだった。

公爵はそっけない笑顔を見せた。シドニーは膝を曲げて丁寧にお辞儀をすると、勢い余ってつんのめることもなく大広間を先へ進んだ。だが、たくさんの人のなかに紛れこんでも公爵の視線が自分にそそがれているのを感じた。公爵が奥方の意を酌《く》んで調子を合わせただけなのはあきらかだった。

舞踏室にはいっても知り合いはひとりもおらず、顔を見たことのある人が何人かいるだけだ。ロンドンの上流階級との交流がまったくないわけではないが、ここに集まっている人たちの顔ぶれはちょっとちがう。ここにいるのは上流階級のなかでも最上位に位置する人々、先祖代々イングランド貴族という生粋の貴族なのだ。シドニーはレディ・カートンが同伴を申し出てくれたことをありがたく思った。

そのとき、浅黒い肌に広い肩をした紳士が脇を通りかかり、伯爵未亡人の肘を取ってから、振り返って謝罪した。「おや、イザベル！　ここでお目にかかれるとは！　一シーズンに二度も舞踏会にいらっしゃるとは、記録的なことではありませんか？」

レディ・カートンは型どおりの挨拶を交わしてから、もくろみどおり本題へと移った。「そうそう、わたしの友人をご紹介するのをうっかり忘れていたわ！」と声高に言う。「こちらのマダム・セント・ゴダールは、グレーヴネルの従姉妹にあたる方で、最近、外国からお戻りになったの。〈ナザレの娘たち協会〉の頼もしい後援者でもあるのよ。シドニー、こちらは協会理事のおひとりのサー・ジェームズ・シースよ」

〈ナザレの娘たち協会〉の後援者？　考えようによってはそういうことになるのかもしれない。

ハンサムな紳士はシドニーにお辞儀をしてダンスを申し込んだ。レディ・カートンは舞踏室のフロアのほうに小首をかしげ、目を大きく見開いてみせた。シドニーは笑みを返し、差し出された手を取った。

踊りながら周囲に目を配ってデヴェリンを探した。彼はまだ到着していないようだ。演奏が終わると、サー・ジェームズはシドニーをレディ・カートンに引き渡した。伯爵未亡人は通りかかった紳士にまたも肘で突っかえ棒をした。今度の紳士は紹介のあと、シャンパンを取りにいかされた。若い紳士、背の高い紳士、太った紳士に禿《は》げた紳士、そしてハンサムな紳士。面識のない紳士はひとりもいないらしい。手のひと振り、指のひと曲げで彼女に引き寄せられる紳士も何人かいた。だれもがみな伯爵未亡人の命令に喜々として従っているように見えた。

「このまま続けたら明日までに奥さまの肘に痣ができてしまいますわ」ハンサムな紳士がまた離れていくとシドニーはつぶやいた。

「このへんでやめてもよさそうね！」レディ・カートンは鋭い目ですばやくまわりを見まわした。「わたしたちに向けられた視線をごらんなさい。あの人たち、もうじきここへやってくるわよ。妻や愛人や母親を従えて。社交界は謎を謎のままにしておけないところなの。で、あなたは今夜の最大の謎というわけ」

心が沈みこんだ。「なんだか詐欺師になったような気がします。公爵の従姉妹だなんて！わたしの噂を耳にしたことが一度もないのはどうしてだろうと、みなさん思っていらっしゃるでしょうね」

レディ・カートンは肩をすくめた。「グレーヴネルは長いこと社交界に背を向けていたし、あなたは外国に住んでいたのよ。それに彼と親戚にあたるのは事実じゃないの」

「でも、公爵ご本人にお会いしたのは今夜がはじめてですもの。公爵に自分を押しつけているようで気が咎《とが》めます」

しかし、レディ・カートンはなおもつま先立ちになって招待客に目を走らせている。「あの方は妻の望みをかなえようとしているだけよ。グレーヴネルのプライドも形無しね。あら、彼と一緒にいるのはあなたのお兄さまじゃなくて？　ほら、あそこ、カードルームに通じる廊下にいるのは」

シドニーはびっくりしてそちらを向いた。安堵が全身に広がった。ジョージが来てくれたのだ！　兄は両手を背中にまわし、居心地悪そうにグレーヴネルと言葉を交わしている。今夜もいつもどおり完璧な装いだ。粋な仕立てのフォーマルコート、色は漆黒。チョッキは象牙色のシルク。公爵は声を落として話しているようだが、ふたりのどちらの顔にも怒りは見られず、ことさらよそよそしい様子でもない。

ただ、兄は遠くを見るようなまなざしをしている。たくさんの質問に答えているらしい。可哀相なジョージ。兄は自分をさらすのが嫌いな人なのに。こうした晴れがましい会に出席するのは、なによりもしたくないことだったろう。それでも来てくれたのだ。むろん、妹のために。グレーヴネルとしても兄妹の一方を歓迎して、もう一方を退けるわけにはいかないのだろう。

しかし、兄妹が庶子であることや、亡き母の暮らしについて噂が流れるのは避けがたい。シドニーは体《てい》のいい家庭教師にすぎず、兄のほうはもっと怪しいと陰で囁かれることになるはずだ。なにしろ商人なのだから。そんな犠牲を払ってまで、なぜ来てくれたの？　わたしをグレーヴネル公爵家の一員にさせるため？

そうじゃない。妹を愛する男と添わせたいからだ。グレーヴネルは親しげな別れの挨拶のようにジョージの肩に手を置くと、舞踏室へはいってきた。人々を縫うようにして、何人かに呼びかけられては足を止め、挨拶を受けながら。ようやくシドニーのまえにたどり着くとお辞儀をした。

「踊っていただけますか、従姉妹のシドニー？　と言いたいところだが、医者に止められているので、かわりに庭の散歩でもいかがかな？」

数十人の熱い目が自分に向けられているのを感じながら、シドニーは公爵の腕につかまって舞踏室をあとにした。今やどこもかしこもシドニーの素性の話題でもちきりにちがいない。ふたりはほどなく舞踏室から見えないところまで来た。グレーヴネルはさすがに公爵の威厳をまとっているものの、体力の衰えは歴然としていた。顔色がすぐれず、歩く速度もひどく遅い。柱廊が終わるところで足を止め、息継ぎをした。「もう聞いているのだろうね、わしの体の具合が悪いということは」

シドニーは衝撃を受けた。「いいえ、閣下。それはお見舞い申し上げます」

公爵は肩を片方だけすくめてみせた。「でも、まあ、善人は早死にするというからな。ついでに言うが、わしは今夜で七十歳になるのだよ」自虐的なユーモアは息子と共通らしい。「お医者さまにしていただけることはないのでしょうか?」

ない、と答えるかわりに公爵はうなずいた。明かりに照らされた庭園から目をそらさずに。「あと数カ月は難破船のようなこの体にしがみついているしかなかろう。ことによったら一年か二年もつかもしれん」と他人事《ひとごと》のように言う。「しかし、だれもがいつかは死ぬ」

「お見舞い申し上げます」シドニーは同じ言葉を繰り返した。「アレリックから聞かされておりませんでしたの」

公爵は考えこむような目をした。「あいつには伝えてあるはずだが。母親からという意味だよ。そうでなければ、ここへ姿を見せるわけがない」

「アレリックはもう来ているのでしょうか?」うれしさがこみ上げた。「まだ会っていませんの」

「おおかた舞踏室じゅうを引っぱりまわされているんだろう」とグレーヴネル。「むろん、本人はすぐにもきみのそばへ飛んできたくてうずうずしているはずだが、こういう場で無作法があってはならんと言い聞かされて」

その口調には賛意も非難も感じられなかった。舞踏室のさざめきが夜風に乗ってふたりの背後に届いている。高らかな笑い声、グラスの触れる音。ヴァイオリンの弦の音色。「つまり、わしは死にかけているとみんなが言っている」公爵は白くなった眉の片方を大きくつり上げた。「で、妻の最後のお願いというのが、アレリックと和解してくれというものでね。わしが逝ったあと頼る人間がいないと泣きつかれた。夫と息子の和解こそが我が妻の願いなんだよ」

「おふたりのどちらも大切に思っていらっしゃるからですわ」

「息子とわしは今では見知らぬ他人も同然の間柄だ。互いにそうなることを選んだ結果なのさ」

シドニーにはアレリックがそれを選んだと思えなかったが、言葉を呑みこんだ。

公爵の息遣いも今は落ち着いていた。彼はまた腕を差し出し、ふたり一緒に三段の階段を降りて庭園にはいった。「息子はきみに結婚の申し込みをしたのかね、マダム・セント・ゴダール？」公爵はずばりと訊いた。「妻はそう信じているが」

ここで否定してもしかたがない。「はい、していただきました」

「そうか。ならば、少なくともきみに対しては紳士らしくふるまったのだな」

シドニーはふと腹立ちを感じた。「アレリックの紳士らしからぬふるまいなど見たことがありませんわ」

「それには異議を挟む者もおるだろう」公爵は淡々と応じた。「きみは承諾するつもりなのか？」

しばしの沈黙。ふたりが踏みしめる砂利の柔らかな音だけが響く。「まだわかりません」シドニーはようやく答えた。

公爵は不思議そうにシドニーを見た。「結婚には向かぬ男だと思うのかい?」

「その逆です」

「改心した放蕩者は最高の夫になるそうだからな」公爵はしみじみと言った。「では、息子を愛していないのか?」

あなたには関係のないことです。もう少しでそう言いそうになった。「彼を愛しています、とても。でも、わたしは夫を亡くした女で、自分なりの生き方が身についています。世間の目も気になりますし」

公爵は足を止め、ちょっと驚いたようにシドニーを見た。「きみの出生にまつわる事情が不運だったのはいうまでもないが」それでも口調は冷静だった。「不名誉というなら、きみの父ぎみだ。また、きみとアレリックが結婚すれば、まちがいなくそれから二週間は噂好きの連中の餌食となるだろうが、ヒリアード家は醜聞などものともしない一族なのだよ」

公爵の物言いが引っ掛かった。「過去の醜聞はどうでもいいのです。この話の続きはアレリックとなさるべきではありませんか? 彼を認めてあげてください。認められないなら、せめて助言を与えてください。彼に対するあなたの義務として」

公爵はその場を立ち去ろうとするシドニーの肩をつかんだ。その目には悲しみがあふれていた。「息子を切り捨てるつもりはなかったんだ、マダム。それがきみの言いたいことならば。結果的には切り捨てたのか? そうかもしれん。いずれにしろ、わしとあいつは長い年月こうしてやってきた。今さらもとに戻ろうとすることになにか意味があるのだろうか」

「かならずあります。人が生きているかぎり、意味のないことなどないはずですわ。ご自分の息子なのですよ、閣下。彼のところへ行って、なんであれ胸にある思いをお伝えになったらいかがですか？　そうした選択肢のない親もいるのですから」

公爵に同情したいと思いながらも、できなかった。この男のプライドが引き起こしたものをデヴェリンの目のなかに見ていたから。そのことをぶちまけたいという気持ちも心のどこかにあった。とはいえ、それを実行する勇気はなく、結局は、公爵に背を向けて歩み去るしかなかった。

14　ホレイショー、物申す

当然ながら、レディ・カートンは舞踏室の開け放たれたフレンチドアの内側で待ち受けていた。その脇には、ダンスフロアから戻ってきたサー・ジェームズがいた。シドニーと公爵を見つけると、レディ・カートンは笑顔で近づいたが、笑みはすぐさま消えた。「どうなさったの？　ひどく具合がお悪そうだけれど」

「そうとも、ひどく悪いよ」と公爵。「毎日、医者が喜び勇んでそのことを思い出させてくれるようにね」

「長い散歩でお疲れになったのね」と、叱るような目をして言う。「書斎でお休みになったほうがよろしいわ。医者に言われていることはご存じでしょう、フレデリック！　一時間に十分間ずつ横にならなくてはいけないんですよ」

その言葉を受けてグレーヴネルは懐中時計を引っぱり出し、ぼやいた。「わかったよ。だが、調子っぱずれの我が叔母の相手をするとエリザベスに約束してしまった」

「あら、アドミータもいらしているの？」

「あいにくと。あのいかれた犬を同伴して。ベルベットの赤いチョッキで」

「アドミータが？」とレディ・カートン。「チョッキ？」

「犬のほうだよ、イザベル。犬が着ているんだ」

レディ・カートンは蓋が開かれたままの懐中時計を指で叩いた。「アドミータにはご勘弁願って、今すぐ書斎へ！」

公爵が立ち去ると間髪を容れずレディ・カートンは言った。「やっぱりこういう場所はとてつもなく体力を消耗するわ。わたしも少し足を休めようかしら。サー・ジェームズ、わたしが戻るまでシドニーをエスコートしてくださらない？」

「喜んで」彼がそう答えたときには、レディ・カートンの姿はもうその場になかった。

腕に軽く添えられた母の手を感じながら、デヴェリンは客で埋まった舞踏室をゆっくりと歩いていた。ひとりひとりの顔はたいして見ておらず、通りいっぺんの挨拶をして、質問されれば機械的に答えた。ふたたび罠にはまったような、見知らぬ人間が自分の皮を着ているような気分だった。

グローヴナー・スクエアのこの屋敷に出入りしていたのは遠い昔のことだ。グレッグが死んでからは一度も来ていない。最後にここで過ごしたのは兄が死ぬまえの、あの暗く恐ろしい数日だった。父は兄の枕もとにつきっきりだった。母は自分の慰めを得るために祈りはじめていた。一度の祈りが何時間にもおよぶこともしばしばだった。デヴェリンも慰めを求めた。彼の場合はそれが酒だった。だが、母もデヴェリンも最後は疲れ果て、なんの慰めも得られなかった。三人とも、さながら生き霊のごとく日々を送り、日ごとに避けがたくなりつつあった結末を、この世の淵《ふち》で待ち受けていたのだった。

そして、それがついに現実となり、グレッグは逝ってしまった。兄であり、親友であったグレッグが。あとに残されたのは、さめざめと泣く母と、デヴェリンへの怒りと非難を目にたぎらせた父だった。その怒りは御しがたく、非難は醜悪だった。しかも、父の吐く言葉のすべてが真実でもあった。父はグレッグの死の責任はデヴェリンひとりにあると決めつけ、今にいたっている。

今夜、グレーヴネルはジョージ・ケンブルを歓迎した。初対面の非嫡出の遠い親戚を、跡継ぎである息子以上に温かく迎えたのだ。デヴェリンには堅苦しいかめしいお辞儀以外、なにも与えようとしなかった。対する母は過剰なまでの歓迎ぶりだった。クラヴァットをなおしてみたり、他愛ないおしゃべりを続けたり。そうすることで、グレーヴネルと実の息子がほとんど絶縁状態にあったことに人々が気づかずにすむとでもいうように。

デヴェリンは母が話している相手と笑顔で握手を交わした。機械的な挨拶もまた交わした。

不意に、だれかに腕をがっちりとつかまれた。

「ちょっといいかしら、エリザベス。あなたの息子を借りたいのだけれど。新鮮な空気を少し吸いたいの」レディ・カートンだった。

母の笑顔が固まった。「イザベル、気分でも悪いの？」

イザベルは芝居がかった手振りで顔をあおいでみせた。「少し休めば大丈夫よ」

いかにも怪しかったが、デヴェリンとしては人の群れから離れられるのがありがたく、レディ・カートンがどこへ連れていこうとしているのかはその時点では気に留めなかった。彼女は父の書斎のほうへ向かっていく。ふくよかな年配の婦人にしては相当に速い足取りで。息切れするのではないかと心配になるほどだ。

書斎のなかはデヴェリンの少年時代とほとんど変わっていなかった。レディ・カートンが窓際に置かれた革張りの長椅子へ向かい、長居をすると言わんばかりに腰をおろしてもまだ、思い出にひたっていた。自分の役目を思い出し、急いで窓を開けにいくと、彼女は片手をひと振りした。「作戦よ、坊や！　ただの作戦」

デヴェリンは目を細めた。「おおかたそんなことではなかろうかと」

「アレリック、あなたに話があるの」有無を言わさぬ口調で続ける。

デヴェリンは背中で両手の指を組み合わせ、きつく握った。「おしゃべりはあまり得意ではないんですが、マダム」

伯爵未亡人はまたも手振りで退けた。「話すのはわたしよ。あなたはいくつかの質問に答えてくれればいいわ、〝うー〟でも〝あー〟でもかまわない」

彼は流し目を送った。「その約束はできませんね、マダム」

レディ・カートンはびくともしなかった。「マダム・セント・ゴダールのことだけど、わたしは彼女を気に入っているわよ。お母さまによれば、あなたは彼女にぞっこんだそうね。それは事実なの？」

誘導質問には応じまい。そう思ったが、今さら隠すことでもないのでは？　「事実ですよ」

レディ・カートンは茶目っ気のある目で彼を見た。「あの女《ひと》と結婚する気なの、アレリック？」

デヴェリンはしばらく黙りこんだ。ともかくも婚約を発表してしまおうという軽率な思いつきはすでに考えなおし、アラスターに話さなければよかったと痛切に悔やんでいた。「自分が理想的な結婚相手でないことは承知しています。その点では異論を唱える人間はいないでしょうね。でも、答えはイエスです。彼女に結婚を申し込みました」

レディ・カートンはほんの少し緊張をほぐした。「で、あちらは……？」

デヴェリンは一礼してから答えた。「今、その申し込みを検討しているところかと。どうなるかはわかりません」

レディ・カートンはつぎの言葉を慎重に選んでいるようだった。「ねえ、アレリック、あなたはマダム・セント・ゴダールのことをどの程度知っているの？」

デヴェリンは体をこわばらせた。「充分に知っていますよ、マダム。もうそのくらいにしてもらえませんか」

「だけど、知っているのかしら、彼女が……習慣にしている行動や打ちこんでいることを？」レディ・カートンは迫った。「社会的問題に対する……関心の深さや、とくに深く関心を寄せている問題についてはどう？」

この詮索好きのばあさんはいったいなにを言いたいんだ？　そこでシドニーの言葉を思い

出した。〝レディ・カートンは知っているみたいなの。少なくとも疑っているのはたしかよ〟

デヴェリンは伯爵未亡人をまっすぐに見据えた。「彼女のすべてを知っていますよ、マダム。夫として知る権利があることはすべて。また、彼女の過去にあったことを知ったからといって気持ちが変わる可能性は万にひとつもありません。彼女への気持ちは永遠に変わらないものです」

レディ・カートンはまたも手をひと振りした。「あなたの愛情を疑っているんじゃないのよ、アレリック。あなたは愛する女に対してはいつだって一途《いちず》だったもの。わたしが言っているのは、マダム・セント・ゴダールの……奉仕活動のことよ」

「奉仕活動？」

レディ・カートンは目を大きく見開いて、とぼけてみせた。「ええ、彼女は……打ちこんでいるでしょう、その種の活動に？」

デヴェリンは顔がにやけるのをこらえきれなくなった。「教会を中心とする団体や婦人を援助する協会の活動ですか？　そういえば一度、貧しい人々のために縫い物をするのが好きだと言っていましたっけ。いや、編み物だったかもしれないな。本人もわかっていなかったようですね」

レディ・カートンはたしなめるような視線をくれた。「マダム・セント・ゴダールは危険なゲームをしているのよ、アレリック。どうやらあなたも気づいているようだけれど」

「ああ、あれですか！　その話題が出るのではないかと思っていました。ご安心を。シドニーの〝奉仕活動〟は近々終わりを迎えそうですから」

「本人も同意しているの？」伯爵未亡人は追及の手をゆるめない。

デヴェリンは言いよどんだ。「はっきりとはまだ。でも、きっと同意します」

レディ・カートンはいくぶん安心したようだ。「では、ここから先はあなたの責任ね！　よかったわ。アレリック、すぐにも結婚するべきよ。お母さまにもそう言ってあるの。エリザベスが言うには――」

そういうことか！「で、母はなんと――？」

「わたしたちには時間がないのよ。ほんとうに彼女を愛しているなら、一刻も早く結婚許可証を手にして結婚なさい。お母さまも同じ考えよ」

彼はうめいた。「こんな出来の悪い息子と結婚してくれる相手はほかに見つからないからという意味ですかね？」

レディ・カートンは首を横に振った。「ちがいますよ」そこでわざとらしく声を落とした。

「いいこと、アレリック、十日ばかりまえ、ある男が〈ナザレの娘たち協会〉を訪ねてきたの。新警察の巡査部長だと言っていたわ」

心臓が喉もとまで跳ね上がった。

「あれこれ訊かれたの。協会で目撃されている喪服の婦人のことを。ちょっとした偶然なのかもしれないけれど、もしや……」

「まずい」デヴェリンは声をひそめた。「シスク巡査部長が？」

「知っているの？　あの男にはわたしも一度だけ会ったことがあって――〈ナザレの娘たち協会〉のような活動をしているといろいろな人と出会うものだから――ある方面の人たちのあいだではかなり知られた人物なのよ。なにしろしつこいの」

戦慄が走った。「これはまずい」

レディ・カートンは彼の手を取り、ぎゅっと握った。「アレリック、シドニーのお兄さまのことを知っていて？」

「ようく知っていますよ、嫌われるほどに。とりあえずは辛抱してくれているようですが」

「シスク巡査部長はミスター・ケンブルとも知り合いなの」今はレディ・カートンも声をひそめていた。「わたしは過去の経験からこのことを知っているんだけれど、ミスター・ケンブルを通じて探りを入れてみたらどうかしら？　やってくれる？　ミスター・ケンブルはなんにでも対処できる人だから。どんな問題も解決できるわ。この意味はわかるでしょ？」

ジョージ・ケンブルがこれ見よがしに見せた指の関節の痣を思い出せば、レディ・カートンの言いたいことはよくわかった。ケンブルは大柄ではないが、引き締まった体つきで動作が速く、目はかすかに残忍さをたたえている。しかも、指のあの痣にははっきりとした模様があった。あの模様を見分けられる男は五十人にひとりだろう。自分もそのひとりだ。ケンブルが片手の拳に真鍮の武器をはめ、シドニーを襲った男たちを半殺しにするまで殴ったのは疑う余地がない。それは男がふつう上着のポケットに入れて持ち歩くようなものではないのだ。

しんとした書斎でデヴェリンはうなずいた。「ケンブルと話します。それで、もし——」部屋のドアが勢いよく開く音で言葉が遮られた。目を上げると、父のシルエットが目に飛びこんできた。デヴェリンは思わず立ち上がった。頭が真っ白になった。

レディ・カートンも立ち上がっていた。「まあ、閣下!」うきうきした声で言うとドアへ直行した。「ちょうどよかったわ。今、戻るところでしたのよ」グレーヴネルは彼女を通すために部屋のなかにはいるか廊下に出るかせざるをえなかった。

父は部屋のなかにはいった。

デヴェリンがレディ・カートンのあとを追おうとすると、父は片手を上げた。「ここにいてくれ」

デヴェリンの足が止まった。

父はドアを閉め、書斎の奥へそろそろと進みながら、心ここにあらずという調子でつぶやいた。「よくもまああれだけ集まったものだ。だれもがおまえの母親に会いたくてたまらなかったと見える」

「宴の女主人として母上の右に出る人はいませんからね」

父は自分の机のまえまで行き、抽斗のひとつを開けた。「葉巻煙草でもやるか?」二本取り出しながら訊く。

デヴェリンは疑いの目で見つめた。「許可はおりているんですか?」

父は声をあげて笑った。「だれの許可だ? 医者のか? 母上のか?」

デヴェリンは答えなかった。

長い間をもたせてから、父はため息をつき、抽斗をふたたび引き開けて葉巻煙草を投げこんだ。机をまわりこんで出てくると、少しのあいだ無言でその場に立っていた。遠くを見るようなまなざしをして。かつての父とはちがうのがわかった。少なくとも肉体的にはまるでちがう。青白い皮膚。げっそりと肉が落ちた顔。

「わしはおまえを切り捨てたのか、アレリック？」唐突に父が問うた。「教えてくれ。わしは父親としても夫としても落第だったのかね？」

気詰まりな沈黙が部屋の空気を支配した。「なんですって？」

父はかぶりを振り、ソファに腰をおろした。膝に肘をつき、憔悴《しょうすい》しきった様子で背中を丸める。「あれの顔を見るとわかるんだ。毎日責められていることが。エリザベスは全部わしが悪いのだと言っている。グレッグの死さえも」

デヴェリンは戸惑いを覚え、ソファに近づいた。「父上、それは――」

「いや、そうなんだ」反論するように父は言った。「グレッグのことさえもだ。もし、わしがもっと厳しく接していれば。もし、無理にでもおまえたち兄弟を大学へやっていれば。もし、おまえたちの生活に放蕩の兆しが見えたときに金銭的援助を断ち切っていれば。もし、もし、もし！　もし、わしがもっと出来のいい父親だったら、今ここにある苦悩はどれも……いや、そのいくつかは生まれずにすんだ。母上はそう考えている」

「あなたに切り捨てられたとは思っていませんよ。おそらく、自分で自分を切り捨てたんです」

父はしばらくなにも言わなかったが、苦しげな呼吸の音が喉の奥から聞こえた。「おまえと離れている時間が長引くほどに」ようやく小さな声が発せられた。「おまえを責めやすくなった」

デヴェリンは少しためらってから穏やかに応じた。「グレッグの死に関してということですか？　それなら父上、恐れながら、あなたは最初からおれのせいだとおっしゃっていましたよ」

「そうか？」とつぶやく。「そうだったな、ああ、たしかに。エリザベスにもそう言われる。だが、今のわしにはあのおぞましい日々を思い出せんのだ。あの数日の前後のことも。無意識の自己防衛なのかもしれん。だからといって、グレッグの死という悲劇が意識のなかで遮断されているわけではない……ほかのことも」

「ほかのこと？」デヴェリンは静かに問い返した。

沈黙が部屋を満たし、父の苦しげな息遣いしか聞こえなくなった。「あのあと、わしがしでかしたとんでもないことだよ。あれは狂気だ。今はそう思える。行き場のない狂気だったと。そのためにどれだけ苦しんできたか、おまえにはわかるまいが」

デヴェリンは歯嚙みした。下顎が砕けんばかりに。「わかりますよ」棘のある口調になった。「自分も兄を、親友を、失ったのですから。自分のせいで家族がばらばらになってしまったのですから。しかし、その責めは負ってきました、可能なかぎり。それしか道がありませんでした」

「おまえはまだ幼かった！」公爵はかぶりを振った。「世間知らずの未熟者だった」

デヴェリンは首を横に振った。「幼いというほどではありませんでした。それに、あなたが思うほど未熟でもなかった。あなたはそう思いたいのでしょうが」

父は咳と嗚咽のまじり合った奇妙な音を発した。「おまえはわしの子だった」食いしばった歯の隙間から言う。「わしの子なんだ。そのことをエリザベスはいつも思い出させた。ところが、わしは自分からなにかをすることができなかった。なにひとつできなかった」

「どういう意味です？　なにかできることが……あるとでも？　グレッグは死んだのですよ。最悪の結果は変えられません」

父は両手を大きく広げた。「わからん」呼吸の音がする。「おまえに謝罪することはできるのだろうか？　あるいは、おまえを一発殴ることは？　ともにグレッグの死を悼むことは？　祈ることは？　泣き叫ぶことは？　この髪の毛を根こそぎ引き抜くことは？」父の胸が上下し、いよいよ喘鳴《ぜんめい》がひどくなってきた。

「興奮するとお体に障ります。だめですよ」

デヴェリンの声は父には聞こえていないようだった。「おまえも兄を失ったのだと言ったな、アレリック。そのとおりだ。そうなのだ、おまえは兄を失い、そのうえ父親までも失った。だが、わしは我が子をふたり失い、ほんとうに失ったのはどっちの息子なのかを知る術《すべ》すらなくした。いまだに……わからん」

デヴェリンの消え入るような声が部屋の静けさをかすかに破った。「父上はなにをお望みなんです？　なんと言わせたいんです？」

父の答えはデヴェリンが予想もしない力強いものだった。「わしの望みはおまえの帰郷だよ、アレリック。ストーンリーへ帰ってこないか。少しのあいだだけでも」

「帰郷？」にわかには信じられなかった。「よく……わかりません。ほんとうにそれが父上の望みなのですか？」

父は笑顔をつくろうとした。「わしがなにを望もうとこの際かまわんじゃないか。死にかけている人間に猶予はないんだ、アレリック。わしには改めねばならぬ過ちがあり、心を解いてやらねばならぬ妻がいる。癒やすべき傷もある。わしが愚かにも家族に負わせた傷がな」

デヴェリンはなにを言えばいいのかわからなかった。長きにわたって父からオリーブの枝が差し出されるのを待っていた。たとえどんなに細い枝であろうとも。けれど、これは枝どころではない。少なくとも幹の半分だ。それでも、彼は迷った。タイミングが最悪だ。今はシドニーのことを第一番に考えなければならない。無防備なシドニーをロンドンにひとり置き去りにするわけにはいかない。面倒な男、シスクが背後に迫っているのだから。それに、シドニーとのあいだでまだ片づいていない諸問題に早急に決着をつけないことには、どうにかなってしまう。

しかし、父はふたたびしゃべりはじめた。今度は夢見心地といってもいいような調子で。

「湖畔にある石造りの古い別荘はおまえも知っているだろう。わしはそういったことに疎いのだが、エリザベスはとてもロマンティックだと言って、去年、改装までしてしまったんだ」

デヴェリンは父の話にまだついていけなかった。「ボート小屋のそばにある小さな家のことですね？　ああ、たしかにあれは魅力的な別荘だ」

父の目がゆっくりとデヴェリンの目をとらえた。「母上はこう言っているぞ、あそこはハネムーンには格好の場所だと」父は言葉を切り、しわがれた咳払いをした。「そこで、ふたりで考えた——いや、提案したのはエリザベスだが——おまえとシドニーがハネムーンでストーンリーを訪れたら、あの別荘にも何泊かしたらどうかと」

頭がくらくらしてきた。「ありがたいお申し出です、父上。ですが、シドニーにはまだ承諾の返事をもらっていません」

「もらえるさ。わしがけしかけておいたから」

「なんですって？」

父は難儀して立ち上がった。「シドニーは承諾するよ、アレリック。そして、きっとこう言うだろう、わしは手に入れる資格のないものを求めていると。たぶん、そのとおりさ。そんなものは欲しくもないと長年エリザベスに言いつづけながら、今、それを求めているんだからな。欲しいとはプライドが言わせてくれなかったものを」

「あなたはなにが欲しいのです、父上？」

「家族だ。死ぬまえに家族を取り戻したいのだ。もし、神の赦《ゆる》しがあるならば、孫も欲しい」

デヴェリンはしばし考えこんだ。父にはほんとうにその資格があるのだろうか？　今なら望むものを与えられて当然なのだろうか。では、グレッグは望みもしない死を若くして与えられて当然だったのか？　おれはそのために罰せられて当然だったのか？　今夜もセント・ジェームズでは郵便馬車に轢《ひ》かれる男がいるかもしれない。〈クロックフォーズ〉のさいころ賭博のテーブルでは、いかさまで数百ポンド儲けようとしている男もいるかもしれない。どちらの男にとってもそうした巡り合わせは当然のことではないだろう。人間がこの世で当然の報いを受けることなどめったにない。そういうことが来世で起こるとしても、今ここにいる自分にはどうしようもないのだ。しかし、生きているあいだに自分にできることも少しはあるのではないか。

デヴェリンは両腕を広げた。父は彼の腕に身をゆだねた。抵抗なく抱擁できる日がいつか来るとはいえ、互いにまだしっくりしない抱擁だった。この結果を見届けるしかないのだろう。デヴェリンは父の背中を大きな手で叩くようにして支えた。「座ったほうがいいですよ、父上。それで脚もテーブルに乗せたほうが」

「わしはどこに死の扉があるかを見分けねばならんのだ」と唸り声で言う。デヴェリンの記憶にある父の口ぶりだ。「今夜は舞踏室にいる連中の半分が同じことを言いおった」ぶつぶつ言いながらも、ソファの片方の肘掛けに靴裏をあてて、ゆったりと体を伸ばした。

デヴェリンが手近な椅子からクッションをひとつつかんで、靴の踵の下に滑りこませようとすると、公爵はまたも物思いにふけるように語りだした。「舞踏室といえば、晩餐の席できちんとした挨拶をしてくれと母上が言っているぞ。わしとおまえから、お集まりの方々に感謝を述べて、ご多幸やらなんやらを願ってくれと」

「それは大変結構な思いつきだ」デヴェリンも椅子に腰掛けた。

「まだあるのさ、アレリック。その挨拶のなかで述べるべきことが。つまり、おまえの同意が得られればそうしたい、ということだ」

デヴェリンは面食らった。「そんなふうに言われても困りますよ。父上が挨拶でなにを語ろうとおれが口を挟むことじゃないでしょう」

「それはおまえの考え違いだろうな」公爵は腹の上で両手を組み合わせた。「呼び鈴を鳴らしてくれまいか、アレリック」

「はい」即座に立ち上がった。「なにがご要り用なんですか?」

「親愛なる従兄弟のジョージさ。彼を連れてこいと従僕に伝えろ」


デヴェリンが晩餐まえの最後のダンスに誘いにくると、シドニーはほっとした。ほかの人々より頭ひとつぶん背の高い彼が人混みをかき分ける姿にほっとする。ここまで緊張の連続だったから、彼の首に腕をまわし、広くたくましい胸の壁に顔をあずけたいという衝動に駆られた。なんとかこらえはしたものの、顔に浮かんだ幸せいっぱいの笑みは周囲に気取られたにちがいない。

ダンスのあとは、ひとり所在なげに食堂へ向かおうとするアラスター・マクラクランと合流した。アラスターはそれからレディ・カートンに腕を差し出し、四人で部屋にはいった。淑女ふたりが席に着くと、紳士ふたりはテーブルを離れ、身の締まったサーモン、海老《えび》のクリーム煮、よく冷えたアスパラガスを山盛りにした皿を手に戻ってきた。アラスターは食事の最初から最後まで陽気に座を盛り上げ、魅力を振りまいた。デヴェリンは終始物静かだったが、一度か二度テーブルの下に手を伸ばしてシドニーの膝に置き、安心させるように指を握った。ただ、なぜだか彼は料理にほとんど口をつけなかった。

「気分でも悪いの？」レディ・カートンとアラスターが部屋の反対側のテーブルに用意された甘いデザートを取りにいくと、シドニーは小声で訊いた。

「そんなことはないさ」でも、顔色が悪い。「ちょっと庭に出ようか。新鮮な空気を吸いに」

デヴェリンはシドニーを連れてテーブルを離れ、人気《ひとけ》のない舞踏室を通って、開け放したままの柱廊の両扉を抜けた。柱廊が終わるところまで足を止めなかった。まるで、できるだけこの邸宅から遠ざかりたいとでもいうように。実際には邸内にいるのだが。彼はシドニーの体を優しく引き寄せ、肩に腕をまわした。

シドニーは彼の上着の襟に頬ずりした。「お父さまと会ってきたの？　ちゃんと……接してくださった？」

デヴェリンがうなずくのがわかるとほっと息をついた。「父は謝ってくれたよ、シドニー」彼は唾を飲みこんだ。「本心だと信じる。それから話をした。少しだけれどね。この結果がどうなるかはまだわからない。父とこの先どういう関係になるのかも。だが、とにかくスタート地点には立てた」

シドニーが笑顔で見上げると、唇がおりてきた。蝶の羽根のような優しさでシドニーの唇をかすめた。「愛しているよ、シドニー」迷いのない言葉で彼は言った。「どうしようもないくらい愛しているんだ」そこで不意に体を引き、ポケットに手を突っこんだ。「これをきみに。ちょっとした結婚の贈り物のようなものだけど」

折りたたまれたぶ厚い紙がポケットから出されると、シドニーはふと眉をひそめた。デヴェリンはそれを広げて手渡した。さっと目を通し、彼を見つめる。「譲渡証書？　家の？　でも、わたしは家を持っているわ、アレリック。どういうことだか……わからない」

デヴェリンは少年のような満面の笑みで応えた。「ただの家じゃないんだ、シドニー」そこに記された所番地を誇らしげに指差す。「売春宿だ」

「買ったの……？」シドニーは唾を飲みくだした。「ば、売春に使われていた家を……結婚の贈り物として……？」

彼の目が不安げに見開かれた。「いいから所番地を見ろよ、シドニー。ほら、ガター・レーンのそばの家さ。〈十字鍵〉のそばのあの宿だよ」

シドニーは唖然としてデヴェリンを見た。「なんてこと」

デヴェリンはにやにや笑いを復活させた。「言っただろう、シド。大きな規模で考えろと。これでもうあの家はきみのものだ。今の使われ方が気に入らないなら、べつのものに変えればいいのさ」

「そんな、どう考えればいいのかわからないわ！」シドニーはもう一度証書に目を戻した。

「わからないのかい？」デヴェリンはもどかしそうに言った。「おれと結婚すれば、きみはもっと大きな規模でいろんなことを変える手段と力をもつことになるんだ。たとえば……おれは商売に関しては目利きじゃないが、あの家はティーショップにしてはどうかと思ったんだが」

シドニーは信じがたい思いで彼を見つめた。「ティーショップ？」

「階上の部屋は貸すとか？」と熱い口調で続ける。「なんだかんだいっても、あそこはかなり大きな家だ。ティーショップでもコーヒーハウスでも、なんなら宿屋でもいいじゃないか。あそこで働かされていた女たちにまっとうな仕事を与えられる場所であれば。彼女たちはもう囚われの身ではなくなり、自分たちのために仕返しをしてくれるブラック・エンジェルを必要としなくなる。レディ・カートンに協力を要請するといいよ。そういう慈善事業の知識と経験ならあの人の右に出る人間はいないから」

シドニーはつま先立ちになって彼の口の端にキスをした。「ああ、アレリック。愛しているわ。心の底から愛している。つかみどころのないふわふわした愛じゃないの。詩に書かれているような浮ついた愛でもない。もっと深い、すべてを包みこむ愛よ」

デヴェリンは掌でシドニーの顔を包みこんだ。「シドニー、結婚してくれるね？　今の危険な生活とは縁を切って、おれと一緒に退屈するくらい長い人生を歩んでくれ。自分がきみにふさわしい男じゃないのはわかっている。だけど、きみが結婚してくれたら、ふさわしい男になるよう努力すると誓う。じつは、母はすでにハネムーンの計画を練っているようなんだ」

「冗談でしょう？」

彼は微笑み、首を横に振った。「あいにく冗談じゃないのさ。さあ、もう返事をくれるだろう？　イエスと言ってくれ」

シドニーはもう一度彼をじっと見つめ、輝く笑みを送った。「イエス。返事はイエスよ。あなたと結婚できることを光栄に思うわ。家を買ってもらったからじゃない。あなたなしでは生きられないと気づいたの」

そのとき、庭園のほうからなにかを引っかくような音が聞こえた。シドニーが振り返ると、狐色の小さな犬が柱廊に通じる小径を突進してくるのが見えた。犬の肢の爪が砂利にめりこむ音だったのだ。可愛らしい赤いチョッキを着て、ウールの短いスカーフのように舌を風になびかせている。雄犬は全身に喜びを表わしてデヴェリンに飛びつくと、つぎは後肢で立って前肢を振りながら、ぴょんぴょん跳ねまわった。

「見つけたわよ、ホレイショー！」庭園で甲高い声がした。犬と揃いの赤いドレスに身を包んだ魔法使いのような老婦人が明かりの下に姿を現わし、広い芝生を横切って柱廊までやってきた。「おやまあ、いたずら坊主のアレリック！ ホレイショーはさっきからずっとあんたを探していたのよ」

デヴェリンはシドニーの体から手を放し、脇へ寄った。「ほう、そうでしたか」興奮した犬はぴょんぴょん跳ねるのとはあはあ息を吐くのに忙しかった。デヴェリンは大叔母のアドミータにシドニーを紹介した。

シドニーは手を差し出した。「お初にお目にかかります、奥さま」

アドミータの顔から笑みが消え、老女は犬に向きなおった。「なあに、可愛い子？ なんですって？」

デヴェリンは視線を上げた。「なにも言っていませんよ、大叔母さま」

アドミータはじれったそうにかぶりを振った。「ホレイショーよ。ホレイショーと話しているの。さあ、いらっしゃいな。抱っこしてあげるから」

犬はその場でくるくるまわってから、飛びついた。アドミータは犬を抱き上げた。その姿には痩せ衰えた老女とは思えない堂々たる気品があった。「はいはい、わかりましたよ」と、身をくねらせて顔を舐めまくる犬に向かって言う。「あなたもそう思うの？ ええ、そうするわ。訊いてみるわね」

アドミータは満面の笑みでデヴェリンと向き合った。「あなたにおめでとうを言わなくちゃだめですって、この子が！ あなたたちはつい今しがた婚約したばかりだからって。アレリック、ほんとうなの？」

デヴェリンとシドニーは視線を交わした。「ほんとうですよ。でも、まだ公にはしていません」

アドミータははしゃいだ笑い声をたてた。「ところが、ホレイショーにはわかってしまうのよ！　この子はなんでも見ているから、ほら、あそこから！」片手で空を指差す。犬がまたくねくねしはじめた。「はいはい、わかっているわ。もちろん、かまわないわよ」大叔母は犬をシドニーに手渡した。

シドニーは目を瞠って犬を受け取った。

「ホレイショーったら花嫁にキスをしたいんですって」とアドミータ。

そして、それが実行された。ホレイショーはシドニーの顎から耳をべろんと舐めた。「ありがとう」シドニーはおそるおそる犬を返した。

「さて、わたしたち、まだ晩餐をすませていないの。心からの祝福を！」

アドミータと犬を見送るシドニーの目は点になっていた。「今のはなんだったのかしら？」

「巷《ちまた》では」デヴェリンはそっけなく言った。「アドミータはあの犬が天国の夫と信じていると噂されている。もしくは、あの犬はいわゆる霊媒だと。まあ、大叔母の妄想がほんとうはどこから生まれるのか、おれにはよくわからないけど」

シドニーはデヴェリンを見た。「大叔母さまはどうしたって九十歳にはなっていらっしゃるでしょ。芝生の向こうでわたしたちの話が聞こえるわけはないし、妄想とは言いきれないんじゃない？」

デヴェリンはやれやれというように首を振り、シドニーの手を取った。ふたりは腕を組み、ふたたび舞踏室を通って食堂へ向かった。食堂のほかの招待客たちはそろそろ晩餐を終えようとしていて、ふたりが部屋にはいると同時に小さな鐘の音が響いた。急いで席に戻ったが、デヴェリンが公爵夫人に送った妙な合図をシドニーは見逃さなかった。

目を上げるとデヴェリンの両親が立っていた。公爵夫人はみずからのフォークでワイングラスをチリンと鳴らし、「みなさま！」と涼しげな声で呼びかけた。「本日、齢《よわい》七十を数えるグレーヴネルを祝うために、こんなにたくさんの方々にお集まりいただきましたこと、心よりお礼申し上げます。今夜はまた、当屋敷をふたたび開く祝いの夜でもございます。わたくしどもは――」

グレーヴネルが苛立たしげに咳払いした。

公爵夫人はちらりと夫を見やり、急いで切りあげた。「では、フレデリック、あとはあなたにおまかせするわ」

公爵はもう一回、咳払いをした。「今夜みなさんにお集まり願ったのは、わたくしめの齢をお知らせするためだけではありません。いや、むしろ、それよりははるかに大事なことをお知らせするためです。率直なところ、自分が生きているうちにこうした機会をもてるとは考えておりませんでした。では、従兄弟のジョージに立ってもらいましょう。ジョージ？　ジョージ、どこにいる？　おお、いたいた。うしろのほうの席におりました」

「アレリック――」シドニーは彼の手を握りしめた。「なにが始まるの？」兄に目を向けると、部屋の奥の席で腰を上げようとしていた。

デヴェリンはいくらか青ざめている。公爵がグラスを掲げた。「ご存じの方もおられるでしょう。従兄弟のミスター・ジョージ・ケンブルです。まだ彼をご存じでない方もおいでかもしれませんが、ここでジョージとわたくしに乾杯の音頭を取らせてください。われわれとともにグラスを掲げ、祝ってやってください、我が最愛の息子にして世継ぎのアレリック、デヴェリン侯爵の婚約を——」

人々がいっせいに息を呑み、公爵の言葉を遮った。

公爵は笑いだした。「これで、この老いぼれがさっさとあの世へ行こうとしている理由がおわかりいただけましたかな」部屋がどっと沸いた。「そういうわけで、エリザベス、ジョージ、そしてわたくしからお願いいたします。アレリックとその婚約者、我が従姉妹にしてジョージの妹、シドニー・セント・ゴダールに祝福を!」

部屋の奥から兄のよく通る落ち着いた声が響き渡った。「アレリックとシドニーに」グラスが掲げられる。

「アレリックとシドニーに」招待客たちが困惑ぎみに応じる。戸惑いながらもみなワイングラスを差し上げ、まわりを見まわして、幸せなカップルを目に収めようとしていた。デヴェリンはシドニーの手をつかんで立ち上がらせると、その手を放さずに深々と一礼した。シドニーもなんとか卒倒せずに膝を折る正式なお辞儀をした。部屋の反対側から公爵がシドニーに視線をそそいでいた。

「従姉妹のシドニー、ようこそ――いささか使い古しの感があるけれども、あえてこの言葉を遣わせてもらおう――ようこそ、我が一族へ」

公爵が椅子に腰を戻すと、ジョージはすぐさま席を立った。数秒もすると招待客はまた、テーブルの料理や噂話に戻った。

アラスターとレディ・カートンは満面の笑みを浮かべていた。レディ・カートンは喜びのあまり、アラスターはおもしろがって。シドニーはアレリックを見た。「お父さまの計画を知っていたの？」

アレリックは照れくさそうににやりとした。「ここまで大々的に発表するとは思わなかったけど」

「手間をはぶいてくださったじゃないか、ええ？」とアラスター。「おかげでおまえは笑い物にならずにすむ」

シドニーはアラスターのほうを向いた。「それはどういう意味？」

アラスターはふたりの顔を交互に見た。「デヴ、おれの勘違いかい？　舞踏会が始まるまえはこう言っていなかったっけ？　危険を恐れず立ち向かう、とりあえず婚約を発表してシドニーを驚かせれば、きっと彼女も承諾せざるを――」

「アラスター」デヴェリンは冷たい声で遮った。「今夜ぐらいはその口を閉じていられないのか？」

アラスターはさも愉快そうに肩をすくめた。「黙っていられない因果な性分でね。つぎになにを言いだすかは神のみぞ知る。ところで、デヴ、さっききみの母上と例のウェスパシアヌス銀貨の話をしたよ。きみから母上に伝えたいことがあったんじゃないのか？　どうして今夜ここへ来ようと思ったのか、とかさ」

デヴェリンは椅子をうしろへ押し、歯ぎしりした。「ああ、そうそう、そうだった。今から伝えてくるよ、アラスター。あのいまいましい古代ローマの銀貨をおまえにくれてやれとな。ついでに、我がヒリアード家の招待客リストからおまえの名前を未来永劫、抹消するよう頼んでくる」

エピローグ　善人は早死にする

シドニーは光と影が瞼にちらつくのを感じて目覚めた。目を開けると、びっくりして頭を起こした。片手を目にかざして陽射しを遮りながら、本を押しのけ、上体を起こしかけたところで、手漕ぎ舟がまたも別荘からうんと離れたところまで漂ってきていることに気がついた。岸に残してきたトーマスが気怠そうに横たわる姿が遠くのほうに見える。ふたりを乗せた舟は今、藺草《いぐさ》の生い茂る対岸の水際に浮かんでいた。岸辺に生えた柳が風に揺れ、舟の舳《へ》先《さき》から艫《とも》まで、ちらちらと木漏れ陽を投げている。

シドニーは起き上がり、読みかけのページに折り目をつけて本を脇に置いた。といっても正確には本ではなく、母が残した日記の一冊だ。今では以前ほどは読むのが苦しくなくなり、少しずつだが、ようやくクレア・ボーシェを理解しはじめていた。善人でも悪人でもない、ひとりの女として。純粋にひとりの人間として。今となっては、母の大量の日記を捨てずにいてくれたジュリアにいくら感謝してもしきれない。

艫側に座ったシドニアにシドニーと逆の舳先のほうでは、丸めたブランケットを枕にして夫が気持ちよさそうに仰向けになっていた。身につけているのはズボンとシャツだけ。袖をまくり上げてたくましい腕をあらわにしている。まだらに射す光が黒髪を魅惑的に見せているが、読み物に没頭している本人は妻のうっとりしたまなざしには気づいていない。

シドニーは内心で微笑み、舟の真んなかに移動して櫂《かい》の片方を握ると、湖底の柔らかな泥を一回押した。アレリックは本から目を上げた。黒髪が風に揺れる。「おや、また流されてしまったらしいな」

「たいした船長さんね」シドニーはむしろうれしそうに不満を述べた。「またわたしが舟を太陽の下に戻さなくちゃならないじゃないの」

「でも、それが一等航海士の仕事だ。その鼻の頭がまた陽灼《ひや》けするな」

シドニーは読み物に戻った夫を眺めながら、左右の櫂を水中深く沈め、湖のゆるい流れに舟を乗せた。夫がもう一度目を上げて笑みをよこす。不意に喜びに心が満たされ、幸福感が胸いっぱいに広がる。今では一日に何度もこういう気持ちを味わうようになっている。

イタリアへのハネムーンから戻ってからすでに六週間、ふたりはストーンリーに滞在していた。ケント州の穏やかで平和なこの土地で愛し合い、笑い合い、結婚生活の土台を築きはじめていた。アレリックの両親に勧められた別荘はとても素敵で、しかも、ふたりだけの世界を与えてくれた。情熱にまかせて真夜中にふたりきりで湖で泳いだり、岸辺でロマンティックなピクニックをしたりした。

アレリックの母は自分たちの住まいのそばに息子夫婦がいることに有頂天になっていた。グレーヴネルは父親をやりなおそうと努力している。アレリックもほぼ穏やかな人生を送りはじめているように見えた。ただ、暗い影がまだひとつ残っていて、それが夫を悩ませていることをシドニーは知っていた。夫はめったに口に出さないけれども。それはブラック・エンジェルという影だ。今さら決定的な証拠が見つかるはずはないし、かりに見つかっても、シドニーを守る力がアレリックにはある。それでも、今なお、なにか悪いことが起こるのではないかという懸念を消し去れないようだった。

だが、この日の午後のアレリックは異様なほど寡黙だった。シドニーは舟を漕ぐ手を止め、積み重ねたクッションに背中をもたせかけて夫を観察した。舟は湖面で静かに揺れている。またも眠りに誘われそうだ。

「なにを読んでいるの、あなた?」シドニーはうとうとしながら伸びをした。「それは、今朝アラスター卿から届いた手紙?」

アレリックは顔を上げて片目をつぶってみせた。「ああ、ロンドンの噂話が満載のね」

そのいたずらっぽい口調にシドニーはふたたび起き上がった。「たとえば?」

アレリックは手紙を見ながら答えた。「たとえば、きみの古い友人のボドリーはなけなしの貴重品を抱えて大陸へ逃げたとか。どうやら破産して法廷に引っぱり出されそうになったらしい」

「あの男がしていたことを考えれば、大陸での貧乏生活では足りないくらいよ」

「まあ、落ち着け」夫は手紙のなかに折りこまれていたものを広げた。「ボドリーのような輩はいずれ自死を選ぶのが世のつねさ」

シドニーは興味深げに夫を見た。「今、広げたのはなに？」

アレリックは声をあげて笑いだしていた。「アラスターが水曜日の『タイムズ』の一面を送ってきた。是が非でもおれに読ませたい記事が載っていると書いてある」

「なにかしら？」シドニーが舳先のほうへ移ろうとすると、舟が危なっかしく揺れた。

アレリックはさもおかしそうな目をしてシドニーを見た。「たいした航海士だなあ、シド。ふたりして溺れるまえに座ってくれ」

シドニーは逸《はや》る気持ちを抑えて腰をおろすと、スカートを膝のまわりに折り重ね、うっとりと夫を眺めた。おもしろがるような夫の表情が突然、なにかの発作でも起こしたかというように変化した。苦痛にゆがんでいるのか、腹がよじれるほどおかしいのか、よくわからない。

「あなた」もう我慢できず、シドニーは膝を立てた。「どうしたの？　なにかあったの？」

「心の準備をしてくれ」夫はおごそかに言った。「残念ながら悪い知らせだから」

「なんなの？　どんな悪い知らせ？」

「ブラック・エンジェルが早すぎる死を迎えたようだ」

「アレリックったら、変なことを言わないでちょうだい」

夫は吹き出しそうになっている。「変でもなんでも、彼女は死んだんだ。現行犯でつかまって、あっけなく撃ち殺された」

シドニーは仰天した。「そんなことありえない！　だれがそんな作り話を？」

「ある専門家の話だそうだ。作り話などそこらじゅうにあるよ。それぐらいきみもわかっているだろ？」

シドニーが新聞をひったくろうとすると、デヴェリンは自分の頭の上に高々と持ち上げた。

「どんな状況で死んだの？」シドニーは迫った。舟が恐ろしい揺れ方をした。「そのときエンジェルが狙ったのはだれ？」

アレリックはもう一度紙面に目をやった。「エンジェルに狙われたのは、悪名高き放蕩貴族、アラスター・マクラクラン卿。つかまった場所は——ああ、ここに書いてある——ドルリー・レーン劇場のボックス席だ。新警察の巡査部長、ミスター・モーティマー・シスクがそう証言している。この男はきみの兄さんの友人じゃなかったっけ？」

「シスク！」シドニーは憤然とした。「虫酸《むしず》の走る男よ！　あのひどい趣味のクラヴァットで首を絞めてやりたい」

デヴェリンは、それはお気の毒という顔をしてみせた。「ブラック・エンジェルは欲望の虜となったアラスター卿を誘惑し、芝居がはねたあとの無人のボックス席へ連れこんだ。ところが、アラスター卿の持ち物をいただこうとしたそのとき、彼が武装していることに気がついた——彼の持ち前の機知と魅力よりもっと強力な武器を持っていることに。これは心躍る発見だったにちがいない。彼の手から銃を奪おうとしたブラック・エンジェルは誤って自分を撃ってしまった」

「そんな……そんなくだらない話、聞いたことがないわ！」

「目撃者もいた」

「目撃者？」

「ああ。それも複数だ」とアレリック。「デビューまもない女優ふたり、イルザとインガのカールソン姉妹。ふたりはそのときまだ舞台裏にいたそうだ。それと、淑女の鑑《かがみ》、レディ・カートンが隣りのボックス席でうたた寝をしていた。その騒ぎで目を覚ました伯爵未亡人は、一部始終を目撃したと言っている」

「レディ・カートン？　なんだかもう……わけがわからないわ」

「おれにはわかるぞ！　エンジェルみずからこの劇の幕をおろしたのさ。おれたちがロンドンへ帰ったときに、いささかの疑いも生じさせないように……いや、アンコールを求められないようにかな」

「ジュリア！」シドニーはぱっと目を見開いた。「ジュリアもこれにひと役買っているのね！」

「お察しのとおり」夫は手紙に目を戻した。「彼女は美しき死体を演じたとアラスターは書いている」

「まったく。ジュリアの首も絞めてやらなきゃ」

「となると、やっぱりシスクの悪趣味なクラヴァットでかい？」

シドニーは座りなおした。笑いが止まらなくなった。「つまり、犯罪者としてのわたしの経歴はここまでということね、アレリック。少なくともブラック・エンジェルは劇的な幕切れとともに人の記憶に残ったのね」

シドニーが紺碧《こんぺき》の空を見上げて耳を澄ませていると、夫は新聞を投げた。両手両膝をついて、そろそろとこちらへやってきて、上からのしかかった。「シドニー」そう言って、濃厚な長いキスをする。「今きみに演じてもらいたい役柄は、おれの愛人と友達だ」

「あまりぱっとしないけど」シドニーは唇を尖らせた。「どちらの役も個人的には好みだわ」

アレリックは肩をすくめた。にやにや笑いが顔に広がる。「だったら、もしも、おれが手に負えなくなったら、シド、赤毛の鬘をかぶって、この体を縛りあげ、ひと晩かふた晩ルビー・ブラックを演じてくれないかい？」

「もしも――？」シドニーはけらけらと笑った。「ルビーの出番が多くなりそうで心配だわ」

アレリックは不意に真面目な顔をしてシドニーの額にそっと口づけた。「このことはもう伝えたっけ？　きみを心から誇りに思っているよ。きみはこれまで出会っただれよりも勇敢で誠実な人間だ。きみがすべての人を救うことはできないのも真実だけれど、おれを救ってくれたのはなによりもたしかなんだ」

シドニーはキスを返し、彼の目を見つめた。「アレリック、あなたが漕いで舟を岸につけて」

夫は体を引き離し、詮索するような目でシドニーを見た。「この女はまたもよからぬ計画を思いついたようにおれには思えるぞ」

シドニーはアレリックを押しのけ、ふたたび櫂を握った。「そうよ。だって、まだ演じたことのない役がひとつあるんですもの。あなたが挙げなかった役が。しっかりして、怠け者さん！　あなたにもここで果たすべき義務があるでしょう」

アレリックはシドニーの真正面でにんまりとした。「そうだったかな？　いったいなんだろう！」

「察しはついていると思うけど」シドニーは手袋をはめていない手を夫の腿に置き、ゆっくりと上に滑らせた。

「思いあたらないな」アレリックはシドニーの指に目を据えた。「脳味噌が雲隠れしたらしい」

シドニーは睫毛の奥から上目遣いに夫を見つめた。「お父さまと約束したんでしょう、自分にはお父さまが亡くなるまえにやり遂げるべきことがあると。これはわたしの提案だけれど、あなた、今こそ真剣にその仕事に取りかかるべきよ」

これに応えて夫は櫂をつかみ、驚異的な力で舟を漕ぎはじめた。「さあ、行くぞ、シド！　デューク・ストリートの悪魔は義務を怠るやつだなどとはだれにも言わせん！」

訳者あとがき

リズ・カーライルの邦訳第六作、『戯れの夜に惑わされ』（原題〝*The Devil to Pay*〟）をお届けします。

夜のロンドンに出没する〝ブラック・エンジェル〟は女義賊。色仕掛けで宿に誘いこんだ男から金品を奪って貧しい女たちに分け与えている。胸に彫られた黒い天使のタトゥーが彼女の目印。エンジェルが狙い撃ちするのは、酒と博打と女に明け暮れる貴族の男たち。〝デューク・ストリートの悪魔〟ことデヴェリン侯爵も、ある夜ついに彼女の手に掛かり――。

ヒーローが放蕩者という設定はヒストリカル・ロマンスでは珍しくありませんが、〝放蕩〟ぶりがさほどではないケースもかなり多いように思えます。たとえば、過去はそうであっても現在は改心しているとか……。でも、十九世紀の英国を舞台としたヒストリカル・ロマンスの名手、カーライルが『月夜に輝く涙』（原題〝*The Devil You Know*〟）、『愛する道をみつけて』（原題〝*A Deal with the Devil*〟）に続けて送り出した本作のヒーロー、デヴェリン侯爵アレリック・ヒリアードは、現役ばりばりの放蕩貴族。〝デューク・ストリートの悪魔〟の異名をとるほどです。〝Devil〟シリーズのとりにふさわしいヒーローといえましょう。

一方、ヒロインのシドニー・セント・ゴダールは、商船の船長だった夫の亡きあと、生まれ故郷のロンドンへ戻ってきました。現在は裕福な商人の娘たちに行儀作法やピアノを自宅で教えていますが、貧しい女たちの敵である放蕩貴族を狙う女義賊〝ブラック・エンジェル〟という裏の顔をもっています。これまた異色のヒロインです。

友人のアラスター・マクラクラン卿と連れだって、夜な夜な紳士の社交場たる賭博場や酒場の梯子をするアレリックは、町屋敷に愛人を囲っていて、しかも、一年足らずのあいだに何人も愛人が入れ替わり、通りを隔てた家に住むシドニーに修羅場まで目撃されてしまうのです。〝ブラック・エンジェル〟の標的にされるのもむべなるかな……。

義賊とその標的にして隣人同士というねじれた出会いをしたふたりのあいだに、いったいどんな愛が生まれるのでしょうか。宿敵〝ブラック・エンジェル〟と淑女のシドニーの両方に惹かれるアレリック。世間では女をさんざん泣かしてきたと思われているアレリックが、じつは女に対して繊細な心遣いができる男であることを早々に見抜きながらも、自分の正体を明かすことはけっしてできないシドニー。カーライルの緻密な筆はふたりの心の襞を丁寧に描き分けてくれます。そのなかで、アレリックがなぜ〝デューク・ストリートの悪魔〟とまで呼ばれるようになったのか、シドニーがなぜ〝ブラック・エンジェル〟を演じずにはいられないのかも、読者にはだんだんとわかってくるのです。

複雑な家庭的背景をもつシドニーには歳の離れた兄がひとりいます。それが骨董商のジョージ・ケンブル。あのケンブルです。ひと癖もふた癖もある名脇役としてカーライル・ファンに人気の高い彼がどういう人生を歩んできたかは、これまでいっさい語られてきませんでした。本作では謎の多い過去があきらかになるとともに、生身のジョージ・ケンブルが大活躍します。仮面を剥いで感情をむき出しにしたケンブルにとくとおつきあいください。

シドニーの亡き母の友人で元女優のジュリアは〝コンパニオン〟とされていますが、あまり馴染みのない言葉なので、少し説明しておきましょう。コンパニオンは家庭教師同様、この時代の中流階級の女性の数少ない職業のひとつで、上流階級の女性の話し相手をする住みこみの女性のこと。上流階級といっても、シドニー自身、いわば自営の家庭教師で身を立てているわけですし、シドニーとジュリアのあいだには雇い主と使用人の関係を越えた強い結びつきもありますが、料理人が風邪をひいてシドニーが料理をつくるという状況になったときに、兄のケンブルが不快感を示すのはそうした立場のちがいからです。

そのジュリアと、見た目も言葉つきもあくの強い巡査部長のシスク、それに、ケンブルの店に入り浸っている仕立て屋のモーリス・ジローあたりが、今後も脇役として絡んできそうな予感がします。こんなふうに新たな登場人物を見つけて想像をたくましくできるのもカーライル作品の愉しさかもしれません。

二〇一三年十月

ザ・ミステリ・コレクション

戯《たわむ》れの夜《よる》に惑《まど》わされ

著者　リズ・カーライル
訳者　川副智子《かわぞえともこ》

発行所　株式会社 二見書房
東京都千代田区三崎町2-18-11
電話　03(3515)2311［営業］
　　　03(3515)2313［編集］
振替　00170-4-2639

印刷　株式会社 堀内印刷所
製本　株式会社 関川製本所

落丁・乱丁本はお取り替えいたします。
定価は、カバーに表示してあります。

ISBN978-4-576-13168-9
http://www.futami.co.jp/

月夜に輝く涙
リズ・カーライル
川副智子［訳］

婚約寸前の恋人に裏切られ自信をなくしていたフレデリカ。そんな折、幼なじみの放蕩者ベントリーに偶然出くわし、衝動的にふたりは一夜をともにしてしまうが……!?

愛する道をみつけて
リズ・カーライル
川副智子［訳］

とある古城の美しく有能な家政婦オーブリー。若き城主の数年ぶりの帰還でふたりの間に身分を超えた絆が……。しかし彼女はだれにも明かせぬ秘密を抱えていて……?

罪つくりな囁《ささや》きを
コートニー・ミラン
横山ルミ子［訳］

貿易商として成功をおさめたアッシュは、かつての恨みをはらそうと、傲慢な老公爵のもとに向かう。しかし、そこで公爵の娘マーガレットに惹かれてしまい……。

その愛はみだらに
コートニー・ミラン
横山ルミ子［訳］

男性の貞節を説いた著書が話題となり、一躍時の人となった哲学者マーク。静かな時間を求めて向かった小さな田舎町で謎めいた未亡人ジェシカと知り合うが……。

唇はスキャンダル
キャンディス・キャンプ
〔聖ドゥワインウェン・シリーズ〕
大野晶子［訳］

教会区牧師の妹シーアは、ある晩、置き去りにされた赤ちゃんを発見する。おしめのブローチに心当たりがあった彼女は放蕩貴族モアクーム卿のもとへ急ぐが……!?

瞳はセンチメンタル
キャンディス・キャンプ
〔聖ドゥワインウェン・シリーズ〕
大野晶子［訳］

とあるきっかけで知り合ったミステリアスな未亡人と〝冷血卿〟と噂される伯爵。第一印象こそよくはなかったものの、いつしかお互いに気になる存在に……シリーズ第二弾!

二見文庫 ザ・ミステリ・コレクション

微笑みはいつもそばに
リンゼイ・サンズ
武藤崇恵［訳］
〔マディソン姉妹シリーズ〕

不幸な結婚生活を送っていたクリスティアナ。そんな折、夫の伯爵が書斎で謎の死を遂げる。とある事情で伯爵の死を隠すが、その晩の舞踏会に死んだはずの伯爵が現われ!?

いたずらなキスのあとで
リンゼイ・サンズ
武藤崇恵［訳］
〔マディソン姉妹シリーズ〕

父の借金返済のため婿探しをするシュゼット。ダニエルという理想の男性に出会うも、彼には秘密が…『微笑みはいつもそばに』に続くマディソン姉妹シリーズ第二弾！

密会はお望みのとおりに
クリスティーナ・ブルック
村山美雪［訳］

夫が急死し、若き未亡人となったジェイン。今後は再婚せず、ひっそりと過ごすつもりだった。が、ある事情から、悪名高き貴族に契約結婚を申し出ることになって？

恋のかけひきにご用心
アリッサ・ジョンソン
阿尾正子［訳］

存在すら忘れられていた被後見人の娘と会うため、スコットランドに夜中に到着したギデオン。ところが泥棒と勘違いされてしまい…実力派作家のキュートな本邦初翻訳作品

鐘の音《ね》は恋のはじまり
ジル・バーネット
寺尾まち子［訳］

スコットランドの魔女ジョイは英国で一人暮らしをすることに。さあ〝移動の術〟で英国へ——、呪文を間違えたジョイが着いた先はベルモア公爵の胸のなかで…!?

星空に夢を浮かべて
ジル・バーネット
寺尾まち子［訳］

舞踏会でひとりぼっちのリティに声をかけてくれたのは十一歳の頃からの想い人、ダウン伯爵で…『鐘の音は恋のはじまり』続編。コミカルでハートウォーミングな傑作ヒストリカル

誘惑は愛のために
アナ・キャンベル
森嶋マリ［訳］

やり手外交官であるエリス伯爵は、ロンドン滞在中の相手として国一番の情婦と名高いオリヴィアと破格の条件で愛人契約を結ぶが……せつない大人のラブロマンス！

危険な愛のいざない
アナ・キャンベル
森嶋マリ［訳］

故郷の領主との取引のため、悪名高い放蕩者アッシュクロフト伯爵の愛人となったダイアナ。しかし実際の伯爵は噂と違う誠実な青年で、心惹かれてしまった彼女は…

許されぬ愛の続きを
シャロン・ペイジ
鈴木美朋［訳］

伯爵令嬢マデリーンと調馬頭のジャックは惹かれあいながらも、身分違いの恋と想いを抑えていた。そんな折、ある事件が起き……全米絶賛のセンシュアル・ロマンス

真珠の涙にくちづけて
キャサリン・コールター
栗木さつき［訳］

衝突しながらも激しく惹かれあう勇み肌の伯爵と気高き〝妃殿下〟。彼らの運命を翻弄する伯爵家の秘宝とは……ヒストリカル三部作、レガシーシリーズ第一弾！

月夜の館でささやく愛
キャサリン・コールター
山田香里［訳］

卑劣な求婚者から逃れるため、故郷を飛び出したキャサリン。彼女を救ったのは、秘密を抱えた独身貴族で⁉ 謎めく館で夜ごと深まる愛を描くレガシーシリーズ第二弾！

永遠の誓いは夜風にのせて
キャサリン・コールター
栗木さつき［訳］

淡い恋心を抱き続けるおてんば娘ジェシーとその想いに気づかない年上の色男ジェイムズ。すれ違うふたりに訪れる運命とは――レガシーシリーズここに完結！

二見文庫 ザ・ミステリ・コレクション